南方有高楼

彤 子◎著

中国文史出版社

图书在版编目（CIP）数据

南方有高楼 / 彤子著 . — 北京 ：中国文史出版社，
2023.9
（实力榜·中国当代作家长篇小说文库）
ISBN 978-7-5205-4506-8

Ⅰ．①南… Ⅱ．①彤… Ⅲ．①长篇小说－中国－当代
Ⅳ．① I247.5

中国国家版本馆 CIP 数据核字（2023）第 231011 号

佛山市文化英才扶持工程作品

责任编辑：全秋生

出版发行：中国文史出版社
地　　址：北京市海淀区西八里庄路 69 号　　　邮编：100142
电　　话：010 － 81136602　　81136603　　81136606（发行部）
传　　真：010 － 81136655
印　　装：廊坊市海涛印刷有限公司
经　　销：全国新华书店
开　　本：880 毫米 ×1230 毫米　　1/32
印　　张：10.25
字　　数：320 千字
版　　次：2024 年 2 月北京第 1 版
印　　次：2024 年 2 月第 1 次印刷
定　　价：58.00 元

目 录
CONTENTS

旧城改造

老街的街坊们

　　"添丁财"婚庆用品店在中山路一〇三号，横在店面上面的招牌红彤彤的，跟店里满堆的婚庆用品相映成趣。像这样的婚庆店，中山路便有四五家，但数添丁财婚庆用品店地理位置最好，门面最大最红亮。店面位于中山路与东风路的交接路口旁，右边是"大C柠檬茶室"。

　　大C眼光独到，旧街全面改造规划还没出来，他便租了在中山路和东风路交界处的一座大型旧宅，搞了个"大C柠檬茶室"生意做得火红。现在的年轻人，都喜欢怀旧，往老城寻新店，要的不就是"情怀"这味儿么？年轻人过来喝柠檬茶，都得经过添丁财婚庆用品店，只要经过，就得被这一通的红火映入眼帘，想不记得都难。能来旧街这边寻找情怀的，多数都奔了结婚过日子的，加之名字也起得响亮，添丁财，满足了所有人对婚姻的期待。因此，自大C柠檬茶室开张后，添丁财婚庆用品店的生意就好起来了。

　　店是夫妻店，早些年生意蛮好的，老板罗丁曾请过几年工人，帮忙打理店里的生意，后来儿子罗旺读了高中，妻子陈琴可以腾手出来帮忙。恰好这个时间段，网店兴起，像添丁财婚庆用品店这样的传统门店开始没落，罗丁将原来的工人辞退后，便没再请人，店里的事务，都是他和陈琴打理。空闲时，罗丁还会丢陈琴一个人看店，他到前面新华路那边找修钟表的钟三醒和配锁匙的刘定斗三公（牌类的一种），顺便也看看剩下一条腿的翠姐，看她如何支着拐杖，带着她的"四朵金花"，与附近街上的"老朋友"们打情骂俏。

陈琴当了那么多年老板娘，罗丁的门儿道儿都心里清明，她盘算着两个干椰子一个簸箕一担箩筐多少钱，眼角也往新华路那边的大路瞟去，挂墙上的挂钟已指着下午四点的方向了。

钟还是从钟三醒那里淘回来的，听说是来路货（外国货），不知是东风路那边七十二号的李家人，还是中山路五十号的黄家人送去修的，反正这家人送了挂钟过去修后，再也没回来找钟三醒要钟。钟三醒抱着挂钟，从添丁财婚庆用品店走过，跟罗丁说，他都跑了三年了，敲了无数次东风路七十二号和中山路五十号的门，都没有人开门，他说他的跑腿费都值得上这修钟的价钱了。

罗丁将钟接过来端详端详，很西洋的设计风格，厚重，古色古香的，一摇一摇的钟摆，像极了跛脚的翠姐。

罗丁缠着钟三醒要这挂钟，钟三醒有些不情愿，他怕钟的主人回来跟他要，罗丁说无事的，钟的主人回来要时，你尽管过来跟我要。钟三醒还是犹豫，罗丁干脆掏出一百元飞速塞进对方怀里。钟三醒惊慌失措地捂着口袋看向陈琴，陈琴正低头理着一批上头用的梳子绳子，没往这边看来。钟三醒才舒了口气，一再强调，钟可以先挂着，但钟的主人要是回来拿了，就得必须摘下来的。然后急匆匆地走了。

钟三醒走后，陈琴便扔下手中的梳子，走上来扯罗丁的耳朵。这个时候的陈琴才当妈不久，火气重得很，一百元对于她和罗丁来说，是一个月的开销，这个月娃儿的奶粉钱还要不要给？罗丁龇着牙齿求饶，姑奶奶，好老婆，这古董挂钟绝对是来路货，值钱得很！

陈琴嫁过来也有几年了，也听说过东风路七十二号和中山路五十号曾经是大户人家，现在人都出国去了，极少回来，这也是钟三醒找不到挂钟主人的原因。罗丁安慰陈琴说，这段时间吉日多，上门生意定不少，儿子的奶粉钱不用过于紧张，倒是这挂钟，多挂十把二十年成老古董了，拿到新风路的古董街一放，得卖上万元。

那时陈琴还是挺相信罗丁说的话，譬如他还说未来几年要在渺城开好几间添丁财婚庆用品分店，要占领渺城的婚庆市场。但结婚七年后，陈琴逐渐便醒悟了，罗丁讲的全是骗人的鬼话，能把东风路这间婚庆店勉强盘活下去已经不错了，开分店，做梦吧！那挂钟挂在婚庆店中央，从儿子出生挂到儿子的儿子出生了，还是没有兑现它一万元的价值。

现在陈琴不会再追究那一百元了，毕竟在墙上摇摆了二十多年，贡献早超出一百元。时间久了，闹钟还成了陈琴的依赖，罗丁去找钟三醒和"锁匙定"，超了四点还不回来，肯定是没有好事情的，她必须要放下手中的活儿，临时关上店门，或叫隔壁的大C帮忙照看一下，然后从门角抄起一把崭新的椰叶扫把，怒气冲冲地往新华路那边走去。

大C捧着加了冰粒的柠檬茶走出来，对着陈琴的背影叫道："琴姐，消消气，来杯柠茶降降火。"陈琴头也不回："放着！"大C耸耸肩，乖乖地将柠檬茶放婚庆店的收银台上，琴姐挥舞起椰叶扫把的灵活劲，附近所有老街原居民都是知晓的，能不招惹就不招惹。

陈琴来到新华路，钟三醒钟表维修店大门敞开着，却没有人，翠姐支着一条腿，靠着钟表维修店的玻璃柜，与她的"四朵金花"嗑着瓜子，眼睛四处瞟着，寻找着各个街口可能出现的"老朋友"。

维修店内没有人，四朵金花与翠姐也在，那罗丁和钟三醒肯定是在锁匙定那里了。陈琴扫一眼翠姐，翠姐无所谓地啐了一口瓜子壳，陈琴的火气莫名其妙地增加了几重，她想不明白，都是女人，年纪也相当，都生过小孩，自己天天忙里忙外，身上还是止不住地多了几圈游泳圈，而翠姐天天站着躺着，却丁点赘肉都没有，要不是少了一条腿，那上天也太眷顾她了。

陈琴拖着扫把闯进刘定的锁匙店，本想举起扫把去扫茶几上的纸牌的，没想扫把举起了，扫把却没能扫下来。茶几上没有纸牌，只有盛着茶的茶杯和塞满烟屁股的烟灰缸。围着茶几坐的，也不仅是罗丁、锁匙定和钟三醒几个，还有东风路成风日杂店的钱多多、人民一路金香脆早餐店的肠粉李、兴盛云吞店的黄粮食、新风路那边开古玩店的茂叔、中山路这边开五金店的成叔、新华路开易经堂风水设计店的周易大师……陈琴做梦也想不到，锁匙定小小的一间破配钥匙店，能挤得下那么多人，恐怕过年也聚不得那么整齐，怪不得翠姐和四朵金花这么百无聊赖，靠嗑瓜子打发空虚无聊的时光，原来老朋友们都在锁匙定这里了。

陈琴赶紧将扫把收到背后，这么多人都需要配钥匙吗？罗丁赶紧从人群里挤出来，拉着陈琴往外走，陈琴一扫把拍开他的手，骂："还见不得人哩？密谋作反么？"

"嘘！"罗丁赶紧捂着老婆的嘴，紧张地望了望陈琴的背后，低声责备道："乱讲么事？想死么？"

陈琴拍开老公的手，不屑地一呲："就你们几个老男人，还能翻得出个天来么？切！"

钟三醒接过来说："琴姐，你先返去看店，一会丁哥会回去跟你讲的。"

陈琴也不是个不通人气的女人，哼了一声，拖着椰叶扫把走出锁匙店，站在马路对面靠钟表维修档站着的翠姐，向着马路啐一口瓜子壳,眼睛向上翻了翻。陈琴也眼睛向上翻了翻,然后走回中山路,回到婚庆店,那杯加冰了的柠檬茶,杯壁刚好冒出一颗颗晶莹的水珠。冰柠茶溶解到这个程度是最好喝的,大C平常没事总捧两杯冰镇柠檬茶过来给罗丁夫妻俩品尝一下,然后给他们滔滔不绝地介绍冰柠茶的各个层次感,把夫妻俩说得云里雾里,陈琴什么层次感都记不住,就记得大C说过,冰粒溶解到透出杯壁时,茶最好喝。

满身像冒着火般,也不知道那堆老男人堆一起,商计些什么来着?这么多老男人聚在一起,神神秘秘的,能搞什么好事出来?而且看到自己就立马不说,看她的眼神也怪怪的,肯定是有什么见不得人的勾当。

陈琴一口气吸了半瓶冰柠茶,身上的火气消了消,算了,只要罗丁不是在和翠姐交流感情,其他都好说。

正思考着要不要给罗丁打个电话,快五点了,得去买菜回家做饭,儿媳妇一个人在家带孩子,又要喂奶又要换尿布的,得回去做饭给她吃,要是营养跟不上,奶水少了,吃亏的可是宝贝孙子。这时,罗丁回来了,手里还提着一兜菜。回来得还蛮及时的,陈琴放下冰柠茶,绷着脸接过菜兜,翻了翻,有菜心、鲫鱼、猪腰子和卤味,看来今晚罗丁想喝杯小酒了。陈琴哼哼鼻子,发财了吗,买了卤水掌翼还买卤水鹅肝,这鹅肝得多贵啊!

陈琴低声嘀咕着,尽管最近因为大C柠檬茶室而生意好了很多,但婚庆用品店卖的不就是梳子镜子盆子椰子簸箕等不值几个钱的东西么?一天折腾下来,也就够一家人的开支,没能剩几个钱,幸好店面是自家的,要是租店的话,可能还要亏本呢!这段时间,儿子经常暗示,想夫妻俩买间电梯房,搬开住。现在的房价多贵啊!陈琴把家里所有的存折翻出来,在计算机里算了半天,也算不够一间房子的钱。他们这代人不习惯贷款,总觉得贷了银行的钱,就等于脖子上给套了枷锁，永远都解不开了，自家的物业，也像随时被封的一样。

罗丁凑上来，将菜兜收起，神神秘秘地说："老婆，无哦哦哦的了，我们很快就有钱给儿子买房子了啊！"

"做梦吧你！哪来的钱？天上掉下来的还是情人给你的？"

"你这人怎么这样说话呢？还想告诉你好消息的！"

"吓？还有好消息？你们一堆老男人，聚一起还能有好消息？"

"切，爱听不听！"

罗丁提着菜兜往门外走去，经过收银台，还顺起半杯冰柠茶，咕噜咕噜地吸了个干净！

"哎！你还玩欲擒故纵了啊！"

陈琴在抹布上抹一下手，拿起小挎包，关门下闸，罗丁慢悠悠地在前面走，陈琴拎着小包碎着脚跟在后面，他们的家离店面也不远，是二十几年前的商品房，住五楼，没电梯。年轻时上上下下多少回，也没觉得怎么累，这上了年纪后，上到三楼就得歇一歇。儿媳妇怀孕时，挺着大肚子，上下很不方便，经常扶着楼梯，望着台阶埋怨，说好了换了电梯房才要孩子的，一家都是骗子！

陈琴跟后面听到了，虽然自己也走得上气不接下气，但也不敢回一句，现在的九五后、〇〇后可惹不得，都是独生子女，都是大少爷姑奶奶，得小心伺候着，千万可不敢说错一句话，他们一不乐意了，真会马上去把孩子给堕掉，然后把婚给离了。罗丁夫妻俩做了二三十年婚庆用品，见多了晨合暮分的事儿，这些大少爷姑奶奶们，从小到大都是被六个大人宠着的，眼里心里只有自己，在他们心里，老娘快乐自在最重要。什么延绵子孙后代，什么家庭责任什么婚姻神圣，都是狗屁。就拿罗丁夫妻俩的宝贝儿子罗旺来说吧，罗旺现年二十五岁，从出生便闹腾，一直闹腾了二十五年，几年前大学毕业出来，谈了个女朋友，就没消停过跟罗丁陈琴闹，上午说要结婚，要夫妻俩给买房子，下午又说不用买了，崩掉了，整一人像个傻子般，坐在家里的阳台上抽烟，双腿往外垂，烟灰直往街下弹。当父母的看着干着急，可又不敢上前拦，怕一个激动，罗旺就跳下去了，可是五楼，下面是水泥铺的硬地面。夫妻俩就这样被折腾来折腾去，今天喜明天忧，心脏都给折腾出问题了，动不动就梗着疼，可有啥法子啊！夫妻俩都是城镇户口，在他们那个年代，城镇户口只能生一胎，打罗旺生下来后，夫妻俩宝贝得不得了，奶粉挑进口的买，纸尿裤要芦荟护肤的，尽管家里条件不是那么优越，但能给的，夫妻俩绝不皱一下眉头。

　　罗旺前面二十几年，都没有受过委屈，不晓得如何去化解两性关系的矛盾。他的女朋友就是现在的妻子，也是个独生子女，从小到大都是爹妈疼爷嬷爱公婆痛的，也没受过委屈，说话做事横冲直撞，根本就不会顾忌他人感受的。这俩小年轻，头扎一起时，黏糊得要命，老公老婆前前后后叫得肉麻，喘口气儿，某人说句什么不那么顺耳的，便立马爆发起来，你来我往的，吵骂得像在开世界大战。罗丁陈琴也想不明白，凭啥一句话，就像发生了不共戴天的仇恨一样，刚刚不还搂在一起亲的吗？

　　最让夫妻俩记忆犹新的是定了婚期那天，上午小两口睡到十一点才起来，黏黏糊糊地搂着来店里挑用品，反正是自家的货，什么样式合适就挑什么样式好了。但不知道是为了一把剪刀还是一把梳子的款式问题，小两口居然在店里大闹起来，毕竟是打开门做生意，这样闹真不好，隔壁的大C都过来劝了，小两口却越闹越起劲，后来竟然上演全武行，什么簸箕箩筐盆子，红红绿绿地扔了一地，有的还被甩到中山路上。陈琴一下就急了，一屁股坐在地上哭，这是前世造的什么孽啊！客人全被赶走了，还面子丢满了中山路。

本以为小两口会散了的，谁想到了晚上，又你搂我我搂你地进门，亲得像连体婴，仿佛上午什么事情都没发生过一样。罗丁夫妻惊呆了，但也啥都不敢说，赶紧添上两套碗筷。

想到儿媳妇的厉害，陈琴顾不上腿疼，赶紧往楼上爬去，未结婚的时候已经那么厉害了，结婚后就更厉害。伺候她坐月子，陈琴就被咸的淡的折腾得直不起腰，现在的年轻人，根本就没有坐月子的理念的，什么都敢吃，什么都敢做，什么情绪都敢发，反正最重要的老娘开心。陈琴真被折腾怕了，生怕爬慢一步进家门口，那个祖宗儿媳妇又作妖，要断了才半岁大的孙子的奶水，闹着要离婚要出走。

罗丁自是知道老婆的心思，可他一点也不着急，反倒淡定地劝陈琴："走慢点，她跟我们住不惯，搬出去才好，清净！"

"说的哪门子丧话？搬出去住，说得轻松，出去住还不是要旺仔出钱买楼，旺仔好不容易才考了个事业编，还没站稳，工资才鸡碎那么多！都怪你，一世人，什么本事都无，只晓得守住个烂铺位，屁钱赚不了几个，几十年了，连间屋都买不起！"

"你、你说谁买不起屋的，我们现在住的商品房不是我买的吗？"

"呸！要不是当年我嫁给你，带来了旺气，那店旺了几年，你拿个屁来买商品房？"

陈琴刚嫁给罗丁那几年，添丁旺婚庆用品店的生意的确异常好，罗丁还请了两个工人帮忙打理，他们很快便有钱全额买了商品房，陈琴还安心在家养胎生孩子，因此孩子出生，罗丁就给起了名字叫罗旺。陈琴虽然觉得这名字很俗，但也心里认同。

回到家里，媳妇欧宋词正在给孙子换尿布，陈琴立马放下手中的小包上前帮忙，罗丁很知趣地拿着菜兜进厨房，这是夫妻俩近半年来的默契，先不管媳妇欧宋词脾气有多骄纵，但她毕竟是给罗家生了个大胖孙子，这功劳明摆的，她有好心情，才能有好奶水，孙子才能养得胖胖壮壮的。

现在都鼓励三胎了，已经不像罗丁和陈琴当时那样，想多生一个，还得掂量一下罚款、工作和入户口的事情，现在据说还有什么新政策，说非婚生子都可以入户口和继承遗产。这政策还真是年年新年年不重样，就像这周边的房子一样，今天冒一个新小区出来，明天又冒个新商业体，更新换代得太快了。明明几年前，渺城还是个三线县城，这巴眨巴眨眼睛，高楼大厦全扎堆拔起来了，罗丁几次开着破皮卡离开旧城区，都走错了路，这渺城的房子建得快，路也修得快，什么内环外环，什么红岭路碧云路，什么一桥二桥三桥，罗丁都分不清东南西北了，门道儿实在太多了。

罗丁跟陈琴一样，不支持这非婚生子女可入户口可享受继承权的政策的，他们觉得这很不地道，是对《婚姻法》的不尊重，那不是支持婚外情么？还得了吗？陈琴义愤填膺，罗丁也倒吸了一口气，要是男人哪天不小心在外面留了种，当小三的偷偷留下来的话，那可是要翻天了的，好好的家还不得四分五裂了？想到这个，罗丁下意识地夹了夹裤裆，这家伙得好好收着攥着，否则不小心留下什么后遗症，那故事的套路就复杂多样了啊！

可儿子罗旺跟媳妇欧宋词可不像夫妻俩般理解，他们觉得，这政策是符合以人为本的，是世界人权组织倡议的，他们认为，人人生而平等，并不能因为是私生子而被剥夺公民权和继承权，毕竟人的出生是没有选择权的。

儿子高谈阔论，罗丁还会粗起脖子争几句，但欧宋词发表的意见，罗丁是一句都不敢反驳的，媳妇儿最大，媳妇儿说的都是对的。

罗丁很快便从厨房里捣弄出四菜一汤，汤是番茄鲫鱼汤，鲫鱼弄了汤后，捞出来，再放些葱花酱油浇上去，香。陈琴帮忙着摆开碗筷，欧宋词已喂饱孩子，将孩子放婴儿车上，让他自己玩铃铛，走过来坐下。陈琴赶紧盛了碗鱼汤递过去，欧宋词接过汤，尝一口，说："爸，这汤好鲜。"罗丁捧着热过的卤水掌翼和鹅肝出来，笑着说："以后啊！你想喝什么汤，跟爸说，爸都给你弄！"

陈琴翻翻白眼，狗腿！然后转身打开酒柜，将那瓶已经开过的玉冰烧拿了出来，欧宋词说："看来爸今天心情不错，有喜事么？"

罗丁对这媳妇向来知无不言的，好心情都给媳妇瞧出来了，就再也不能藏着掖着，他接过玉冰烧，往杯子里倒了一杯，抿一小口，咂巴下嘴说："今天啊！锁匙定叫旧街几个主要店铺的人过去……"

陈琴忍不住打断："是旧街所有店铺的老男人都被叫过去吧？"

"大 C 不是无叫过去么？"

"切，大 C 是租店的，又不是老男人。"

"爸，启叔有么新鲜事告诉你们了？"欧宋词连忙发问，这个时候不打断，夫妻俩就很快升级到斗嘴了，永远也进入不了主题。罗丁被拉回主题，又抿一口酒，夹一块鹅肝说："你启叔不是有个外甥在什么投资公司上班么？"

"是渺城城市投资有限公司！"欧宋词轻笑起来，"爸，罗旺前段时间，不是考进去了么？刚过试用期呢！"

"对对对，我老了，老是记不住旺仔进的什么公司，就是这什么投资公司，还是你定叔外甥给推荐了的。"

欧宋词喝一口汤说："罗旺可是正式考进去的事业编。"

"我的种，当然正式考的功名！"罗丁得意地往嘴里塞鹅肝，陈琴用筷子敲一下他的头："都什么年代了，还考功名。快说，锁匙定跟你们说什么了？"

"他外甥给他说，我们这片旧城区要全面改造了，政府说什么，什么修旧如旧！得保持旧街的本色，又让它重新焕发活力！"

罗丁说得一本正经的，陈琴和欧宋词都忍不住笑了，要罗丁将修旧如旧焕发活力等词说全了，真不容易。

罗丁说："你们别笑，锁匙定说了，旧城改造，那我们得联合起来，向政府要赔偿款的。"

"赔偿款？"听到这三个字，陈琴和欧宋词眼睛同时一亮，陈琴放下筷子，欧宋词放下汤碗。这婆媳俩得多没见识啊！罗丁打心眼里蔑视。陈琴转不过弯来，这几十个男人塞在锁匙定的店内一下午，就是为了旧城区改造的赔偿款？怪不得罗丁这么舍得，买酱鹅肝了。但是，旧城改造，即是帮旧城区纵横的几条老街的店铺和住宅巩固翻新，即是帮老百姓修缮好，弄漂亮些，那对老百姓来讲，不是好事吗？怎么还向政府要赔偿款呢？陈琴夫妻俩早就想把自家的店面翻新了，只是逢着孙子出生，夫妻俩忙前忙后顾及不来，这才给搁置的。

对于陈琴的疑问，罗丁和欧宋词是很不赞同的，政府要改造这片旧城区，就得将旧城区内的铺位和住宅内的居民迁出一段时间，而在改造期间，旧城区内的档口生意肯定会受到影响，更多的要关门，这就涉及迁出费、安置费、误工费等等。

陈琴还是一根筋的思路，若自己翻新店铺，亦要关铺一段时间，亦要找地方放置原店内的货品，还要自掏装修费呢！

罗丁翻起白眼，真是个蠢婆娘啊！现在又不是自己装修翻新，是政府要给整个片区翻新，这是政府统一部署的，跟老百姓自己弄是不一样的。大锅里的米，能掏一点是一点，怎么掏都是赚的，懂不懂？

陈琴好像懂了，欧宋词喜滋滋地给罗丁倒酒，说："爸，那个，我们店铺，大概能拿多少赔偿款呢？"

罗丁说，他和锁匙定、钟三醒他们商量过，每间店铺的大小和处的位置不一样，收入也不一样，到时他们得推个代表出来，请个会计师仔细计算一番，再跟领导们谈谈，可不能少于现时的实际收入，按锁匙定他们的说法，这样的搬迁，得向政府讨三倍误工费的。反正，具体数，老男人们还没有琢磨出来，这不，到点了，不都要去接孙子孙女放幼儿园了嘛，还得买菜做饭呢！准数儿还没个定调，反正，添丁旺婚庆用品店满一百平方米，起码要租一百平方米的店面来安置这些货品，加上迁来迁去的费用和误工费，前后得要二十万左右！

"二十万？"陈琴喝汤的手一抖，刚拿起的汤差点都泼出来，罗丁可真敢想啊！这店就算在生意最好的一年，满打满算也赚不到二十万啊！不就卖几个簸箕箩筐镜子梳子盆子么？充其量比普通的簸箕箩筐多漆了个大红喜字，那喜字还是夫妻俩自己刷上去的，模往筐上一放，红漆顺着模型点横竖撇捺，太阳下面一晒，干了，就成了。

陈琴翻翻白眼，老街这几个皮皱腰弯的老男人，平时抠得像甘蔗渣，怎么拧都拧不出一滴水，还学人请会计师算计？这会计师能便宜吗？动不动就上千上万的。要这几个老男人每人掏一千元出来请？简直天方夜谭。

罗丁手里撕着一个卤鹅掌，想不明白娶了二十六七年的婆娘，越老越糊涂了，要是旧城区几条老街的商户联合起来，跟政府谈判赔偿款，那政府还不得要做个调查报告么？调查调查，肯定要到店里来了解情况的，那么，这个情况该怎么写，还不是商户自己说了算么？罗丁回来的路上已经想好了，月收入得按每年的旺季来算，还要把铺租算进去呢，尽管铺位是自己祖上留下来的，但也得算租金，对不？

正聊着，罗旺回来了。二十五岁的小伙子，铲了个寸短，清爽帅气得很。自从考进渺城城市投资有限公司上班后，罗旺就忙了很多，今天回来算早的了，有时开会要开到晚上九十点才到家，一回来就嚷肚子饿。年轻啊！吃多少都能一下消化掉。

罗旺打开门，手也不洗，直接蹲欧宋词身边坐下，叫声好香，伸手拈起一块鹅肝塞进嘴里，陈琴赶紧起身去盛饭。

"什么二十万？"罗旺一边扒饭进嘴里，一边问，"我开门时听你们说什么二十万？"

罗丁把今天在锁匙定那里听到的都跟罗旺说了，然后拿着酒杯问："仔，你在那什么投资公司上班，有听说过这个改造的事情么？"

"有。"罗旺扒拉着饭粒，筷子又伸向酱鹅肝，欧宋词瞪他一眼："吃太多内脏不好！"罗旺的筷子乖乖地拐个弯伸向熬过汤的鲫鱼，说："已经招标，投资二点六亿呢！"

"二点六亿？"罗丁手中酒杯一顿，"这是多大的手笔啊！就这几条老街的房子修修补补也使得着二点六亿么？有没有说迁出安置等的赔偿款在里面呢？"

罗丁的眼里，二点六亿是天文数字，老街这些老商户干一辈子加起来也没有二点六亿。罗旺差点笑出来："爸，这是老城改造项目的工程款，不包含在迁出安置费里面的。"

"我不懂什么款，你就告诉我，政府会补多少钱给我们？"罗丁直接问，陈琴和欧宋词都竖起耳朵，罗旺说他没见过迁出安置费用的文件，也没听哪个同事说过这事。

罗丁有点儿失落，气氛低沉地抿着玉冰烧，早知没安置费，就不加菜了，也不喝玉冰烧了，喝大红米也挺好，便宜。

陈琴晓得罗丁心里想什么，安慰说："罗旺才进去渺城城市投资有限公司工作不久，还不熟悉，可能安置款的分配方案，在之前已经出来了呢。"

罗旺笑着说："妈，你就别安慰我爸了，旧城改造马上就动工了，上面催得紧呢！是大伟哥负责这项目，我跟大伟哥的，有这款我会不知道么？要有赔偿款，早就打到我们家的账户上了啊！"

陈琴皱起眉头，不对啊！怎么要动工了，都没跟大伙们宣传宣传？罗旺说，告示早就在新渺网上登了，新闻也有播放过，你们不看而已，这两天老城管理居委会就会到老城广场公示栏贴公示。

罗丁觉得有点儿冤，什么新渺网旧渺网，他的手机只拿来打电话的，哪晓得上什么网什么平台什么小程序的？要不是现在时兴，他手机里被迫搞了个微信，唉！年轻人都不带钱上街买东西了，都用微信扫。罗丁摸摸屁股后面的口袋，钱包还搁在后裤袋，但只放身份证和驾驶证，没现钱了。

罗旺还说，这个旧城改造项目，就是锁匙定的外甥刘大伟负责的，他现在正为如何说服老街的居民搬迁头疼着呢！

罗丁狠狠地吞一口玉冰烧："总之，没赔够二十万，我就死也不搬！"

罗旺说："跟你是说不通的，大伟哥就说这是烫手山芋，谁接谁倒霉的。他昨天就说跟他舅锁匙定试探一下，谁知锁匙定跳起来叫，不搬，死也不搬，除非赔钱！"

陈琴恍然大悟，怪不得今天锁匙定叫了全旧街的男人过去他的店，原来真的是商量这安置费的补偿问题。陈琴问那铺位改造后，还是给我们经营吗？罗旺说必须给啊！就是有部分已找不到户主的老房子和属于政府的老房子，"公资办"会拿出来出租，就像添丁财婚庆用品店边上的大 C 冰柠檬茶馆一样。现在旧街靠大堤的那段，不都全都更新换貌了么？多了好多的西餐厅轻食店和奶茶店，现在江边一带都成渺城的网红打卡点了。

罗丁有些脑袋不够用，什么网红打卡点？他总觉得那些小年轻，没事搞事，好好的粤式老房子，古色古香，挺有味道的，结果被这些小年轻一改造，就变得红的粉的黄的白的，花花绿绿，完全找不着原来的特点。里面卖的奶茶咖啡点心更让人生气，中不中洋不洋，全是色素香精调出来的东西，想不明白还那么多人买。不过不习惯归不习惯，这一两年，老城区这边的确旺了很多，年轻人都喜欢往旧街钻，带来了人气，生意也没那么难做了。

罗丁不理会网红店打卡点这些，他最关心的还是补偿款的问题，今天比较有见识的锁匙定和钟三醒已经说过了，只要政府是改造，涉及迁移居民店铺等问题的，都必须要作出适当补偿，这都是有法律条文支持的。

罗旺说具体他也不清楚，但他很清楚，地方政府已经什么钱都拿不出来了，他们过年有没有奖金发还不清楚呢！说着还回身去摸摸婴儿床上的儿子的头，说："崽，你爸我也想要补偿款啊！有补偿款，我去给你供套电梯房！"

罗丁陈琴听了，心里沉了沉。欧宋词直接放下饭碗，起身回房间去了。

原来锁匙定想着自己一个人反抗力量不够，就纠合旧城区所有店铺的男人一起商量，本着人多力量大，借这次改造的机会，捞点儿补偿款。

陈琴扯扯罗丁的衣袖，说："老罗，政府免费给我们店铺装修，已经是天大的恩情了，我们可不能跟锁匙定他们一样，给政府添乱了。"

罗丁不知是喝了点儿酒还是生气了，眼珠猩红的，瞪一眼陈琴："头发长见识少，这赔偿款该是我们的，就一分不能少。"

"这、这要是我们犟着不配合，那、那会不会影响到旺仔和大伟的工作？"

陈琴终于说出了她担忧的关键，欧宋词刚从房间里转出来，本要跟罗旺争论几句的，但听陈琴这样一说，也立马陷入了沉思，疫情几年，多少人失业，她身边很多同学找不到工作，现在家里除了添丁财婚庆用品店外，就只有罗旺这顶梁柱了，好不容易才考上事业编，收入还算稳定，可不能黄了。

罗丁暴起的青筋全落回去了，拿起的酒杯也放回桌面，一家人对着一桌子丰盛的饭菜，再也没有大快朵颐的兴奋劲，只有半岁大的小娃娃，咿咿呀呀地摇着手中的铃铛。

刘大伟决定到渺城武庙上炷香，他坐上车子时，双腿还是抖的。记得前些天，他去巡查武庙旁边的改造工程时，碰到在那里上班的老蔡，老蔡笑他，老城改造项目都动工了，有没有进武庙烧过香？刘大伟当时还嗤之以鼻，不过是翻新一下，修修补补的，哪需要这么复杂？谁承想呢？

因为改造迁移店铺过程中发生太多问题，特别是许多正在经营的店铺不配合迁出，他们要求政府赔偿。可旧城改造这个项目，是发债券的，概算当中根本没有迁移安置补偿费，刘大伟天天带着团队进入老街鉴定，天天都要跟商户们解释为什么没有安置补偿。但无论如何解释，商户们仍天天围着他吵闹，刘大伟每天上班便头大，特别是每天经过他娘舅的开锁店，他娘舅锁匙定便准点拿着铁锁，站在店门口骂："食碗面翻碗底的，你敢动我间店铺试试，我一锁敲死你！"

刘大伟不敢上前争辩，赶紧绕小路走了。因为迁移安置的问题未解决，上头又催开工催得紧，经过三天三夜的开会研究，最终，决定先从武庙旁边的办公楼动工。

老蔡就在武庙办公楼里面办公，她很好地替刘大伟做着监工。每天上班，看见工人从上面直接倒建筑垃圾下来，就拍视频给刘大伟，又或者工人不戴安全帽不绑安全带，随意上落，她都会告诉刘大伟，刘大伟不用过去，也能知道现场的施工情况。所以，刘大伟每次去施工现场，都会进办公楼里面跟老蔡打招呼。

老蔡是个招人喜欢的女人，白白胖胖，满脸笑容，看上去像个观音菩萨。她还挺有能力的，负责渺城建筑工地安全生产检查，反正在渺城建筑领域内，没有人不认识她。刘大伟也喜欢跟老蔡说话，这女人反应太快了，声音软软糯糯的，上天文下地理，上下五千年，纵横八万里，什么都能谈，什么都能接，还风趣幽默，狡黠灵动，魅力十足。

老蔡给刘大伟泡茶，泡的是普洱，她说熟普洱喝了不伤胃，人过了四十以后，就真的需要养了。

刘大伟当然是认同的，但现在单位人少工程多，他一个人就负责六七个项目了，忙得脚跟碰不着地，哪有时间养？老蔡还让刘大伟拜拜武庙，武庙是旧城区的土地公，镇守着江边片区的老街，现在他们要给老街旧貌换新颜了，也得尊重一下本区域的庙神嘛！

刘大伟当时没上心，也是，实在太忙了，每天一到老街就被老街坊围着，不是叫着要补偿款，就是闹着那里动工影响到他们的生意，总之喋喋不休，烦不胜烦。现在讲究服务，什么都要和谐，刘大伟满肚子憋屈，也不敢表露出来，甚至连大声回应一句也不敢，老街坊们都是看着他长大的前辈，得罪不得，更怕这些老街坊们拍了视频到处发啊！

这不，这天上午，十一点左右吧，刘大伟带着几个鉴定技术人员和旧城改造总包的项目负责人宋工，走进中山路一间破旧的老屋。

老屋的主人早就搬走了，现在租给了一对收废品的夫妻住。这收废品夫妻一早便出去收废品了，刘大伟他们联系了很久，他们才骑着电动车回来。

男人开的门，女人在门外收拾废品，男人推着电动车走前面，刘大伟他们跟后面，刘大伟抬头望望屋顶，挺破旧的了，风飕飕地从顶上漏下来，墙上还有裂痕。男人停放好电动车，一边拉插座出来充电，一边嘀咕说："这鸟破房子，还要租六百块一个月，都不是人住的了，到处漏风，昨晚整晚咔咔地响，像有鬼在食墙一样。"

刘大伟他们听得毛骨悚然的，这老城区，历史长了，不免诞生许多神乎的鬼怪故事，刘大伟是旧城这边长大的，他的童年充斥着各种各样与老街有关的鬼怪故事。

这老房子又黑又暗，堆满了废品垃圾，散发着难闻的气味，在男租客的埋怨中，更显得阴森可怕。刘大伟打了个冷战，向宋工他们示意，还是到屋外面谈吧，这必须是危房了随时有坍塌危险，不能住人了，要尽快给这对租客夫妻安置安全的房子。

刘大伟他们走出屋外，女租客正用力码着一沓纸皮，绳子甩在纸皮堆上，双手用力拉着绳子，偏黑的圆脸憋得红红的，纸皮太多太厚，她一个女人码不过来，见刘大伟他们出来，赶忙叫："老板，搭把手哩。"

刘大伟和宋工上前帮忙，一人拉一边，正"一、二、三"准备用力，突然"轰隆"一声巨响，从里面传来，地动山摇的，震得众人几乎摔倒。刘大伟和宋工手里拿着绳子，望着突然暴起的尘土呆立木鸡。前后还不到一分钟，若不是刘大伟感觉不舒服不对劲，叫大家都走出来再商量安固修缮的事情，那他们几个都被埋在这一刻的地动山摇里面了。

"老公，我老公！"女租客突然一声尖叫，刘大伟才醒悟过来，刚才他们出来时，那个男租客还在里面的。这次完了，刘大伟额头冒汗，他是甲方项目负责人，要这工程出了事故，后面麻烦事肯定多得断不了。

宋工也白了脸，他一把拉着想冲进现场的女租客，情况再紧张也不能乱了方向，里面还存在二次坍塌的可能，女租客冲进去是非常危险的。

女租客像疯了般扭动身体，她形体偏胖，干开活，力气大，宋工是个小个子，眼看拉不住了，刘大伟立刻上前帮忙拦着女租客，让她镇静一点。女租客挣扎尖叫着，无法冷静。

刘大伟平常接触的市政项目，多以道路公园广场等为主，学校与公租房也有一些，但像旧城这么大规模的改造工程，还是首次，从未有过这么危险的经历。倒是总包宋工比较冷静，立刻安排几个技术人员绕到后面看看塌方情况。

刘大伟拉着女租客的双手，全是冷汗，他回忆着刚才进入危房时，像有什么暗示他一般，突然浑身寒飕飕的，打了个冷战，他就想出来了。出来还不够一分钟，房子就塌了，要不是这个突然的冷战，他们恐怕都在里面一起被埋了。

惊险啊！这才是旧城改造项目的开端，他们不过是来鉴定一下，这老房子属不属于危房，需要安固不？往后不仅还有上千间老房子要鉴定，还要整改改造呢，还有多少不安全因素隐藏在里面啊？

眼前一抹抹的黑色，这个男租客死定了！刘大伟想，他拉着女租客的手不放，眼睛盯着房子里面看，里面尘土弥漫，碎石瓦砾时有坠落，一时间也看不到究竟。刘大伟的心沉到了底部，他们出来时，男租客还在厅里面摆弄他的电动车，现在目测塌下来的方位，正是大厅顶上的瓦棚，看来男租客凶多吉少了。

要不要打110？刘大伟问宋工，宋工说，先绕后面看看情况。

他们都是不敢从正门进去，塌的是后面大厅的位置，正门进去是穿堂廊，廊顶与大厅顶是相连的，谁晓得那廊顶会在什么时候塌下来？

女租客也冷静了一点，在刘大伟和宋工的搀扶下，绕到房子的后面，这时已经有十来个附近商铺的商户围了上来。都是老街坊，七嘴八舌的，说这房子，早有裂痕了，屋主自己不敢住，又舍不得花钱修缮，就便宜租给收废品的夫妻住，也放置废品，这不，昨晚风大，北风呜呜地吹了一晚上，这破房子也跟着呜呜地叫了一晚上。早上收废品的夫妻到金香脆早餐店吃肠粉时，男租客还跟肠粉李抱怨，整晚像鬼凿墙般吵，根本没怎么睡。没想到原来是这房子架不住北风吹，准备塌架了。

女租客脸上布满了鼻涕眼泪，叫着丈夫的名字，嘶叫着："你咋那么笨啊？其他人都出来了，你还蹲里面等死啊？"

真的是等死啊！刘大伟又浑身寒意，鸡皮疙瘩竖起来，他甚至不敢抬头往坍塌后的墙壁里面张望。要是男租客被压得血肉模糊，他想自己看到后可能连续几晚都睡不着觉了。

这样的开端，真不吉利啊！身为本地人的刘大伟，还是相信一点风水的，这是他负责的项目，出了这样的事情，首先被问责的，肯定是他，可他又百口莫辩，百多年了的老房子，之前都没有做过修缮的，谁知道它是不是危房能不能住人呢？今天进去，也是想鉴定一下它的危险性的，谁想鉴定工作还没有开始，房子就塌下来了？那个男租客，平常就住在里面的，在未确定房子的危险性之前，他们也不能硬要人家搬出去住啊！

刘大伟觉得这次实在太冤了，他有点儿后悔，干吗不听老蔡的话，开工前到武庙上炷香。正在他后悔时，围观的人们忽地叫了起来："那个……那个谁啊！有人呢！"

有人？刘大伟猛地一抬头，只见坍塌的房子里面，尘土逐渐消散，在逐渐消散的尘土中，一个蹲着的人影逐渐清晰，是男租客，他蹲在厨房的角落，双手抱着头，抖抖索索的。

这命真大啊！

街坊们发出阵阵惊叹，听到人们的声音，男租客慢慢抬起头，女租客哇的一声大哭："你个死鬼，还蹲里面干吗？赶紧出来啊！"

男租客懵懵懂懂地站起来，但站了几次都站不稳，平复了好几次后，终于扶着墙壁站起来了。他歪歪斜斜地往大家走过来，那步姿比新华路那边的翠姐强不了多少。走近了，众人又"哄"的一声笑开了，刘大伟一看，原来男租客的裤裆全湿了，刚才的坍塌把他吓尿了。将心比心，要是刘大伟也留在屋子里面的话，肯定也吓尿了。

男租客终于走到后墙这边，大家齐心协力将他拉出危房，女租客紧紧抱着丈夫，捶打着抽泣。

原来刘大伟他们离开危房时，男租客将电动车充上电后，见手有点脏，到厨房弄些水洗一下，哪知刚走进厨房，背后便地动山摇般塌下来一大块屋顶，男租客在应激的情况下，直接往前跑了几步，抱头蹲在厨房的角落里，耳边全是隆隆的倾倒声，男租客吓得全身发麻，他也是刚才站起来时，才发现自己尿了一裤裆的。

尿裤子虽然丢人，但怎么也比丢命强。刘大伟看到完好无损的男租客，一颗悬起的心才勉强落下来，没出人命，不幸中的万幸，这破房子，真要赶紧拆了重新修建了。

刘大伟提着酸软的双脚走出人群，这虚脱感让刘大伟很不适应。日常里，刘大伟每周保持两晚踢足球的，体能比一般人要好，经历这次危房坍塌，双脚比跑完一场球赛还要软，大脑无法正常指挥双腿走路。

好不容易走到中山路口，忽然有人在后面叫伟仔。整个旧城区，只有一个人会叫他伟仔。刘大伟站住了脚，中山路口与新华路口十字交叉，新华路那边的钟三醒钟表店旁，靠着几个浓妆重彩的中年妇女，她们臃肿而妖娆，看见刘大伟望向她们，笑得吱吱响的，用不咸不淡的白话喊："靓仔，同姐姐交朋友么？"

刘大伟的脸一阵发烫，翠姐居然不在，不知道是有朋友要交流还是有其他事去处理了。眼前这几个女人，一直盘踞在老城区一带，还被网友拍了视频发抖音，可惜没有红起来，当然，她们也不具备红的条件了，她们已与老城区一起，越来越旧越来越老越来越残缺。

锁匙定这次没有拿铁锁追上来，他是从中山路这边走过来的，应该是听到消息，过来看刚才危房坍塌的热闹了。看他的脸色，也被坍塌吓着了，并不好看。不过刚才人多，刘大伟处于惊慌紧张当中，没有注意自己娘舅也在。刘大伟没有了跟锁匙定争论补偿款的耐心，他此刻口干唇裂，只想快点到老蔡那边讨口茶水喝，然后进武庙上一炷香。

锁匙定还是追上来了，刘大伟不得不停下来，叫了声定舅父。锁匙定问："伟仔，这改造的项目，跟你的关系有多大？"

刘大伟不知道还可以怎么解释？他就是这个项目的直接负责人，全都是他一个人担完全责任的，无论大小都关他的事，譬如出改造公示、譬如劝离群众、譬如给群众解释、譬如危房鉴定、譬如项目的安全和质量……

看到刘大伟的不耐烦，锁匙定也感觉到，这个时候还烦着外甥追要补偿款，真的很不合时宜，他嗫嚅着说："我，我是想跟你好好谈谈，你，你还是先忙吧！"

刘大伟走到车子前面，准备上车时，锁匙定还向他喊了句："好在人无事，你平常查房子，得小心了。"

刘大伟无奈地关上车门，娘舅从小到大都疼爱他，只是这段时间涉及改造迁移，两个人关系才紧张起来，其实娘舅的心里，还是很在意这外甥的。

自从旧城改造项目开工后，罗旺便没有一天能准点下班回家的，尽管家就在工作地段的几百米外，老婆欧宋词不知牢骚多少次了，说他是新一代隐形父亲，她是丧偶式育儿。

罗旺恨不得上前撕了欧宋词粉嘟嘟的嘴巴，什么词都敢喷，谁不想朝九晚五，准时出粮啊？工作上的事情，也不是他能控制的。欧宋词是不知道，罗旺虽然是个基层职员，但是每天回去大会小会晨会晚会，各种会开一大堆，什么项目都要冲一线。

领导布置的工作不仅烦琐，还得马上去做。这边还没谈妥改造迁移的事情，那边领导就催着必须要动工了，可老百姓还住在里面，怎样动工呢？领导是不管的，决定了动工就必须要动工，至于怎样动工，想办法啊！那么高薪请你们回来，就是为了解决问题的，要是领导有时间来解决问题，那请你来干什么的呢？领导只负责开会，开会都很好，非常好，方向定了，调调定了，剩下的就是行动。

行动怎么定？找总包商量啊！商量的过程中又出问题了，得报建，三百万以上的市政项目全部都要报建。那赶紧去报建啊！不报建就不纳入监管，不纳入监管的项目，验收就过不了，出了问题就定不下责任主体，属于违建了。

报建？报建得要有足够的资料，需要有初步设计评审意见，没初设评审意见怎么办？赶紧找人来审评。找谁呢？罗旺初入渺投，两眼一抹黑，什么都不懂，只能找刘大伟。

刘大伟说，找老蔡，解决不了的问题，都找老蔡。现在刘大伟是很相信老蔡的，自从上次去武庙上香后，旧城改造这个项目，好像就没有什么意外的事情发生了，刘大伟说老蔡比观音菩萨还神。

至于仍未解决的居民迁出的问题，先放凉了再说吧，再沸腾的水搁久了也会凉，反正项目做起来后，老街坊们再多意见，也改变不了旧城要改造要旧貌换新颜的事实。

刘大伟很淡定，罗旺很服气这位上司，尽管项目刚立项时，刘大伟已经给他娘舅拿铁锁追了九条老街，但他仍淡定地坚守在旧城改造这个项目上，要是罗旺被罗丁天天拿酒瓶砸，罗旺早就翘了不干了，多丢人。

旧城改造是从人民一路这边开始的，人民一路与新华路交界的"T"字路口，立了一个施工门牌，上面写着总包单位名称，旁边还竖着施工现场一图五牌。

刘大伟经常站在门牌下教罗旺做事，很多街坊围观，也包括罗旺的父亲罗丁。刘大伟的娘舅锁匙定，亦会不时过来看看，但基本不会主动打扰刘大伟教罗旺。还有独脚的翠姐，带着几个浓妆艳抹的中年妇女，没朋友可交时，便凑过来，嘿嘿笑着打趣："旺仔，做么呢做？跟阿姨们要去好过啦！"

罗旺涨红了脸，跟刘大伟说他去武庙那边找老蔡，刘大伟说不急，反正都是后补的工作，不差这一两天。

罗旺听着刘大伟讲工作注意的要点，心思难免有些走神，大伟哥是怎么做到的？他娘舅眼睛瞪得铜铃大，生怕这路面要挖到他的店门口，喉骨上下滑动，吞着口水，脖子伸长，似乎随时都会扑上来破口大骂。但刘大伟完全漠视他的存在，丝毫不受影响，工照开，路照挖，房子照拆。高人啊！罗旺在心里叹一声，立马收敛心神，用心记录刘大伟跟他说的要点。

检查施工总承包开挖路段时，必须要注意该路段的管网分布，刘大伟还教罗旺认识水、电、燃气管道和光纤等标识。罗丁看到儿子像很被重用的样子，高兴得连补偿款也丢一边了，努力从人群中挤出来，大声叫："旺仔，好好跟你大伟哥学，将来给我老罗家长脸。"

罗旺恨不得马上钻进路下面的污水管网里，这个死罗丁除了爱往翠姨她们身上挤，还爱不要脸啊！陈琴到底知不知道？

因为工期比较赶，为了不耽误，经过多方会议，最终决定先从不需要迁移的路面改造、公资产业及无主旧宅动工。刘大伟安排罗旺跟路面改造，罗旺知道他在保护自己，相对公资产业和无主旧宅的改造，路面改造的危险性没有那么大。除了要摸清路下面的管网位置外，罗旺还需要监督好施工总承包，做好对应的路面铺设和围蔽，还有工人在施工过程中，是否做好安全措施和按图施工。

一涉及围蔽，附近商铺的店主就不干了，金香脆早餐店的肠粉李大叫："我这店就靠老街坊每天帮衬早餐的，这挖开了路面，人走不过来就算了，还用围挡围起来，那跟给我关门有什么区别？"钟三醒还在一边补刀："赔偿还没给，就把门都关了，政府就这样对我们这些平头老百姓的吗？"成凤日杂店的钱多多干脆来个火上浇油："不给补偿款就不能给他们挖我们的路，挖路断财，日子无法过了，我们集体去区府上访。"

其他人被这样一煽动，立刻将刘大伟罗旺和宋工他们堵在人民一路的中间，进退不得，罗丁虽然很担心罗旺，但还是咬着牙，随同围堵的群众叫嚷着拥到路中间。

在店里抹着灰尘的陈琴，听到大C的汇报，立刻从店门口抄起平常打罗丁的扫帚冲了出来。陈琴一边跑一边跟大C说："一会无论如何也要帮她将罗旺拉出来，谁碰罗旺一下，她就跟谁拼了。"大C说："琴姐你别冲动，那么多人的，都是老街坊。"

"就是老街坊，才不能让下一代难做啊！旺仔为了这个改造工程，都没好好在家吃过一顿饭了，也没休息过，天天到家都唉声叹气的！"陈琴举着扫帚，气得脸红。

大C说："琴姐，我挺你，你是老街这边的人间清醒啊！我租中山路口这间老房子来做柠檬茶室时，不知费了多少心力和人工了，那破房子，烂得几乎要拆了重新建，现在政府不要大家费钱就给大家修了，还有什么不满意的呢？"

陈琴说，还不是贪啊，人心不足蛇吞象，他们贪心是他们的事，伤害到我旺仔就不行。大C说，放心，罗丁大哥在呢！陈琴更火冒三丈，个逼人无用的，哪有老豆给仔添乱的！

看见群情汹涌，被围在中间的罗旺紧张地躲在刘大伟身后，宋工和工人们拿着挖掘工具，警惕地看着四周，丝毫不敢放松。刘大伟倒是淡定，他娘舅锁匙定与他离得最近，几乎面对面的，锁匙定喉骨一吞一吞地滑动。

刘大伟脸上挂着淡淡的笑容，说："叔伯婶母们，知道大家都爱看挖掘机，反正没啥事，都看着就是呗，但正施工呢，危险危险，都往边上靠一靠，大家都是看着我和旺仔长大的，都是长辈，伤到谁都不好哟！"

锁匙定脸色黑得阴沉，一字一顿地说："伟仔，补偿款的事，没落实就不得挖！"

刘大伟笑着说："定舅父，这事情，不是文件都发到大家的店上了么？文件说得很清楚的，我们这是旧城翻新改造，并不是迁走大家，待改造完成后，大家该回来开早餐店的开早餐店，该开日用品店就开日用品店，政府并不占用大家原来的店铺，只是帮大家修缮一下，另外，我们也不是立马就要大家迁走，做到哪家迁哪家，占用的时间也不长，最多半个月。"

"说得好听，半个月。"肠粉李插话过来，"你们这样又挖路面又围蔽，没一年半载搞不好的，好多客人看见这里施工都不过来消费了，哪还有生意？"

"肠粉叔，我从小吃您拉的肠粉长大的，您的肠粉最正宗了，哪都没您拉的肠粉地道，老街街坊，谁离得开您的肠粉？"

刘大伟一通夸，肠粉李得意起来："那当然了。"

刘大伟说："肠粉叔，那不就是了啊！您肠粉好，旧城所有街坊都晓得的，您拉了几十年肠粉了，需要做广告吗？您的手艺就是您的广告啊！对不？叔！这里那么多乡里乡亲，也不因为我们在这挖路就不来吃您拉的肠粉啊！"

大家想想，刘大伟说得对啊！这路都挖了有一段时间了，大家还不是绕个圈也要过去金香脆吃肠粉李拉的肠粉！

"你小子别绕了。"锁匙定不吃刘大伟这一套，怒道，"绕那么远，还不是逃避补偿款的事情？"

"定舅父，你这话就不对了。"刘大伟仍笑呵呵的，"我哪有回避？我说事实，大家有没有收到政府发的旧城改造的文件？都有吧？上面也跟大家说得清清楚楚，明明白白，我们这旧城能不改造吗？都回去看看，裂了几条缝了？屋顶的瓦还能用吗？下雨要几个盆接水了？政府改造我们这一片区，都是为了大家的安全和长久的发展啊！"

"对啊！我觉得大伟说得对。"举着扫把的陈琴扒开人群挤进来，母夜叉般对着罗丁嘶："你不看铺，在这里阻碍旺仔做事，还想他好吗？"

罗丁很无奈："我哪有阻他做事？我什么都没做。"

陈琴将扫把一竖，叉着腰说："本来我们家的铺，我们还想请师傅来修缮一下的，没想到现在政府给我们做，可省不少呢，我跟大 C 算过，起码省十万八万的，大 C，你说对吗？"

"对对对！"大 C 防不胜防，被陈琴拉下水，在人群外面抹冷汗，现在群情汹涌，陈琴这样不是将自己拉向群众的对立面么？

陈琴可不管大C心里想的，接着说："我说啊！政府在给我们省钱呢！这补偿款，有给我们当然好，没有我们也开心，大家说对不对？"

陈琴的说话，显然起不到什么效果，大家还是围着施工队不肯让开，钱多多翻着白眼说："我的店不用政府费心了，不用修缮，影响我卖东西就得赔钱！"

"对，赔钱！"

钟三醒几个立刻附和，大家的情绪又往回涨了，都往施工队靠了靠。罗旺紧张地问，大伟哥怎么办？

刘大伟干脆点上一根香烟，奶奶的，一上午都没抽过烟了，施工现场禁止抽烟，跟街坊打交道又那么费口水。刘大伟深深吸一口烟，喷个烟圈说："闹什么闹呢？现在施工队动你们的店铺了吗？修路而已，路不好，财也来不了，这些年，叔叔伯伯们还未给水浸街浸够么？"

说到水浸街，缩小了的包围圈又扩散松动了。

话说旧城区这一带，每年雨季都是水浸街最严重的区域，北江大堤外的水在堤腰上荡着，大堤内的水就在横街窄巷中蹿，从街上一直蹿入沿街的店铺里面，店铺里铺的方砖再能吸水，也吸不尽猛然蹿入的雨水，因长年缺乏修缮，很多店铺的屋顶缺片少瓦，雨水从瓦缝里漏下来，瞬间，满店的商品都泡黄水里了。

老街坊们修得了屋顶改不了街巷，只要天气预报说未来有大雨，就得立刻将货品往高处搬，店门口垫多少个沙袋也堵不住会蹿的黄水啊！店给雨水浸了，把东西搁好，店门一关拉倒。

生意可以暂时不做，生活却是每天都要过的。一到下大雨水浸街，老城区旧街这边的街坊们脑袋就嗡嗡叫，水都涌进店里膝盖高了，出门困难更不用提。有些平常坑洼的地方，水都到成人大腿了，根本就没办法接送小孩上下学，去菜市场买菜也不行，有些街坊甚至是拖着塑胶盆出门接孩子的。

老街坊们从出生就受水浸街的折磨，一直被折腾到中年、老年，苦了一辈子，再也不希望子辈、孙辈也跟着再受这样的罪。

在广东民谣里，被群众传唱最广的就是《落雨大水浸街》了，歌词第一句就唱："落雨大，水浸街，阿哥担柴上街卖……"

已经跨入二十一世纪二十二年，因大湾区建设，渺城的城市面貌日新月异，道路交通越来越畅通，新城地段几乎都没有水浸街的报道，现在只剩下老城区这一带，因为历史原因，仍处于水浸街的重灾区，老一辈困在水浸街里面出不了门，年轻一辈堵在水浸街外面入不了门。百姓怨声载道，一直呼吁着要彻底解决旧城区一带的水浸街问题。现在刘大伟将水浸街的关键点锁着，锁在了街坊们的心坎上。

刘大伟微起眼睛，看着悄悄往后移的街坊们，翠姐瘦小的身体挤在人群中，拐杖支撑着她残缺的身体，一点点地往后缩，像个逐渐消失的省略号。

刘大伟的心被什么东西刺了一下，隐隐有点痛。

刘大伟亦不太清楚翠姐的左脚是怎么坏掉的。刘大伟记得，在他很小的时候，翠姐就是翠姐，脆生生的，扎着高高的马尾，穿着蓝色的背带裙、白衬衣，背着天蓝色的书包，与几个年纪相仿的小女孩一同走在新华路上。

那时旧城一带还是渺城的商业中心，人气十足，非常兴旺，这个漂亮的小姑娘只要从街上经过，都会引起一溜摆街卖菜的叔叔阿姨们的赞美，皮肤这么白，眼睛闪亮亮的，脸蛋红扑扑的，在几个小女孩中跳脱而出，长大后肯定不得了。

那时阿定锁匙铺还不是阿定的，是阿定的父亲阿启的。阿定刚读完初中，没考上中专，回来跟他的父亲阿启学刻锁匙和开锁。五岁的刘大伟被母亲送回娘家，他含着手指看外公开切割机，看见刚长了一圈毛茸茸胡子的定舅舅，眼睛总不在吱吱发响的切割机上，而是往外面飘。刘大伟顺着目光飘出去，原来几个穿着蓝色背带裙的小姐姐在马路对面经过，撒下一溜阳光饱满的笑声。

马路对面的钟氏钟表店，中间的大挂钟下面的玻璃柜前，坐着初中毕业，没考上中专的钟三醒。钟三醒手里拿着精细的小钳子，腰身坐得直直的，眼镜后的眼珠也飘到街上。

刘大伟看到两股热气腾腾的光束，啪地刹在一起，都定格在脸蛋红扑扑的翠翠姐身上。翠翠姐好像读六年级了，胸部微微往前凸着，骄傲得像只披着蓝色羽毛的孔雀，她与几个女同学说说笑笑的，似乎感受到来自马路两边的不一样的眼光，又似乎没有感觉，女孩子的笑声银铃般响着，往新华路深处飘去，带着刘定和钟三醒毛茸茸的惆怅。

后来，刘大伟要读学前班，母亲又把他接回家了，他的家在旧城区东风路这边。读书了的刘大伟，没有那么多空闲去关注，新华路一带，刚进入青春期的小伙子们，是怎样像血蛭一样，吸着翠翠姐的身影而去的。但他逢年过节，还是会跟母亲回娘家。

应该是过了有三年，或者五年吧，刘大伟在一次暑假到外公锁匙店时，发现舅舅刘定像失了魂般，坐在切割机前，也不给前来配锁匙的客人刻锁匙，眼睛定定地盯着新华路外面，完全失去光泽。

刘大伟再往对面钟氏钟表店看去，钟三醒的眼睛在厚厚的镜片后，也是直直的，刘大伟尝试着向他招招手，钟三醒居然看不见。

刘大伟问母亲，定舅舅和三醒叔怎么啦？母亲扯着刘大伟的小手往厨房里走，说他们魂飞走了，失心疯了。刘大伟才知道，原来失心疯的症状是两眼直直，不能聚焦的。

晚上吃饭的时候，刘定勉强扒了几口，就扔下饭碗走了。刘大伟伸筷子夹起一块烧鹅脖子，好香好脆啊，以前定舅舅一定会跟自己挣鹅脖子吃的。

刘大伟啃着烧鹅脖子，眼角追着舅舅往外走，母亲用筷子打一下他的头，说，认真吃饭。然后对锁匙启说："爸，定仔继续这样下去，会痴线（傻）的。"

锁匙启摸着酒杯，重重地叹气："能有么法子呢？喉结都未长出来，就被迷住了，那丫头一出事，他就茶饭不思，失了魂般，我跟对面老钟，半点办法也没有。"

可不行，那丫头的腿听说保不住了，"得锯。我们家就阿定一个男丁，断不能娶个瘸脚的。"母亲筷子一搁，当家大姐的气势澎湃得很。

刘大伟吃完烧鹅脖子，还想吃烧鹅腿，伸手去抓，反正舅舅不在饭桌前，吃什么都没人跟他争。锁匙启咕噜一声，喝了大口烧酒，也把筷子往烧鹅腿伸去。

刘大伟眼明手快，油腻腻的小手直接按在烧鹅腿上，锁匙启的筷子眼见要打在小油手上，突然定住，在空中转了一圈，依依不舍地缩了回去。母亲叱刘大伟，把鹅髀给外公。

刘大伟小手紧紧握着烧鹅腿，眼泪泛了出来。锁匙启说，算啦算啦，细路哥，由他啦！刘大伟赶紧一口咬在烧鹅腿上，满满的油香滋满了嘴。锁匙启吞了吞喉骨，转头问母亲："阿芳，你弟这样，怎么办？"母亲斩钉截铁地说："相亲。"

锁匙启一手抚着杯身，另一只锈铁枝般的手指敲击着桌面，刘大伟撕咬着鹅腿，眼睛死死盯着外公铁枝般的手指，生怕那手指突然停止敲击，抓向他嘴里的鹅腿。手指突然一停，刘大伟死死咬着烧鹅腿，外公突然一拍桌子，说："就这样定了。"

刘芳给刘定安排的第一个相亲对象是陈琴。

陈琴是刘芳同学陈书的妹妹。刚二十岁，小刘定一岁，读完商业中专，爱看电影，洋气时尚，是个时髦有追求的女生。刘芳带着刘大伟到新风路陈书家，陈书家卖古董的，店面不大，挤在横巷里。陈书父亲将自家的大厅挖了三分之一出来，砌上墙，装了个玻璃柜子和卷闸门，就成一间古董店了。古董店店门不大，但打理得还干净整齐，玻璃柜上摆满了似古非古的"宝贝"，有的还用蓝黑色的盒子装着，高级，很值钱的样子。

陈琴在旧城粮油店当售货员，两班倒，日班从早上六点半至下午两点半，晚班从下午两点半至晚上六点半。粮油店主要是卖大米和花生油，也兼卖些面粉米粉精面和三和酱油等，有时附近摆摊的卖菜档，菜没卖完也搁在粮油店门口让帮忙照看一下。所以陈琴的工作很清闲，一般有半天的时光是闲着的，能帮家里照看古董买卖。

这天上午陈琴不用上班，在古董店走廊里坐着，因为隔了间古董店，陈琴家的客厅就多了个不长不短的走廊。清晨的风从北江大堤吹下来，直接钻进走廊，坐在走廊里，过廊风比电风扇的风舒爽，陈琴的上唇很干爽，细茸毛金黄金黄的。要是在粮油店上班，整天都是一圈汗珠锁在陈琴的上唇上面，很不舒服。

刘芳进门就跟陈琴打招呼，说她又长漂亮了，还看书本呢，真是个有文化的人。刘大伟伸头瞄了一眼，陈琴拿着的是《佛山文艺》，在看《神州传奇》呢。

陈琴赶紧将书本往凳子上放，笑着说阿芳姐您才漂亮呢，伟仔都那么大了，身材还似十八岁的小姑娘般。

刘大伟不由多看陈琴两眼，卖粮油的姐姐说话，又油又滑，嘴像过过油一样。

刘芳拉着陈琴的手，拿捏着说："阿琴妹真晓得说话啊！走，跟姐到姐家的锁匙店坐坐，姐嫁人后，娘家的锁匙店又脏又乱，正想找人帮忙布局布局。"

　　刘大伟心里嘀咕，不是给定舅舅说老婆么？早上外公外婆才将锁匙店里里外外清理一番，过年也没有这么干净整洁，外公外婆还特穿了新衣服，在茶几上摆了苹果，他们要求定舅舅也换新衣服，但定舅舅丢了魂，怎样也不肯穿新衣服。

　　年轻的陈琴单纯，往耳边掖一下头发就跟刘芳走出家门，出门时，还摸了摸刘大伟的头说大伟都长到我肩膀了，然后塞一颗糖果给刘大伟，刘大伟的牙齿换得不是那么理想，平常刘芳严禁他吃糖果的，没想这次一点也不排斥，还说陈琴有爱心，体贴人。刘大伟舔着糖果想，为了给丢了魂的定舅舅找回魂，阿妈对这个世界极度宽容。

　　糖果还没舔完，便走到新华路。刘大伟特地瞥了一眼钟氏钟表店，那个挂在正中的挂钟按部就班地摇摆着，钟三醒却似个木人般坐在挂钟下，眼睛死死地盯着新华路街口出口，那里有个幽暗的通道，通道往上是一列水泥步阶，以往翠姐背着天蓝色的书包，从这步阶一下一下地跳上去的。

　　陈琴奇怪地问："三醒哥是么回事？"刘芳急急地拉着她的手走过马路，说："可能在思考怎么修理坏钟表，他这人老爱将脑袋往钟表里钻。"陈琴说："可不是，眼睛都直了，搞专业技术的，都爱钻研。"

　　刘大伟撒着小短腿追过马路，那个时候，新华路是渺城最主要的道路，最早铺成了水泥路，来往多是自行车，摩托车还很少见，刘芳根本不用担心儿子过马路的安危。待刘大伟追进阿启锁匙店时，刘芳已经拉陈琴坐在摆了苹果的茶几前，拿着水果刀给陈琴削苹果，陈琴有点坐立不安，说："芳姐，启伯的店收拾得那么干净，哪还用我帮忙布局啊？"

刘芳说："不是怕你帮忙布局时弄脏了手，事前先搞了卫生么！但布局还是不够合理的，你看看，这些挂锁怎么摆放好？配锁匙的切割机放在左边好还是右边好？还有这些锁匙，是挂起来好看还是摆玻璃柜好看？你觉着怎么好看怎么弄，这里终归交给你打理的。"

刘芳说得又快又隐晦，陈琴一时间听不出话里的其他含义，眼睛在店内转了转，说："都挺好的啊！我也想不出比这更好的布局了"。

刘芳也不给她时间琢磨，递上削好的苹果说："布局不布局都没关系的，你喜欢就好，来吃个苹果！爸、妈！你们在里面搞什么？阿琴妹都进来那么久了！"

刘芳扭头往店里面叫，刘大伟的外婆扑打着衣服走出来说："阿琴来了啊！坐啊！吃苹果啊！"然后拉刘芳到边上，小声说："阿芳，你阿弟不肯出来跟阿琴见面啊！我同你阿爸劝一早上啦！"

"这死相的，那瘸子有么好的，就值得这样惦记？"刘芳愤愤地嘀咕，回头对陈琴说："阿琴妹你坐一会，先吃苹果，我进去一下。"

说着扔下陈琴和刘大伟，拉着自己母亲走进店的后面，锁匙店缩在新华路的内侧小巷里，并不正对着新华路，有时锁匙启会将切割机搬到新华路边，招揽来往的客人。店面是从原来的房子改造的，当年新华路这边的房子建成后，锁匙启回迁回来，选择了住一楼，一楼比较潮湿多蚊子，但锁匙启有自己的打算，他把原来做厨房的位置凿去对街的墙，然后在厨房和客厅中间砌了一堵墙分隔，这样就有了对外销售的店面，杂物房改造成厨房，家里堆放的杂物虽然多了，但也不影响居住。

早上，刘定硬给父母拉起床，他们莫名其妙地要他穿准备过年穿的新衣服。刘定觉得很烦躁，父母一早上的举止都怪怪的，说话更奇怪，说什么穿了新衣服，梳一个大油背头，肯定帅得明星似的。母亲还张罗刀片肥皂给他刮胡子。

这些都是刘定没有心思折腾的，以前阿翠每天上学放学都经过店门口，刘定每天早早起来就刮胡子梳大油背头，把自己打扮得非常精神，然后赶在阿翠上学前，将锁匙店的闸门拉起。马路对面的钟三醒也不落后，几乎同时地拉上闸门。两个人都心知对方思想着谁，因此这五年来，两个人都没正式说过话，道上碰着要找条旁道避过去。实在没有办法需要正面碰头，也都是很不屑地鼻子哼哼，斜着身子过去，像有十冤九仇，无法和谐。

但其实，他俩几乎同时出生，一起光屁股在北江游水，一起在中山路、东风路、人民路一带的横街窄巷风般跑大。后来还一起读书，一起考不上中专，一起回家继承父业。要不是出落成姑娘模样的阿翠每天在他们店前晃过，将他俩的心同时勾去了，他俩铁定是最好的哥们。

刘定不配合刮胡子梳大油背头，也不肯穿新衣服，浑身起床气，邋遢得像个捡破烂的，这样怎么出去见人家水灵灵的陈琴姑娘？刘启夫妻不敢将刘定带出去，只能在内间抓腮挠头，一点办法也没有。

刘芳走进内间，看见刘定呆滞的样子，心里冒火，但陈琴在外面，骂他是不行的。刘芳勉强压着怒火，拿起梳子，抹上头油，直接给刘定梳头，刘定拒绝地用手去挡，刘芳一梳子砸他手臂上，低声骂："就你这熊样，也敢痴心妄想人家姑娘？"

刘定一怔，继而抬头问："她来了吗？不是左腿不好吗？"

刘芳翻个白眼："就是腿脚不好，你才有机会，否则人家长天仙似的，你这中专也读不上的，也配？"

刘定眼睛一亮，夺过梳子对着镜子梳头，左右手齐飞，将头发拨弄得一丝不苟，又利索地刮须换衣服，片刻间就倒腾出个人模狗样。刘芳心里叹气，只希望一会儿出去见着陈琴，他懂点礼貌吧。

刘芳是一厢情愿了，刘定眼睛闪亮地走出内间，看到坐在茶几前吃苹果的陈琴和刘大伟，身影定住了，喉骨一下一下吞着，像喉咙里塞满了骨头，鼻子呼呼地喷出薄气。刘芳扯他的衣服往外拖，但他犟着不肯走。

陈琴和刘大伟听到动静，咬着苹果慢慢回过头，刘大伟不明所以，定舅舅不是已经穿了新衣出来了么？怎么家里人的表情这么紧张？不是应该兴高采烈的么？

这样的打扮和阵势，陈琴哪有不懂？她慢慢站起来，骄傲地挺起饱满的胸膛，说："启叔、启婶、阿芳姐，我看锁匙店摆放得规整得很，没什么需要收拾的，我家里的店还要照看，我就先走啦！"说完也不看刘定一眼，直接往店外走。

刘芳自知理亏，赶出店去追，新华路的两边盖的都是崭新的八层高的石米墙商品楼，首层几乎都是铺面，店门大开着，有卖成衣的、有卖寿衣的、有卖酒卖药材的、有修补衣服的、有写字问吉凶的，但最多的是渔具店，渺城还有很多人家靠打鱼为生，新华路处处挂满了绿色的渔网。

各式各样的商铺应有尽有地热闹着，大家看着陈琴快步从锁匙启的店走出来，在绿色的渔网中穿梭，手里还拿着个啃了一半的苹果。不一会儿，刘芳追了出来，拉着陈琴道歉："不好意思啦！阿琴妹，我弟只是害羞还适应不过来。"

陈琴说："阿芳姐，你就别再糊弄我啦！哪有这样相亲的？不经过爸妈么？"

刘芳扇一下自己说："看我这考虑不周，阿琴妹，我是想着你们先见过面，看合眼缘不，再找你爸妈谈谈。"

陈琴鼻子哼哼，都是同一间学校读书的，不过错开了一届而已，又不是没见过面。"阿芳姐，你别以为我不知道你和启叔他们是怎样想的，阿定哥和三醒哥暗恋阿翠好多年了，附近边条街谁不知道？前段时间阿翠出事，左腿废了，他和三醒哥掉了魂，现在整个旧街都知道啦！"

刘芳浑身燥热，像被陈琴脱光了衣服般，这、这、这地，再说不出话儿。

陈琴将半个苹果往垃圾桶里塞，刘芳看着被塞进垃圾桶里的苹果，感觉像自己那个被阿翠啃得没了半个人形的弟弟。她咬咬下唇，不行，不能让弟弟继续这样沉沦下去，一个已经瘸脚了的女人，再漂亮也是废的。既然旧街这边的女子都知道刘定和钟三醒的情况，那就要往下面的镇里找，镇里找不到，就找外省的，刘芳不相信，不能给人模狗样的弟弟找个称心的媳妇。

主意一立定，她也不再对陈琴抱内疚了，站定脚步，陈琴如骄傲的孔雀般，昂首挺胸地走出新华路。

在这群情汹涌之际，突然回忆起三十多年前的旧事，刘大伟望着这群从小叫大的叔伯婶母，心里百感交集。老去的翠姐尽管浓妆艳抹，但也掩不住脸上深深的皱褶，人们推搡着悄悄往后退去，瘦小的翠姐支棱着拐杖，后退得异常艰难。

老街现时活动着的，多是五六十岁的中老年人，这批人谁没在二十世纪八十年代被青春靓丽的翠翠迷倒过？为她痴狂过？可如今，她那样孤苦伶仃，那样艰难地，摇摆跳跃着往后退去，路面因为掏挖而凹凸不平，几次的点击跃动，她都仿佛要倒下，却没一个中老年男人敢上前去扶。他们或许有心怜悯一下残弱的，奈何全旧城区的女人，都像防狼一般防着自家老公与翠姐有接触。

翠姐就像这破败不堪的老街一般，被嫌弃着，却又无法忽视地存在。

　　刘大伟扔掉手中的香烟，走上前去扶翠姐，翠姐似是吓了一下，但她很快缓过来，对刘大伟咧嘴一笑。刘大伟回以一笑，扶着她，慢慢走过已被挖得凌乱不堪的街道，缓缓走向平整的新华路。

　　锁匙定和钟三醒同时呆了一下，愣愣看着刘大伟大大方方地扶着翠姐走远，忽然间像明白了什么，招呼起来，是为我们修路治水浸街的，政府为人民服务，好事好事，散了散了。

　　领头羊都这样说了，围观的老街坊们你招呼我我招呼你，不一会儿就散去了。罗旺和宋工他们站在原地，无法回神。罗旺太年轻，宋工他们是外地人，他们理解不了，怎么刘大伟上前扶走一个独脚的女人，就能轻松解散一群看似铁桶般坚固的人？

　　钟三醒快快地回到钟表铺，回钟表铺前，他与刘定同路，却都沉默不语。他俩是第一批在老街这边住上商品楼的人，当初能住上这商品楼，是非常光彩的事情，相比整个老街老式的骑楼和锅耳屋，彩色水泥石米商品楼显得时髦而鲜艳。新华路也扩宽了许多，原来的石板路全铺了水泥，宽阔平整，到现在还是渺城极为重要的干道之一。然而，现在这辉煌了近四十年的商品楼，亦被告知列入改造的范围，尽管政府文件一再强调，只是外围装修一下，让其外观与东风路、中山路、人民路一带的建筑物相互协调，并不影响这边店铺的营业和街坊们的生活。但钟三醒和刘定都清楚，他们住了近四十年的商品楼已老旧了，逐渐要被日新月异的城市建设所替代。

　　两个人心中都莫名地焦虑，四十年前，他们居住在这里，是无比光鲜、高人一等的，他们不愁找老婆，女人像蜂一样往他们怀里扑，即使当年他们为翠翠丢过魂。他们心照不宣地保守着不能为人所知的秘密，该结婚时结婚了，该生孩子时生孩子了。

现如今，他们却不得不为自己的儿女担心。围着旧城，四面八方都在搞城市建设，万丈高楼仿佛一夜之间盖起来的，突然密匝匝地将旧城围了起来。

年轻人都向往小区管理，向往住高层电梯房，现在的女孩子，明明已经到了大龄剩女之列，可对择偶的要求还很高，必须要有高收入的工作，有电梯房和车子才肯嫁，钟三醒和刘定愁苦而酸涩。

刘定生了两个儿子，都往三十奔了，可婚事还没有着落，每天下班回家躲在又黑又暗的内间玩手机，整天说食鸡，哥俩还对打，玩得不亦乐乎，似乎忘记了生儿育女、延续子孙后代这种头等责任。

钟三醒头胎生的是女儿，几年前出嫁了，可还有个二十三岁的儿子。儿子是个标准的〇〇后，才刚毕业出来，找不到工作，整天在家里呼朋唤友地折腾钟三醒攒下来的家底。

钟三醒提醒他少和酒肉朋友往来，家里的钱，都留着给他结婚用的。可儿子不在乎啊！他呲着鼻子讽刺钟三醒："阿爸你 OUT 了啊！你这丁点家底，够个屁啊？人家现在谁家嫁女不要一间房子一辆车和十把万彩礼的？你这恐怕连彩礼的零头也够不着。"

钟三醒说："够不着也要攒着啊！"

儿子说既然没有希望了，还攒来干什么？而且他也是个不婚主义者，老说，单身多好啊！自由自在的，想怎样潇洒就怎样潇洒，结婚有什么好的？被一个女人一个娃困着，生活质量严重降低了。

钟三醒被气得要吐血，但心里还认定，只是儿子不想给他太大压力而已，待真的有钱了，自然就愿意成家立室了。

钟三醒和刘定的心思是一样的，都是希望通过这次旧城改造的机会，努力争取一点补偿，那么，他们焦虑着的那一套高楼大厦里的电梯房，便有了可实现的可能。

刚才在人群散去后，钟三醒和刘定一同走到社区公示栏前，再仔细琢磨了公示栏上贴得密密麻麻的公示文件一遍，公示的文件完全没有提到"补偿"两个字，更不用说"赔偿"了。

两个人对视了很久，双方儿子们的说话又响起来："阿爸，这是政府给我们改善人居环境，提升我们的生活质量，为保障我们的安全，施工期间暂时让我们搬离半个月或一个月，这有什么可补偿的？

钟三醒一屁股坐在玻璃柜前面，这段时间为了跟街坊们一起围追堵截他们臆想的所谓补偿，他连看门店的心思也没有了，摆满手表和闹钟的玻璃柜，蒙了厚厚一层尘土。翠姐的四朵金花，在店门前吐了一地瓜子壳，也没有人清理。平时他看见得说说的，几个妇女怎么也拿扫把扫一下，这些天没人叫她们扫，她们干脆就当瞎子了。

钟三醒烦躁地拿起抹布，将玻璃柜抹干净，然后拿起扫帚扫店前的路面，四朵金花嘎嘎笑着，说："钟老板嘞，也来一把瓜子儿不？"见钟三醒不理，又打趣道，"闷着干啥子类？要不我们耍耍朋友撒！"

钟三醒感到聒噪，一股无名的火蹿上来，举起扫帚向几个女人追打过去："你们走不走？烦不烦人，整天呱呱呱的，口水瓜子壳吐一地，拉客滚远点，站我家店门前晦气不晦气？"

四朵金花从没见过钟三醒生气，他整天闷坐在店里修钟表、卖钟表，从不主动跟她们说话，无论她们在他的店前如何卖弄风骚，招揽客人，他都是睁只眼闭只眼的。四人被吓得"花容失色"，尖叫着，扭着高跟凉鞋四处奔逃，跑得慢点的两个，胖胖的屁股挨了几下，顿时哭爹叫娘，坐在地上大呼小叫起来，尖叫着："钟三醒要非礼要谋杀了，老男人想女人想疯了，专门找女人屁股摸。"

来往的街坊听到热闹，都聚了过来。四朵金花得了势，大叫着

"钟三醒这个闷骚的，别看他平时不声不响，像很老实的样子，其实早就惦记着她们的屁股了，双手看上去是在修手表，其实眼睛早瞟着她们的屁股了，今天是借着扫瓜子壳来找碴，其实是乘机想靠过来摸她们屁股的"。

被打中屁股的两朵金花，将超短裙下两瓣无比肥硕的屁股，撅起来向围观的群众展示着，说："你看，你看，你们看，下手多狠撒！狠狠抓的，都红肿了哩。"

年轻点的群众都不敢看，马上别开脑袋，老年男人倒看得兴致勃勃的，大声叫："再撩高点，看不清楚呢！"旁边几个老妇人看不过眼，推着老年男人们走开，警告说，再看就要收你们钱了。

被四朵金花这样一闹，原本以为有理、兴冲冲地赶人的钟三醒一下子傻了，垂着扫帚，不知如何是好。看见众人围上来七嘴八舌立刻转身想回店铺里面。四朵金花哪有那么轻易放过他？连滚带爬地追上来，抓着钟三醒的腿不给他走。

钟三醒一下子被四个浓妆艳抹、体形彪悍的女人围着，进退不得，欲哭无泪。四朵金花的口水、瓜子壳都往钟三醒脸上喷："刚才打人时那么起劲撒？现在劲都用哪了哩？就两三下就完事了？还不够老娘挠痒痒滴呢！"

黄的腥的荤的臭的，都不够她们浪，还寡不敌众，钟三醒不得不投降认错："姑奶奶，我错了好不？刚才不应该这样冲动的。"

"哟！冲动就对了哩，就这样认声错，就想我们放过你撒？"

"那你们想怎样？"钟三醒拖着腿，只想快点回到自己的店内，今天倒霉透顶了，赶紧关门算了。

"赔钱，你得赔钱。"

"对，赔钱，打我们时那么爽，得赔。"

四朵金花七嘴八舌，钟三醒还没来得及说赔不赔，她们已经动手在他的身上各个口袋翻腾，最后钟三醒口袋里准备用来打牌的两百来块现金给她们搜出来，她们才笑笑骂骂地拿钱走了。

钟三醒无力地靠在玻璃柜上，眼神呆滞地望着老旧衰败的旧城，两百块现金被搜走没关系，毕竟是真的打了人。可刚才几个女人在他身上搜刮时，还戏弄般地把着他的裤裆抓弄了几下，拍了拍，嫌弃地说"软货"。

那一刻，钟三醒觉得，属于他的男人世界，全塌了。

锁匙定从新华路对面走了过来，手里提着一饼老班章。刚才发生的一切他都目睹了，可他没胆量上来给钟三醒说公道话。这四朵金花横霸老街一带多年，她们的泼辣与骚情，响当当的，老街男女老少都害怕沾惹她们，片区警察都懒得过来管她们。捉走遣返多少回，但放出来后，她们仍顽固地回到新华路，在或明或暗的旧街巷里招摇活动，成全着这一片旧城区中老年男人们难以启齿无法圆满的需求。

锁匙定扶钟三醒进了钟表店，在茶几上坐下，把电热水壶灌满，然后烧开水。钟三醒靠着沙发背坐着，眼镜片糊糊的，分不清是外面蒙了水汽还是里面蒙了水汽，他的眼睛在糊糊的眼镜片后，亦混沌不清。

锁匙定说老班章是过年时大伟过来拜年时送的，五六百一饼，贵着呢。

钟三醒没有理会，仍直直地盯着天花板，天花板已经布了几道裂痕，入春后，天气潮湿，现在几道裂痕都生出了黄褐色的霉迹。

锁匙定泡好一杯甘香的茶水递过去，钟三醒没接，锁匙启说："你又不是不知道她们都烂透街的，何必跟她们置气？两百块，拿走了就拿走了啊，当赌钱输了！"

顿一下，他又说："今天是……唉！这几个女人，既顽固又恶劣，可又不能赶走，她们都是翠姐的人，翠姐靠她们生存。我、我们怎样，也得让阿翠，活下去吧？"

说到翠姐，钟三醒终于将脑袋偏了偏，眼睛斜瞟了锁匙定一下，又再直直地盯着天花板，喃喃自语道："都霉透了啊！"

锁匙定顺着他的目光往上看，说："我那边也有几道这样的裂痕，梅雨天就滴水发霉，这破老房子，不经住了，怪不得后生们都不愿意回来住。"

钟三醒干得起皮的嘴巴动了动，他曾经动过几次卖掉钟表店和房子的念头，到海湖新城那边去买套电梯房住，但他又舍不得，毕竟这是他居住了五六十年的地方，哪有那么容易舍弃？

不仅舍不得，钟三醒还怕，他是个不太懂得社交的人，终日埋头对着坏挂钟、坏手表，极少与人说话，他害怕到了一个新的地方，适应不了，更害怕这个赖以生存的钟表铺一旦卖了，今后生计从何而来？但此刻，钟三醒似乎不再害怕，有股强大的推力推动着他。走，必须要逃离这又破又旧的老街，那些不舍，似乎也没有那么牵肠动肺，让人痛心了啊。那个湛蓝色的翠翠，早消散在他不再坚挺的年岁里了。

锁匙定自斟自饮了几杯老班章，吧嗒着嘴说："真香啊，三醒，你试试。"

"我要搬走了。"

钟三醒突然没头没尾的一句，锁匙定拿着茶杯的手定住了，他以为自己听错了，挖了挖耳朵再问："你说什么？"

钟三醒说："我要搬走了，这里全卖了。"

锁匙定放下茶杯，眼光在钟三醒的脸上转了几圈，确信说话是从钟三醒的嘴里出来的，才问，"你要搬去哪了？"

总之要搬离这里。钟三醒无比坚定。锁匙定目光再深深地锁在钟三醒的脸上，良久才问："你打算以后都不见阿翠了？"

钟三醒的心，似裂开一道道，如天花板的裂痕般，瞬间布满了霉点，四十年了啊！

那年，他和刘定双双中考失败，只能回来继承父业，那时的就业可不像现在，有那么多行业可以选择，读不上书，家里有点薄业给他们继承，已是人上人的待遇。

他们家的店铺只隔了一条新华路，面对着面。两个人刚回家帮忙，什么手艺都还没学，青春躁动得无处安放。大街上放着甄妮和罗文唱的《世间始终你好》，这可是八三版《射雕英雄传》的主题曲，正流行着。渺城临靠港澳，香港只要流行什么，定会马上传回到渺城。年轻人都能跟着收音机唱几句："问世间，是否此山最高？或者，另有高处比天高……"

钟三醒跟刘定，一边跟着各自父亲学手艺，一边跟收音机唱歌。突然，一道纤瘦秀丽的蓝色身影，从新华路口的石阶处跳了下来，两个人顿时停止了唱歌，呆呆地望着湛蓝的、俏丽的身影，向这边奔跑而来，他们都知道，这是翠翠，新华路最漂亮的姑娘。

三年前，他们去读初中时，翠翠还是个扎着朝天辫子的小丫头，三年过去后，小丫头变成小姑娘，小胸部鼓起来，五官长得更立体精致，白里透红的脸蛋儿，水汪汪的眼睛，十二岁的身材已修长秀丽，穿着白色衬衣蓝色背带裙，迎着阳光一笑，像向日葵般灿烂。

两人同时被这湛蓝的葵花般的小姑娘击中，呆在玻璃柜前动弹不得。《射雕英雄传》里的黄蓉，也不过如此吧？两个情窦初开的少年郎，都同时意识到对方对翠翠的情义，竟莫名地抵触起对方来。他们本是最好的兄弟，却在私下里，因为翠翠而争吵不休，甚至还打了一架。打架后，两个人亦稍稍清醒了一点，于是约定，谁也不可先向翠翠表白，她还那么小，那么干净清纯，爱她就应该好好地保护她。两个同样干净清纯的少年，立土焚香起誓，自此之后，都小心翼翼地呵护着心中那份纯洁美好的情愫。

然而，这纯洁美好的情愫，在五年后的一次变故中被打破。

有一天，还在上中专的翠翠，突然跌倒在地上，便起不了来。送去医院，医生说她的左腿病变了，癌变的细胞已从大腿向上肢蔓延，必须马上截肢。

翠翠和家人无论怎样哭求，医生都表示，截肢是唯一能保命的途径，翠翠无法接受，在医院里偷偷用医院的床单上吊，幸好及时被护士发现了。

被救下来的翠翠躺在床上哭，为什么不让我去死，我这样活和死，有什么区别呢？

五年来，刘定和钟三醒首次同行。两个人因为翠翠的病情，而有了和好的理由，他们一同去药房，买了保健品，然后提着保健品一同到人民医院看望翠翠。

可他们在病房外面，看到病房内一个穿着白衬衣戴着金边眼镜的男孩在劝翠翠，翠翠抽泣着说："死活也不截肢，没了一条腿还怎么活？"

金边眼镜男握着她的手温柔地劝："可再不手术，会危及你的生命的，翠翠，腿没了，你还有我，可你若没了，那我还怎么活啊？"翠翠哭得泪人似的，金边眼镜男深情地拥抱着她安慰说，"你不用怕，以后我就是你的腿，我会一生一世对你好，照顾你的。"

刘定和钟三醒两个人待在病房外，辛苦搭建并细心呵护了五年，这份对翠翠纯洁而美好的爱情幻想瞬间毁灭。纯洁美好的小姑娘上中专后，已有了属于她的爱情。尽管心已碎成一瓣瓣，但看到金边眼镜男对翠翠如此情深，两个人也觉安慰，将保健品放在病房门口，便悄悄地离开了。

两个人离开医院后，到大市场的小卖部买了四瓶珠江啤酒和一袋咸干花生，然后到北江大堤上坐。

这个时候的北江大堤还没拍水泥花岗岩，堤围植着草皮，堤围离水面约三四米，堤岸坐着人。巨大的货轮在江面行驶，货轮的鸣笛特别响，激起的水浪不时溅到堤围上来。

江水荡荡的，六月正是洪水季，极有可能一场大雨，江水就会漫过堤围，涌进老街了。两个二十来岁的年轻人，青春正好，什么也不害怕，他们甚至坐到离水不到一米的堤腰上，苦闷地灌着啤酒。

这是他们第一次喝啤酒，啤酒是近几年才出来的新鲜饮品，平日他们都守着父辈给留下来的手艺，安分守己地经营店铺，从不敢沾染喝酒赌钱等不良习惯，也不知是为了信守内心的那份美好情愫，还是真的很乖。

啤酒真不好喝，苦涩的，一点甜味也没有，就像他们的爱情，可越苦越上瘾。不知不觉，两个人把四瓶啤酒喝完了，咸干花生也吃完了，他们背靠背，呆呆地看着江水，江水似乎在上涨，上游应该下着大雨吧。

"怎么办呢？"刘定用手肘碰了一下钟三醒，"翠翠要残废了。"

"还能怎么办？希望她男朋友真心对她好吧！"钟三醒无奈地捏着花生壳，啵一声，花生壳应声而碎，像他的心。

"要是他对她不好呢？"刘定定定地望着江水说，"我感觉那个四眼仔不像个老实人啊！"

钟三醒苦笑："可翠翠喜欢他，不喜欢我们啊！"

刘定垂下头，沉默了一会儿，说："翠翠喜欢我们也不行，我们的阿爸阿妈都不会同意的，我姐都给我安排相亲了，居然是新风路古玩店的陈琴，你说搞笑不搞笑？"

钟三醒答："陈琴几好啊！吊梢眼，像凤姐一样能干。"

刘定说："可我心里只有翠翠，其他人，都接受不了！"

钟三醒拿着整把花生壳捏："我亦一样，我阿爸阿妈更离谱，说全老街都知道我和你喜欢翠翠的事了，老街的姑娘都不会答应嫁给我的，他们要从下面镇给我找个。"

"下面镇的姑娘好啊！老实屁股大，能干好生养。"刘定将绿色的啤酒瓶举起来，眯起眼睛看，真的一滴酒也没有了。

"总之我不管，我等翠翠，她不嫁人，我就不结婚。"钟三醒坚定地说，刘定点点头："我也一样，就算我姐给我说来个天仙，我也不要，除非翠翠嫁人了。"

当年两个人便是这样，在滔滔江水面前立了誓言的。

回想起几十年前的爱情，刘定和钟三醒都沉默了，那时立誓有多坚决，现在对翠姐就有多愧疚。

刘定拿起茶杯递给钟三醒："喝口茶吧，生活哪有那么理想的？你卖了这房子和铺子，亦卖不走你的烦恼，你以为，去海湖新城那边住，你就不惦记老街这边了吗？"

钟三醒接过茶杯，一口把茶水喝进肚子里。

"对啊！生活了五十多年的地方，能忘了吗？"

武庙已经闭庙近一年了，罗旺也是因为这片区首先改造才经常过来。看见武庙大门紧闭，一片萧条的样子，罗旺忍不住放慢了脚步。

武庙是老街一带街坊们的精神皈依，外公家在武庙外面，罗旺小时候经常过来玩。他爱爬上武庙前面的两个大石狮子，感觉像个将军，可威武了。

当年武庙的庙祝是个披着道袍的长胡子老人，整天严肃地板着脸，像全老街人都欠他钱一般，听老人家说，这庙祝还兼给人看生辰八字算命定凶吉的，灵得很。

罗旺小时候挺怕老庙祝的，都是趁庙祝在给别人算命时，才爬石狮子。但庙祝有时不仅能算凶吉，还能算孩子们的调皮捣蛋，罗旺才刚爬上石狮子，他便从庙里拿着一根油光光的藤条追出来，吓得罗旺立马跳下石狮子，撒腿往外公家里跑。

现在老庙祝不见了，听说十多年前便去世了，但武庙的香火，一直都旺着。后来又换了个胖胖的庙祝，也给人看生辰八字算命定凶吉，但是这胖庙祝不打人，任由孩子们爬石狮子，还叮嘱说小心点，别摔下来。脾气好着呢。

不过那时罗旺长大了，去外面读书了，没几次跟胖庙祝照过面。罗旺逢年过节跟陈琴回外公家，看到武庙都烟火缭绕的。再后来，胖庙祝也走了，据说是什么政策，庙里不能设庙祝，不能搞封建迷信活动，武庙只剩下一个看门的阿姨。

没了庙祝的武庙，像失去了灵气，过来拜祭的街坊仿佛也少了很多，但初一十五，还是有虔诚的老街坊过来上一下香的。

武庙旁立着的办公楼，曾经是间幼教中心，后来办不下去，上面的物业租给了书画院做书画培训基地，一楼租给了建筑行业协会办公。因为旧城改造，首先从公资物业动工，现在办公楼被密密的绿网包围着，只缺一个出入通道。

罗旺抱着厚厚的文件穿过出入通道，走进去，怯怯地问：“蔡姐在吗？”

蔡姐背坐在最里面的大班桌后，听到声音抬起头，眼镜后的眼睛，未语先笑：“是罗工啊！找姐有事？”说着站起来，招呼罗旺将文件放桌子上，问，“要补做初步设计评审？”

“是的。”罗旺刚顺着她指的位置坐下，又立刻站起来。蔡姐笑道：“别紧张啊，大伟跟我说过了，只是补做一个初设评审，又不是什么大事。"

罗旺老实交代:"蔡姐,我未搞过呢,不知道带来的资料对不对。"

"当然不对!"蔡姐翻了翻罗旺送过来的资料,仍笑盈盈地说,"你得让设计按专项分类打包好,将电子版发给我,然后出一份邀请函。这些纸质的资料,到时做成简本,评审时给带过来就行了。"

就这么简单?罗旺有点不相信,他以为后补的东西,肯定会复杂很多。蔡姐笑着说,"你以为多复杂呢?我不过是负责组织的,至于这个评审过不过,还是看设计做的方案够不够全面,能不能过专家那一关。"

哦。罗旺似懂非懂,蔡姐在电脑里点开图标,打印了一份清单跟流程,交给罗旺,说,"方案的电子版发给我后,再定评审的时间,我一会再发一份邀请函的样板给你,你回去出一份邀请函,邀请相关部门代表参加评审就可以了,其他的事情交给我行了。"

罗旺接过清单和流程,在上面扫了一眼,需要交些什么资料,每一步流程怎样,都列得清清楚楚的,"大伟哥说,只要找蔡姐,蔡姐就能给安排清楚明白,果然啊!"

蔡姐坐下来,给罗旺泡茶,边泡边说:"罗工,你得多点过来监督一下施工现场,最近我早上回来,都看见有工人从上面直接撕开防护网扔工具扔杂物下来,我都拍了几次视频给大伟看了,可能大伟也忙不过来。你们这个项目不属于我们安全生产检查范围的,我亦不好跟工人说什么。"

"蔡姐说得对。"罗旺接过蔡姐递过来的茶水,那些视频刘大伟已经转发给自己了,可这段时间不是忙着人民一路那边的道路开挖,没时间过来监管么?

蔡姐说,"你还年轻,经验不足,得要学会利用第三方监督,回去给监理交个底，让监理一早过来监督才行。”

"对对对。"罗旺一拍脑袋，"怎么想不起还有监理呢？"

蔡姐抿一口茶，说："我看大伟收到视频还没有动静，肯定是他专门将视频发给你了，让你来处理的，你得拿些表现出来才行。"

罗旺心里咯噔一下，对啊！以大伟哥平常的做法，人肯定立刻赶到现场，将工人停下来教育了，也将总包项目经理和总监都叫到位安排监督了。施工安全可大可小，绝对忽视不得的，更何况建筑协会这边整天人来人往的，要是高空突然丢什么下来，砸到人，那这工程还干不干？

罗旺顿觉冷汗遍布，立刻放下茶杯说："蔡姐，我先回去处理工人违规施工的事情，初设评审这边，我亦会交代好设计的。"

蔡姐点点头，放下手中的茶杯，说："不急，事情得一件一件办好。"

罗旺年轻，性子急，哪坐得住，拿着蔡姐给的清单和流程就走了。蔡姐送他到门口，站在安全通道下面，静静地看着罗旺驱车离开。

待罗旺驱车离开后，蔡姐将停车场的电动闸遥控放回办公室，然后拿起安全帽往外面走去。听刘大伟说，这两天，他们将旧城改造项目的办公点搬至老街社区了，空调还没有装上，人就得进去办公了。

旧城改造跟一般的基础建设项目不一样，涉及改造肯定就有拆迁，有拆迁肯定有劝离。任何时候，人的工作是最难做的，尽管坐在武庙这边办公，但蔡姐也从停车场对面卖旧货的慎叔那里得知，今天上午，人民一路那边，因为开挖道路设置围挡等问题，施工队和附近商店的街坊起了冲突，最后是刘大伟和翠姐将这场冲突给平息下来了。

慎叔说，大伟也没有做什么，翠姐跌了一跤，大伟上前去扶，大伙儿就都没再闹下去了。

蔡姐这几年才搬到新风路武庙这边上班，未租这栋办公楼时，蔡姐还不晓得老街一带有个翠姐。

初到这边上班时，蔡姐骑公共自行车经过新华路，留意到路边总有一个支着拐杖的女人，带着四个浓妆艳抹的中年妇女，站在钟氏钟表店附近，有时也在阿定锁匙店前后游荡。出于好奇，蔡姐还专门停下自行车，用手机拍了这几个女人。后来，从附近的街坊口里知道了一点儿翠姐的故事，便不再拍摄翠姐她们了。毕竟，女人更理解女人。

蔡姐往社区中心走去，之前也有经过社区中心，里面摆了几张麻将桌，十多个老人家围坐着打麻将，蔡姐万想不到，这个老人聚集娱乐的地方，会变成旧城改造项目的办公点。

项目是刘大伟负责的，最近应该挺焦头烂额的吧，看到忙得没了步骤的罗旺，蔡姐想起，刘大伟自从那天过来上香后，便没再见到人了。

旧城改造项目办公点外，蔡姐被尽职的守门阿伯拦住了。蔡姐给刘大伟电话，刘大伟从办公点出来，看见蔡姐，笑着问："什么风将你这大人物给吹过来了？"蔡姐笑着答："是东风路的风。"

刘大伟说："怎么不用去工地检查？"

蔡姐缩缩肩，这三天算清闲的。

"找我有事？"刘大伟戴上安全帽，在蔡姐面前，的确要随时注意安全细则，她对安全隐患特别敏感。

"想来找你讨杯茶喝，现在进不去，不如你带我去东风路那一边看看。"

"可以。"

刘大伟走在前面，蔡姐跟在侧面，沿路的老房子都有工人在施工。

从人民路到东风路，必须要穿过中山路。走到中山路时，蔡姐说，带我去看看那间塌下来的房子。

刘大伟呆了一下，转身朝一间非常破旧的老房子走去。房子前面已经被防护栏围起来了，上面挂着警示牌：危房勿近。

刘大伟站在防护栏前，转身看向蔡姐，说，就这里。

蔡姐伸头往里面望望，问："你们打算怎么处理？"

刘大伟说："摇摇欲坠的，得拆了重建，正在跟业主沟通。"

"业主是什么态度？"蔡姐问。

刘大伟说："业主也知道自己房子的情况，表示只要不需要他出钱，建好后能还回给他用的话，他没意见。"

"你们呢？"蔡姐问。

"我们不能白给拆建，需要业主给我们十五年的使用期。"

"业主没答应吧？"蔡姐笑着说，"若答应了，就不可能围起来了，应该已经在拆啦。"

"这女人真聪明。"刘大伟叹了口气，心里嘀咕。

蔡姐笑着说："你们怎么不将里面的坍塌情况拍一些照片？让街坊们都看看？"

"有用吗？"

"有用。"

刘大伟停下来，看着蔡姐。蔡姐笑着说，多做些危房危害性的宣传，肯定有用的。没到自家房子塌下来的一天，老百姓都不会认为自家房子有问题的。多给他们宣传，加强一下老百姓对危房的认知，多少对你们的工作开展，会有帮助。

刘大伟点点头，说蔡姐您头脑真好使。

蔡姐笑着说："我只不过是经常在工地上派送安全生产手册，

尽管用处不是很大，但若十个工人里有一个工人看了，这个工人能记住一点两点，我这册子就没白派了。"

刘大伟停下脚步，回头再盯着蔡姐看，仿佛有一束光，破开昏暗的混沌，牵引着刘大伟，走出重重迷雾，走向光亮灿烂，无数的念头，带着充沛的热量，猛然从刘大伟的脑海涌出，之前总是压抑着，无法找到出路，无法突破的痛苦纠结，瞬间变成一道道黑亮的光柱，呼啸着涌入无边黑暗，渐变成光亮灿烂。

"对啊！老百姓不肯配合，主要还是对所住危房的危害性意识不够，光嘴上讲一下，他们怎会理解呢？什么叫眼见为实？"

蔡姐环绕着坍塌了一半的危房，走了一圈，说："可以叫鉴定公司的人过来鉴定一下，现在这房子的安全性，有必要在保持原貌的基础上，做些安全加固，然后开放给街坊们参观，请之前的住客回来，专门给街坊们讲讲当时房子塌下来时，他的感受。"

"我怎么就没想到这些呢？"刘大伟兴奋得连连搓手，立刻从口袋里掏出手机，给罗旺拨电话，让他抓紧找人过来拍危房的照片，再在网上找些有关危房危害的相关报道，另外找安固公司来将危房做安全加固。

吩咐好后，刘大伟开心地邀蔡姐中午一起吃饭，蔡姐抿着嘴笑："听说老街的伟星煲仔饭不错，一会儿一起去尝尝？"

"只吃煲仔饭？"刘大伟愣一下，不由从心里佩服眼前的女人，她总是不动声色地为他人思考，说话做事总是让人感觉很舒服。

说话间，两个人已经来到大C冻柠檬茶室。大C刚开门做生意，卷闸刚升起，见到刘大伟和蔡姐两个人戴着安全帽停在自家门前，马上上前招呼："蔡姐刘工，进来喝杯柠檬茶不？"

蔡姐摆摆手，"我最近胃不好，不能喝冷的，谢谢。"

大C探头看了看东风路那边正改造得如火如荼的一列老房子，

嘴里啧啧地："刘工，了不起啊！才动工多少天，这一排房子就改造得七七八八了。"

蔡姐接话说，"对啊！我也是听到新风路那边的街坊说这里弄得很好看，所以过来看看。果然是三天不见，刮目相看，刘工监管得力。"

刘大伟被两个人夸得有些不好意思，主要是东风路这一排房子，面对着北江大堤，前面凸出一片樟树林，环境非常清幽，从这里开始打造，见效快。而且，这里的房子大部分都是公资办的，小部分私人的都是无主的，所以，当初开会决定，先改造东风路这一排。

地理位置优越，所有从大堤下马路穿过的车辆行人，都能看见这一排房子的改造情况。房子外观改造后，一律成了青砖灰瓦琉璃彩窗的粤式房子，掩映在樟树的绿荫后面，显得格外清雅古韵，十分抓人眼球。

"都差不多改造好了吧？"蔡姐说话还是笑吟吟的，系着安全帽的脸，白白胖胖的，越看越像观音菩萨。

人的际遇不同，真能改变面相的。刘大伟还能忆起翠姐年轻时的样子，阳光饱满，白皙清浅，像朵向日葵，充满了朝气和芳香。而前几天扶跌倒的翠姐回去，刘大伟发现翠姐已干瘪了，像根被抽干了水的甘蔗般，皱成了条状，尽管脸上化着浓浓的妆，但一道道皱褶仍爬满了脸，白粉下面的黄褐斑怎样也掩不住，曾经协调柔和的五官变得崎岖陡峭，尽显刻薄相。

翠姐喷了很浓的香水，刘大伟仍能闻到一种腐朽的气味。若不是从小熟悉，心中对她有种长辈般的尊重，刘大伟感觉自己不能坚持将她送回去。翠姐似乎也意识到刘大伟的牵强，半途时，撑地的拐杖挣了几下，刘大伟赶紧扶得稳一点，央求说："翠姐，你让我扶回去吧，那么多叔伯婶母在看着呢！"

许是考虑到若不让刘大伟送回去，老街的街坊们还会继续阻挠施工队施工，翠姐放弃了抗拒，由着刘大伟继续搀扶。

从新华百货的路口转入，上十步左右的台阶，便是翠姐的家。刘大伟把翠姐送到门口，翠姐支着拐杖，从荡着的裤腿里摸出锁匙，刘大伟刚想告辞，翠姐突然问："大伟，旧城改造会改造到里面来吗？"

刘大伟心里一阵酸涩，翠姐的家只是小小的两房一厅，已经破旧不堪的老式锅耳屋，四周被更高的房子围着，里面很暗，白天也要开灯，改造与不改造，产生的经济价值差距也不会很大。

翠姐推门进去，将灯打开，里面的布置和几十年前差不多，全是老旧的木台木凳，还有个套着塑胶壳的暖水壶，塑胶壳的颜色已浅得粉白。

那年，刘大伟跟母亲刘芳来过翠姐家，在舅舅刘定相亲三年相三十六个对象都失败后，刘芳气得要到翠翠家去找说法。

刘大伟刚读初一，嘴唇上面刚冒出茸茸的胡须，刘芳总叨唠着让他用他阿爸的剃须刀把胡子剃了，但刘大伟都不肯，他要强地把胡子留着，认为这是男子汉的特征。

刘芳莫名其妙地要找翠翠算账，刘大伟觉得她太过不可理喻。翠姐因病失去了一条左腿，已经够可怜的了，母亲还这样闹腾，有意思吗？

翠姐从医院回来时，她的男朋友亦跟着回来的，后来不知什么原因，翠姐的父母和弟弟都搬离了这老房子。他们搬到哪里去了无人知道，反正，这老屋留给了翠姐和她戴金边眼镜的男朋友。

刚回来时，街坊们常见金边眼镜拧着个菜篮去大市场买菜，翠姐挂拐杖出来门口，在石凳上坐着等，待金边眼镜回来后，两个人甜蜜蜜地一起进屋煮饭。

街坊们从新鲜到接纳，渐渐对金边眼镜产生了好感，也替翠翠感到幸运。

然而，好景不长，大概一年时间吧，街坊们发现翠翠家的门经常是关着的，有很长一段时间，金边眼镜没有从这个门出来，家门口的菜篮一直悬挂着。

街坊们开始议论纷纷，大家都明白，金边眼镜弃翠翠而去了。那缺了一条腿的翠翠，会怎么样呢？

街坊们围在翠翠家门口大声叫翠翠，说："翠翠，不是真心的，早走早好，日子还得过的"。

街坊们叫了很久，屋子里面一点动静都没有，街坊们唯有快快地散去。

又过了几天，人们终于看到翠翠出门了，她支着拐杖，拿上挂在门口的菜篮，一扭一扭地拐到大市场买菜。那天，大市场的每一个摊档都向翠翠打招呼，问翠翠需要他家的菜吗？有热心、胆子大的婶母，将自家的菜和肉往翠翠的菜篮里塞。

翠翠什么也没有说，默默接受街坊们的赠予，菜篮满后，就转身离去了。有眼睛锋利的，看出了翠翠与之前有点不一样，肚子凸起来了，肉档的阿润嫂一边剁猪骨一边说："翠翠肯定有佐了，那个金边眼镜丧心病狂啊！"

老街的街坊都是善良的，直至翠翠的女儿出生，街坊们都没收过翠翠一分钱菜钱。

刘大伟有些愤怒，刘芳在家里蛮不讲理就算了，居然还不讲理到翠姐家里去欺负残疾的孤儿寡母，算什么呢？

刘芳不管不顾地推开翠姐家的门，翠翠正坐在木凳上给女儿喂奶，根本不屑抬头看怒气冲冲的刘芳。刘芳不顾儿子的拉扯，一叉腰，怒叫："翠翠，我死也不会让刘定跟你过的，我劝你有点自知之明，不要再害人了。"

翠翠连头也没有抬，抚摸着女儿的脑袋，嘴含浅笑："芳姐，是我让刘定过来的么？"

刘芳愣了一下，喉咙一吞一吞地，似有无数说话要涌出来，但却无论怎样都吐不出来。老街人都知道，自从翠姐的女儿出生后，刘定和钟三醒隔三岔五就偷摸过去"照顾慰问"，着魔了一般。

"我一定会给刘定找个比你好的。"刘芳咬牙切齿地扔下一句，拉着刘大伟，转身就走，刘大伟不明白母亲的怒气从何而来，但既然不再找翠姐的麻烦，刘大伟感觉浑身都轻松了。

刘芳没回锁匙店，而是直接带刘大伟回家，她实在太生气了，想不通，同一个妈生的，自己那么精明，刘定却这么混。刘芳一路叨叨囔囔，说什么已经没了一条腿还生过孩子的女人，有什么香的？好好的，两条腿的女人不要，非要去惹那瘸腿的女人，这辈子都废了。

刘大伟懵懵懂懂地知道了，生完孩子后，翠姐好像在从事一种让街坊们不能接受的营生，而舅舅和对面的三醒叔是她这种营生的常客，刘芳说他们丢魂着魔了，得死在那女人的肚皮上的。

舅舅刘定曾与刘芳争辩说，翠姐是生活所逼，她必须要养活她的女儿。刘芳很不屑，养不起干吗还要生？刘定拧着脖子说，我就要帮她养，你们谁都阻止不了。

刘芳拧不过刘定，才怒急攻心去找翠翠算账，没想到翠翠根本不吃她那一套。刘芳叨囔了一路，到家门口时，忽然蹲下来，捂着脸放声大哭，把跟在后面的刘大伟看蒙了。刘芳哭了一会儿，忽然站起来，一抹眼泪说："不行，得给刘定找个唬得住他的。"

也是那天后，刘大伟没再到过翠姐家。

这次送翠姐回来，目睹几十年没变的屋内布置，刘大伟有点失神，听说翠姐的女儿大学毕业后去了深圳工作，据说还是个五百强的大公司，收入挺高的。但那女儿极少回家，可能是怕母亲的职业会影响到她的前程吧。

翠姐见刘大伟沉默，便猜到想通过旧城改造获得补偿的路子是行不通了，她轻轻叹了口气说："娜女在深圳，交了个对象，想在深圳买房子结婚。"

娜女是翠姐的女儿，三十多岁了，还没结婚，当母亲的想帮她，也是可以理解的。刘大伟低头说："翠姐，深圳寸土寸金，就算有补偿也是杯水车薪，更何况没有？"

"那改造过后，这一带的房子能升值吗？"

翠姐没理会，继续问，刘大伟迟疑一下，按理，旧城区整体改造后，所有公有老房子和无主老房子都由政府统一策划管理，找运营单位统一招商的。这段时间刘大伟他们督管着施工单位，将东风路西和风云体育场一带的老旧房子改造出来，就是想争取在中秋前打造一条粤式美食街出来，呼应渺城每年举办的足球文化节。

渺城向来注重足球运动的发展，几乎全城老百姓都热爱足球，在渺城足球场是最多的，每年九月的足球文化节在风云体育场开赛，老城区一带便热闹非常，数里之外，轿车无法驶进，万民空巷，只为这场足球盛赛，渺城人昵称这场足球盛赛为"西甲"。

旧城一带改造完成，通过政府统一规划招商引资，兴旺起来也不是不可能的，城区就这样，繁华了，楼价自然也跟着高起来，何况这几年，渺城还有望通地铁，旧城区的房子随之升值也是可能的。

刘大伟不想忽悠翠姐，说："升值是有可能的，但、你这房子那么小，也值不了多少钱啊！"

翠姐支着拐杖，抬头望望房子，轻叹道："再小，也能换钱对不？娜女是不会回来的了，留着也没用。"

刘大伟一阵心酸，眼前的景物如西洋镜般交替着，一个巨大的、色彩斑斓的玻璃团突然砸了过来，四碎迷离。当女儿的定是怨恨母亲，认为母亲给她丢人，永不回来。可当母亲的，即使天天支着拐杖，站在街头出卖尊严，心里所想的，仍是对女儿不差分厘的弥补。

刘大伟知道，若继续和翠姐站下去，难免会说出让翠姐伤心的话，于是借口说项目还有事情急着跟，便告辞离开。

翠姐转身，眼光在新华路两边转了一圈，悠悠地说："若有较好的买家，首先记得我这里啊！"

刘大伟点点头，快步离开。

返回的路上，一群人围着四个女人和一个男人，很嘈很喧哗，刘大伟举头望了一眼，被围的是翠姐的四朵金花和钟三醒。他怕经过舅舅店门前时，又被定舅舅拿铁锁追骂，于是加快脚步走了。

听到翠姐有意向卖掉旧房子，蔡姐眼睛一亮，说："大伟，翠姐的房子应该不大吧？"刘大伟说只两房一厅，小小的，不到七十平方米。

"那你们可以先改造她的房子，然后招商进去，也不一定要她卖，让她出租也可以，长期租给政府，让运营商经营，搞间咖啡店奶茶店或什么精品店，多组织点人过去旺一下，其他街坊看到翠姐的房子都能有此作为，肯定都纷纷效仿。"

蔡姐一边说一边往风云体育场走去，刘大伟跟上去。

风云体育场一共三个出口，现在三个出口附近的旧建筑都完成了升级改造，改造设计都遵循粤式建筑的特点，既粤派也时尚。西门的一套七层商品楼都贴上了青砖，顶层盖了灰瓦顶，门窗都换成了七彩琉璃窗，内墙粉了白色，房间的门都是推搪门。

这栋楼要改造成粤式茶楼，让渺城人民可以在这里吃早茶、观江景、喝夜茶、看球赛。

蔡姐摸着仿古的梁柱，举目望着风云体育场，轻声说："十八年前的'西甲'足球联赛，我刚从安徽回到渺城，有幸观看了。"

刘大伟没想到蔡姐还是个足球爱好者，这年头，懂足球爱足球的女人还真的挺珍贵的。

刘大伟带蔡姐走了一圈，又转回人民路，一直走到伟星煲仔饭店前。前几天开挖的路段已经倒帽完毕，开始布置管网。蔡姐站在开挖的路基旁边，看了一会儿工人施工，才转进伟星煲仔饭。

刘大伟已经点了一个黄鳝煲仔饭，笑着问蔡姐："要吃什么煲仔饭？"蔡姐笑着说："腊味排骨吧。"

蔡姐拉开凳子坐下，刘大伟压低声音问："蔡姐，你刚才说先将翠姐的房子做示范，真的会有效果吗？"

蔡姐一笑，也压下肩，低声问："在这老城区，谁的日子最艰苦？"

刘大伟一愣："这还用问吗？当然是翠姐啊！"

"十八岁断腿，二十岁被背叛，二十一岁生女，年过五十仍要站在街头揽客，还被好不容易养大的女儿嫌弃。翠姐的苦难，就像这历尽千百年风雨的老城一样，破败沉重，屈痛颓废。"

"那老城区的男人，最听谁的话？"

刘大伟愣了愣，翠姐支着拐杖，从新华路首走到新华路尾的身影，在眼前晃动着。

"还是翠姐。"

蔡姐没有接话，低头轻轻搅拌着刚送上来的煲仔饭，真香啊！刘大伟恍然大悟，如果连最难最穷的人都能因旧城改造而过上好日子的话，其他人还会执着眼前的一丁点补偿款吗？还有，这老城区，谁的话最管用？当然是翠姐啊！定舅父那些老男人……

两个人埋头吃了一会儿煲仔饭，陈琴走了进来，一屁股坐在两人的桌子边，说："我听大C说，你们今天在我们店附近走了两圈，我猜啊，你们肯定是想帮我们家婚庆店改造对不？大伟啊！我听罗旺说了，为了这旧城改造，你们天天加班加点，劳心劳力都得不到街坊们的理解，真是苦了你们啊！我看罗旺一年前当爸时，还像个孩子样，但自从跟了老街这个项目后，成熟多了，考虑事情细致周到了很多，这工作，既难，也磨炼人啊！"

刘大伟赶紧给她倒杯水，陈琴拿起水，咕噜喝一口说："大伟，就这么定了，先给我家的店改造改造，我明天就找人来搬东西，后天你们可以进场去施工了。"

刘大伟试探道，"没有补偿款的。"

蔡姐用筷子打他一下，笑着说："让你施工就施工，赶紧弄好让琴姐把店搬回来，一个月就能把失去的生意赚回来了。"

"就是就是。"陈琴不客气地让伟星给她也来个黄鳝煲仔饭，还说："伟星，我这煲仔饭，入大伟的账。"

刘大伟咧嘴一笑，还是老街的女人明事理，看得远啊！

半月后，旧城改造项目的初步设计评审终于顺利召开，专家和各职能部门代表都在会议室内开评审会议。刘大伟抽空出来跟蔡姐喝茶，蔡姐烫着茶杯说："罗旺这小伙子，算是逐渐上道了啊！"

刘大伟伸一下腰说："聪明还是挺聪明的，就是粗心了点。"

"缺经验，都这样过来的，多历练就好。"

刘大伟拿起蔡姐递过来的普洱茶，喝一口道："尽管是后补的评审，但事情进行得还算顺利。"

"顺利就好"。蔡姐笑笑。刘大伟说："这顺利，还得要谢谢蔡姐您呢！"

蔡姐抿嘴笑道："听说现在那幢危宅都成网红地了，不仅是老街的老街坊们爱去听那收破烂的租客讲他的经历，男租客越说越神乎，外面的年轻人来游老街，都过去听，还发了抖音，现在火爆得很呢，看来旧城这一带，还没完全改造完，就先火旺起来了啊！"

"这是政府决策的正确。"刘大伟立刻道，"但也是蔡姐您出的点子好。"

"我也就是那么随口一说，还是你们工作做到位了。"蔡姐笑了笑，又给刘大伟续了一杯茶，刘大伟拿起茶杯，喝一口道："我是怎么也没有想到，我舅舅居然会和钟三醒一起来找我，说他们愿意不要补偿了。我舅舅说他还开锁店，但要与时俱进，搞电子锁。"

蔡姐笑着说："那改造完的店，刚好用得上呢，他赚了。"

刘大伟放下茶杯。说："我只负责改造施工，运营招商这些不属于我的范围，我只祈求这改造项目能顺顺利利，千万别再出什么事故。"

"那你得多拜拜武帝了啊！"蔡姐放下茶杯，和刘大伟一起走出门口，门外的排栅已经拆除，青砖灰瓦的办公大楼，屹立在阳光下，与广场上的古柏和古榕相映着，古色古香，森然优雅。

"你说，这旧城改造过后，能旺起来吗？"刘大伟问。

"看，那棵凤凰树，开得多红啊！"

刘大伟邀蔡姐上大堤走走，旧城改造除了老街这一带的老屋改造外，还有城区内数个小区楼盘的拆建，最有代表的是在城区中心得力宝饮料厂拆迁后，在建的一个新楼盘昊天城，这些年，蔡姐将很多心力都耗在昊天城上，蔡姐主动跟刘大伟说起了昊天城。

昊天城的女工们

昊天城是渺城城区最大规模最有特色的建筑楼盘，它由旧城拆除新建而起，占地约六十万平方米，处于渺城城区中心，周边是渺城的主干道海湖大道，广佛地铁四号线在这里有出口。

蔡姐已从事建筑安全生产管理工作十多年，深谙建筑行业的管理模式和建筑工人的生活，蔡姐一直在建筑工地上行走，出于职业的敏锐性，敏感到这十多年来，建筑行业从业人员架构的微妙变化。

自古以来，从事体力活的多为男性工作者，而建筑行业更是千百种行当中最需要体力的一个行业，千百年来都由男性工作者主宰着的。一个女性成为建筑工人是意外，几个女性成为建筑工人是偶然，然而，一群或大量的女性成为建筑工人呢？据统计，昊天城工地的建筑女工已经占总建筑工人的百分之三十五，即十个建筑工人里面，有三个是女性，且比例还呈上升趋势。

在处理旧城改造这事情上，蔡姐一再提醒刘大伟，女性在这个项目上的关键性，她说，这都是从她这些年，从建筑工地上观察得出的心得。

拿砖刀的蒋玉成

她叫蒋玉成，外号"火炮玉"，身材高大，穿着工地反光背心时，显得特健壮。她是保利项目上的砌筑工。一栋楼的楼层主体架构浇筑出来后，这层楼就成了蒋玉成和她的工友们的主场。蒋玉成要和她的工友们在这层楼层上，按设计图纸把整层楼依照主承梁的格局，再分割成一格一格，格分大小，经由蒋玉成他们将轻质砖砌起来，再配以门窗，便成了一个个功能各异的空间，这实际上就是我们热衷的房子，或被蒋玉成她们砌开了一个客厅，或一间房间，或者又一间厨房——混凝土、钢筋、砂浆、轻质砖及水泥预制件组合成的合成品。

在工地上，砌筑工一般是男人的工种，女人天生对水平线、对垂直度不敏感，尽管现代砌筑已用红外线替代了墨斗和墨线，轻质砖替代了窑烧红砖，门框与窗框都是预制件，但找平仍是女人很难翻过去的坎。我便是顽例，我是拿着尺子也画不了一条直线的。除了找平是坎，重量也是坎。现在工地用的都是轻质砖，轻质砖一般规格是 $30 \times 60 \times 8$，重量大概是十公斤，很少女人能轻易地把十公斤的大砖块甩上比自个高的墙体上，更别说在墙体上弯腰下来抓。

蒋玉成是个例外，她麻利地将木模顺着红外线固定好，然后腰一弯，手一张，手就牢牢抓着一块轻质砖往上一提，砖便方方正正地码在木模里面。我认为蒋玉成是借了身材的优势，才成就这一身强蛮力气的。通常能憋出这么一股气力的女人，性格也是粗粝的，蒋玉成也不例外。在工地里，蒋玉成出名于她的骂功，一旦劳作起来，她的嘴巴便停歇不了，从她嘴里喷出来的，都是经典绝伦的汉骂，工地上的人和物都被她"操"遍了，也弄不清她的怒火从何而来，总之，只要是上工干活，她便骂声不断，骂天气、骂重活、骂砖块、骂砂浆、骂开发商、骂工头、骂儿女、骂老公……因此，在蒋玉成工作的楼层里，经常会有笑声轰然传出。蒋玉成最爱骂的人，当然是她的老公汪广发，骂其他人要招架打的，蒋玉成虽然壮，但也熬不住揍，被揍多了，骂别人的声音自然便弱了下去。蒋玉成粗粝下面藏着精乖，汪广发也会和她干架，但他个头比她小，力气也没有她大，骂狠了也吃不了什么亏，即使把汪广发揍狠了，往往下班回宿舍后，钻板床上协调一下，便又啥事没有。

蒋玉成骂汪广发，最常骂的词语是"老子操你""屌用没有的"和"死老逼"，骂到十八代祖宗的很少。一般情况下，汪广发是很少回嘴的，被别的工友笑话，他便说："女人嘛！就是借个嘴狠呗，真要干起来，还不是男人骑上面撒？""老子屌用没有，她能那么骚劲？给老子拉出五个娃！"工友们常逗他："广发、广发，炮火玉骂你屌没有用，你去旧街竖竖手指证明给她看看撒！"汪广发马上怂下来："莫敢莫敢！那泼婆娘的炮火还莫得烧了老子？那老子的屌就真留不得了撒！"

怂归怂，蒋玉成实在骂狠了，汪广发也会回嘴的："老子是死老逼，那你呢？你是么逼撒？"一边回嘴一边还用力用砖刀敲砖块，轻质砖不比传统红砖结实，咔嚓一声，断成两截。

一般砌筑工都是双双分组的，多是夫妻俩一组，丈夫拿砖刀砌筑为大工，妻子辅助拉线、制模、搓砂浆和递砖为小工。但蒋玉成与汪广发这一组是相反的，拿砖刀的大工是蒋玉成，递砖送砂浆的小工是汪广发，也因此，在夫妻关系中，蒋玉成占了绝对主导权，她在汪广发面前从来说一不二、要风得风要雨得雨。

蛮横惯了的蒋玉成如何容得下汪广发回嘴？她觉得汪广发的任何回嘴都是挑战她"炮火玉"的权威，汪广发竟然敢敲砖块发她脾气？这绝对不能容忍，为了保住权威，蒋玉成通常会虎眼一瞪，对着汪广发示威般扬起砖刀，手起刀落，巨大的轻质砖块断得无比清脆。

我见识过"权威"被挑战时蒋玉成的厉害，她的破坏力堪比战争中的大炮，轰隆一声，烟尘四起，满地狼藉，怪不得在建筑工地上能混上"炮火玉"的名号。

我听蒋玉成的工友说，本来那次蒋玉成开始是骂她砌着的墙的，哗哗嘀嘀地骂，骂这墙长，砌来砌去砌莫完，木模要钉两回才能钉到头，钉子也孬，钉三个坏了俩，剩下一个还钉手指头上；骂完墙就骂房子，一个房子满打满算莫就是住四五口人，一百至一百二十平方米，划个四房两厅怎么也够了撒，干么事还要搞超大户型？横躺竖躺也躺莫完（这些天蒋玉成他们刚好在砌两百平方以上的超大户型）！还骂城里人坏，人口少，还占房子，一套房没住过来，又占一套，钱凭啥来得这么容易？骂着骂着，不知怎的，就骂到汪广发身上了，骂他没屌用，枉她跟他海里海外跑了几十年，砌了几十年砖，房子盖了不少，却还得窝工棚里闻他的脚臭，当年真白瞎了眼竟然跟他跑工地。

汪广发前天晚上跟工友们出去江边吃夜宵，回来后睡不着，早上上班前，为了刺激精神，偷偷喝了点小酒才上工地，但工作一直都不在状态，钉的木模都是歪的，害蒋玉成几次都把砖砌到红线外，敲了重砌，又把砖给敲断了。工地上干活，都是按量的，重砌一次，量自然是下去了，砖断了又要算进个人的账上，夫妻俩一上午的劳作，几乎是废的。这天早上，汪广发的状态跟以往完全不一样，似乎很兴奋，但看到要返工的砖墙，很不爽，再加上肾上腺的一点酒精残余的作用，胆子便大了，这时蒋玉成骂他没用，他竟然脑门充血，回骂："老子当年要不是听了你个逼女人唆摆，老子今天能混成这屌样么？"骂着，还一脚踹在前面一堵砌出了红线的墙上，刚粘上成品砂浆的轻质砖来不及凝固，根本经不了踹，"轰隆"一声便倒下了，断砖四处滚动。

这些损失都是要从他们夫妻的工资里扣的，墙倒的一刻，蒋玉成的眼睛便红了，她尖叫着："汪广发，你个逼人，老子跟你拼了撒！"她叫着，抱起滚在地上的断砖，狠狠地往汪广发身上砸去，吓得汪广发抱着脑袋跳开。蒋玉成一砸不中，更火爆了，举着砖块在后面追，汪广发抱着脑袋在一格格的主卧、次卧、客厅、厨房甚至洗手间里跳上跳下，钻来钻去。工人们都停了下来，哈哈笑着看热闹，有几个平日和汪广发夫妻关系好点的女工，伸手拦着蒋玉成，劝："算了撒！广发家里的，他也不想把模钉歪的撒！"

蒋玉成哪能听得进去？汪广发竟然敢回嘴，还踹墙示威，这跟翻天有什么区别？蒋玉成的炮火已从星星之火变成燎原大火，烧得火红火绿，这恼火气似乎已经成型，围着蒋玉成健壮的身躯噼里啪啦地烧着，蒋玉成一截砖块没打中，又弯腰抱起一块更大的，骂骂咧咧地穷追汪广发不放，脚也不停，断了的碎砖块、砖渣给她踢得四处都是，尘土飞扬。

我早就站在楼梯口了，因不想影响工人们工作，就在边上看墙缝的饱和度。在汪广发把墙踹倒时，我吓了一跳，本想过去劝一下的，但战况发展得实在太快太激烈，我根本找不到冲进"战争现场"的缝隙，我纠结着不知道该不该大声把他们吼住时，一块灰扑扑的砖块向我飞了过来，我吓得马上往身后的楼梯退去。汪广发惊叫着，与我几乎同时跳进楼梯口。砖块落地，骨碌碌地往楼梯口滚了过来，汪广发像猴子般，扳着楼梯的防护栏杆，一下便跳了上去，猴子般蹲在栏杆上，手抓着栏杆，还很嚣张地回头对蒋玉成叫："砸，臭婆娘！看你砸撒，逼婆娘！"

我身手没他灵活，眼看着砖块就要滚到我的脚背了，跟在我身后的项目经理何华冲了上来，一脚将滚向我的砖块定住，大喝一声："吵啥子撒，吵啥子撒？想找死么？"

蒋玉成跳着脚，想是踢砖块时太用劲，把脚踢痛了，嘴里仍骂骂咧咧的，但见到上来的是何华，可不敢再继续抱砖打人了。汪广发看战火暂时缓和，便从防护栏杆上跳了下来，嘴里骂着蒋玉成活该，但仍上前抓起她的脚观察，蒋玉成甩着脚叫："莫用你看，老子莫事！"

她的个头比汪广发要高，体型也壮，蹲下来给她检查脚的汪广发愈发显得细小，但蒋玉成撒娇甩脚的样子，却像个小女人，典型的床头夫妻。我想笑，但职责不许我笑，我板着脸训汪广发："这位大哥，你刚才这样跳栏杆上，多危险呀？要没拉稳或跳过了，还不得掉下去么？"

"嗤！"楼面大概有十来个砌筑工，听我这样说，同时呼出一声语气词，然后又哈哈笑起来，一个满脸横肉的大哥拿着砖刀在砖面上敲着说："这妹崽说得多没见识撒！广发是单杆高手，额①们这里的楼层防护扶手，广发哪个没跳过滴？水平比奥运会耍单杆的运动员还高，一抓一跳都精准很了嘞！"

他的话一下，其他人又哄地笑开了，我站在楼梯口，进退不是，反倒成了个"没见识"的，大家似乎都忘了，就在一分钟前，这里还是极度可怕的混战现场。我知道对付工人，还是要找工头，可谁是这个砌筑班的工头呢？我回头向何华求救，工人怕工头，工头忌项目负责人。何华聪明人，知道此时该他出头了，立刻干咳两声："咳咳！"

工人们都立马止了笑声，该钉木模的钉木模，该固定门窗的固定门窗，该砌筑的砌筑，蒋玉成一脚甩开汪广发，瞪他一眼，弯腰

---

①额，是陕西等地方言中"我"的意思。

拿起砖刀，拐着脚去扶被汪广发踹倒的墙，汪广发马上溜上去帮忙，眼睛还贼贼地往我们这边睃着。

何华见工人们都回归常态干活，回头跟我说："这个……蔡姐，没啥事，额们还是下去撒，这里多乱？"

"乱？乱吗？"我晓得何华心里的小九九，我是来检查工地的质量和安全的，这层楼刚好在砌筑，查质量最合适不过了，何华是这个项目的负责人，对每层楼的情况都了如指掌，他这么急着让我下去，那我就必须要仔细查看清楚了。

我笑笑，不理何华，走近汪广发夫妻。见我走近，蒋玉成不干了，放下砖刀，圆眼瞪着我，我几乎能感受得到她鼻子里呼出来的热气。我们互相瞪着眼睛看着对方半天，蒋玉成受不了，叽咕道："细皮嫩肉滴，手掌也莫见个茧，还专家了嘞！能看得懂个屁撒？"

不错不错，还认得我帽子上的"专家"两字，证明还认得字。我指指她刚拿起的砖块，说："大姐，您就这样砌？"

"不是这样砌，还能咋样砌撒？"蒋玉成没安好气地回我，示威似的从灰桶里挖起一刀砂浆，唰，一道直线，麻利地抹在轻质砖上，手法娴熟，下浆精准，涂抹均匀，一看就知道是个砌砖的好手，一个女人能有这样的手艺，的确是非常难得，看来她的嚣张还是有点资本的。

我回身跟何华说："整层楼都没见到有一根水管哟！"

何华眼睛扫了一下，白脸成黑脸，大声叫："汪广财！"

一堆轻质砖后面，伸出了一个和汪广发有着七分相似的脑袋，但气质却比汪广发显得精明。

"你个逼人，躲里面干么事撒！给老子出来，水管哩？水管哩？"

何华火冒三丈："平常老子是咋样要求你们的？当老子的话是屁撒？"

汪广财一伸一伸脑袋地走出来，赔笑着说："何经理，莫生气，我们不是才上这一层么，水电工还没来得及装水管哩！"

"放屁，你当老子是傻子撒？接根水管也要水电工！看老子不踹死你！"

我站一旁看着，只想看看他们怎样把戏演下去，奈何蒋玉成是个性格简单直接的，她可能看不习惯我挑毛病，忍不住说："得多大的事撒？大清早滴，要水管来干啥子用？额们又不用拌浆，才屁大的尘，扬不出去的撒！"

"嫂子，求您了，少说两句撒！"

汪广财倒挂着眉毛，差不多把腰弯成九十度了。

看来他们是一直都没有在砌筑之前，用水把轻质砖淋透的习惯的。我尝试着跟蒋玉成说，虽然现在大多数楼盘都用成品砂浆砌筑，成品砂浆是按精准的比例调配，用于砌墙的一般是 2.0 成品砂浆，黏合度很高，砌出来的墙体缝隙很细，总体很好看，但如果他们在砌砖之前先用水把砖淋透，那么，砖与成品砂浆的黏合度会更高，这样砌出来的墙体，墙缝饱和度高，不仅平整美观，还不易渗漏，增加墙体寿命。

可蒋玉成没听我说完，就不耐烦了，砖刀挖进砂浆桶里，狠狠挖起一大杯砂浆，甩在砖面上，撕着嗓子说："吃饱了撑滴！这房子又莫是你住滴，你管它渗漏莫渗漏？老子一天累死累活才砌多少方砖？要按你说滴，每回用砖都浇水淋透啥的，这样那样滴，老子还用干么？"

我心知，这是秀才遇到兵，有理说不清。蒋玉成说的确是工地的常态，不管哪个工种的工人，在工地上都是按量承包工程的，能缩短一天的进度，那么他们就多了一天的机会去接下一个项目。像蒋玉成夫妻这样的夫妻档，夫妻合作，从早上四点到晚上六点，中午不休息，一天最多砌二十平方米，现在工地上的砌筑工，砌一平方米大概是五十元工钱，就是说，如果蒋玉成夫妻一个月不停不休，没有任何意外发生的话，一个月是三万来块的收入，但工地都是动态生产，受天气受供应等各种因素的影响，很少可以每个月都是满工的，所以，对于工人来说，进度才是王道，才是他们追求的根本。而在这个城市化扩展的过程中，我们从上到下，不也都在追求着进度么？我们都知道，过度扩展和过度追求进度，质量和安全便很难保证，但这能怪他们么？他们只是整个城市建设最底层的部分，不过是用自己的血汗谋求活下去的基本，他们把身体当机器，努力适应着飞速发展的社会，挣扎着，透支身体，不想成为那个被历史车轮甩下来的人。可现实是，无论他们怎么努力，这"车轮"还是要扬尘而去，他们用尽所有力气，也还是在"车轮"下面艰难喘气。

每次巡查工地我都很纠结，一方面，质量和安全是建筑生产的前提和根本；另一方面，建筑工人的生存和城市化的推进同样至关重要。而更现实的是，楼房开发商、施工承包商、材料供应商、包工头甚至于建筑工人都与利润紧密联系着，谁也离不开对"利"的追逐，包括我自己。很矛盾，但又那么理所当然、理直气壮地存在。

我转向何华，何华立马保证说："蔡姐，您放心，这里额马上就处理，保证按您的意思做好，不漏任何一个细节！"

我看了看眼里闪着精明的汪广财："工人上班时间打闹得那么厉害，都放任不管么？要真砸中了人，不就成事故了吗？"

"你说他没用，他管不着老子，他敢管老子，老子撕了他撒！"

蒋玉成果然"火炮"，汪广财都还没说话，她便抢了过来。汪广财摊摊手说："专家，嫂子就是嫂子，长嫂如母撒！额老母打额，额哥莫得出声，额嫂子打额哥，就是额老母打额哥，额更莫得出声撒。"

我一瞪眼："你家老母还抱这么大的砖块摔你哥？"

汪广财笑嘿嘿地还嘴："这您得去阎王爷那里去问问额老母了撒！"

"汪广财，说啥话呢，你？"

何华喝止汪广财，汪广财嬉皮笑脸地收住嘴，但眼里的挑衅愈发明显，我知道，不严厉一点，他们是不会把我说的话当回事的，说不定，我还没下这层楼，又打起来了。我拿起手机，把现场的乱象都拍了下来，然后拿出暂时停工整改书。何华一看到暂时停工整改书，急了，按着我的手说："蔡姐，额的亲姐姐，手下留情啊！这，这，额马上让水电工上来装水管，汪广财，赶紧赶紧滴，你个逼人，笑啥哩？叫你撒！赶紧给老子把水管都接上，你、你，汪广发，发啥愣哩？去，和二道杆一起把砖都给老子码好，赶紧赶紧滴，都莫想干了是么？"

那个满脸横肉的高个工人，原来叫二道杆，嘟嘟囔囔地放下砖刀，不情愿地和汪广发一起收拾地上的乱砖，汪广财也拿起水管去接上了，何华又大声安排："都给额听好哩，你们每天上来上班，第一时间就给老子浇砖块撒，没浇透砖块，就不得用来砌墙，要是给老子发现，你们没按老子的要求来干，老子见一次扣一天的工资！"

一与工资挂钩，工人们都怂了，马上自觉地过去拿水管浇自己要用的砖，汪广发和二道杆也很快把地上的乱砖收拾好了，我知道，这不过是何华为了不停工，在我面前演的一幕戏，戏是不错，但工人在施工现场，公然推墙砸砖打架，极易造成安全生产事故，是非常恶劣的事情，很明显是工地管理人员管理不力，该罚还得罚。

见我还是揪着打砸的事情不放，蒋玉成的火暴脾气一下就上来了："哎！你个女人，在这里指手画脚说三道四滴，还有完没完撒？老子砸自家老公，关你个屁事？警察也管不得老子，你少在老子面前啰里啰唆滴！"

"这是上班时间，在工地上面，只要与工地有关我就有资格管。你要回家关上房门砸，我才懒得管你怎样砸！"

我也来气了，心里虽然知道，砌筑是个费神又费力的难活儿，一个女人每天都要对着这些不会说话、干蹦蹦的方块儿使力气，吸尘吐土，浑身水泥浆，脾气能好到哪里去？她的火爆除了来自对生活对工作的不满，更多的是宣泄的需要。

"火炮玉，你是想整个班组的兄弟都受你牵连了撒？"

何华一句话，吃喝进了蒋玉成的软肋，蒋玉成的气势马上弱了下来，嘟囔着说："额跟额家男人是闹着玩滴，额的砖，都是瞄着扔滴，额砸他砸了三十多年，就莫砸中过一次撒！"

汪广发赶紧捋起裤腿给我看："专家，你看看，额身上哪有伤撒！"

我忍不住笑了起来，能说她火爆恶劣吗？的确火爆恶劣，可她也是真的单纯可爱。何华马上抓着机会把我往下拉，我有点不甘心，但更多的是不忍心。

就这样和蒋玉成认识了。昊天城工地上的女工，多数与我认识，每回我下班时间不回家，坐在工地饭堂的最角落处吃饭堂主管佟四嫂炒的饭菜时，女工们几乎都知道我又闲得发慌，又要拉她们一起拉家常了。佟四嫂的饭菜越来越有大厨的水平了，特别是炖猪肘子，入口即化，肥而不腻，每口都是胶原蛋白，简直是人间美味。要知道，几年前，佟四嫂被佟四在众人面前剥光衣服打了后，她可是像行尸走肉般过了两年，我还担心她好不了呢，还好，最近这一年，佟四嫂像是回过神来了，每回看到我，又对我没心没肺地笑了，还亲自下厨给我炒菜。

饭堂女工成三妹告诉我，这段时间，远远看见我过来，佟四嫂就不再呆呆地坐在椅子上，而是立马站起来，钻进厨房里找围裙，每回做菜前先把手洗干净，把口罩给戴上，头发也包好的，隆重得像接待什么贵宾。敢情佟四嫂是把我当成她的贵宾了。听成三姝这么说，我挺羞愧的，我何德何能？可成三姝不这样认为，她说，佟四把佟四嫂的青春糟蹋干净后，便把她像废物一样丢在工地上，不管死活。而我把佟四嫂当姐妹，每次来昊天城工地检查时，无论多忙，都会过来看佟四嫂，偶尔还给她买两套衣服，送她些糕点水果，实在没话可说时，也陪她坐着发呆。

成三姝叨叨地夸我人好，说昊天城工地里认识我的人都喜欢我，我真惭愧，我之所以这么空闲，有事没事都往昊天城跑，主要原因是我除了安全生产专家的身份外，还有一个作家的身份，我要深入生活啊！除此之外，我无聊也是因素之一，自从闺女上中学住校后，我便一个人，反正在家坐着是发呆，出来陪佟四嫂坐着，还能不时说上两句，不至于太闷。刚好，昊天城位于市区中心，与我家隔得不远，我陪佟四嫂发完呆走回家，也就十来分钟的路程。成三姝说我陪佟四嫂，我倒觉得是佟四嫂在陪我。

我吃着佟四嫂炖的肘子，一边吃一边感叹，终于知道这一年来为什么突然之间身体止不住地发胖了，自从佟四嫂的精气神回来后，我的口福就到了，隔三岔五就吃一顿佟四嫂的大鱼大肉，能不胖吗？

工人吃饭都早，很多工人吃了晚饭又要上晚班的，广东长年雨水天气多，能赶上不下雨，工地就拼命加班。我到饭堂时，饭堂里已没有吃饭的工人，成三姝她们也把餐具刷洗干净，都戴着手套用刷子刷小龙虾。

佟四嫂最近把夜宵也开了，她进了些啤酒在冰柜冰着，还弄了些小龙虾和石螺回来，都是为那些加班到半夜收工时肚子饿了的工人准备的，成三姝抱怨说，这段时间总要上通宵班，饭堂工也不好干了。

可我看佟四嫂的气色，却是越来越好，通宵班对她来说，影响不是很大。佟四嫂笑眯眯地捧了盘通红的小龙虾出来，我看她眼睛里闪着光，脸色红润，跟小龙虾一样鲜亮。这就是我们工地的女人了，无论生活多难，命运多苦，工作多累，都压不住她们勃勃的生命力。

佟四嫂放下小龙虾，又要去拿冰镇啤酒，我拉着她说："别忙，我一会还有事，酒就不喝啦！"

佟四嫂笑着说："不喝点酒，蒋玉成是不会跟你掏心窝滴。"

知我者，四嫂也！敢情我上午和蒋玉成冲突的事情，都传到佟四嫂这里来了，佟四嫂说，中午那班砌筑工过来吃饭时，不知因为什么事，好像是汪广发做了些什么事情，被二道杆他们曝了出来，"火炮玉"又跟汪广发在饭堂里干了一架，把饭堂里的菜盆都砸凹了。佟四嫂说，"火炮玉"夫妻俩这两天都白干了，赔完砖钱还要赔菜盆钱，听说何华还要处分他们。

我这几年都常在昊天城工地转悠，却很少注意到蒋玉成，按理说，像她这样"突出"的人物，我不应该忽略才对的。佟四嫂和成三妹笑着说，汪广财的砌筑班一直都在渺城揽活的，但蒋玉成夫妻却总是安不下心，喜欢走南闯北，前几年跟别人到赞比亚去了，可待不了几年，就撑不下去，半年前又回国来了。

原来还劳务输出过的，怪不得上午听他们夫妻吵架时，蒋玉成说跟汪广发海里海外地瞎跑。

佟四嫂见我对蒋玉成的兴趣高涨起来，笑着揉揉我的辫子，说："莫急，额的大作家，火炮玉今晚下班九点，她九点十五分准过来。"

闲聊了一会，第一批下晚班的建筑工人果然下班过来了，夜宵一般都是炒粉、青菜和粥，当然还有炒辣子鸡、石螺和小龙虾，佟四嫂心情好时，还会弄点椒盐鸭下巴和炸鸡块。反正工人也不挑，夜宵就是为了填肚子的，能不饿，睡个饱满的、满足的觉，就心满意足了。

蒋玉成果然出现在工人堆里，因为身材高大，在人群里特扎眼，我一眼便认出二道杆和她了，他们似乎有什么不对头，骂骂咧咧的。蒋玉成还是那样急哄哄地，两手扳开人群，呼啦啦地往饭堂窗口挤过去，二道杆似乎很不服气她，专门快走两步挡了在她的面前，把她急得哇哇大叫，拳头举得老高的，我真害怕她又拿什么砸人，再砸去一天的工资就不太好了呀！还好，她没砸二道杆，手配合着咆哮挥动了一会，又奇迹般地收了下来，然后，回头看向我。佟四嫂告诉她，我要请她吃小龙虾。

蒋玉成蹭蹭蹭地走到我面前，圆眼怒瞪着我，我似乎又感觉到了她鼻子喷出来的热气。我笑着站起来，给她拉开椅子，踮起脚来，把她的肩往下按，她顺从地坐了下来，开口就问："搞啥子事撒？"

"对，搞啥子事撒？"

我还没有坐回座位，汪广发就像幽灵般飘了过来，迅速地拉了个位置坐下，他的动作又让我想起早上他的一抓一跃一跳一蹲。这夫妻俩，印证了我们一句广东老话"公不离婆，秤不离砣"。

我说："想请你老婆吃小龙虾喝啤酒，介意么？"

"不介意，不介意，额等她。"汪广发很不客气地给自己倒了杯啤酒，然后又伸手抓了几个小龙虾放碗里。蒋玉成瞪着他说："哪个要你等撒？滚！"

我的脑袋又嗡嗡叫起来，这夫妻俩，怎么碰一起就干架啊？汪广发嬉皮笑脸说："你是额婆娘，额不等你，还能等哪个撒？"

说话间，几个小龙虾已经给剥开了，红白的虾仁蘸上辣椒油，红晃晃地放在蒋玉成的饭碗里，要说疼爱老婆，我瞧着这个汪广发认第二，工地上没人敢认第一的。

"你滚滚滚，哪个稀罕你剥虾了撒？江边上好多竖手指的在等你撒，还不去？"蒋玉成没好气地用脚踢汪广发，汪广发把脚缩上塑胶椅子上，委屈地说："男人么，哪个没事不开开玩笑滴？你这心眼缝小得水泥砂浆都抹不进去了嘞！"

看来这夫妻俩之间应该有个什么梗，让蒋玉成暴怒不已。我静静地看着夫妻俩顶嘴，思绪渐渐有点恍惚，或许，这样的斗嘴打闹，可以让他们枯燥压抑的工地生活，带来那么点生气吧！

吵闹了一会，无论汪广发怎么点头哈腰，怎么剥虾赔罪，蒋玉成就是不肯原谅他，而且，似乎汪广发越是低声下气地退让，蒋玉成的愤怒就越膨胀，都烧得冒烟了。我从蒋玉成的叫骂中，终于听出了一点儿门道，好像是汪广发在昨天晚上，跟几个砌筑的工友们到江边吃夜宵，还竖了手指呢。

本来，汪广发是没有准备去吃夜宵的，蒋玉成也不高兴他去，但奈何二道杆几个都取笑汪广发是"气管炎"，连夜宵也做不了自己的主，还当个啥男人？汪广发脑门一充血，便跟去了，蒋玉成也没再好意思拉着他不让去。

结果呢，二道杆几个小子说去夜宵不过是个幌子，到了目的地，汪广发才知道，原来二道杆他们带他出来是来"竖手指"的。汪广发饿着肚子，傻呆呆地跟着二道杆他们后面，在老街的位置溜来溜去，汪广发看见几家人头拥挤的夜宵店，肉香、粉香、粥香和菜香一股脑儿地从里面涌出来，汪广发闻得口水直流，可二道杆几个根本就没有食欲，而是在横街小巷里兜来转去，专门往人少的、灯光暗的地方走，那些灯光暧昧的阴暗处，都坐着几个身材丰满的中年妇女，这些妇女穿着打扮跟大街上的普通妇女没什么两样，唯一不同的是，大街上的妇女很忙碌，她们却很闲。

二道杆几个每碰上一组坐在阴暗中的妇女都停下来，交头接耳研究一番，有的是研究过了就走，有的却不一样，汪广发看见他们研究完，二道杆就会向那几个妇女竖起手指，开始是三个手指，那几个妇女摇头；接着是四个手指，那几个妇女继续摇头；五个手指头竖过后，那几个妇女还是摇头，二道杆他们便继续往下走，直到找到下一组心仪的妇女。

汪广发再迟钝，也明白他们在干什么了，吓得赶快回头走，可二道杆他们怎么可能放过他呢？一下把他拽住，不许他走，还嚷嚷着说汪广发在国外闷了那么久，除了一个比男人还凶悍的火炮玉，身边连只母鸡也没有。一个正常男人三年不闻女人味，哪得多受罪（二道杆他们没当蒋玉成是女人）？哥们几个是好心给他开开荤，解解馋的，要是汪广发不领情，那他就是瞧不起兄弟们，不给兄弟们面子云云。

汪广发心里惧怕蒋玉成，怎样也不敢尝试逾越雷池，可二道杆他们连拉带拖，硬把他拖进了离阴暗处不远的一团橘红暧昧的灯光里，然后，又把他抬进了一个比他们砌的"格子"要小很多的格子里，一扇粉色的塑胶门碰地关上，汪广财跌倒在一张粉色的、面目可疑的小床上，塑胶门前面，站着一个衣着普通的丰满妇女，样子汪广发是记不得了，只记得那个女人奶子很大很饱满很白，那妇女衣服往上一掀，两个巨大的奶子便跳了出来，在汪广发面前抖着，抖得汪广发双腿发软，头晕脑胀。

在蒋玉成的步步逼问下，汪广发不得不投降，把昨晚的"风光无限"全盘托出，但汪广发是非常聪明的，无论蒋玉成怎么逼问怎么"用刑"他都坚持一点——他绝对没跟那个大奶子的妇女行苟且之事。他说他虽然双腿没力，头昏脑胀的，但在那个大奶子向他走过来时，他一下清醒了，让大奶子把衣服穿上。大奶子说二道杆他们已经给了钱的，汪广发说现在出去不好，他们会笑他无能，那就坐一会，坐差不多时间再出去。大奶子乐得不用干活就有钱收，所以就配合着坐下来。汪广发说，为了演得逼真，坐到差不多要出去时，他还特地让大奶子在他的大腿上掐了两下，他痛得叫了几声。

"大奶子大奶子，叫得忒亲切撒！"蒋玉成听得头发炸起，弯腰提着汪广发的裤腿一撕，汪广发的裤子应声而裂，饭堂的灯光很亮，汪广发的大腿内侧，真的有两块淤青。蒋玉成尖叫起来："你个死逼人，还骗老子撒！手都捏到这个位置来了撒，你说你莫干，鬼才信你撒！"

叫声之下，又是一顿更猛烈的拳打脚踢，其他工人都围观着看笑话，笑声一浪接一浪，都叫："也就捏两把大奶子，掐两下大腿根而已，啥事也莫干撒！哈哈哈哈……"笑得最欢的应该是那个叫二道杆的，可怜汪广发抱着头，像受伤的刺猬一样缩起来，哭着声音求饶："额的好婆娘嘞，额是真滴冤哩！"

蒋玉成是身在庐山中，根本看不到二道杆他们脸上得意的笑容，而且以她率直的个性，也不会联系到任何阴谋。我冷眼看着，很明显，这是一个局，是二道杆他们给他们夫妻设的一个局。我不知道这几个砌筑工为什么要这么做？但，有一种可能是几乎可以肯定的，蒋玉成真的不讨砌筑班的人喜欢，或许是，汪广发夫妻都不讨他们喜欢。

我招呼佟四嫂和成三姝过来，一起把蒋玉成拉开，然后让汪广发先走。我们把蒋玉成往厨房里拖，蒋玉成的力气可真大，几次把我们甩开了，要追出去，亏得刚好又一批工人下班过来，挡了一下饭堂门口，我们才得以再次把她拉住。好不容易把蒋玉成按在厨房的分菜台上，蒋玉成气得胸口一鼓一鼓的，我让她喝口冷水冷静一下，递上一杯冰水，没想她一杯冰水吞下去了，迎面向我喷了一句："额的胸也不见得小嘞，汪广发那个死老逼，老子操他祖宗十八代！"

我差点笑出来了，唉！她还真是天真啊！男人要出轨，从来不是因为家里女人温不温柔、好不好看、胸大不大，而是因为，那个出轨的对象不是他的妻子，只要不是他的妻子，是头母猪他们都想试试的。

我不知道该怎么安慰蒋玉成，只能静静地等她完全冷静。

喝了两杯冰水，蒋玉成算是平静下来了，我和佟四嫂拉她出去吃香辣小龙虾，刚才汪广发给她剥的满满一碗小龙虾肉还好好地放在外面，在广东，小龙虾可是稀罕物，卖得不便宜，一般工地工人没几个舍得自己掏钱吃的，除非是万不得已的打肿脸充胖子。

我们回到饭桌前坐下，刚才佟四嫂送过来的冰镇啤酒东歪西倒在地上，佟四嫂收拾起来，又让成三妹再换了几瓶冰好的过来。我开了酒瓶，给蒋玉成倒了一杯，她一手抢过去，咕噜两口吞了下去，我还想再倒一杯，她干脆一手把我手中的酒瓶抢了过去，咕噜咕噜的几大口喝完了。我看得目瞪口呆，这比林青霞演的东方不败还要豪情海量啊！我说慢点慢点，手紧紧握着还没有开的酒瓶，生怕她不管不顾地埋头闷酒，把自己喝醉。

蒋玉成似乎看出我的担心，笑着对我勾勾手指说："你个假专家，早上不是很了不起的撒？对额指手画脚滴！来、来，喝嘞！你怕额个么事撒？额在非洲，每天把这啤酒当水喝滴！"

我再给她倒了杯酒，笑着说："早上我已经很给你面子了，没掀你的底，别人砌的墙缝饱和度都是够的，就你那些是凹下去的，'工'字缝也没对准，我放你一马，你反过来把我当假专家？"

蒋玉成按着酒杯盯着我："额就没见过几个像你这样检查的撒！一声不吭地上来，也不怕工人拿抓砖刀砸你撒！"

我说我实事求是，身正不怕影子斜。蒋玉成嗤之以鼻，女人在工地本来就很危险，检查工地的女人更危险，你一个女人有文化又有知识，做什么不好？非要做这行？我说我喜欢啊！蒋玉成直接翻白眼，吃饱了撑的，额看你是矫情，做作！好吧好吧，就是我的矫情做作。我笑着再把她的酒杯倒满，问："好好的在赞比亚，怎么就回来了呢？我听说，外劳的收入比在国内要高许多的。"

"你懂个屁！"蒋玉成借着酒意，瞪着红眼说，"是狗的，永远就是狗的命，并不会因为你在狗窝或在人屋而改变！"

"这怎么说？"我的心痛了一下。

蒋玉成咧嘴一笑，却像在哭："狗在狗窝里，会被群狗咬；狗在人屋里，也会被人拿棍追着打，待你是条老狗，没用了撒！群狗会把你撕了吞了，人也会把你丢了扔了，这就是狗的命！"

我有点恍惚，佟四嫂和成三妹默默地坐了下来，我一时间不知道怎么接蒋玉成的话，蒋玉成继续笑着说："都以为额凶，都以为额管汪广发严，都以为额火爆，你以为额想这么做撒？谁个不想在家里待着做个温柔贤惠滴贤妻良母？额他妈的！哪个做工地的女人能温柔撒？温柔的不是疯了就是死了撒！"

蒋玉成说她不想疯也不想死，她要活，她只有变成狼狗才能在群狗中活下去，她说母狗只有变成了狼狗才能在工地混下去，在渺城是这样，在赞比亚更是这样。我们喝了一晚上的啤酒吃了一晚上的小龙虾，无论我怎么套话，她都不肯透露她与汪广发在赞比亚那段日子的情况，问她为什么？她只说没什么可说的。我自然是不能勉强的。蒋玉成说她也不恨汪广发了，她知道他是疼她爱她敬她的，工地上的男人，哪个是干净的？有老婆跟在身边的还好点，没老婆在身边的，几乎个个都隔三岔五出去找女人，手指竖得熟门熟路，辛苦攒的钱，都花这些浪女人的身上了，他们还不察觉，回来上班时，还得意扬扬地炫耀，以为这是多了不起的谈资。

我问她，知道二道杆他们不喜欢她夫妻俩吗？一滴眼泪从蒋玉成的脸上滑了下来："知道，哪会不知道呢？他们恨我干得比他们多，更恨额家广发比他们干净撒！若不是额广发曾经救过汪广财的命，额们恐怕也不能在这砌筑班里待下去撒！"

原来她是知道的，那她明知道还继续打汪广发，就只有一种解释了，她想成全二道杆们故意下的套，要汪广发彻底成为一个"不干净"的"二道杆"。我苦笑一下，原以为蒋玉成憨、粗、火爆、简单，但她的简单下面，全是工地生活给她扭成的条条道道。

蒋玉成告诉我，汪广发身上凹了一个大咕隆疤，是一起墙体坍塌事故造成的，墙塌下来时，汪广发本可以第一时间逃跑的，但他第一时间的反应是把正蹲着低头和灰的弟弟拉起来，往安全的位置推出去，他自己因为迟了那么两步被压住了，好在身边是几个和灰用的水桶，帮他挡了一些砖块，但他的后背也被压断了几根骨头，所以，从此是干不了很重的活儿，只能做些打下手的事儿。这就是为什么别的夫妻都是丈夫做大工，妻子当小工，唯有他们夫妻是例外的。

我说可我看他力气不错啊！一脚把墙都踹倒了。蒋玉成居然脸红了："他的下半身没事的，还有劲得很撒！"

我们哈哈大笑起来，这个又火爆又简单的"火炮玉"啊！

之后的很长一段时间，我去昊天城工地，看到楼层里一堵堵砌好的墙体，就会想起蒋玉成，想起她怒目圆睁、鼻子喷着热气的样子，想起她含着酒气向着我喷着说"额的胸也莫见得小嘞"。偶尔遇到蒋玉成夫妻，依然是妻子当大工，丈夫当小工，蒋玉成依然骂骂咧咧，汪广发骂不还嘴。唯一不同的是，蒋玉成砖刀下的墙体，工字缝都对整齐了，砖缝的饱和度也是满的。

楼房越盖越高，城市的扩展越来越宽，一切都在变化，可变化不了的，仍然是蒋玉成她们的生活。

钉模板的林佩仪

下了施工升降机，再往上走两层，头顶支撑的是密密麻麻的钢管，钢管跟钢管之间全靠轮扣件连接着，连接起来的钢管，如同热带雨林里的树干，密密森森的。构件上的模板，叮叮咚咚地响，模板工人正忙着钉模板。我顺着临时上下板往上爬，刚冒头，一个粗哑的女声砍了过来："干啥嘞干啥嘞？没看见额们在忙着撒？板子钉子都没长眼滴，不小心一板子甩你头顶了，可别怨额们。"

哟！看来这组模板工里有女的。我继续往上爬了两步，心脏也跟着吊高了两寸，奶奶的，这临时上下板就是用现场的一块模板做的，比纸片厚，比木方薄，模板工在上面，用钉子钉了几块短木方，就算是上下的步级了，我对钉着木方的钉子极度怀疑，对这块模板的承载更是不信任。那个粗哑的女声已经冲到我面前了："哎哎哎！说你撒，还专家嘞？爬个梯子都爬不稳滴，算啥子专家撒？"

我去，专家也怕死啊！我一咬牙，闭上眼睛，鼓起气，拼力往上一蹬，一只糙糟糟的手，有力地握住了我往上伸的手，用力一提，我的身体顺着这道力，嗖地到了顶板上。我按一下帽子，勉强笑一下："谢谢大姐！"

"别谢，谁是你大姐撒？保不准你比额大嘞！"

那女工瞪我一眼，一边往手里套手套一边蹲下去，胳肢窝里夹个黑黢黢的锤子，脚下还有一堆钉子。我尴尬一笑："那谢谢妹子！"

女工哼了一下："额是看到你是个女人，要是个男滴，摔死额也不拉！"

"哎！林佩仪，额们男人跟你有仇撒？"

旁边的一个男工忍不住叫了起来，其他模板工跟着叫了起来："莫得额们男人，你们娘儿们夜里哪来的舒坦？"

"嗤！"这个叫林佩仪的女工一点也不害臊，鼻子一嗤，立马反击，"一根黄瓜都比你们强！"

"哎呀呀！怪不得老见你叫佟四嫂买黄瓜了，原来还有这用处撒！"

林佩仪旁边的男工阴阳怪气起来，其他模板工都哈哈笑起来，林佩仪抓起一块小木方，对着那男工的屁股一扔："老娘就是跟黄瓜过，也比跟你这种硬不起来的臭男人过得舒坦！"

男工屁股被打了一下，夸张地摸着屁股哎哟哎哟地叫起来："死娘儿们，老子硬不硬得起，你试过撒？要不额们晚上试试？看老子怎样操死你！"

天啊！瞧我都惹出什么祸端来了？虽然知道工地上的工人都很粗犷，可这么赤裸裸地飙粗飙黄，我还是第一次碰到，而且是一个女工引起的。我都有点后悔，应该把项目经理何华也拉着一起上来的，他们见到何华，肯定会收敛一点的。

我还想着，林佩仪那边已经炸开锅了，只见林佩仪竖起一块模板，挑衅地拍着板面叫："来来来，现场表演给大伙瞧瞧，基佬胡你今天要能在这板上日出个洞来，老娘今晚就随你操！"

那个叫"基佬胡"的模板工，黑脸立马成紫脸，手中的锤子砰砰地打在模板上，震得整个板面都摇晃起来了。其他模板工也不怕闲事多，都哈哈大笑起来，叫唤着："基佬胡，是个爷们就不能认输撒！先日个洞出来，晚上就能爽了撒！"

基佬胡的脸越来越紫，我害怕他会跳起来打人，立马制止："行了行了，都不用干了是吗？你看看你们，这些模板都是怎样钉的？七歪八倒的，钉子都没钉紧的，能承得住几十吨的混凝土吗？你们现在做的可是样板工程，何华准备拿来评省优质项目的。"

我说着，往板层外围走了几步，心吊得更高了，脚底板痒痒的，这可是二十多层高的顶板层，才刚扎了钢筋钉模板，四周都是空空的，一点围挡也没有，要是哪个不小心或打个架什么的，脚下一空就是万丈深渊，再壮的人都能摔成肉泥。阿弥陀佛，还是不要吵架了哟！那个叫林佩仪的女模板工翻翻眼睛看我，挖苦说："那个谁？专家！怕了就赶快下去撒，这里哪是你们这些娇贵人来滴？"

我也急了："你们这是高处作业，怎么都不拴安全带呢？还有，还有这临边，安全网呢？防护栏杆呢？你们都是干嘛呢？安全生产，安全生产，安全才是首要的，都不要命？领班呢？把你们领班叫来。"

在西边支柱旁蹲着的一个壮实的男人，慢悠悠地放下手中的工具，挂在他身上的扳手和钉子带碰撞一起，发出刷刷的声音。这男人也忒壮实了吧，走一下，工作服下面的肌肉抖一抖，脚踩在刚钉好的模板上，踩一步晃一下。我心里发怵，这工地，全是酸馊馊的男人汗味，女人本就不多，现在我这么一个女人闯上人家工地最顶层也是最私密的位置，这不是找死吗？还好，这模板顶上还有个林佩仪在，否则，我被熔掉还真是没人知道。

壮实男人伸出大手，说："专家，额是牛有劲，大伙都叫额牛魔王，这里木模班的组长！"

妈呀，还是个牛魔王，这手，大得簸箕般的，手指比钢筋还粗，指节肚全是鼓鼓的老茧，我若是狐狸精，还能眨巴眨巴眼睛迷惑一下他，可我眼前再装再撑，顶多也就是个没有芭蕉扇的铁扇公主。他牛魔王高兴了，兴许还能相安无事，若他牛魔王不高兴了，那我可就惨了，一巴掌下来，我估摸我的脑袋跟从这里摔下去是差不多的，不成肉泥也扁成片了。

我越想越心虚，脚都悄悄往临时上下梯的方向挪了。

牛魔王哈哈大笑："你这娘儿们，没额们小林带劲撒！"

废话，我怎么能跟天天在男人堆里混着活的林佩仪比呢？我这辈子，连粗话都没说过两句好不？我退到临时上下梯的位置时，瞥见几个戴着白色帽子的脑袋在脚下晃了，谢天谢地，专家组的其他人终于赶过来了，项目经理何华和几个工地的安全员、施工员都跟着过来了。见到他们，我忽地觉得底气又足了，大声喊："那个牛魔王，你赶快让人把四周的临边防护起来，安全带都挂起来，否则，不能施工。"

牛魔王还不晓得板下面来人了，牛眼一瞪："额说你一个女人，搬过模板敲过钉子没有？你晓得这挂着安全带，能干屁活儿撒？你们这些管事滴，就知道这里要求那里规定滴，额说你们哪个真正在这模板上蹲过？现在做工程都是赶滴，甲方压总承包，总承包压项目，项目部压额们这些小工头，三天灌一层楼板，额们是跑着钉板子都钉不过来，还赶不上进度活儿嘞！还挂安全带？那还干个锤子撒！"

"哎哎！牛魔王，你怎么说话滴你？你们你们，赶紧都给拴上安全带，专家领导让你们保护好自己，有错吗？赶紧赶紧滴，把安全带挂上，谁不挂，就扣谁工资！"

何华手脚并用，一溜地爬上来，才刚冒头，就冲着牛魔王吼起来，牛魔王比何华高出一个头，可是在见到何华时，牛皮烘烘的气势立马没了，牛眼往下一耷拉，喉结咕噜动了几下，回头对着基佬胡和林佩仪他们叫："都挂上挂上。"

林佩仪白了我一眼，嘀咕说："额蹲中间，挂不挂都不碍事撒！"

"叫你挂就挂，哪那么多废话！"

何华一脚踢在林佩仪身后的安全带上，我指了指四周，说："防护栏杆都要装上。"

"对，都要装上。牛魔王，限你们今天内都装上。"

"何经理，那不是架子班的事情吗？"牛魔王一脸委屈。

"那就找架子班去，就说是额叫滴。"

何华气得快跳起来了："蔡姐，你瞧你瞧，这项目上的工人就是难管理撒！"

其他专家都上来了，我心也稳妥了，这才敢蹲下来细看，这承托梁和承托桁架绑扎的水平度不够垂直啊！若就这样在桁架上钉模板，肯定会漏浆的。我跟几个专家四周看了看，拉杆、拉条和斜撑也是不够的，板上几乎所有的承载都在传送扣件上。很快，我跟几个专家就争论起来了，我是建议先从安全角度考虑，重新调整模板施工方案再施工的，但有专家认为，可以一边施工一边优化改进。

我们蹲在刚撑起的模板上，四周空空，我们稍稍争论的声音大声一点，感觉模板都摇晃起来了。林佩仪在一旁钉着模板，不时回头瞥我们一眼。何华急得像猴子似的，不时在背后抓挠我一下，我晓得他想拉我下去，任何一个项目经理都不希望自己的项目被停工，即使我们只是想停项目模板支撑部分。

昊天城模板支撑施工方案如果一边施工一边优化改进的确是可以进行的，考虑到项目正在赶着进度，我们最终还是决定下去，让何华按照专家的整顿意见修改方案。刚走到临时上下口时，林佩仪突然追了上来，对着我问："女领导，额知道你，你就是负责额们考证的那个老师对吗？"

我对她点头，林佩仪把手上的手套摘了下来，粗短的手指绞着，欲言又止的样子，我问："有事吗？妹子！"

她咬了下嘴唇，说："额现在还是个中级工，额想考高级工，可去年额没能考上。"

她不停绞手指的样子憨厚可爱，令人无法拒绝，我忍不住点头说："你是理论课不过还是实操课不过呢？"

林佩仪低下头，低声说："额们实操都没嘛问题滴撒！"

眼前的林佩仪，跟刚才一把扯我上去然后跟基佬胡互飙脏话的林佩仪判若两人，她眼中的羞涩和渴望打动了我，我相信，工地上还有很多很多女工跟林佩仪一般，渴望着做更好的自己的。可是，我负责着区建筑技能工人的技能培训，没能做到给她们更多的机会，帮助她们提升，的确是我失职。想到这里，我的心便堵住了，我说：

"回头你找何华，他那里有我的联系方式，哪天休假，你给我电话，我给你准备些复习资料。"

"你真的肯帮额？"

林佩仪有点不相信的样子，我笑："当然了。"

"哎！母老虎你抽么儿筋偷么懒撒？"基佬胡在后面叫了起来："额们四只手都赶不来活，你嘚啵嘚啵说个不停撒，额们还要不要下班了嘞？"

"基佬胡，皮痒了你撒？"林佩仪一甩手套，估计是想起我们还在这里，又把手套套手上，对我尴尬一笑说，"那额过两天放假来找你，蔡老师。"

我说："行，但现在先挂上安全带，否则，你是高级模板工，我也不让你装模板的。"

"嘿嘿！"

林佩仪又笑了下，乖乖地挂上安全带。

林佩仪这次给我留下的印象还是不错的，工地上很少有那么自觉上进的女工的，做女模板工已经很难得，考高级模板工的女工就更了不起。

我等了林佩仪半个月，都没等到她来找我，那天她跟我说话时是那么认真，我是真的相信她了。我回到单位，就立刻给她收拾了一些考高级技能工的必需资料，只要她能花时间去看，肯定能考上的。

到昊天城例行检查时，我转了整个工地都不见林佩仪，何华跟在我身后，还以为我又要挑他的毛病，当知道我是想找林佩仪时，才松了口气说："蔡姐，你不要找嘞，林佩仪这段时间不在额们这里，她应该是过去天下广场那边帮忙撒。"

"她不是跟牛魔王他们一个班组的吗？刚才我还看见牛魔

王啊！"

"她在额们这边是牛魔王的班组滴，但在天下广场那边，也跟一个班组撒！这女人，拼命十三郎来滴，见缝插针地两边跑，每天睡几个小时，从不休假。"

"这样身体哪能撑得住？"

我听得额头冒汗。

"想挣钱，那肯定要比别人辛苦的嘞！"

何华摇了摇头。

"她很缺钱？"

"工地上，哪个不缺钱滴？额也缺！"

何华整了整安全帽。我干脆转身到天下广场去了。

林佩仪真的在天下广场，原来天下广场这边有个大型高支模要赶着做。一般高支模是指搭设高度五米及以上；搭设跨度十米及以上；施工总荷载 $10kN/m^2$ 及以上；集中线荷载 $15kN/m$ 及以上；高度大于支撑水平投影宽度且相对独立无联系构件的混凝土模板支撑工程，在建筑施工中被列为危险性较大的分部分项工程。而现在林佩仪跟的这个高支模，搭设高度已超八米，搭设跨度也超了十八米及以上，施工总荷载远超 $15kN/m^2$ ，集中线荷载也超了 $20kN/m$ ，已经可以算是超过一定规模的危险性较大的分部分项工程。

我站在林佩仪旁边，看了一会儿，有点质疑问："你们是按方案施工的吗？"

林佩仪说："额不晓得嘞，组长让额咋弄，额就咋弄嘞！"

"不是说好了，考高级工的吗？"

"蔡老师，额本也想着，弄完昊天城那里的模板，趁他们倒模灌浆时就过来找你撒，没想到天下广场这边又着急找额过来，这边人手不够，班组愿意多出加班费，额寻思着，等搞好这个高支模，再过来找你撒！"

我拍拍板下的杆件，问："怎么不见有监测的？"

一般高支模都要有位移、杆件倾角和立杆轴力的监测的，天下广场这个高支模还是超规模的，危险性更不容小觑。

林佩仪耸耸肩："额做了那么多支模，莫见过啥监测撒！这能监测吗？"

高支模的位移、倾角和承重，都是可以监测着的，只要监测准确，当发生危险时，监测器就会发出危险警告，这样施工人员必须马上撤离。

我赶紧离开这个高支模的范围，虽然我还没有看到施工方案和图纸，但从已支撑起来的轮扣架看，这里的施工肯定没完全按方案进行的，如今所有的承重都由一根立杆撑着，没有斜撑和防滑扣件，旁系的横杆根本起不了承重的作用。

我拉林佩仪出来，责怪她："这是个超规模的高支模，你们哪能这样随便地施工啊？这样弄，承载肯定不够的，这立杆一斜或一弯，你们就完蛋了。"

"哪会撒！蔡老师，你讲的都是课本上滴，跟额们实际施工，不一样的撒！"

林佩仪甩开我的手，很不高兴，认为我又用书呆子的酸来吓唬她。

我也气了："你还想考高级模板工？连这样基本的施工安全知识都没有，你以为你真行？"

"蔡老师，一事归一事嘞！"林佩仪还不服气，"额的模板，钉得比好多男工都快滴！"

"谁说钉模板快就能考高级工的？意识、行为比能力重要，知道不？"

"额不晓得你说啥子撒！"

妈的，真是秀才遇到兵，有理说不清。

跟一个普通工人说什么也没用。之前没有抽检到这个项目，不晓得这种情况，现在知道了，不管就是不负责任。但去查方案看图纸前我必须问清楚，这个高级模板工，她林佩仪还考不考？

"考，额一定考，工资高好多滴嘞！"

林佩仪语气坚定，我提醒她，马上就有一期班，她最好抓紧，否则要等到下半年了。但她不乐意，说这里赶工程，工资比其他项目要高，得等她赶完这边的活儿。我气得只想转身走人，她现在工资再高，也比不上当一个高级模板工的工资高，这么简单的数，看她吵架时伶牙俐齿的，不像不会算的啊！

见我气呼呼地要走人，林佩仪似乎意识到自个儿过分了，毕竟我是为了她的事情专门找过来的，低着头问："那额只下午去上课行吗？"

我一口拒绝，必须全日上课四天，然后考试一天，她要放弃五天的工资。林佩仪的头埋得更低了，用蚊子般的声音回答："那好撒！"

我把准备好了的书本资料往她怀里一塞，说句好好复习，然后往项目办公室走去。

天下广场因高支模施工与施工方案不符，且存在危险性较大危险源，必须马上停止该高支模的现场施工，待做出合理的施工保护方案后，才能继续施工。

停工通知发出后，我便着手高级技能工人培训班的事情。这几年我都把工作重心放在安全生产检查上，完全忽略了建筑工人技能培训，这次要不是林佩仪突然提出说要考高级模板工，我都几乎记不起来，技能培训曾经是我的主要工作。重新着手办技能培训班时，我向部分施工项目了解过，由于渺城前几年施工项目不多，各特种作业人员的需求量不高，所以，我们技能培训中心一年开不了两期班，没有办法，只能把报考人员集中到市的技能培训中心去培训。这三年，渺城的建筑事业飞速发展，在建项目每年都翻几倍地增加，建筑技能工人的需求量也翻数倍地增长。不知道有多少工人像林佩仪一样，渴望着我们开通更多的渠道，让他们获得提升。

但我又等了一个星期，都没等到林佩仪过来报名。我心里冒火，我组织这期班多少都有点因她而起，是她提醒了我。我之前有失职我承认，但我重新组织开班也不容易的啊！我要整合师资、要重取培训资格、要租借培训场所、要核算培训成本等。哪方哪面我不是劳心劳力去做的？这个林佩仪一而再地食言，也实在是太不识好歹了吧？我这人性格犟，虽然高级技能工人班报名已经达到开班人数，但我还不死心，非得去天下广场把林佩仪揪出来问清楚，那几天的工资对她真的这么重要？她的前途还比不过五天的工资吗？

因为想好好聊，我选择下班后再过去找林佩仪，在天下广场工人宿舍，我找到了模板班的住处，那个带班的组长个子不高，皮肤黝黑，笑容不错，还镶了个金门牙。组长叫柴顺，我问他：林佩仪呢？他装糊涂说没有这个人。我说你班组只有一个女工，前几天我过来这里时还见过她呢，她还说是柴组长把她从昊天城挖过来帮工的，你说不认得她？可能吗？柴顺装恍然大悟，说的确有个女工在这里做过几天，但叫什么名字他忘了，现在我这么说，他也想起来了，但林佩仪几天前已经离开天下广场项目，走了。

"走了？她去哪儿了？"我更恼火了，这林佩仪是跟我耍躲猫猫吗？岂有此理。

柴顺摊开手说："说不清，不知道她去哪里了，反正人工额们是付足够给她滴，她这么大的人，有手有脚滴，谁还管得住她去哪儿撒？"

　　柴顺这样说也有道理。我找不到这个组长说假话的理由，而且，林佩仪也不至于因为不考高级工而专门躲着我吧？既然这里找不到人，那她十有八九会回昊天城。

　　于是，我又来到了昊天城。何华刚开车出工地，看到我来，急忙停了车子，跑下来问："蔡姐，这么晚了撒，还来额们工地干啥子嘞？那个工人工资实名制，额已经找了专业的服务公司帮忙接入滴，很快便能搞好！"

　　我说我不是来查实名制的，不是期限还没到吗？我是来找林佩仪的。

　　"啥？你来找林佩仪？"何华很意外，"哎！蔡姐，额不是跟你说过，林佩仪到天下广场那边支援了撒，可能都不回额们这边来了撒，额听说，那边出的工资，比额们这边要高好多嘞！"

　　"我刚从天下广场过来的！要是她在那边，我怎么会来你们这？"

　　"问牛魔王，牛魔王带她出来滴。"

　　何华说着便领着我往前走，这时，他的电话响了，他拿起一看，笑着对我说："说曹操，曹操就到了嘞！蔡姐，牛魔王的电话撒！"

　　说完接通电话，电话里的牛魔王不知道跟何华说些什么，何华的脸色越来越凝重。我刚想问怎么撒？何华挂了电话，我问："你刚不是跟牛魔王通电话吗？为什么不告诉他，我想去找他呢？"

　　何华低头沉默，我也急了，我还没吃晚饭，家里孩子在等我回家一起吃的，想到孩子，忽然，一个不好的念头冒了出来，我几乎失声："何华，不会是天下广场的高支模出事了吧？林佩仪出事了，对吗？肯定是坍塌了，我为什么要停他们工来着？我……"

　　何华点头，说："蔡姐，你别急，这事情，也没你想得那么严重。"

我哪能不急啊？自从夏双甜跟我说过她大弟意外高坠的事故后，我对万丈高楼下面埋藏的那些诡秘莫测的事情，已是不敢常态估计和判断了。牛魔王为什么会在我到昊天城的时段给何华电话？他怎么知道我来的？肯定是柴顺告诉他的。渺城就这么大的地方，他们同样工种的班组走动得密切，说不定都是同一个地方出来的，双方项目上出点屁大的事，都没有不知道的。被蒙在鼓里的，是我、我们这些所谓的专家和职能部门。

我说："何华，走，送我去天下广场。"

上了何华的车，我急忙给局里领导打电话，想来主管部门也被蒙在鼓里的。何华劝我："蔡姐，不必要给领导们打电话了撒！只是一般意外受伤，林佩仪现在在中医院住院，没有生命危险嘞！"

我瞪一眼何华，在何华们的眼里，所有意外事故和意外伤害都是必然存在的，我一惊一乍，小题大做，真是"不体恤民情"的硬骨头。

但，问题真的像何华所说的那么简单吗？我看未必。林佩仪是模板工，这些天，天下广场的高支模施工已经被停止施工了，她怎么可能受伤？我咬着嘴唇骂娘，只有一种可能，天下广场项目并没执行我们的停工通知，而是暗里加班干活儿，他们急赶急忙地施工，高支模下面的轮扣架肯定很多装得很随便，事故也因此出现了。这个林佩仪怎么那么笨呢？我发停工通知之前，是怎样跟她说的？

我心里疑点重重的，我记得刚见到林佩仪时，她跟基佬胡斗嘴，言语间可以听出来，林佩仪还是单身的。一个单身的姑娘，犯得着这样拼命地干活儿吗？每天加班加点的，根本没喘息的时间，更别说对于姑娘来说最重要的谈情说爱的时间。问何华，林佩仪家里兄弟姐妹很多吗？何华说，应该不多，印象里，好像就一个哥。既然兄弟姐妹不多，那就更说不过去了，是什么让她连命都不要了也要赚钱的？

　　在天下广场项目门口，项目部的管理人员都在等着了，我下车等了一会儿，住建部门的负责人和我们的高支模专家也都分别到位。

　　事故如我之前的推测般发生了。经多个现场施工的人员口述，这个超规模支模项目坍塌事故基本得到了还原。

　　二〇一九年三月二十七日，我把停止天下广场项目一座首层高支模施工的通知发给项目负责人后离开。在我离开后不到半小时，施工工人再次陆续上架施工。为了掩人耳目，施工单位要求工人连夜加班，工人为了能尽快完工睡觉，竟把支立杆的活儿与钉模板的活儿同时施工，并在立杆还没完全支撑起来时，就往模板上面灌浆。按规定，模板上面有人施工时，模板下面是不允许有人作业的，但天下广场项目的施工人员竟罔顾安全生产，强行在未完成的高支模上灌浆，导致模板和立杆无法荷载，突然倾斜坍塌。其时，模板面上有五个模板工人正在施工，模板下面有三个架子工正在施工，高支模发生坍塌时，五名模板工人和三名架子工同时被埋在混凝土里面。幸好当时灌浆的面还不大，坍塌面也不算大，工人被填埋得不深，附近也有工人在施工，被埋工人得到及时抢救，才没造成人命事故，但八名工人都受到了不同程度的伤害。为了逃避责任，掩埋真相，天下广场项目的甲方和总承包第一时间封锁了事故现场，并要求当晚参与加班施工的工人守口如瓶。

　　我想，若不是我坚持要找林佩仪，或许，这宗事故可能会永远被埋在这高高耸立的高楼大厦下面了。

　　我在渺城中医院九楼骨科三十七号床见到林佩仪，她的右腿被绑得厚厚的纱布吊了起来，脸上还有几处擦伤，涂着红色的药水，样子一点都不可爱了。

　　走进病房时，她还拿着书在看，是我给她的复习书本，这个臭脾气的女人，这个不爱命的坏女人，终于有时间看书充电了吧？我上前一把抢下书本："考级班都开完了，还看什么看？"

林佩仪见到我，一愣，随即嘴往下一弯，说："那额等下半年撒！"

"你呀你！"我真不晓得该怎么骂她了，只要她能把我的话听进去一分，今天她的脚就不用被压骨折了，因小失大，何必呢？但也不能完全责怪她，她只是一个基层工人，受施工班组、劳务公司和项目总承包的控制，班组要求他们加班，他们不敢不加。

"你不晓得那是违规施工吗？"我坐下来，这个姑娘就算面目全非，我也仍对她无比有好感。林佩仪笑笑说："晓得嘞，但，额们做了那么久，做过无数个这样的模板，都是这样搞的撒！"

"这是侥幸心理！"我真想揍她一顿，但还是忍住了，问，"难道你以前做过那么多个这样的模板，没出过事故？"

"有撒！"林佩仪挺老实的，也不避讳，说，"钉板子的哪能不钉手滴？"

"你做工地多少年了？大小事故大概经历过多少回？"

"额做模板工，差不多十年了撒！之前在厂里打工，加班加死了，也没有几千块，额老爸在工地上当木工滴，工资比额高多了嘞，额就干脆不干厂工，到工地跟额老爸做木工了撒！经历过多少回事故？额也数不清了撒，砸到指头刺破脚板碰肿额头撇着腿这些，几乎天天都有撒，算不过来了撒！"

怪不得，原来是家传木工，怪不得做得一手好模板。林佩仪继续说："额的模板工证，还是你给额考滴，十年前，你还很瘦撒，身材好、皮肤白、会打扮，戴着安全帽，特好看，额身边的男工都盯着你看，哈喇子都流出来了撒！"

夸我漂亮，这话没毛病，我喜欢。没想到，她还是我的学生，十年前就有意识考技能工证，说明她还算是个求进步的人。既然这么求进步，为什么却在考高级技能工这关键点上卡住了呢？只要正常点的人都晓得，高级技能工的工资是普通技能工的双倍，林佩仪不可能不会算这个账的呀！

"现在后悔了没有？"我伸手摸摸她的脸，又卷起她的袖子看，手臂既有瘀青又有擦伤，肌肉硬邦邦地凸起，这样的手臂，不属于女人，她还没结婚呢！我鼻子一酸，姑娘啊！你说你多傻啊！

"额莫得后悔，额哪还能选择撒？"林佩仪眼睛一晃，然后垂了下来。我环顾了房间，隔壁床是别的病号和家属，只有林佩仪这边的床没有家属在。

"你的家人呢？"

"柴组长给额请了护工。"

"你没敢告诉你父母？不对，你父亲不是跟你一起做模板工的吗？他不可能不晓得你受伤了吧？"

"蔡老师！"林佩仪抬头看着我，眼中泪光点点，"额老爸，瘫痪三年了撒！额现在，要管五个人嘞！"

"五个人？"除了父母，她一个未婚女子，还要负责谁？

"还有额姑妈姑父嘞！"林佩仪说着，捂起脸哭了起来。

这是两代建筑模板工人的命运。

二十岁的林佩仪当了建筑模板工，因小时候跟父亲林成林学过木工，有一定的木工基础，所以很快上手。林佩仪有个姑妈，快四十岁才生了个儿子，算是老来得子。林姑妈溺爱这个儿子，捧在手里怕摔了，含在嘴里怕化了。但慈母多败儿，这个儿子越大越不争气，读书读不成，还在社会上撩拨是非，林姑妈夫妻隔三岔五就要去看守所领人。为了管住这个儿子，林姑妈求林成林父女把这个儿子带工地上，让他体验体验生活。毕竟是亲外甥，林成林不忍拒绝老姐姐，便把他带在身边。可万没想到，这个不争气的儿子，还幼稚无知，自身一点用电常识也没有，更不懂工地临电的操作，在下雨天，居然不关电源，徒手去拉泡在水里的电缆，旁边躲雨的林佩仪还来不及阻止，她的表弟就直挺挺倒下了。

白发人送黑发人，姑妈和姑父无法接受这个现实，都一病不起，林佩仪一家不得不负担起这两个老人。林佩仪的大哥大嫂受不了压力，闹着分了家，搬开另住了。林佩仪也因为要负担两个卧病的老人，所以才拖到三十岁了还没能嫁人。都说女人势利，贪虚荣，可男人不也一样？背负着几个老人的林佩仪，尽管年华正好，貌美如花，照样让追求者望而止步。

祸不单行的是，三年前，也是一宗支模坍塌事故，林成林被埋在混凝土模板下，虽然命被救回来了，但双腿因被压过久而坏死，永远失去了走路的能力。林佩仪的母亲在老家，一个照顾三个，累得腰酸背痛，不时会犯些毛病。

前段日子，林佩仪本想休息两天过来培训中心报考高级模板工的，没想，母亲打电话来说，姑妈的心脏病又犯了，必须住院，医生说，还要到大医院做支架。做个支架最少要三四万，林佩仪没有办法，只能到天下广场项目找柴顺，让柴顺穿插着给她安排加班。

其实，我去昊天城找林佩仪时，林佩仪还在昊天城的，不过那段时间，她上昊天城的夜班，上天下广场的白天班而已。

听完林佩仪的讲述，我问她："那你现在有什么打算？"

"还能有啥打算撒？见步走步嘞！"林佩仪强挤笑容。

"见步走步？"

"对撒，医生说我，一个月后就能走路撒！能走！"

"能走好！高级模板工还考不？"

"要考的撒！额还要赚更多的钱撒！"

"那……还结婚吗？"

"结……婚？结婚！开啥子玩笑嘞，额才不拖累人！"

"那个基佬胡，不是对你不错吗？"

"切！额老爸是做工地的，额也做工地，还找个做工地来添堵吗？况且，工地男人哪个靠得住撒？吃喝嫖赌抽，样样都沾，混得很，基佬胡哪是对额好呀？他一心想占额的身体，额心里明白着嘞，要是额给他操上了，不出三个月，保准厌了额，额又不是傻白甜，去年昊天城死了的刀小妹，你也晓得了撒？额可莫想做第二个刀小妹嘞！"

林佩仪说完，伸手去拿书本，说："额住进来了，也就柴组长来过看额，看额也是莫法子，谁让额是在他这里出的事？额啊！现在没啥想法了撒，等熬到额姑妈姑父和额爸妈都走了，额就存点钱，回老家过几天安心的日子。"

我站起来，心里五味杂陈。"安心"两字用得好啊！只求心安，不求舒心。这个女子本是奔着好日子，才到工地上来当模板工的，但工地让她的日子越过越窘困，都已把她逼得无路可走了。我看着她的被吊带吊起来的右腿，这么直地绷着，就像她的人。她一直这么拼命地绷着，日夜不休地接活儿干，本是为了换一支心脏支架，哪承想，却换回来一支拐杖呢？

规划显示，渺城今年的建筑工地在建量，准备超过两千万平方米，今年大概会有四百个项目同时在建，建筑工地用工量预超四万人次。这四万人次里，有多少个林佩仪？全市的有多少？全省呢？全国呢？

数据还能计算出来吗？

离开中医院时，我的心情很低落，或者是，无地自容吧！

抹灰的乔艾艾

何华不止一次地告诉我，工地的工人是最难管最难缠的，特别是女工，特别是那个叫乔艾艾的抹灰女工，简直就是个怪物，胡搅蛮缠，她又是个女人，骂是骂不过，揍也揍不了。

我第一次领教乔艾艾的厉害，是在何华的办公室里。乔艾艾到项目经理办公室找何华，我刚好在看一个高支模方案，乔艾艾满身都是灰白色的腻子粉，脸上和安全帽上都是厚厚的一层，像覆盖着雪，一双黑溜溜的眼睛，在"雪"下滴滴一转，声音就来了："何经理，才不见三天，咋又长帅了撒？"说着，屁股自来熟地往旁边的黑色皮沙发上跌下去。

坐在电脑前面做事的何华不由得翻眼："哎哎，艾艾！你、你莫坐撒！"但何华的制止还是慢了半拍，乔艾艾的屁股已经稳妥地"跌"在漂亮的黑皮沙发上，腾起一层灰雾。

"哎！你，乔艾艾，额跟你有仇撒？"何华从电脑后面跳了起来，气急败坏地指着乔艾艾，手指气得直抖。

我才知道，眼前这个大大咧咧的女工，原来就是大名鼎鼎的乔艾艾啊！乔艾艾拿下安全帽，露出一头直爽的黑白两色的短发，帽子直接搁在茶几上，何华噌噌走前几步："都跟你说过多少次了撒？身上的灰拍干净了，再进来。"

乔艾艾拍开何华的手指，翻了下白眼说："矫情吧，你！哪个做抹灰的能拍得干净滴？你艾姐额若是干干净净进来找你，你恐怕就得想，奶奶的，这屌女人今天又莫干屌儿活了，请她过来有锤子用撒？"

乔艾艾模仿何华的语气说话的样子，滑稽可爱，我实在忍不住笑。听到我的笑声，乔艾艾才发觉办公室内还有人，目光重心转移到我的身上，我还想主动打招呼的，没想她就叫起来了："哎哟喂，额说何经理，光天化日之下，你还金屋藏娇嘞！好家伙，怪不得你贼紧张了撒！"

我立马感到脑门发胀，这是哪出跟哪出啊？何华更气得跳脚，大叫："乔艾艾，你给额滚，立刻滚出去，有多远滚多远。"

我还是第一次见到何华这么生气的，佟四嫂饭堂出事故时，他都没这样气急败坏过。看来这女抹灰工是他的克星。

"真的撒？你确定？"乔艾艾腻子粉覆盖的脸上，眼睛黑白分明地瞪着何华，何华吼道："真的，额确定！"

"好嘞，那额滚撒。"说完，乔艾艾真的拿起安全帽，抱着脑袋，要往地上滚了。

"哎！艾艾，莫要得！"还在暴跳的何华，看见乔艾艾真的要滚，态度立刻一百八十度转变，拉着乔艾艾的手臂，声音温柔地说，"别闹了撒，这样让蔡姐看笑话，不好！"

"艾艾"二字叫得很亲切，敢情两个人的关系不一般嘛，我没想到剧情会是这样反转的，看一眼何华，再看一眼乔艾艾。乔艾艾已经再次跌在沙发上，何华从茶几的纸盒里抽出几张纸巾，递了过去，说："蔡姐是区专家组的负责人，在帮额看方案呢，你找额啥子事撒？"

乔艾艾的眼睛往我身上转了转，她脸上的腻子粉实在太厚了，我看不到她脸上的肤色。

"不好意思嘞，蔡工，额刚才是跟你开玩笑滴！"乔艾艾说着，将纸巾往脸上胡乱擦了把。何华干脆从墙上取下一条干净的毛巾，放水盆里浸湿，然后扭干，递给乔艾艾，柔声说："赶紧擦干净，跟你说多少次了撒，戴好专用面罩才进去抹灰，你没有一次听的。"

"额戴了口罩的撒。"乔艾艾接过毛巾，擦完脸，还擦头发，三两下，何华给盛过来的水盆，水面上就浮着一层白色。

"口罩顶个毛用！"何华很不满意。

白色的腻子粉被擦干净，一头干爽的短发下面，露出一张白皙的脸孔，不算特别标致，但小巧玲珑，眼珠溜圆，非常可爱，像只兔子。我心里没来由地浮现"兔子"两字，特别是她笑起来，稍稍外突的门牙露了出来，更像了，活脱脱就是的。

好可爱的姑娘，这么白皙的皮肤在建筑工地上是稀有的，转念一想，也释然，抹灰工终日在室内施工，不经常晒到太阳，俗话说，一白遮三丑，何况这乔艾艾还这么活泼可爱，难怪何华会对她无可奈何。

我对何华说你有事我就先走了，拿起方案，准备往外走，何华叫："哎，蔡姐，别走，这……这，乔艾艾，你没事，赶快回去撒。"

乔艾艾一脸委屈地望着何华："何经理，能先给批点前期款吗？"

"你……"何华指着乔艾艾的鼻子，气得发抖。我看着搞笑，别看这个叫乔艾艾的，样子长得单纯可爱，可肚子里弯弯绕绕的肠子，却是不少。我忍着笑，眼看着马上就要上演一出好戏，我怎可错过？我又坐下来，装模作样地看方案。何华看看我，又看看乔艾艾，样子着急无奈又滑稽可笑，我猜他肯定很后悔把我挽留下来吧。检查工地那么多年，我还是第一次看到项目经理被一个灰头灰脸的一线工人给急得不知如何是好的。

这乔艾艾还真懂拿捏，攀着何华的手臂，可怜兮兮地说："您就给先批点嘛！额是连买灰抹子的钱都没有了撒！"

哈哈，我在心里狂笑，笑容都藏不住，溢上嘴角了。这样子长得像个小丫头的乔艾艾，装得很委屈，理由也让人无法拒绝啊！你说，一个抹灰工，要是没有了抹灰的抹子，那还能好好地把工程进度完成吗？像昊天城这样的大楼盘，进度就是一切啊！如今楼价是一天一个点地涨的，迟交楼一天，红彤彤的钞票就是百万千万地飞啊飞，乔艾艾看似软弱无力，看似可怜兮兮的，却四两拨千斤地把"影响工程进度"的盆子轻轻举起，重重扣在何华头上，任何华再多拖延的说辞，在这天大的盆子面前，都变得软弱无力了。

何华脸色憋得通红，我猜他现在是恨不得我识趣先走，可这么精彩的好戏，错过了，可就没机会再看了，我不走，就不走，就算领导来电话也不走。

"这……蔡姐，要不，你先……先把方案拿回去，额……额明天过来建协找你。"

何华不得不向我下逐客令，我才不上当，笑着回他："不妨事，我只今天有空，明天还有许多事呢，你先忙了这抹子的事，我们再研究方案也不迟。"说完，我特意向何华眨眨眼睛。

何华摊着往外请的双手，通红的脸都憋成猪肝紫色，我是蛮同情何华的，自古以来，最难对付的是小人和女子，现在，还是两名女子，一个不能得罪，一个得罪不起。

"对对，就是抹子的事而已，小事，何经理，您大笔一签，额马上走人，耽误不了您的正经事滴。"

乔艾艾抓紧机会，变法戏般掏出一张皱巴巴的单子，一本正经地双手递到何华前面，那双兔眼睛般的眼珠子定定地看着何华，仿佛一眨眼就能眨下水来，何华受不了这随时能下的水"唉"地叹了一口气，拿起笔，在那张单子上，刷刷地签上名。

"谢谢何经理，谢谢何经理。"乔艾艾飞快地把单子收进口袋，笑得快看不到眼睛了，何华剜了她一眼，又看了我一眼，压低声音说："赶快出去，记得戴抹灰专用面罩，那些一次性口罩不抵用的撒。"

"那，再拨点买面罩的钱撒！"

"滚！……"

何华再也顾不得形象，暴怒起来，将乔艾艾推到办公室外面，我猜，若不是我在这里，或乔艾艾是个男的，何华肯定会暴打她一顿。看来乔艾艾是把何华吃得死死的。

"那个，那个，蔡姐，让你看笑话了撒。"何华的样子真憋屈，我都快忍不住要大笑出声。

"你这个外脚手架的方案没多大问题，只要把悬挑大梁的荷载计算补充上去就可以了。"我放下方案。何华差点跳起来："原来你已经看完了的撒？"

何华跳着脚："蔡姐，你，你，唉！蔡姐，你，怎能这样撒！"

何华着急的样子真好玩，他本来个子也不高，长的也是一张娃娃脸，皮肤白净，这么看着，跟乔艾艾还真有几分冤家相。我眨眨眼睛："怎撒？姐我又怎样撒？"

何华一泄气，坐在项目经理的大班椅上，说："蔡姐，你分明是在等看好戏的嘞！"

"真聪明。"我向何华竖大拇指。何华又跳起来："蔡姐，额……额和乔艾艾，没啥关系的，真的，半锤子关系也没有撒！"

"嗯，我知道！"

"那个，哎！也不能说半锤子关系也莫有，她嘛！是额高中的同学，额们都是一个镇上的。"

"哦，原来是同学啊！……"

"对对，就同学，就同学那么简单！"

我故意用比较暧昧的眼光看着何华，坚持不再说话。沉默，就是最佳的问话，我笃定何华肯定撑不了多久，就会把他和乔艾艾的故事一一和盘托出。

果然，沉默了不到两分钟，何华就开始讲他和乔艾艾的故事了。

何华说，他和乔艾艾是高中同学，当年高考，何华考上了，乔艾艾落榜了。本来就交集不多，上大学后就更没来往，只是在同学聚会时，听说乔艾艾去了南方打工，很快就嫁了个卖建材的。

多年后与乔艾艾相遇，非常偶然。何华既是昊天建设华南项目的总负责人，也是渺城昊天城的项目经理，所以要经常到渺城来处理昊天城的事情。昊天城一期项目框架起来了后，何华要物色一支有实力有技术的抹灰队伍，于是便到朋友李昌负责的保利项目去看一下。何华到了保利项目时，项目上刚好有纠纷，有个抹灰班组在闹前期款。李昌被这个抹灰班组闹得没有时间理会何华，何华听说是抹灰班组在闹，来了兴趣，便跟了过去，没想到，这班组带头闹的竟然是一个女工，那女工灰头灰脸的，安全帽歪歪斜斜地戴着，拎着大抹子，叉腰撇腿，一副扈三娘的样子。才看到李昌，那女工就冲上来，大抹子挥着叫："姓李的，说好的前期款撒？"

李昌赶紧躲过那大抹子，说："公司拨款也要按流程走的，再过两天，再过两天！"

"啥？再过两天？你是第几次说再过两天了撒？没有十次也有八次了嘞！"那女工黑黑的眼珠一瞪，往地上吐一口沫，"长那么高的个子，还是个站着撒尿的，咋说的话就一点尿性也没有撒？再过两天，老娘和兄弟们都得饿死了撒！"

好熟悉的乡音啊！何华莫名地对这个扈三娘一般的女人产生好感，他正想问女人是哪里人时，身旁的李昌喊："乔艾艾，你说话注意点。不就欠了你们几天钱而已，反正请款的申请额已经做了上去，公司审批流程，不是你们说急就能快的，你们爱等不等，不愿意等就给老子滚犊子走人！"

"乔艾艾！"居然是乔艾艾！何华相信自己没有听错，李昌喊得非常清晰。

李昌还没看出何华脸上的惊喜交加，继续一个劲地说："阿华，放心，额介绍给你的抹灰班组，不是乔艾艾这一班的，陈大抹子的班组，比姓乔的技术要好，还老实得多！"

"怎么你会找这个女的抹灰工？"

何华心里有一万个为什么，自从高考后，他便没跟乔艾艾联系过，只记得高中时的乔艾艾是个总红着脸、低着头、娇羞得像只兔子的小女生，羞涩得很，跟眼前扈三娘一般的女工根本搭不上。

"哎呀！老子不就是一时心软嘛！看她一个女人不容易，又是老乡，结果老子是搬石头砸自己脚了嘞！这女人，特能来事特能闹，她是个女的，额打她不是，跟她争也不是，真他妈的憋屈。"李昌说得咬牙切齿。

但何华却认为李昌是夸大了说法，不就一个被欠薪逼急了的女人么？有多难缠？李昌瞪大眼睛看着何华："等等，老子没听错撒？你想让这屌女人给你们昊天城做抹灰？你不怕被她缠上了撒？"

何华笑笑，没接话，又是老乡又是同学的，都在异乡拼搏，能帮就帮一点吧，况且，乔艾艾的班组，抹灰的确抹得还不错。就这样，何华便将昊天城项目的抹灰工程给了乔艾艾做。

"那，你们……现在……"

听完何华讲他和乔艾艾的故事，我忍不住问，刚才看何华对乔艾艾的那种又爱又恨的表现，看来两个人的关系已不像是同学那么简单了。何华挠挠头发，对我浮一个意味深长的笑容，很有点男人那点事你懂的意思。我也不好再追问别人的私事，工地上这样的事情多了去，像何华这种长年在外跑的项目经理，钱是不缺了，就缺个能填补空床的女人。

怪不得刚才乔艾艾能这样有恃无恐了。

离开昊天城工地，我很快便将乔艾艾和何华的事情放下了，像这种各取所需的事情本就没有对错之分，价值观不同，选择活着的方式不一样而已。

再次与乔艾艾见面，又是因乔艾艾向何华要工程款的事，这本是他们之间的私事，但何华向我打了求救电话，电话里，他的语气又气愤又无奈："蔡姐，帮帮忙，劝劝她，你们女人和女人之间好说话。那个女人，老子他妈的一步一步地退，她就一步一步地进，简直就是胡搅蛮缠，不可理喻！"

我挂断电话，出来混的总是要还的，敢去风流，就别怕风流账来缠。我心里嘲笑了何华一下，本是不想理会这种破事，但乔艾艾这个抹灰工，实在让我感兴趣，她现在在昊天城项目做抹灰，何华肯定是尽其所能，把可以拿到的好处都优先给她的，她还有什么不满足的？从何华的描述中，她应该是个明理温婉、聪明剔透的女子，能当学霸的人，不会不懂得见好就收的道理吧？

我直接到昊天城项目去找乔艾艾，何华说得对，女人和女人之间应更好说话的，我满怀信心。我在昊天城一期十座十二层看到乔艾艾的，送我上十二层的冯珠珠，还好心提醒我："那个做抹灰的女人，最能撒泼了撒，你找她要小心点，额们何经理都给她用大抹子砸过几回了嘞！"

我心里颤颤，这么强悍的女人，怪不得何华招架不住。

乔艾艾没有戴抹灰专用的面罩，只戴着一个普普通通的口罩，头上戴着蓝色的安全帽，露出一双黑亮的眼睛，眼眉和眼睑全是粉白的腻子粉。我四周转了转，这一层正在做墙体找平，混凝土墙面在滚涂界面剂，手工还过得去，不算太好，也算不上歹，做完界面剂后，就要抹灰砂浆，昊天城是统一用薄层水泥基抗裂抹灰砂浆的，做出来的效果平滑美观，现在很多楼盘都会选用这一类的薄抹灰砂浆。我这样巡来巡去的，很快就引起了乔艾艾的注意，她放下抹子，向着我一喊："哎！那个，那个谁？你这兜兜转，看啥嘞？看啥嘞？"
见我不搭理她，她干脆赶上来，骂："说你嘞？靠！装聋是不是？
该不是想偷东西的撒？"

乔艾艾叫着，骂着三字经，很快就来到我身后了，我回头对
她一笑："乔妹子声音好听，骂脏话也悦耳呀！怪不得何经理那么
受用。"

"你？靠,好像挺眼熟的,在这里逛啥子嘞？"乔艾艾瞪着眼睛。

我指指头上的安全帽，帽子正中印着"专家"两字。

乔艾艾看了一下，很不屑地哼哼鼻子："切，这样的帽子，老
娘宿舍里有一堆。"

"哦？"我来了兴趣，这女人可真够放肆的，乔艾艾双手抱胸，
踮着脚，很得意地说："有啥奇怪的？老娘做抹灰做了十几年，比
你们这些专家不知要专家多少倍撒！"

也是，我就是个没有任何实战经验的所谓专家，每天干的都是
纸上谈兵的事情，从实际操作上，乔艾艾的确是比我专业很多，我
也不敢拿书上的什么平整度啊厚薄度什么的跟她说了，抹灰讲究的
是手工处理，真真正正的技术活儿，没有实打实的经验，灰是抹不
上墙的。我只能笑着对乔艾艾做一个佩服的手势。

乔艾艾很嘚瑟："你没话说了撒？快走快走，这里到处都是薄
抹灰，不是你们这些娇滴滴的女人该来的。"

我自然不愿意在这粉尘飞扬的地方待着，所以，邀请她跟我一
起下去佟四嫂的饭堂去坐坐。乔艾艾马上拒绝："不行不行，额还
要干活儿嘞，工程赶得很。你们这些专家净碍事儿，没事上来做锤
子撒！"

我说："今天的工钱，何华会给你结算的。"

"你怎知的撒？"乔艾艾仔细看了我一会儿，突然一拍脑袋，

"额记起来了，你是那个姓蔡的专家。"

我点点头，本以为乔艾艾会开开心心地跟我下去饭堂的，没想她立刻变脸："怎么又是你？听说你经常过来我们工地的，你到底跟何华是啥子关系撒？"

真没想到，这女人会质疑我跟何华的关系，她真以为每个女人都跟她一样吗？想到这里，我心里气堵，可我也不可能跟她说，昊天城是我深入跟踪的项目，本职工作除外，我还在写建筑女工的题材啊！况且，跟她说了也是白说，她听得懂吗？能理解吗？会配合吗？我脑海里转了好几轮，最后还是决定不跟她挑明，毕竟她与何华的关系太敏感了，我若告诉她我要把她写到书上，她肯定不会再理会我的。

打定主意，我还是保持微笑："昊天城是我区中心城区最大的楼盘，我是区安全生产专家组的负责人，我常过来不是很正常的吗？"

乔艾艾挑挑眉毛："额说你们这些专家撒、领导撒，什么的，能不能少过来检查一些，每回你们过来，额们项目部的人都要额们这样那样地准备，很耽误额们做事的。"

我也挑挑眉毛："我们不来检查，你们就可以放开手脚，胡抹乱来？要进度，那还要不要质量和安全呢？我们现在这样紧密地检查监管着，你们工地还出那么多的质量问题和安全事故，要是我们不检查不监管了，那还不天天有事故？恐怕这些房子，都不能住人了！"

说完，我走到一边墙壁，拿起地上的一块断木，在墙壁上轻轻一刮，薄抹灰随即掉了下来，我对乔艾艾再挑挑眉毛："砂浆的黏度不够。"我再捡起一根直的木方，往墙壁上一拍，墙壁与木方中间，露出了很大的缝隙，我指指缝隙："找平太马虎了，水平都没打好。

要是你是这房子的业主，你乐意不乐意？"

乔艾艾双手抱在胸前，鼻子哼哼："关老娘屁事撒？反正老娘也买不起这房子。"

我一扔手中的木方，拍拍手："这就是你的不对了，何华请你过来，是让你把房子抹灰做好、做合格了的，而不是许你乱刷几下就糊弄过去的。你既然接了这项目来做，就得要为这项目的质量负责！"

乔艾艾翻翻白眼"切"一声，说："你以为你是谁撒？敢来教训老娘了嘞？"

我也生气了，这个乔艾艾，简直就是恃宠而骄，我按下施工升降机的呼唤铃，让冯珠珠上来接我，临走时，我严肃地瞪了乔艾艾一眼："教训你，我当然是不敢的，但我话撂这里，你若总这种心态，你住不起这房子就不认真对待，那我也不会跟你客气的，只要是我带队来检查，你这里都必须停工，重新整改，不整改到达标，休想继续开工！"

走进升降机，冯珠珠看见我气鼓鼓的，问："被姓乔的气着了撒？这女人很跋扈的，每天下班时间，总占着一台升降机，非要等她班组的人把所有工具都搬进来了才许下去，别的班组都得等她们滴。"

我长长嘘了口气，实在没必要为这种女人动情绪，多行不义必自毙，她若再嚣张下去，迟早有一天，何华会受不了，一脚把她踢开的。

我还在思考怎么跟何华说，何华的电话就进来了。

"蔡姐，怎么你们闹起来了撒？艾艾说，你、你威胁她了！"

还恶人先告状了。我冷笑："你觉得乔艾艾的话能信多少？"

"蔡姐，蔡姐，一切好说，一切好说。额本以为，你们女人间好说话些滴，没想到，会弄成这样子撒！"何华电话里赔着不是，并请我去他办公室坐坐。

刚走进何华的办公室，何华就端茶倒水过来："蔡姐，何必生气撒？她一个穷乡僻壤里出来的女人，出来就在工地上混了，没啥见识，说话也不知轻重。"

"你还怪我跟她一般见识了呀？"我气不过，把水杯一搁，"也不知道你看中了她哪点？这么蛮横无理的女人，也敢往自己工地里引，往后有你后悔的时候！"

"唉！"何华无奈地坐下来，耷拉着头，双手插进头发里，沮丧得很。他说他也没想到乔艾艾会这样难缠的，印象中，她就是个安静的不太爱说话的羞涩女生。我冷冷一笑，在工地上混了十几年的女人，还能羞涩安静吗？何华说，乔艾艾班组进驻了昊天城工地后，他们的接触便多了，乔艾艾告诉他，她先嫁了个做建材的商人，但后来因为商人喜新厌旧，便离婚了。然后，乔艾艾就嫁了个做抹灰的，但她命不好，这个做抹灰的丈夫近两年得了肺癌，可能是做抹灰时间长了，吸入的粉尘粒子过多造成的。乔艾艾为了养家，只能将丈夫的抹灰班组接了过来，那天何华在保利项目遇到乔艾艾，正是她刚当班组长便被项目恶意拖欠进度款，所以她才被迫强悍起来的。

我想起刚才乔艾艾那副老娘天下为尊、不可一世的样子，这样的女人，怎么可能是才当班组长？看来是何华一厢情愿地相信她说的每一句吧！

"那你现在准备怎么处理？"我看着何华，何华脸上的肌肉抽了抽，我知道，此时此刻，他很难做出决定。

"额不知道，她会如此贪得无厌的撒。"

何华低下头，一绺头发垂下来，挡住了他的眼睛。

"额已经是全程给她按进度拨款，很多还隐瞒上面，提前给钱了的。但她还是不知足，三天两天就来讨钱，蔡姐，你是知道的，额们公司是大集团，批钱的程序复杂得很，审核很严格的，稍有差池，额便是牢狱之灾，额总莫能拿自个儿的前程来开玩笑撒？"

我看着何华，他的头一直低着的，不肯抬起来看我。我特意笑了笑，调侃说："像你这样的级别，至少年薪百万吧？拿那么几十万出来帮帮她，也不是不可以的呀，毕竟，她家里的确很困难，你知道洗一次肺要多少钱吗？"

"那个，那个，蔡姐，不是额不想帮她，额的工资卡在额老婆那里，额哪有那么多盈余的钱撒？额总不能回去问额老婆要，对吗？"

我自然知道，何华是不可能拿他的家庭和睦，来换乔艾艾这个临时情人的，甚至稍多一点的金钱，他都不可能拿出来的，男人在做一件事之前，最习惯的是衡量利益。我心里叹气，也明白了何华为什么要找我来帮忙了，如若那天乔艾艾进办公室讨要工程款时我不在场的话，他肯定不会找我的，这样的事情，当然是越少人知道越好。但既然我知道了，那么，若能通过同性的劝说使得乔艾艾明白自身的处境，适可而止，那或许能双赢。何华尝试着利用我这个算盘，可我这个算盘没能利用起来，反而打散架了。

我甚至可以猜测得到，乔艾艾在我转身离开施工现场给何华打电话时的内容了。这个急功近利的女人，我说要查她做抹灰墙体的空鼓、测垂直度、量厚薄，每一样都是要费工时的，若真要她返工或停工，那还不是要了她的命？人之爱财，天经地义，可像她这样迫切地追逐金钱，还如此显露，是少有的。

我手指在茶几上轻敲了三下："乔艾艾！"

何华几乎跳起来，忙辩解道："蔡姐，那个，那个艾艾是有点任性，莫懂事，你千万别跟她计较，额这人做项目你是知道的，最是谨慎守法的，绝对没有偷工减料，没有忽略安全生产的事情滴。"

我笑了笑，拿起安全帽，站起来说："可乔艾艾做的抹灰，要严格起来，问题还是很多的，你自己把握吧！"

我说完往外走，何华追出来："蔡姐，额一定监督好，一定会重视起来的，您放心撒。"

我回头看一眼何华。第一次见何华，是在住建局领导的办公室里，他来申请施工许可证，刚好我进去找领导定全年的检查计划，他坐在黑色的沙发上，穿黑色衣服，扬着一张白净的脸孔，很年轻，娃娃脸，根本看不出他是昊天城的项目总负责人。我莫名地对这个娃娃脸的年轻人产生了好感，刚好我想做一个专题，需要深入建筑工地内驻点，于是，我便把目标定在了昊天城。

"你去过乔艾艾家了吗？见过她的丈夫了吗？知道她老公姓什么叫什么吗？"

何华摇摇头："额，额哪能去撒？您说是不？蔡姐。但额知道她老公姓邬，肺癌晚期了，恐怕熬不得好久了嘞！"

嗯，对的，他哪能去呢？他是什么身份？有什么资格？又或者，他根本就没想过去，本来就是一场鱼水游戏，涉入太深，就不符合游戏规则了。我心里冷笑一下，乔艾艾啊乔艾艾，何华根本就没把你当根蒜，你还真以为自己能炒出一盆大菜来？

一出混账事，实在无谓干涉，我甚至有点儿后悔，那天故意留下来看何华的好戏了。

本以为不理会，事情就过去了，就当乔艾艾是个失败的跟踪对象，写她，似乎偏离了大众对建筑女工的习惯认知，说不定会招来谩骂，这样的一身骚，我真不想惹。

可不想理会，事情自找上门。

这是过年前最后一次安全生产检查，我让参加检查的专家在区住建一楼集中，我正在给专家们签到和发放安全帽，忽然听见看守大门的保安大姐跟什么人在吵闹，平常这个保安大姐跟我关系不错，我听她叫得很大声很着急，害怕她出什么意外，便跟几个专家冲了出去。

五六个戴着破旧的蓝色安全帽、身材高大的农民工围着保安大姐，大姐拼命地喊："你们不能上去，都在正常办公，你们先到那边坐一会儿，我马上给领导汇报，很快有领导下来给你们处理的。"

有个细小的声音说："额们不是想闹事，大姐，额们都是老老实实地卖力气干活的农民工，额们实在是没得办法了，才过来你们这里的！"

声音有点熟悉，一时却想不起来，我走近一看，原来在五六个身材高大的民工里面，还围着一个身材娇小的女工，她也戴着蓝色的安全帽，帽子上还覆盖了一层薄薄的石灰。虽然她是背对着我，身材也被粗厚的灰扑扑的工作服掩盖着，但我仍能一眼看出她是乔艾艾。我的心咯噔一下，脑海里第一时间闪过的念头是：以她与何华的关系，没可能追不到工程款的，这女人又在作了。这样想着，我便放慢了脚步，甚至还想赶快离开，这种胡搅蛮缠的女人，还是远离的好。

可我躲不了，乔艾艾已经发现我了，她尖叫一声："是你，就是你，蔡姐、蔡专家，救命撒！"

我的心像被尖锐的锉刀划过，冰凉刺痛的，该叫救命的是我啊！越是想躲越是躲不过。已不容许我假装听不到了，乔艾艾拨开几个民工，几步冲上来拉着我，像抓住了救命稻草一般，喊："蔡姐，您认得额的，是不是？额是昊天城工地的抹灰工乔艾艾，额们见过两回滴，对不对？蔡姐，额的好大姐，原来您是在这里上班滴，那就好了嘞，额可算是找到了熟人了嘞！蔡姐，这回，您无论如何都要帮额，帮额们这些弱势群体撒！额们辛辛苦苦在工地上干了一年，就靠这年底项目给结算工程款回老家过年滴，可现在离过年莫剩下好多天了撒，可额们的工钱却是看不到影子滴！额们是叫天天不应，叫地地不灵滴！您说，额们咋活撒！"

乔艾艾嘴巴很灵活，一骨碌，嘚啵嘚啵说了一大串，条理清晰，内容明了，还感情到位，我心里骂了千百次，装、还装、还装。我知道她这种人，你越理她她越得劲，便干脆不理她，随她说。

见我不出声，乔艾艾眼睛一转，立马就换了个表情，眼泪立刻从她的眼眶里转了下来："蔡姐，您是坐在这么高尚的青天大衙门里上班，不晓得额们农民工的艰辛，额们上有老下有小，一年到头在工地上拼死拼活地干，生病了也不敢到医院看，就是为了省几个血汗钱，过年回家给娃儿们买套新衣服，您是有文化有知识的高尚人，坐在办公室里享着凉丝丝的空调，收入就是几十万滴，可额们，日夜不停地做事，到头来连一分钱也没有收，您说额们该咋活？额们也不是不讲理的人撒，额们只是想要回额们应得的那一部分，额们完全没有过分要求滴，求求您，发发慈悲，帮帮额们撒！"

我看着她，她应该是刚干完活就过来的，脸上、眉毛上和刘海上都还黏着腻子粉，这样声泪俱下，眼泪和腻子粉糊了一脸，实在招人可怜。昊天城工地离区住建局不远，他们应该是守着局里上班的时间赶过来，都才上班，领导们还没有外出，他们绝对是有经过精细的谋划才过来的，虽然我只和乔艾艾见过两次面，但也算是领教过她的犀利和彪悍，这次她这样踩着点带人到区住建局来闹，肯定是达不到目的不会罢休的。可我并不在住建局上班，我只是个负责检查工地安全生产的专家组领队，每天领着专家们巡查工地，没有凉飕飕的空调，只有头顶的烈日，办公的地方也不高尚，更没有几十万的年薪。看来这个乔艾艾真的很会想当然地来事儿，我自然是不会跟她这种人解释什么，这本来就不关我的事。我把她的手扳开，客气地说："我不是这里的负责人，我们只是在这里集中而已，您的事情，我真帮不上忙。"

这时，保安大姐也打电话通知了局里负责农民工工资纠纷的领导，走过来请乔艾艾："这个大姐，麻烦您跟我到接待室坐一下好吗？很快有领导下来处理您的事情的。"

住建局一楼有几间小房间，是专门接待各种纠纷用的，保安大姐因长期处理这些问题，已经很专业很称职也很有耐性。乔艾艾却根本不领情，她认定了我是那个能给她讨回工程款的人，无论保安大姐怎么劝，她都拉着我不肯放手，我已经几次用劲把她的手扳开了，她又拉着，还用另一只手抹鼻涕，说："额哪知道你们是不是联合起来骗额滴？额要是放手了，你们就不管额的事情了，额还能找谁撒？额们累死累活了一年，总不能白干了撒！你得给额们做主！"

我心里喊救命，真佩服何华，这么难缠的女人他也唪得下去？还敢欠这样的女人的工程款？他不怕这女人拿刀砍到他家去吗？

几个专家见我被乔艾艾缠得实在没辙，想上来解围，但那五六个抹灰工好像是受过专业训练般，很默契地围了个半圆，把几个专家隔开了，我才是那个叫天天不应、叫地地不灵的，我干嘛这么好心啊！刚才不走出来，就什么事都没有了。我气急地给何华打电话，但电话的对面传来了"嘟嘟嘟"的忙音，我脑子嗡地响了下，这几天都很忙，我都没去昊天城工地，我已有很长一段时间没跟何华联系了。

"你不用给何华那个逼人电话了撒！要能找得到他，额用得着跟兄弟们过来你们这里闹吗？额也读过高中的，多少晓得点法律，知道些维权的途径，额这不是没得办法了撒！"乔艾艾抽着鼻子说，眼里全是不甘、委屈和无助。

我的心又像被尖锐的锥子狠狠地划了一下，痛得酸麻。我也是一个女人，设身处地为乔艾艾想一下，便理解她有多难。女人活在这世上本就不容易，工地女人更是艰难。乔艾艾是为了自己的班组，为了自己的家庭，为了自己的男人，把所有尊严都抛了出去，若不是生活所逼，她用得着委屈自己委身于何华吗？或许在普通人的眼里，这是不道德的，但当生活无法选择时道德到底是什么？她不过是想活下去，和她的家人、她的班组活下去。尽管是和何华有这样的一层关系，她也没有过分要求，她仍努力干活，仍用血汗用劳动换取活下去的保障，她只要她该得的一部分而已啊！现在，她的尊严没了，她的劳动成果也眼看着追讨不成，无法保障，除了来政府主管部门闹，她还有什么途径呢？我相信，何华要躲她，肯定有一千个一万个方法让她无法找得到。想到这里，之前对乔艾艾的所有成见和鄙视瞬间消失，对她，变成了苍凉和同情。

我带乔艾艾走进接待室，给她一杯温开水，她喝完了温开水后，头低着，盯着杯子，没说话。我轻声唤她："艾艾。"

她"哎"的一声，回答得很轻柔。

"别担心，现在政府对处理民工欠薪的手段是非常强硬的，你的问题肯定能得到解决的。"我说。

乔艾艾抬头看着我，眼睛红红的，眼泪又在眼眶打着转，她强忍着不让眼泪掉下来，吸着鼻子说："额、额、额没想到，额都这样付出了，那个、那个逼人，还这样对额！额、额、额回乡里，要见着他，额肯定拿刀砍死他！"

我心里叹气，何华恐怕早就搬离了乡下，一家人在大城市里生活了，他们怎么可能会在乡里碰见？我想，经历此事，即使这次乔艾艾讨薪成功，但她和她的班组再也难在昊天城工地待下去，而何华，照样能风风光光地当他的昊天建设华南总部负责人。乔艾艾绝对不敢拿刀冲进昊天城工地砍他，本来他们之间的交易，就是见不得光的，在道德问题上，女人永远都是弱势的一方，乔艾艾这么聪明，她不可能公开这事的。

我"唉"的一声叹气，乔艾艾一慌，"扑通"一下，跪在我面前："蔡姐、蔡姐，额知道您菩萨心肠，额知道您肯定有办法帮额的，对不对？额求您了，额真的求您了撒！额在乡下，有一对双胞胎儿子要养，他们才读小学，额的男人得了尘肺，每回洗肺的钱都是几万几万的，额是真的等着钱救命的，外面那些工人跟了额夫妻俩十几年，都有家庭要养，额们都是老实本分的农民工，要是还有别的办法，额们是绝对不会给政府添麻烦的！"

我赶紧扶起她，用纸巾给她擦干净脸，多漂亮的女人啊！这样的女人本不该属于工地的，更不该是站出来讨薪的那一个，要有更好的选择，她能受这样的苦，担这样的惊，承受这样的压力吗？

处理农民工工资纠纷的领导终于下来了，我们是老熟人老朋友了，昨天晚上他也是因为处理这样的事情，一直被另外一批民工围着，晚上十点多都没能下班回家吃饭，我还给他叫了个外卖。看着他眼睛浮肿地走进来，今年的经济情况不乐观，很多建设单位都欠工程款，想必这些天，他也被各种欠薪纠缠得不能睡一个安稳觉。

领导进来见我在，问："阿燕，什么情况？"

我说："是昊天城的工人，找不到何华所以过来闹了，但这大姐家里还有个尘肺病人，急需用钱，您看能不能先帮忙想想办法？"

按常规程序，民工欠薪问题都由属地管理部门过来领人回去处理的，听我这么说，领导马上就给昊天城项目的甲方打电话，让他们马上过来处理。

我松了一口气，乔艾艾和我找不到何华，但领导和甲方肯定能找到他的，年底是卖房子的最佳时段，甲方都急着向局里要预售，要是民工欠薪的问题得不到解决，那么甲方的预售就很难拿得到，所以，乔艾艾的问题，应很快能得到落实的。

　　我交代了乔艾艾几句，让她别闹，好好把班组情况给领导说清楚，然后准备好班组的出勤表和工程验收表、银行卡等。乔艾艾擦干眼泪说知道了，谢谢蔡姐。我说不用谢我，就算你没遇到我，政府也会给你们处理好的。

　　戴上专家帽，我便和专家们到工地去了。后来，我从领导那里知道，乔艾艾他们班组在一周内便追讨到工薪。我尝试着再打何华的电话，何华的电话接通了，电话那头何华一声声蔡姐地喊着冤，他说他也没有办法，甲方不给他们工程款，他们拿什么给工人呢？工地上千个工人，每个人都等着钱回家过年，他的电话二十四小时都是被人打爆的，他不关机，那整晚都没得睡。何华说："蔡姐蔡姐，别看额们被人何总何总地叫得光鲜，其实额们连农民工都不如，额们东躲西藏的，活得像只老鼠撒，蔡姐，蔡姐！"

　　我竟一时语塞，无以为答。

　　二〇二〇年的春节来得特别快，渺城区建协在春节前组织慈善活动，我和同事们要到区救助站赠送物资，我们将救助站需要的碗面、八宝粥、饼干和水等物资送到救助站，看到站内坐着很多人，门口还蹲着几个衣着破旧的人，看到我们的车子过来，那些人都站了起来，无声地看着我们卸物资，并没有失控地围了上来。救助站的同事小蓝出来帮忙搬物资，我对小蓝说，这些需要救助的人们，挺守纪律的。小蓝撇撇嘴，说："你把这些换成现金试试？"我笑笑，不敢接话，小蓝在救助站工作了那么多年，形形色色的人和事都经历过了，自会有她的看法。

我没想到，会在这个时候遇到乔艾艾。她穿着灰黑色的牛仔裤，灰色衬衣，外罩一件灰黑色的长外套，扎着马尾辫。不穿工作服不戴安全帽的乔艾艾，清秀中带着几分文静，只是一身灰黑的打扮让她本来偏白的皮肤更加苍白。她似乎也没料到会在这样的场所碰到我，目光在我脸面上扫了一下，赶紧撇开脸。但她并没逃走，因为她的身边放着一个吸氧袋，她的肩上靠着一个裹着厚厚棉衣的男人，吸氧管连着这个男人，男人的头发很长，几乎遮住了他的脸，我看不到他的脸色，广东的冬天从来不冷，这身厚厚的棉衣和这么温和的天气格格不入，这个男人肯定是乔艾艾得了尘肺病的丈夫。

　　我本想上前问候几句的，奈何乔艾艾的脑袋一直往里面偏着，她不愿意在这里跟我打招呼，不想让别人知道我们是认识的。我抬起的脚步又收了回来，我们是熟人，她完全可以在我手上多拿两份慰问礼品的，但我理解她为何不愿意跟我打招呼，在两天前，乔艾艾已经全部追讨回她带的抹灰班的工程款，我了解过数额，属于乔艾艾夫妻的数额也不少，乔艾艾现在是有钱的，我猜她或许是在欠薪问题未解决前已经申请了救助。

　　我在交接物资时，顺口问小蓝知道乔艾艾夫妻的情况吗？小蓝顺着我手指的方向望过去，嘴一撇，翻一下白眼说："这夫妻俩么？这几年每年都来，有时候还一年来几回。我们哪敢不救助他们啊？这个女人厉害，稍不顺从她，她便闹，特会闹，动不动就说要上访。"

　　我说，她无理取闹警察不管么？小蓝说，人家也不是无理取闹，你没看见吗？她的确是有个得病了的男人啊！我们都知道这个女人有钱的，连她身边的人都举报她的，但我们有什么办法？不救助她，她就把事情往大里闹，你知道现在的网络，我们处理不好，稍不慎，我们区都可能被连累成网红地点的。小蓝很无奈地说，这女人也说过，她的所有钱都寄回老家去了，我们要不给他们安排救助，她和她老公就坐我们这里过年，我们哪敢让他们坐在这里过年啊？你看她的老公，还能待久吗？

我回头看看乔艾艾夫妻，那个穿着厚厚棉衣的男人无力地靠在她的肩上，我不知道这肩要多坚强才能把他的生命扛下去。小蓝自有她的看法和道理，但乔艾艾夫妻何尝不是也有他们的看法和道理？

我还是相信，在丈夫未患尘肺之前，乔艾艾都是一个文静清秀的可爱女人。

我默默地从物资里挑了几罐八宝粥和几包苏打饼干，用袋子装好，让同事帮我送过去给乔艾艾，让他帮忙要一下乔艾艾的电话。同事很快就把东西送过去了，也把乔艾艾的电话要给我了。我加了乔艾艾的微信，给她发了几百块，让她在回家的路上吃好一点，病人的营养一定要保障。

她很久才收了钱，回了我两个字"谢谢"。

不久后，一场大疫天降而至，本区建筑工地直到三月下旬才陆续开工，这几个月，我都在工地上继续我的安全生产检查工作，蒋玉成、林佩仪、佟四嫂她们都陆陆续续回来了，直到现在，我仍没在渺城的工地上见过乔艾艾的身影。

在我的工人资料库内，有这样的记录：

参建火神山、雷神山医院的工人有蒋玉成夫妻和保利中荷项目的项目经理方成云。

而乔艾艾到底去哪了？她和她的丈夫都还好吗？我问过很多工人，他们都说不知道，我也发过微信问乔艾艾，她一直没回，而我，竟没有勇气打通她的电话。

张楚艳的模板坍塌演练

　　那辆混凝土搅拌车进入工地后，停在工地的入口处，鼓囊囊的滚筒不断地滚动着，混凝土在滚筒里隆隆地呼叫，漏斗在呼叫声中不停地喷出灰黑的混凝土。张楚艳用力推动着漏斗，随着飞溅的混凝土泥浆转动起来，泥浆很快糊了她的衣服和帽子，眉目也逐渐不清。若不是亲眼所见，我真不相信，那么瘦小的身体里，居然拥有那么充沛的力量。要不是因为今年的安全月活动在昊天城项目举办，我也没有机会留意到张楚艳。

　　建筑工地上，习以为常的是雌雄不分，包括我在内，跟我合作时间长了的同事，经常拿我打趣，从没把你当女人看，你就是一哥们。我不晓得这是赞还是贬，从个人的角度，心里还是有点儿酸涩的，我明明是个女人啊！是女人就希望得到呵护和宠爱的，哥们？姐真不喜欢。可又有什么办法呢？这个社会，女性生存的空间这么狭窄，如果女性还把自己锁在传统定位上，那么，定然活得生不如死。诚然，我是不愿意过生不如死的日子的。我猜，张楚艳也不愿意吧？她的身体灵活而充满力量，跟随着泥浆漏斗转动，地面上逐渐包裹上一层灰蓝的包浆，她的身体逐渐跟包浆混为一色，若不是仍在转动，不仔细观察，很难发现漏斗前还有一个人。

　　我静静地看着她，渺城从不缺阳光，清早，阳光已经刺眼得让人睁不开眼睛。几个戴着蓝色安全帽的工人在人脸识别机前刷脸进了工地，看到张楚艳一个人顽固地推着漏斗，工人脱口而出："操，这娘们。"其中两个工人踩进混凝土包浆里，与张楚艳一起推漏斗，剩下的拿起振动棒，配合平整已经浇筑好的地面。搅拌车上的滚筒隆隆地转动着，所有人和物都那样忙碌。这几个戴蓝色安全帽的工人，应是张楚艳班组的，他们走进来时，我以为他们会骂张楚艳吃饱撑的，毕竟张楚艳推着灌浆漏斗浇筑的这片空地，是我的额外要求，不是他们班组负责的范围，与他们承包的工程量没任何关联。

为了能把安全月的应急救援示范演练做好，我要求昊天城工地将工地入口的地面重新硬底化一次，原来的硬底化，已经被每天进出的大型重载车压得坑坑洼洼。项目经理何华对承办安全月活动这事儿非常配合，这两天都颠颠地跟着我后面说："蔡姐，额们区的安全月主题活动，额们昊天城肯定全力支持，全力配合，毫无保留滴，你需要额做些啥活儿，径直地说哈，甭给额客气撒。"

我便指着脚下的地面说："这路面赶紧铺好了，安全月活动得要有个安全的样子啊，你看，这样坑坑洼洼的，工人走过，不小心拐到脚，就麻烦了。"

"是是是，蔡姐您批评得对，额这就叫人弄撒！"何华很爽快地答应着，回身拿着对讲器叫人。

在我的印象中，砼工都是五大六粗的糙汉子，谁承想，在建高层上，跑下来了一个小个子。这小个子戴着蓝色的安全帽，穿着的反光衣都被泥浆浆得没反光功能了，远看以为是个瘦小的男人，走近了，才发现原来胸前还有一点儿弧形的。奶奶的，这何华怎么那么喜欢找女工啊！我敲一下何华的安全帽："你小子，专门找女人给你做事，是女人工资低一点，还是女人好控制一点啊？"

何华摸着安全帽，委屈地说："蔡姐，哪能啊！额这里可是男女平等的撒，张楚艳都做了十几二十年混凝土工了撒！资格深得很，额可莫得控制她撒，不信，你问她撒。"

我转头望向刚从楼上下来的女工，安全帽和反光衣上的混凝土浆还没完全凝固，在接何华的信息前，她应该在浇筑混凝土做天面。张楚艳很瘦，铁杆一样，和之前做架子工的程有银差不多，浑身上下刮不出多余的肉，但她比程有银年轻，五官清秀，眼睛不大，却闪着亮光。建筑工地上的女人，胖的没几个，佟四嫂是搞饭堂的，自然例外。被泥浆浆实了的反光衣，更让张楚艳雌雄难辨。

何华指着靠近工地入口的洗车槽四周，一点点地吩咐张楚艳，要这样铺那样捯，郑重其事的。我暗里观察，张楚艳目光随着何华的手指转了一圈，似乎也度量了一圈，便将所需要做的事情和需要的材料都了然，点点头，说句晓得了撒，扶一下安全帽又往楼层里走。

我忍不住跟上去，在工地走了那么多年，对这些建筑女工大体上还是有点认知的，她们一般话不多，极沉默，都偏于埋头苦干。终日超强度的劳作，几乎剥夺了她们语言表达的欲望。我知道我若不主动靠近，她和她们都是很难跟我说上一句话。

何华看到我跟进去，知道我又犯了好奇心，急得拉住我说："蔡姐，上面正捯混凝土嘞，模板下面，全都是泥浆水，你就莫上去撒，会溅一身水泥浆滴撒！"

我笑着说不怕不怕，做工地的谁还没被水泥浆溅过呢？

何华直跺脚，张楚艳进入的是一座在建的高层建筑，密护网都被水泥浆和灰尘糊得看不到绿色，踢脚板也七零八落，看来这段时间挺赶进度的，文明施工全忽略了。也理解，雷雨台风季节马上要到，项目都想赶在雨季之前，把天面赶出来。何华当然害怕我在他工地上晃，怕我会晃些什么事情出来。他急得拉着我说："姐，上面正赶着进度，乱死了嘞，还是跟额回办公室坐一下，额们谈谈安全月活动的布置和演练的具体方案好莫撒？"

这何华，真能抓重点啊，我停下脚步，但仍不甘心地望着张楚艳逐渐隐入密护网的身影。

回到何华办公室坐下，何华颠着屁股斟茶倒水，笑嘿嘿地说："蔡姐，听说搞安全示范工地，能给额们公司加诚信分的，是么撒？"

我说："你小子先把工地搞好再谈加分呀！你自己上去看看，

那些外架，那些临边防护，哪里有一点儿安全示范的样子啊？合格都给不了你撒！”

“姐，您都学额们说话了撒！”

何华又嘿嘿笑，这油头粉脸的小子，笑起来的确很招人，我忍不住也笑一下，敲着他的安全帽说：“赶紧的，重新硬化一下工地的出入口，把外架的网也换掉了，临边防护全部都装起来，该固定的固定，该翻新的翻新，该清洗的清洗，别给姐整虚的。”

“得嘞，姐，这都算啥事？三天内，额保证都给您弄好撒！”

何华把茶水递过来，我接了往窗外看，这些天我一直都在伤脑筋，搞了那么多年的安全月应急预案演练，高坠、基坑坍塌、高层起火、触电、物体打击……各种各样的安全生产事故，我都模拟导演过了，今年做哪种安全生产事故模拟合适呢？在张楚艳出现之前，我心里还没有概念，而现在，张楚艳似乎触动了我。何华把手在我眼前晃，叫着：“蔡姐，姐，姐。你又发愣了撒！老毛病啊！”

我回过神来，说：“何华，我想好了，今年我们就模拟注浆过程中发生模板坍塌，如何？”

“不好！姐！”

何华跳起来连连反对，叫着姑奶奶，要我立马改变主意。可我性子拧，整个渺城建筑界都知道的，决定了的事情怎么会那么轻易去改变呢？我看着上蹿下跳的何华，只笑不说。

我是理解何华的，作为昊天城项目的主要负责人，要承担着整个项目的安全运作，责任和压力比山还重。本来扯呼扯呼地与往些年一样，随便弄个高坠或物体打击，找几个工人模拟一下，调几台消防车和急救车过来走走过场，那就完事了。但注浆过程的模板坍塌可不好弄，首先是要足够开阔的场地，预先搭设好建筑体与模板，还要调动搅拌车和天泵过来协助作业，光这两点，从搭设从安全从材料准备等方面看，都是难度挺大的，还要砼工、钢筋工、模板工，各个班组的工人配合，这样调动起来，费人费力费材。万一在彩排的过程中，模板坍塌下来，真的伤了人，后果更加严重。

何华都快给我气死了："么演练不好搞，非要搞这个，蔡姐，您这是为难兄弟额撒！"

我拍拍他的肩安慰："没事的兄弟，有问题，姐跟你一起扛，从今天开始，姐天天来项目盯着，演练必须要在安全可控的范围内进行的。"

何华整个脸垮下去："姐，天天来盯就不必要了撒！"

这小子，又想要做示范工地，又想赶进度，哪有十全十美的？

"赶紧给我项目的平面布置图，我还要回去出方案呢！"我放下水杯，拿起安全帽走人。

说好三天后，就是三天后。第三天，天刚亮，我就爬起来，骑上共享自行车到昊天城项目。骑车的途中，太阳还没出来，我以为自己很早，但到了工地，才发现与工地的工人比，我永远都不可能是最早的。

张楚艳已经在推注浆漏斗了，别看这个女人个子瘦小，不声不吭的，但执行力还是非常强的，前几天何华吩咐她平整好工地出入口这一片地面，今天就开始行动了。我猜她是想在正式上班之前，先把这一部分额外的工作完成了，所以才那么早就闷声不吭地干活。这女人，又是一个拼命三娘啊！

只是在原有的基础上加一层混凝土，把地面抹平整就可以，正常来说，只需要振动器将平面抖平整，基本可以合格的，只是做一个安全生产月的示范而已，观摩活动只有一天时间，只要这地面能保证在演练观摩这一天，是平整可观的，就行了。

太阳已出来了，一出阳光就热。滚筒里吐出来的混凝土，很快把凹凸不平的地面填平整了，连凹槽都用不上。几个工人也麻利地将地面磨平了，有人出去拿来警戒线，把刚浇筑的地面部分警戒起来，插上警示牌子。几个工人认为都搞好了，擦擦额头的汗，黑脸上都荡着灿烂的笑容，在阳光下，这些笑容很治愈。

可下一刻，他们不笑了，因为，张楚艳居然拿了水平仪过来，一个高瘦的工人忍不住叽叽呱呱地叫起来："做么事撒！屁大点地方，不是达不到标准，还重新抹了撒？"

张楚艳摆摆手，没理会这个高瘦工人的叫唤，蹲下来，认真进行测量。我看着这个浑身上下全被水泥浆包裹着的女人，一时间分不清楚，她这是专门做给我看的，还是她平常就是这样子。

几个工人最终还是屈服在张楚艳的指挥下，推着漏斗，补了几处不够平整的位置，居然没有破口大骂，看来，她平常就是这样子的。

一切弄好后，太阳已经散发出强大的热量了，在广东，只要不下雨，四月也能热得炸毛。几个工人抬头看了看太阳，骂骂咧咧地走进建筑体里面，这么一捣弄，工人们耽误了一小上午的工作，能不骂人么？或许他们都不知道，这是何华前几天给他们班组下的任务呢，在工地上，不同的工种，分不同的班组，工人一般都只受班组长的管控，至于项目经理，表面上是全面负责项目的管理，但工人大多数连他是谁都分不清的。工人们可能也不知道，刚刚操作的这一块地面，算不算进他们一天的工作量里？工人是按工程量算薪酬的，砼工的人工都是拿浇筑混凝土的立方数来算的。

张楚艳扛着测平仪走在最后面，她走得很干脆，像没有看见我一样，或许是对我视而不见吧，毕竟，在工地上，大多数工人都认为我这种戴着专家帽子晃来晃去的人，都是不安好心专门找茬的。

你装看不到我，我非要让你看到。反正我的拧，也是有名的。

我跟着张楚艳走进前面的一栋在建高层里，我四下张望了一下，前几天缺失了的踢脚板和破掉的密目网全都补上了。何华还是有点执行力的啊！

前几天张楚艳也是从这栋楼里走出来的，今天早上，我在外面站了一会儿，就有好几辆滚筒车开进工地来了，可见这一栋楼正在浇筑天面。何华肯定猜到，既然我已经定了在他们工地做安全演练示范工地，一定会不定时过来查看的，相处了四五年，这小子真的把我的性子都摸透了。瞧瞧眼前，这整齐干净的挂网，这几天肯定花了不少心思去冲洗和修补了。

但何华这小子也精明，并没因项目要做安全示范演练而耽搁生产，这段时间天气好，把天面赶紧做出来，雨季来了，烦恼就少一些。在工地上，做基坑和天面，都害怕雨季。

建筑体里面，密密匝匝全是杂乱堆放的废模板和木方，还有零散的钉子和水泥块。我皱皱眉头，心里想，外面漂亮了，里面却见不得人，一会得让何华叫人来清理一下。还想着，张楚艳突然回头对我说："这都是昨晚从上面拆下来的，还没来得及搬走撒！"

我尴尬地笑笑，这女人不得了，一眼看出我心中所想。我的确只看到了满地的乱象，却没有考虑到，昨晚到现在，这栋楼都正在赶着浇筑天面，在浇筑天面之前，前一层肯定是先拆模的。今天我天刚亮就到工地了，工地的杂工可能还在外围清理，没有过来清理这里的废模板。

昊天城项目现在已经做到第三期了，前面两期都使用室外施工升降梯和塔吊进行杂物重物运送的，但因为三期要做两栋超高层，施工方引进了两台井道施工电梯，这种井道施工电梯不仅能减少耗能，提升速度，还安全环保，尽管安装费用贵一点，但长远来说，却是省时省钱的，现在逐渐被大型的房产项目接受使用。这是渺城

130

第一个引进井道施工电梯的项目，我也想趁安全月的机会，组织区内所有建筑项目的负责人过来看看。

和张楚艳一起走进井道施工电梯，电梯飞快地上升，速度已与普通客梯没什么区别了。井道施工电梯是利用井壁承重，在主体施工到七层以上才开始安装使用，可直达地下室，并随着主体高度进行提升。提升轮轴的契合特别好，没有任何咔咔的不协调的声音。我盯着井道施工电梯看了一会，回头看张楚艳时，电梯已将我们带到十六层。张楚艳走出电梯，回头给我按着梯门，我一阵惭愧，这应该是我该做的动作，她还扛着工具呢。

这两年，建协招了几个新人，有了他们帮忙带专家巡查工地，我减少了巡查工地。这段时间几乎没来昊天城，好像眨眼间，它的三期都建一半了，盖完第三期，昊天城项目算是全部完成。历时五年，渺城中心城区最大的楼盘，完满竣工。

湾区板块提了好几年，或许昊天城的建成，也预兆着渺城的湾区都市时代要在此拉开帷幕。事实上，地铁已在渺城区域内进行招标，广佛早已同城，其中一个地铁出口，设在昊天城边上，交通非常便利，占尽了地理优势，因而，这几年昊天城的销售都非常火爆，现在一、二期的入住率也非常高，前期开放的部分商业区，商业活动很活跃，一派欣欣向荣的景象。

粤港澳大湾区发展规划推出后，作为渺城建筑一线的工人之一，我也深切感受到时代的转变，建设项目随着湾区观念的扩展而扩展，这两年，新立项的公建项目多了很多，很多名校名医院都引进渺城了，对于渺城人民来说，祸福如何？留给历史来评判，但在当前，生活便利与生活质量的提升，是肉眼可见的。

十六层的楼面竟然一点都不凌乱，清理得挺干净的，这倒让我有点儿惊讶。在我印象中，何华管理的项目都很不地道的，这家伙，最大的能耐便是忽悠，一二期施工时总是忽悠，害我不知费了多少心力在这个工地上，可工地的管理，还是得过且过的凌乱。难道真的是因为前几天，我跟他定了在他们项目搞安全生产示范演练，他马上调集人手过来清理了？这小子会那么自觉吗？

我疑惑着，张楚艳径直走在我前面，似乎有后眼般，说："蔡工，不用看了嘞，现在基本能做一层清一层的，一会上去十七层，刚拆了模，就不那么干净撒！"

可这已经让我刮目相看了呀。之前我过来检查，别说拆模后的下一层了，下三层四层，都还是没地方下脚的。回头我定要问问何华。

张楚艳已经走到楼梯口，往上攀爬了，这层刚拆模不久，上人梯还没来得及做防护栏杆，步级都是用木方钉的，还好，木方钉得比较稳固，我用手扳了一下，木方纹丝不动。哟，何华这回是开窍了啊！

我啧啧地夸了句，张楚艳先把水平仪递了上去，回头来拉我。我有点不好意思，形体上，她比我纤细多了，这么瘦小的人，怎么拉得动形体臃壮的我啊！

还是我小看了张楚艳，我的手刚伸上去，一股巨大的力量便把我提了起来，我臃壮的身躯一下被提到十七层上。我倒吸口凉气，果然，可以独自推着注浆漏斗转圈的女人，真不能小瞧了啊！

站在楼面，定睛一看，十七层四周乱七八糟的，刚拆下来的模板和木方堆得到处都是，张楚艳指指顶上一层说："再上一层是昨晚才注浆的，还滴着水撒，你要怎么？"

我眯着眼睛，从她手指所指的方向看上去，一缕阳光刚好从楼梯口处投来，打在张楚艳的身上，恍惚间，举着手的她，顶天立地光芒四射。难不成又是一个夏双甜？我再仔细观察了一下这个女人，安全帽依稀还看出是蓝色的，反光衣被浆得几乎没了橙色，脚上套着的水鞋，还挂着泥浆，身材修长干瘦，脸色偏黑，还黏着水泥浆，脸上没有笑容，表情严肃的，水泥浆将她的皮肤拉得有点紧，感觉很干燥的样子。

我猜想她平常就很少笑容，应该是那种不苟言笑的女人。可就在我胡乱猜想的时候，张楚艳居然笑了，然而，她笑得真不好看，脸部的肌肉很勉强地扯了扯，像被什么东西硬拉了一下，扯动得异常生硬，干了的水泥屑，刷刷地抖了下来。

她问："蔡工，也不得每次都挑刺是么？额们工地也有好的方面，是么？"

我连忙答："是的撒是的撒！"

张楚艳说得没错，起码眼前所见就是变好的，称得上三日不见，刮目相看。

随着时代的步伐，建筑工地也在前进着，这么多高新科技引进工地，那么多先进的管理理念和配套的规则用到工地实处，各方主体责任明确后，交底到位，工人管理顺畅，建筑工地也能让人刮目相看。

尽管对不是凌乱不堪、灰尘弥漫的建筑工地不是那么习惯，但我的嘴角还是悄悄往上翘的，好的项目管理，不仅能减少污染，减少耗材，还能降低安全生产事故，这些年，真的看怕了事故，每天睁开眼，最先祈祷的，就是不要出事。

张楚艳从怀里掏出一条干净的汗巾，抹干净脸上的泥浆，向我眨眨眼睛说："何经理让额配合您做演练，他说，您想模拟浇筑过程中的模板坍塌。"

我疑惑地望着她，尽管已在工地上遇到过不少优秀的女项目经理、女技术负责人、女班组长及女总工等，但是，模拟浇筑过程的模板坍塌，要计算轮扣体系支撑的荷载和混凝土的下料重量的，这要精确到每一道立杆和每一秒的出料量。张楚艳顶天了就一个砼工班组长。

尽管我的嘴里没说，但我的眼神已经写满了"你能行么"？

张楚艳又嘴巴往上翘翘，说："您知道额干吗会用身子推着漏斗转吗？"我看着她不知道该怎么回答，她料定了我回答不出来，直接招手让我上前。我跟着她，猫着身体往还滴着水的天板上爬，出了板隔楼梯，就是模板层，支撑好的板层上，四处站着工人，这些工人跟张楚艳一样，安全帽跟反光衣几乎都给混凝土给糊得看不到颜色了，脸上全都是水泥砂浆，只露出一双双黑白分明的眼睛。

我和张楚艳刚出现在板层上，一双双黑白分明的眼睛齐齐打到我们身上，我愣了一下，我明明一早已在下面，并没看到有这么多工人进入工地啊！张楚艳扬手招了招他们，然后回头跟我说："他们都是上夜班的工人撒！额们现在上来替他们了嘞！"

原来是这样，怪不得明明没人进入工地，但这上面却站满了人。都怪自己这两年走工地少了，更没有晚上去看现场，对近期工地的情况缺乏了解。其实工地通宵加班都是常态，特别是注浆捣天面，几乎所有工地都会选择晚上进行，晚上车辆少，混凝土车出入工地畅顺，晚上气温相对凉爽，有利于工人持续作业，混凝土凝固得比白天的更好更有韧度。

一台天泵正在隆隆地往下吐着混凝土，张楚艳和其他替岗工人因地面额外需要铺设路面而迟了上来，但这些已经熬了一通宵的工人并没有对张楚艳他们产生很大的怨言，工人们有序地放下手中的工具，到边上拿起私人物品，经过我身边时，几个年纪看上去相对年轻点的工人扯动脸皮，嘻嘻笑着问："艳姐，这妹子有对象么了撒？"

靠，姑奶奶能当你娘。我心里骂了句。张楚艳拿起一块条形的模板，向着一个嬉皮笑脸的小伙子屁股打去："没见过女人么？屌毛，干通宵还精力那么旺？继续顶太阳做十二个小时嘞好不好撒？"那小伙子跳着脚摸着屁股喊："不要不要，艳姐，额口臭，额认错还不得行啵？"

张楚艳竖着模板，叉腰站着，脸上的笑容还是那样僵僵的，这应该是长期给混凝土浆着，不能轻易扯动脸部肌肉导致的，我细心观察了一下，几乎所有砼工工人的脸部表情都是不太自然的，连刚才那个摸着屁股跳的小伙子叫喊起来时，嘴巴也是张成"O"形的，一般人在这种情况下，嘴巴都是往上提的。

跟在身后上来的工人，熟稔地各就各位，操起刚才那批工人放下的工具便开始工作。张楚艳从边上拿过一双黑色的大水鞋递给我，我不用脱鞋子就套上了，我跟她走到天泵边上，泵口抖下来的混凝土，抖得脚下的模板一颤一颤的。我偷眼瞄了一下下面，仿佛二十几层的大厦在脚下摇晃着，我倒吸了口气，脚底下一阵痒痒的。

别瞧！

张楚艳低低地断喝一声，吓得我一激灵，立刻将脑袋转回来，张楚艳伸手将天泵的泵口抱着，往左边没有混凝土的板上推去，黑褐的混凝土一串串地打出来，喷在模板钢筋上，溅起无数的水泥浆，我身上一下就沾了好几处。张楚艳脸贴着泵听了听，又踢开脚下的混凝土看了看，抬头说："今天进场的 C20 还算靠谱了嘞！"

我蹲下看了看混凝土里面的石子，颗粒还算大和均匀的，符合房屋建筑的要求，水泥砂浆的黏稠度，也是过得去的，这车混凝土的质量的确过得去。

我笑着向张楚艳竖起大拇指，的确可以啊！听一下泵体的颤动声，就能判断出混凝土的质量，这都是千锤百炼出来的经验啊！张楚艳的面部又怪异地扯了扯，她跺跺脚，指指脚下说："这边模板不行，下面的支撑缺少轮扣件，自由端过长了嘞！"

　　刚才上来时，我没注意去看模板的支撑，我的注意力都在她张楚艳身上了，她这样一说，我便想转身下去看看，但张楚艳拉住我一起蹲下说："蔡工，您听听，混凝土倒在这部分的模板上，跟倒在那边的模板上，声音是不是不一样嘞？"

　　我凝神听了一会，感觉好像是不一样，又好像没什么变化，我疑惑地抬头看张楚艳，张楚艳说，听起来"卟卟"声的，下面是几乎没有什么支撑的，混凝土倒下去，会轻微下陷；听起来"哒哒"声的，下面是支撑比较到位的。混凝土倒下去，不会有任何凹陷的。我蹲在天面上观察了半天，终于在张楚艳的解说引导下，找到了这些不易察觉的微小变化。

　　我的天啦！张楚艳绝对能上封神榜了啊！接下来，我也不观察混凝土了，干脆盯着张楚艳看，张楚艳没理我，一会儿推天泵，一会儿拿水平仪测水平，干得认真起劲，可当手下做事有疏漏瑕疵，她都能发现，及时制止。我干脆坐在比较干净的角落，看这批砼工们干活，他们时而互相打趣谩骂几句，时而互递一下工具，时而帮忙擦一下脸上的水泥砂浆，但更多的时间都是认真埋头干活的，并没有谁刻意偷懒。我隐隐感受得到这群砼工与我平常见到的建筑工人不太一样，但在哪方面不一样？我一时间也说不出来。

　　太阳老早就挂在空中了，我这么坐着都汗湿了衣服，砼工们的衣服全都是水泥砂浆，看不到汗迹，但脸上都布满了一条条的汗道，样子滑稽又苦涩。的确干通宵班的砼工比干白天班的要轻松一点，尽管是困的，但起码不是被水泥砂浆密封起来给太阳生煎啊！

　　我还在发愣，张楚艳突然推开天泵，大步走到天面出口，往下面大声喊："柴顺老大嘞！第五列第七个滴立杆两边给加上两个防滑扣好不嘞？斜撑也来个嘞，荷载有点超了撒！"

136

我刚想站起来下去看看，出口就伸了顶蓝色安全帽出来，一个皮肤黝黑、上唇带着伤疤的矮个子男人冒了出来，男人踢开混凝土看了看，骂了句："额操它奶奶的，今天用那么粗的石子了嘞？钱多了撒！"男人说话时，露出两个黄灿灿的金牙，阳光下特别耀眼，他淡然地扫了我一眼，转身就下去了。这名字听着熟，样子也像哪见过。

　　我惊呆了，听矮个子男人这么说，平常倒天面的 C20 混凝土，都不是用这个尺寸的石子的吗？我正想跟下去，张楚艳已经来到我身边，一把拉住我说："蔡工，只是补条斜撑，不用下去了撒！"

　　我急道："这上面还在施工倒混凝土，下面是不能有人施工的，太危险了。"

　　张楚艳说："放心，额们虽然都是底层工人，但也不想死，下面模板支撑的拉结是足够的，增条斜撑是为了更稳固而已。柴顺不敢多偷工减料的，都是吃过亏的了撒！"

　　"什么意思？你就那么自信？"我看着张楚艳，她微观察的能力真的很强，从她对待工作一丝不苟的态度看，这些话不应该从她嘴里说出来的。

　　张楚艳耸耸肩，往刚才她叫柴顺加斜撑的位置踩了踩，招手叫我过去，说："您瞧瞧，这不是加上了撒！"我蹲下来，伸长脖子看了半天，都再也找不到凹陷的痕迹了。张楚艳说："多少回死而复生了撒，还不长记性么？额晓得柴顺两口子有分寸的，是他们给额的自信，待会儿，蔡工您管何经理要柴顺班组和额们班组配合演练，保证能成！"

　　我瞪眼睛看着张楚艳，她给我支招要那个班组，我没怎么在意，我在意的是，柴顺怎么会说今天的石子那么粗？这好像不是个例，习以为常了啊！

敢情他们都是把用料控制得刚刚好的，柴顺的模板班没料到今天进场的混凝土里的石子比平常要粗要重，所以模板的支撑体系有点儿撑不住。我不知道该赞还是该骂，愣在原地半天，张楚艳对混凝土的密度、用料度和模板体系的荷载能力都了如指掌，她来负责模板坍塌演练绝对可以。可是，规章就是规章，经验能逾越规章办事吗？一时间我理不过来，常说规章是死的，人是活的，真啥事都按照规章规则来做，那可能就什么事情都办不成了，但要是什么事情都撇开规章全凭经验来做，又好像站不住脚，多少意外事故就是经验里的理所当然做成的。

矛盾啊！

还好我的矛盾思想斗争了不久，项目经理跟安全员施工员都上岗来了，毕竟正在注浆倒天面，何华他们还是很重视的，开完项目例会便马上上来了。

何华一看到我，便埋怨起来："蔡姐，您咋那么早嘞？您是领导呀，这么早上工地来，还让额们这些基层搬砖的咋活哩？"

"去去去，我是来跟张楚艳商量一下，怎样才能安全地将模拟模板坍塌的模板搭出来。"

既然何华上来了，我继续待在天面上也没有意义，我走回出口，甩了甩大胶鞋的泥浆，然后把脚拉出来，别说，尽管是早上，太阳在一天里还不算猛烈，但我的双脚已经被捂得潮滋滋的了。双脚脱离大胶鞋后，感觉身体一轻，舒爽了很多。那些坐办公室里，叫着脑力劳动有多苦，要死多少脑细胞的，真该到工地上干两天活，真正辛苦的，还是一线工人啊！

下到地面，刚才张楚艳带着班组的人抹平的通道，都几乎全部凝固起来了，进出的工人看到围蔽警示，都自觉地绕开走。我上前拿起一张覆盖的塑胶纸看了看，质量还不错。

何华跟过来说："蔡姐，您这心里，全都是工作了撒！放心，额们能答应做这个演练，就肯定会按您的意思搞好的！"

"你们平常进的 C20，石子直径一般是多少厘米的？"

"哎哎哎！姐，咱们现在讲的是安全演练撒！可不得搞去质量那边了撒！姐，额工地，绝对是按标准来进材料滴，不信您跟额回办公室，额让资料员把质量材料都送过来给您瞧瞧！"

何华装模作样地打电话叫人送资料过来，我将他手机给按掉，我又不是第一次出来检查工地，资料能跟现场对得上吗？只有天知道了。

我没吭声，直接往项目部走去，何华一时间猜不出我心里想什么，急起来，竟然说了句让我今生难忘的说话："姐，额知道您都在上面待半天了撒！啥都瞒不过姐您。可姐，您干吗要知道那么多撒？您只需要知道这高楼大厦建起来了便行了嘞！干吗一定要知道它是咋样建起来滴？"

我的耳朵一阵轰鸣，何华真讲到里子了。

站在原地，双腿沉重，自二〇一九年粤港澳大湾区发展规划出台后，渺城这几年的城市建设飞速发展，渺城与港澳、深圳、东莞、广州等大城市的城市化差距越来越小，全世界人民都共同目睹着整片大湾区的日新月异，可是万丈高楼不会自己平地而起，大湾区再伟大也是一砖一瓦砌筑起来的。从国家到地方，从政府到百姓，伟大的政策出台后，前赴后继多少人力物力，才有今天的大湾区？若不问过程，疏忽过程，那又将会有多少过程埋于这湾区城市之下？我自问不是肩担道义的英雄，但亦不可能是装聋扮哑的卫道士。

我盯着何华看了半天，何华自觉说错了话，搓着手支支吾吾说："姐，额、额不是要您不要来检查的，是姐，姐，额的意思是，做工地么，就这样，都这样，您要啥都揪死死的，额、额们还咋干哩？

您说，是么撒？"

我说何华你可以啊！盖房子都盖成精了啊！模板要多少根支柱多少根斜撑多少个轮扣都算得死死的，混凝土的厚度卡死了没关系，你连里面的石子的大小都卡得分厘不差，你还能预测得到混凝土公司运来的物料全都是同一批次的吗？今天要不是张楚艳经验足，一眼瞧出模板的凹陷度，及时叫人补上斜撑和扣件，恐怕我现在都被埋在上面了。

呸呸呸，姐，您乱说啥子撒？

何华急道："姐，额这样安排，也是没有办法嘛，您也知道现在建筑施工特艰难，都是给啃得干干净净的鸡骨头，额挖尽心思，也就是自保而已撒！"

自保也不能将那么多工人的性命当儿戏啊！我长吁了口气，本只想看看现场浇天面，没想还看到何华在偷工减料。不过一码事归一码事，张楚艳浇筑的经验和技术的确了得，这次的模板坍塌演练交给她来负责，应该没有问题。而我只需要踏踏实实地做好坍塌过后的抢救和问题处理等一系列的排练便可以了。

何华拍着胸口保证说，一定能保证配合完成演练的，现场模板搭设和混凝土成品砂浆的跟踪也会重点抓起来，保证绝对不出任何安全问题。说着还当着我面给柴顺打电话，让他马上安排模板工人上去加斜撑，务必要按图纸施工。

我何尝看不出这是何华的应对呢？可又有什么办法呢？我也不可能每天都过来盯着他们工作吧？这一层他们是补上去了，那再上面一层呢？经济飞速发展下，盖房子的速度也被迫着快速奔跑着，华丽的城市建设后面泥沙俱下，我一个卑微的旁观者又能改变什么？

太阳已经炽热，烤煮着整个工地。昊天城一、二期早就完工了，因地处渺城中心，前两年楼市还景气，一、二期的售卖非常可观，现在已经有了一定的入住率，昊天城重点打造的昊天金街，亦已投入使用，很多商铺进驻了金街，街上顾客如鲫，热闹非凡。

昊天城三期靠着渺城主干道淼海大道，新增三号地铁有一个出口点便设在这里，五六年前我还跟过昊天城的超限高设计论证，当年便规划了，这个由旧城区工业厂房置换盖起来的新商住小区，将要成为渺城的重点生活商圈之一，临淼海大道的楼层，全都是三十三层以上的高层建筑，设计新颖时尚，非常有地标价值。老百姓和政府都迫切等待着三期完工，期待着渺城的地标之一尽快完完整整地出现，在暮旧的老城区内，唤出时尚耀眼的元素。这次演练选择在这里，也说明了昊天城之于渺城的重要性。

进度赶得太快，相对应的问题便出得越多，这是难免的，相互矛盾的两面，孰重孰轻，真难辨清。正在我纠结的时候，几个工人刷面进入了工地，我看他们挎包里有扳手等工具露了出来，应该是收到通知，过来加斜撑和轮扣件的模板工人，其中一个经过我时，居然叫了我一声蔡老师，我定睛看了看，是一个女子，圆脸蛋上紧紧地箍着安全帽的绳子，圆圆的眼睛带着羞涩、欣喜和期许。

我记起来了，这个女模板工叫林佩仪，她的高级模板工证就是在我这里考的，当初我为了让她考这个高级证，可没少往昊天城项目跑。

林佩仪在我印象中都是粗糙的，我还记得第一次见她时，她跟其他男模板工用粗口对骂的样子甚是泼辣，现在却羞涩如兔子这反差太大了。她脚步微拐地向我走前了几步，是突遇熟人的惊喜。前几年，因为在天下广场工地的高支模坍塌事故中，她弄伤了右腿，我还到医院看过她，现在虽然是康复了，但后遗症也是留下了，走路不那么利索。

没想到她还没离开昊天城项目啊！刚才在上面出现过一下的模板班组长柴顺，我也想起来了，他是当年天下广场项目模板班组长，他们一组人都转过来昊天城项目了。

柴顺班组曾经经历过天下广场高支模坍塌事故，这组工人都受过不同程度的工伤的，现在他们仍能坚挺在工地上，证明了他们都更加成熟小心守规矩了。

怪不得张楚艳提醒我向何华要柴顺班组，我脑海立马闪现出林佩仪与张楚艳合作的画面，我转头跟何华说："何经理，这次坍塌演练，必须要柴顺的模板班全体参与。"

何华愣了下，马上就反应过来："姐，额怕他们给吓出毛病了嘞！"

我说，林佩仪才没那么脆弱呢！灾难，能毁灭人，也能重铸人。

何华跟林佩仪说："你上去跟你老公说，蔡姐指定要你们班组参与模板坍塌演练撒，让他先做好时间调整，这是全国安全生产月的示范演练，务必配合嘞！"

林佩仪愣了一下，脸上有些惊讶的样子，但很快就调整过来，向我们点点头，便微拐着脚走进建筑体内。

我还记得当年，林佩仪是因为大龄未嫁，给工友取笑，才与工友发起冲突的，我还记得天下广场出事故后，我去医院看她时，问她考了高级工证后，还会不会结婚，当时她跟我说，自己父亲是做工地的，她也是做工地的，她不会再找个做工地的来给自个儿添堵的，她只想多赚几年钱，尽快回老家过几年安心日子。但她还告诉我，她出事后，除了柴顺，没人去看过她。

看来柴顺在她受伤时悉心照顾，处久了便处出感情了吧，这样也好，我还担心着她真的厌倦了工地，年纪轻轻就回老家过"安心"日子呢！

我说林佩仪怎么会嫁给了柴顺了呢？他看上去年纪不小，不像没结过婚的人。

何华一边送我出项目门口，一边笑着说："蔡姐，您是不晓得，多年前柴顺还没当班组长时，跟他老婆一起在汕尾干模板工的，后来出事故了，他老婆死了，柴顺的嘴巴也给钢筋刺穿了，掉了两颗牙齿，柴顺嘴里的两个金牙就是用他和他老婆的赔偿款做的，柴顺也是靠这些赔偿款带出个模板班的。本来林佩仪是瞧不上柴顺的，毕竟柴顺比她大那么多，个子小，样子又不讨好，可天下广场事故，她也受伤了，腿都瘸撒，加上她的年纪也不小啦，可以给她选择的也不多，那就迁就迁就呗！"

我轻叹一声，都是被工地毒打着的人，自然容易抱团一起，怎么说，柴顺是个班组长，经济条件不差，若能悉心照顾身体略有残疾的林佩仪，也不失为好的结果。

演练如期进行，这天早上，我早早便带着建协的工作人员到昊天城。

何华比我更早回到工地，广告公司已经把演练片区布置得漂漂亮亮的，城管部门已把附近路段乱停放的车辆清走了，项目也在隔天晚上把四周打扫干净，早上把喷淋开了，四散的水雾将空气清洗得格外清新，水珠向阳喷出，一道道小型彩虹跨在昊天城项目的围墙上，像一串七彩的桥林，甚是壮观。

张楚艳带着她的砼工班组，穿着崭新的反光衣，戴着崭新的蓝色的安全帽，从七彩桥林中走出来，他们的脸色黝黑，比一般建筑工人都还要黑，水泥浆很灼皮肤。

这些天我都在项目上跟他们一起排练，一起讨论和搭设演练用的模拟模板，跟他们都熟悉了，他们见到我，都自然地咧开嘴笑，尽管刚被水雾滋润过，但他们的笑容仍是紧巴巴的，像撑不开一样。

跟在砼工班后面的是模板班，他们也穿着崭新的反光衣，安全帽是黄色的，小个子的柴顺走在前面，只要轻轻咧嘴一笑，破损的上唇就掩不住两颗金灿灿的门牙，在七彩的阳光下金光闪闪的。林佩仪跟在柴顺身后，她的笑容有点儿腼腆，在阳光下特别美。何华在我身后忍不住说："柴顺这屌毛捡到宝了撒！额从来没发现，林佩仪这么经看的！"

我回头瞪他一眼："用词文明点！"

何华连忙嬉皮笑脸地道歉，我没理他。

林佩仪的右脚受过伤，走路微拐，被喷淋洒着的路面湿滑，柴顺走两步就回头去牵妻子的手，女人害羞，不动声色地推开伸过来的手，然后腼腆笑笑。才二十来米的路，男人已经回了三次头。

一个女人在婚后变得更漂亮了，只有一个原因，她婚后生活很幸福，她的男人懂她护她爱她。林佩仪应该没后悔当初的选择了吧？

两个班组整齐地集合在我面前，我简单地跟他们重复了演练的关键要点，让他们按平时排练去做就行了。工人们各就各位以后，天泵进场，稳稳地停在预先搭设好的模板坍塌演练区内，一切准备就绪。

尽管在排练时，我们搭设过很多次小型的支撑体系，用水替代混凝土冲塌支模，都取得了成功。但当模拟演练的指令吹响后，天泵徐徐拉起，二百平方米的模板支撑体系，在喷涌而出的 C20 混凝土的冲击下，瞬间轰隆倒塌，尘烟四起，现场观摩人员不约而同地惊呼起来，我听到砼工班和模板班的工人在轰然倒下的模板体系里尖叫，场面瞬间混乱紧张，奔跑的工人和不断的呼救声，让我满身竖起鸡皮疙瘩，冷汗猛飚。

待尘烟稍退，我走到坍塌现场，满目狼藉，预设在支撑体系中的道具人，横七竖八地倒了一地，有的被混凝土埋了，有的被钢筋穿过身体，有的半挂在倾倒的扣件上，有的压在模板下面……我浑身发痒，鸡皮疙瘩起了一阵又一阵。

模板支撑体系所承载的压力一旦超过它的实际承载能力，便会产生大面积的坍塌，就如眼前这片狼藉的预设模板支撑。天泵启动才那么十来秒，冲击面也是一个点而已，但看似稳固的整整二百平方米的巨型支撑，说塌就塌，竟然全塌了。我还存侥幸心理，以为会局部坍塌，事实摆在面前，一切侥幸和雄辩都归零，坍塌甚至一点反应的机会都不给现场观看人员，要是真正发生类似的事故时，在现场作业的工人，根本是来不及反应和逃离的。

历来基坑坍塌和模板支撑体系的坍塌都是群死群伤的事故，伤害面和影响面都非常大，尽管我们都不愿意这样的事故发生，但每年在建筑工地上，类似事故还是时有发生。

湾区之城，拔节而起，比雨后春笋还冒得快，如此巨大宏伟的城市建设，肯定埋葬了无数个张楚艳、林佩仪、柴顺，同时也仍有无数个张楚艳、林佩仪和柴顺在默默成全。

我绕着七零八落的坍塌现场走了一圈，安全员已经跑回去找项目经理汇报危情了，打给110的求救电话也通过音响响起来了。施工员跟班组长柴顺和张楚艳，正有条不紊地指挥着工人，对填埋在模板下面的受伤"工人"进行抢救。他们扒拉开模板上面的混凝土，把模板搬开，又小心翼翼地移开四周的钢筋，然后把倒在下面的"工人"搬出来。

有的"工人"被钢筋穿过了大腿，现场抢救的工人想直接将钢筋从"工人"身上拉出来，柴顺立马阻止，让人送切割机过来。

不过是演练现场，受伤的"工人"不过是个假人，需要这么认真么？我是这样想的，其他的工人也是这样想的，不愿意配合去拿。林佩仪没有吱声，一拐一拐地往钢筋棚走去，张楚艳看到了，急忙追上去。两个女人很快把切割机搬了过来，插上电源，柴顺亲自拿起切割机，严肃认真地去切假人身上的钢筋，他来不及戴手套，每个溅起的火星打在他的手上，他都忍不住龇一下嘴巴，破损的上唇一扯，两颗金闪闪的门牙便露了出来。

林佩仪站在旁边，身体不停地抖动着，细心的张楚艳轻轻地扶着她，脸上的神色也是严肃紧张的，好像这个事故真的发生了，这并不是一个演练现场。

现场四五百个观众都屏住气，看着现场切割机飞快地转动，火星冒起，呜呜的切割声，将其他声音完全覆盖。

我呆在现场，忘记了向场上主持指挥示意，本来这个阶段是附近巡警进场，并疏散现场作业人员离开危险区域的。之前预演了很多次，但都没有设置切割钢筋的情节，柴顺"加戏"有点儿贸然，作为"总导演"的我应该及时制止的，可他"加戏"加得那么理所当然顺理成章，我竟然喊不出一个"停"字。

我恍惚看到三年前天下广场的那次模板坍塌事故，林佩仪也是这样被钢筋穿透了右腿，她无助地看着鲜血在自己的身体一点点地流出，她以为自己会死在阴暗沉重的模板下面的，就在这个时候，那个镶了两颗金牙的丑陋的柴顺，领着其他死里逃生的工人又折返了回来，他找到林佩仪施工的位置，不顾危险不顾劝阻，将压在林佩仪身上的混凝土和模板都清开，然后用切割机将穿在林佩仪身上的钢筋割断，将她救了出来。

林佩仪应该也想起那个让她经常惊醒的事故了吧？当差不多的场景重新再现，她还能站在现场，已经是非常强大和克制。张楚艳为什么一再提醒我，安排柴顺班组来演这场模板坍塌事故呢？排练那么多天以来，我都认为一切都是自然而然的。但当演练的场景如此接近事故本身时，我才恍然大悟。

工地上的工人们不再是随命安排，任由命运把控的，他们不是无意识地进行机械操作的流水工人了。他们开始有自己的想法，有自己的意识，有自己的认知，懂得把握机会，用行动诉说本身的需求。有什么比在全区数百建筑施工管理者面前，演一场真实感十足的演练更震撼更有说服力？

他（她）们工作在高高的建筑物上，即使经历过死亡的劫难，被伤痛折磨着，仍然要继续在一场场建筑施工事故预演中小心翼翼地生存着。譬如张楚艳与砼工班那一张张无法自然微笑的脸，长期受泥浆包裹，脸皮细胞死亡僵化，脸皮便不能自如拉伸，再淳朴单纯的微笑都变得牵强。不管白天班还是黑夜班，他们的皮肤全部黝黑，这是长期被水泥灼烧的后果。又譬如柴顺破损的上唇与缺失的门牙，还有林佩仪微瘸的右腿，这都是在无数次建筑施工事故中留下来的，都是城市建设留给他们不可磨灭的印记。

超出预期，演练圆满成功。当参演工人们有序集中谢幕时，在场所有建筑施工管理人员同时起立，如雷的掌声响起。

我向张楚艳竖了竖拇指，她扯了扯脸上的肌肉，脸上满是水泥浆与尘土。

我莫名地心疼，很想伸手抹去她脸上的僵硬，但又力不从心。希望这场演练，能带给全区的建筑施工管理者一点触动吧！

安全生产事故

重锤之下的毛大雪

尽管那宗机械伤害事故已经过去了一个月，但想起毛大雪，我的右眼便刺痛，泪水直流，医生三番四次警告，必须要确保一个月以上，眼睛不再发炎发病才能做手术，可这段时间眼疾反复发作得像娃娃的脸，想要如期顺利进行手术应是不可能了。我尽量调节，告诉自己，不要再想毛大雪这个人，更不要想与毛大雪有关的事情，但越是自我警告，思绪越是往一个月前的那宗机械伤害事故上走，眼泪伴随着刺痛，爬满脸。这种感觉真不爽，就像与毛大雪关系的这宗机械伤害事故一般，黏乎乎的，让人想起便浑身不舒服。

我与毛大雪认识源于一宗机械伤害事故，在工地行走了十四年，认识的建筑女工中，毛大雪是唯一一个我不愿意认识、不愿意想起、不愿意接近的建筑女工，她像一个麦芒，只要碰触，就能刺痛我的神经，特别是右眼神经。

向大家较为专业地分析这宗机械伤害事故之前，我得先说说我的右眼。

二〇二一年的夏天来得特别早，谷雨一过，渺城就看不到穿长袖的人。早上七点后，阳光便亮得让人张不开眼，连绵的湿雨被雷雨所替代，雷雨也不客气，骤然隆隆地下一阵，又彤云散去，彩虹挂天，阳光蒸腾着雨后的湿气，照样灿烂。

不惑之后，明显感觉身体的各方状况在滑坡，尤其脆弱的是眼睛。去年七月，我的右眼开始习惯性视角膜外膜脱落，只要稍微不小心，眼睛就出现异物感，眼泪止不住地流，根本无法睁开眼睛，别说看手机用电脑了，连躺着闭眼睡，都是痛苦的。

因为眼睛的原因，这一年，我都尽量把组织专家进行安全生产检查的工作交给其他同事做，因此，去工地的时间少了很多，和工地上的姐妹们接触自然也少了。

近年来，在工地上认识的姐妹们，因为各种原因，走的走，伤的伤，病的病，死的死，能继续坚持在渺城五年以上的很少。这也是可以理解的，建筑工人流动性大，都是随着项目走的，项目完成了，建筑工人就散了，工人们必须要找到下一个项目，才能再次集结，但另一个项目可能在东莞，或在惠州，或在中山。

很难再遇见她们了，譬如一直在昊天城项目和保利项目扎钢筋的夏双甜钢筋班，因为昊天城项目和保利项目都基本完成了，这群了不起的女人，生命力极顽强，很快又在惠州接了一个工程量比较大的项目，全部转战惠州。夏双甜这个女钢筋工，给我的印象很深，她是唯一一个会换上漂亮裙子，跟我到西餐厅喝红酒吃牛排的建筑女工，因此，现在只要经过昊天城，我都会想起她。

也有少部分建筑工，坚持留在渺城的，例如承包工地饭堂的佟四嫂，还有塔吊司索工尤三姐，我偶尔还能去昊天城项目找她们聊聊天，吃一下佟四嫂做的红烧蹄子。

眼疾一直困扰着我，让我无法正常工作，只要站在稍微强烈的阳光下，右眼便刺痛。好像什么也来不及做，五一便到了，原本打算带女儿在周边玩一下的，因为疫情的原因，这两年都没带女儿出去玩过，女儿越来越懂事，我对她，总觉亏欠的。

可五一与女儿外出的计划也被眼疾耽搁了，右眼反复地疼痛，去人民医院眼科看了很多次，用了很多药，天天遵照医嘱，准时用药，长期闭眼休息，但是，每次睁开眼睛，异物感一次比一次强烈，痛得我受不了，数次出现实在熬不下去便有了一了百了的念头，幸好女儿青春可爱的笑脸都能在关键时刻出现，替我挡下一波又一波的疼痛。

眼疾从五一一直蔓延到五月中旬，我实在忍受不了，最后转院到眼科医院。眼科医院的医生从我的视角膜上皮内找到了病灶，是一个结石，因为长时间的磨损，我的视角膜外膜已经给这个结石划得白花花的了。结石割下来后，医生对我的眼睛进行全面检查，最后证实，我眼睛的其他位置都还是健康的，结石手术切除后，待炎症全部消除，视角膜外膜不再反复脱落，便可进行二次手术，眼疾应能得到缓解的。

我悬起的心终于可以放下来。我曾一度以为会瞎掉的，很沮丧，眼疾带来的连绵不绝的疼痛，将我折磨得心灰意冷，根本看不到尽头，未来一片黑暗。眼科医院的检查报告和医生的治疗计划让我又重新看到了希望，我恍惚看到自己又能在百花盛放阳光灿烂的院子里，美目流盼，陪伴女儿轻歌曼舞，我们仍然是一对神仙般的母女。

电话是这个时候响起的，同事急哄哄地叫："又出事了，真窝火，你又不在。"

"什么事？"我一下从手术床上扎起来，护士正给我右眼敷眼药，马上按着我说："什么事也得赶紧躺下，你八个小时内不能离开病房的。"

我捂着脑门，只剩下左眼的世界，模模糊糊的。

同事在电话里说，是一宗基础事故，桩机正在施工，移动过程中，吊锤在打击管桩下沉时，管桩突然折断，吊锤失去阻力，飞速下降，压倒站在管桩旁边的辅助记录工，当场将他的躯干压成糨糊，与泥土模糊成一团。

我的脑海里嗡的一声，骤然间，无法呼吸。

护士用纱布将我的右眼包好，按着我不停颤抖的身体，严肃地说："情绪注意控制好，不能激动，不能流泪，未来八小时，一定要卧床休息。"

我深呼吸，努力深呼吸，勉强将内心膨胀着的恐惧与疼痛压制下去，护士确认我情绪稳定后，走出病房。

我勉强将身体撑起来，靠着病床坐着，独眼看世界的感觉真不爽。

从事建筑行业十四年，各种各样的建筑安全生产事故都经历过了，基础事故也不是没有碰到过，譬如基坑坍塌，譬如道路开裂，譬如桩机在装卸过程中倒塌等等，每一宗事故发生的死亡都是惨烈的，但惨烈归惨烈，仍还可以找到尸首，死者仍能相对体面归去。

尽管同事只简单几句，我已经能脑补，在巨大的吊锤飞速击打下，区区肉体会是怎样的血肉模糊。

手机的免提还打开着，同事叹了口气说，事发的桩机操作工，是一名女性，叫毛大雪，死者的亲人现在已经疯了。死者才二十岁，今年三月才过来工地当桩机辅助手，现在吊锤仍在尸体上方压着，没人敢去操作那台桩机，把吊锤移走。警察和法医都过来了，也只能围着一摊血红的泥土转来转去，无从下手。

同事没有过多渲染事故场景，我却浑身鸡皮疙瘩竖起来，二十岁，该是走路都披着阳光、一颦一笑都灿烂和煦的年纪，人生最美好的时段，过去皆为成长，未来全部可期。小伙子肯定是有很多梦想吧？譬如再快乐地跟亲戚桩机操作工学一至两年，然后考个操作证，成为一名合格的桩机操作工。现在桩机操作工，每月工资不低于八千，他还那么年轻，当三五年桩机操作工，回乡下盖栋漂亮的房子，娶一个年纪相当的好姑娘，日子安稳而美好。

他不过是站在管桩旁丈量一下锤落距数据，哪能料到管桩会突然折断？那个用来捶打管桩的吊锤，毫不留情地锤在他年轻壮实的身体上，他或许来不及痛苦，已与泥土融为一体。可他的父母，他的亲人，如何能接受往后没有了他生机勃勃的身影的日子啊？

我的左眼流着泪水，纱布裹着的右眼如有针刺。同事也听到了护士的医嘱，知道我八小时内不能回岗，他简单汇报完，便让我安心休息，至于对事故的调查，现在还是法医和警察还有住建部门的人在跟踪。事故现场在事件没有调查清楚之前，都必须保持着的，所以技术调查，延后几天也没有关系。

结束通话，我用左眼看墙上的时钟，十八点四十五分，事故才过去一个小时。一个小时多点前，小伙子肯定是很快乐地计划着，十五分钟后下班了，与工友到工地旁的临时食街转转，来几罐冰镇的啤酒，炒一碟牛肉河粉，剥两斤美味的小龙虾，然后和工友吹牛到半夜。

这是一个漫长的夜晚，尽管是闭目而卧，都无法入睡，脑海里出现的，全是一个巨大的重锤。

从同事那边反馈回来的信息，我陆陆续续知道，遭遇横祸的小伙子也姓毛，二〇〇〇年七月十五日生。还有两个月，就满二十一岁了。多鲜活的生命啊！比我女儿长不了几岁，他的父母应也与我年龄相仿吧？得晓这消息，他们的心恐怕已被撕成丝丝缕缕，痛得无法呼吸了。

项目部紧急从外面调来经验老到的桩机工，将吊锤移开一点儿，法医勉强将死者的血肉连同泥土一起运回殡仪馆，后续的尸检，恐怕是对法医难度极大的挑战。直至二十二点五十分，吊锤仍黏满鲜血地停留在原地，没人把它升起，警察与职能部门已将涉案的一众人等传唤，进行笔录，相信事故初步调查很快就能出来。但由于现场操作的桩机手的情绪非常不稳定，必须等她冷静下来，才能进行目击者口录，然后结合我们安全生产专家的技术调查报告，才能作出最终的事故定性报告。

同事说，他跟这个开桩机的女人见过面了，可这个女人根本就无法冷静，无论任何人靠近她，问她，她都疯了般尖叫，还不停地自残，见门撞门，见窗碰窗，浑身上下都青紫了。警察没有办法，只能把她送进医院，现在医生给她打了镇静剂，把她绑在病床上。同事说，看来是受的刺激和惊吓太大了，能不能缓过来还不知道呢！

我知道，在同一个工地上从事同一个工种的建筑工人，几乎是来自同一个地方的，难免沾亲带故，看着自己的亲人被自己开着的桩机锤击成肉泥，能不疯么？

实话说，工地上真的很少很少桩机操作工是女性的，比架子工还少，起码我做建筑十四年来第一次遇见。当然，也可能是我极少有与桩机工有接触机会。一般来说，建筑工地报建后的第一个工序就是打桩，从普遍的心理上看，准备要做某件事情，开始时，肯定是比较迫切的。建厂房也好，盖房子也好，修桥补路也好，建设方在立项下来后，便迫不及待想马上施工，所以，大部分都是不等报建审批下来，就急着先做桩基础。没有报建的项目，根本轮不上我们这些安全生产专家去检查的，我们能检查的项目大多已经做好桩基础，也因此，导致我在工作中几乎遇不到桩机工。

这十四年来，我遇到过建筑工地上各种各样的伤亡事故，如基坑坍塌、高处坠落、物体打击、触电、火灾、模板坍塌等等，数不胜数，见尽了无数的人间悲剧，更深晓安居乐业之来之不易。没有不出事故的工地，只有不被知晓的逝去，城市建设的每一砖每一瓦，都黏着建筑工人的血汗，煌煌大厦，是无数建筑工人的默默成全。

我闭着眼睛历数，也只能搜索到三年前，一宗与桩机有关的伤亡事故。但这宗事故严格来说，算不上是桩基础意外，它属于搬运过程中的物体打击。运输桩机的卡车停在工地门口，工人进行搬运，但在拆卸的过程中，因为拆卸两边物件不均匀，导致卡车突然倾斜倒下，刚好在一侧的装卸工人被压在下面，顿时丧命。而真正在桩基础施工过程中发生的人身伤害事故，这是第一宗。

单从同事的陈述与暂时的调查报告看，这次意外发生与天气和管桩质量都脱离不了关系，如果不是前一晚整晚大雨，那么，土地结构就不会发生沉降移形，没有移形，那么管桩就可能不会断裂，当然，如果管桩质量真的很过关，即使土质发生改变，也不会在锤击过程中突然折断的。但是，世界上没有绝对的完美，即使所有管桩都已经通过质量检查，但施工过程中难免有断桩和废桩。

另一个问题，就算遇害的小伙子是新人，对施工前安全生产教育不熟悉，但那名疯掉了的桩机操作手应该知道，在桩机施工进行时，辅助手应与运作中的桩机保持五米以上安全的距离，桩机操作工和项目管理人员，怎么会让辅助机手站在管桩旁呢？还有，现在已经淘汰了柴油锤击桩，听同事说，事发桩机是液压桩机，一般液压桩都是有保护层抱着吊锤的，几乎不可能发生飞锤事故。

现场到底发生了什么？我长叹一口气，没有绝对的天灾，但却有百分百的人祸。没系安全带，没戴安全帽，没按规范作业，逾越方案施工……哪宗建筑安全生产事故的背后，不是罔顾安全、违规操作造成的？

第二天早上，右眼的纱布拆了下来，我缓缓张开右眼，慢慢适应了一会儿室内的光线，异物感几乎没有了，但眼睛仍感觉很疲劳，眼前的世界仍需要借助眼镜才清晰。

医生再给我的眼睛做了一次全面检查，奇怪地问："昨晚熬夜了吗？"

我苦笑，人还在医院里，哪里还敢熬夜啊？但心里事情多，翻来覆去睡不着啊！医生让我回家好好休息半个月，最好不要看电子产品，不要面对强光。他强调，没有什么比自己的身体更重要，作为一个文字工作从业者，眼睛更加宝贵。道理我都懂，可职业的特殊性，却让我无法忽略那个成为肉酱的毛姓小伙和疯掉的肇事桩机操作工毛大雪。毛大雪现在怎样了？情绪还是很不稳定吗？

恐怕即使在镇静剂的作用下，毛大雪的梦里也是殷红一片的。我本想早上检查完眼睛过去接触一下毛大雪的，但同事说，现在只有警察和陪护家属可以见毛大雪，外人一律不得进医院探望，我唯有作罢回家休息。

在家休息了半天，已经有三个电话打进来了，都是做桩机生意的老板，他们迫切想知道事故发生的真相，希望能从事故中吸取教训，尽早做好应对防护，尽量避免类似事故发生。

桩机老板们的迫切我是理解的，像这样的桩机事故闻所未闻，事故一发生，无疑在本区的桩机公司中扔了一个炸弹。我本想放下一切安心休息的，但接二连三的电话让我不得不重新审视这宗事故，重视起来。

朋友是做尸体美容师的，这样特殊的职业，很少人从事，他无奈地干了二十多年。我猜，那堆肉与泥已经分不清的所谓尸体肯定会送到他那里的。我给朋友发了信息，他过了很久才回复，尸体是送到他那里了，但连最坚硬的头骨都锤成粉末了，根本恢复不了。我问连摆成人样也不行了吗？他回复，无力回天。

我关上屏幕，盯着手机看了半天。连身经百战的尸体美容师都没办法，这尸体送火化时，家属见到得有多难过啊？

见到毛大雪时，是事故发生的第三日。天纷纷扬扬地下着细雨，工地上坑坑洼洼地分布着一个个深洞，一支支管桩擎在深洞内，洞内荡着积水，由上望下去，像许多条蝮蛇张开的嘴，吐着灰白的舌。我激灵了一下，为什么会发生这几乎不可能发生的桩机事故？看着这些深深的洞，我几乎能得出答案了。

毛大雪就坐在其中的一个洞口的边上，她是个瘦个子，穿着深蓝色的工作服，身体耷拉下去，缩成了一个小小的句号。死者叫毛旭日，可以预知，在他出生时，他的父母看到这个男孩子时，对未来的生活是充满了希望和喜悦的。毛大雪坐着的这个就是事发的洞口了，洞口的边上还停放着残旧的桩机，桩锤已经移离了事发中心点，因这些天多雨，地上的血迹已被冲刷干净，只剩下一汪泥黄的水，浸着那条断裂的管桩。断桩倒架在坑洞上，底部已经完全碎裂，目测这管高约三点五米，就是说，事发时，七吨以上的吊锤从三点五米的高处直接砸下来，从平常的经验判断，它的下落速度应少于一秒。这瞬间发生的管桩断裂事故，在坑底测量记录落锤冲击距离数据的毛旭日受到作业空间的限制，没有足够时间和空间避让，因而无法避险。

我回头问跟在身后的项目负责人，这些坑都是怎么回事？项目负责人嗫嚅着嘴巴，支支吾吾，给不了一个正式的回答。没到项目来之前，我和几个机械专家模拟了很多次可能发生的场景，譬如地陷，导致管桩失衡；譬如抱柱螺栓突然爆开，吊锤挂钩断裂，发生飞锤。但无论我们再有经验，再在同款型号的桩机下面模拟，都无法分析出这宗桩机施工中的伤害事故关节点。

有从事桩机操作三十多年的老桩机工告诉我，这是他平生第一次听说过这么离奇的桩机事故，管桩突然断裂砸下来砸死砸伤的有发生过，也有桩机受地形土质影响倾斜倒地压到人的，也有柴油锤击时发生飞锤伤人的，但现在柴油锤击桩都已经淘汰了，一般项目只允许用安全性能更佳污染较少的液压桩。从住建部门调取的口供可以看到，事发当时，项目的管理人员都没有在场指挥和监管，毛大雪和毛旭日是在没有任何监管的情况下自由作业的。更让我怎样都料想不到的是，施工现场居然还有那么多挖开的承台坑。就是说，施工单位是一边打桩，一边进行承台土方开挖。

项目负责人解释说，桩是已打好的，但是在抽检验桩时，发现这事发的 10B-664 号桩不合格，设计要求补桩，正是收锤的阶段，打的是最后一锤，没想到，管桩就断裂了，吊锤惯性下来，把毛旭日给砸了。

我大声吼了起来："谁让你们不回填土方就补桩的啊？"

项目负责人低声回了一句："赶进度呢，工地不都这样吗？"

"去你妈的都这样！"

我怒号一声，右眼猛地一抽，泪水冒了出来，根据《施工现场机械设备检查技术规范》JGJ160 第 6.1.5 条："打桩机作业时应与基坑、基槽保持安全距离"的规定。若桩基作业存在边打桩边进行承台土方开挖现象，需按要求先对该桩基承台进行土方回填，确保地基平稳、安全牢固。施工单位就是为了省这一点点所谓的"麻烦"，抱着"都是这样的"的侥幸心理，才导致毛旭日只能在承台坑内作业，作业空间受限，锤击下来时，避无可避。

又是为了赶进度而罔顾安全生产啊！

我一屁股坐在毛大雪身边，毛大雪吓了一跳，头搁在膝盖上，茫然地望着我。我拍拍她的背，挺后悔刚才脱口而出的脏话，我来工地是要调查这宗事故专业技术上的因素，还有就是和毛大雪好好聊一下的，而不是撒泼骂脏。此时面对着毛大雪茫然空洞的眼睛，我实在不知道该如何开口。

五月十六日早上，我回到单位，问起毛大雪的情况，同事告诉我说，毛大雪突然很冷静，她接受完警察的笔录以后就回到工地去了。同事打电话给项目负责人，项目负责人说，毛大雪回来后，就一直坐在事发现场，无论谁劝，都不肯离开。同事挂断电话，叹了口气说，要是他是毛大雪，他会一锤也把自己砸死了算的。

我刚给眼睛滴了药水，还昂头闭着眼，问："为什么呢？"

同事说："你还不知道吗？毛大雪可是毛旭日的亲妈。"

我的右眼突然抽筋了样，眼皮神经不受控制地跳啊跳！我想张开，可那不舒适的异物感让我无法张眼。之前我只知道，桩机操作工和辅助手都是姓毛的，我以为最多是姑侄堂亲，万没想到，他们竟然是母子。

我刚刚还在感同身受着毛旭日父母的身心碎裂，可这一刻，我无法张眼，全身窒息。

毛大雪该怎么活下去啊？

我拍在毛大雪背上的手停下来，她不胖不瘦，皮肤偏黑，换下工作服后，应与大街上的一般妇女没有两样。不，还是有区别的，她的脸上没有愤怒、没有嫉妒、没有厌世、没有戾气也没喜悦没悲伤，像个句号般，蜷缩在承台坑边上，空洞得只剩下一个圈。

来前我准备了很多劝慰的话，计划着打开她的心扉，帮她排解压抑，助她走出悲伤苦痛。但此刻，我真词穷了，纵然我是一个能坐在堂上侃侃而谈的作家，面对着这个普通又不是普通的女子，我一句话也说不出来。

还能说什么呢？除了轻轻地抚摸她的后背，感受她尚余的一点儿温度。

几个机械专家已经把桩机检查清楚，他们把检查出来的问题拿给我看，除了违规在承台坑里作业外，这桩机是台组装机，比较陈旧，很多部位都不灵敏了，譬如绞车制动盘有多处磨损、没有安装电力液压鼓式制动器联锁、电动机残旧等等，但这些问题还不足以让这个事故发生，我相信，作为母亲的毛大雪，在发现管桩断裂时，无论从职业习惯还是血缘驱使，第一反应肯定是拉手刹的，但是十几吨的大锤瞬间的高速砸落，这惯性是手刹也拉不住的，更何况是这么破旧的组装桩机？我还看到了专家们在报告里写到"现场使用直径五百的桩帽套筒内嵌直径三百的过渡性钢套，大锤打小桩"。

我愣了一下，手从毛大雪的背后移回来，手心透出凉意。这是盛夏，广东的盛夏户外温度起码三十八度，可我依然忍不住发抖。

直径五百的吊锤安静地垂直在空旷的工地上，工地上竖着很多根同样尺寸的灰白的桩管，像竖起的手，向天问。这些都是直径三百的管桩啊！事故发生的原因已经很明显了，直径三百的桩只能承重直径三百的吊锤锤击，直径五百的吊锤，足足比直径三百的管桩大了近一半。

为什么管桩会在最后一下收锤时发生粉碎性断裂？先抛开无法调查的锤击距离和事发时的锤击速度，事故主因还是这大锤击小桩，桩管的承重能力在最后一下收锤时达到了峰点，所以断裂。毛旭日正是在收锤时，在狭窄的深坑里上前测量锤击距离，因为吊锤比管桩大出很多，空间又有限，他必须要走进吊锤的直径范围内进行测量，管桩断裂时，他即使第一反应是逃离，但由于坑内逃生空间有限，避无可避，瞬间被砸为肉泥。

我深深地吸了口气。作为一个熟手桩机工，毛大雪不可能不知道大锤锤小桩的操作是多么危险啊！我盯着毛大雪，死死盯着，似乎感受到我眼神里的追问，毛大雪浑身雪崩一样抖动起来。

不用猜疑，明知道危险，但她仍抱着事故的几率很低，不一定会出事的侥幸心理。不就一根接桩补桩么？平常得像我们每天早上起来要刷牙洗脸一样。我一时间不知道该如何问话，似乎无论我用怎样的语言表达，都无法修饰我的冰凉、无情和残忍。身为母亲的我，居然质疑另一个母亲？但我又不能不问。

"大雪。"

"嗯。"

"五百的锤，是不能击三百的桩的，这你知道吗？"

"嗯。"

"补桩时，要先填平承台坑才可以作业的，这你知道吗？"

"嗯。"

"施工过程中，辅助手要和桩锤保持五米以上的安全距离的，这你知道吗？"

"嗯。"

"你操作的桩机是一台组装的旧机，很多功能都不灵敏了，你知道吗？"

"嗯。"

"下了一晚上雨，泥土会软化，地质会发生改变，桩机极有可能移位或倾侧，这种情况下，是不能进行接桩施工的，你知道吗？"

"嗯。"

"事发时，你有及时拉了手刹吗？"

"有。"

语言坚定。

毛大雪忽然抬头，红着眼睛望着我，眼里盈满了泪水。六句追问，她只回答了六个字。一滴泪，从她通红的眼睛里滴了下来。我的心一阵刺痛，忽然没有了问话的欲望，还有什么好问呢？毫无疑问，毛大雪是个成熟的桩机工。她什么都知道，她比我更清楚各种因素驱使下强行施工会产生什么后果？可她仍然铤而走险。这又是为什么呢？

"有鞋穿着，谁又愿意光脚走路？"

"你……起码要他……从坑里爬上来……再下锤的。"

我轻嘘了一口气。

毛大雪又耷拉下脑袋，身体又蜷缩成一个句号，我看着她微颤的身体，那些不愿被人瞧见的眼泪，此刻正渗入她的身体内。

我知道我的责怪无比残忍。这是最后一下锤，相信毛大雪和毛旭日都是抱着这样的心理：只剩下最后一锤了，管桩都好好地竖在坑里面的，怎么可能突然说碎就碎了呢？应该出不了什么大问题的。

再有经验的桩机手也无法判定这最后一锤，是不是这根管桩的最后承重。事故总发生在意料之外。

毛大雪的意识里完全没有对毛旭日站在正在作业管桩旁的危险性进行判断。或许她还想着，收了锤，就下班，跟儿子一起到外面的小摊吃顿好的呢。

"你……有什么要求么？这，不可能是意外。"

我再次抚上毛大雪的后背，无论毛大雪怎样的在责难免，但她都是这宗人间悲剧的最惨痛的受害者，这种悲伤，已不是我这种所谓的作家能用语言来表达的了。

事故性质基本能定调了，在技术上，必然是安全生产事故。

建设方和总承包方代表都非常紧张地站在旁边，听到我说这不是意外时，同时叫唤："蔡工……"

在过来调查这宗事故时，同事旁敲侧击地提醒我，说有指示，尽量定性为意外。今年的指标早超标了。

我知道建设方和总承包的企图，我挥挥手打断他们，已经明摆着的事情，就无须纠缠在无谓的辩解上了。这些年走过来，近似的事故调查做过无数次，我自知不是什么铁面无私刚正不阿之人，但也不见得就能罔顾事实，让受害者雪上加霜。

我现在只想听听毛大雪的诉求，据协调赔偿的同事反映，毛大雪冷静下来后，对事故三方责任主体派过来的代表律师非常冷淡，按本地事故死亡赔偿的惯例，作为唯一直属亲人的毛大雪应该能获得一百四五十万左右的赔偿，总承包方甚至出到一百六十万。

但毛大雪根本就没有理会代表律师，径直骑了电动车回到事发现场，无论谁靠近跟她说话都不予理会，别人拉她，她就疯了般抓咬，谁都拿她没办法。工地上的工人说，她已经在这坑边上蜷缩着身子坐了一天一夜。我知道她现在是一只遍体鳞伤的刺猬，稍微碰触，就可能导致她再次发疯崩溃。她现在也是一头绝望了的母狮，任何一个不留神，都可能把她激怒，冲向极端。

谁也不敢惹毛大雪。

"能跟我，说说你和旭日的故事吗？"

我试探着问，此时的毛大雪更需要一个情绪的宣泄口。她抬头望着我，望了好久，又低头。

我说："我姓蔡，大家都叫我蔡工，我也有个孩子，马上十八岁了。"

她倏地抬头看我，我点点头说："我也是个单亲妈妈。"

毛大雪的鼻子抽动了好久，泪水止不住地涌了出来，她呜呜哭着、叫着、哽咽着，身体不受控制地抖动着，如同一尾搁浅的绝望的母鲸。我紧紧抱着她的身体，过了很久，绝望的母鲸在我的安抚下才渐渐不再痉挛，但我的右眼已痛得无法张开，泪水腌着角膜破损的位置，每转动一下眼睛，都有撕裂感。

她终于开口了。

额是个单亲妈妈，年轻时不懂事，在厂里给个男人骗了，快生时才晓得这男人有老婆有孩子了撒，可肚子里的娃娃已打不得了撒，没有法子，额只能生了撒。娃生出来，额得养，额把额爸妈的面子都丢尽了撒，可额爸妈都不计较，给额在家里带娃。额老家的村里好多人在外面打桩，额就跟村里打桩的人，到处去打桩了撒。

前些年，额都随着工地东奔西跑，跟娃处着的时间少，过年额回家，娃跟额莫亲，额心里难受，可亦没有办法，谁叫额没有本事呢？额要有本事，额就不会在工地上打桩，就不会让娃跟额疏远了撒！娃在家里跟阿婆阿公过，没有爸妈管，成绩不好，不能考上高中，额这些年也攒了点钱，就花钱让他去读了个技校。

可现在就算读了技校，出来找工作也不容易，额娃在社会上混荡了两年哩，没有固定的工作，越来越意志消沉滴，天天在家里玩手机游戏，没日没夜地玩，眼睛都几百度近视了撒！额爸妈瞧着眼里，心里那个焦虑哩，他们给电话额，说娃这样，往后咋找媳妇撒？说着说着，就哭了撒。额心里也焦，你说哪个当妈的愿意看着自己娃继续这样消沉的撒？

所以，额就跟额桩队的老板商量，让额承包一台桩机子撒，好的歹的都过一台给额，额得把娃带在身边哩，额亲自教他打桩，待过几年，他学上手了，额就把桩机子给他，让他好歹也有份挣饭吃的依靠撒！

额桩队的老板手里刚好有台组装的老桩机子想出手，这桩机子不好，很多部件不灵敏了撒，额也知道它用不长久的，可它便宜撒。额手里的钱也就这么多了撒，勉强够把桩机子盘下来。

把桩机子盘下来后，额手里一分钱也没有了撒，可额心里却是别提的满足撒，开了二十年桩机子，现在好歹也有台属于额的桩机子了撒！不管好歹的，额可不管它组装不组装了哩，只要它还能把管子锤进地里就成了撒。额敲了二十年的桩机子，晓得哪样操作废油，哪样操作省油，只要计算认真一点，下锤抓准确一点，少废点桩，额每个工地都肯定准赚不亏滴，用不了三五年，额就能回本了撒。

桩机子盘下来后，额的运气就来了撒。老板告诉额，这里有个大项目要开桩，价格可好得很哩，不过，项目工期好赶的，业主跟老板谈时，根本就没有讨价还价，只一个劲地追问工期，要求额们赶在台风雷雨季节来前完成所有的种桩。

额老板问额，要不要接这工程？额就说，接啊！额盼了二十年，就盼这一天了撒！业主给额的工期太短？没关系了撒，额能熬苦，再累再苦，额也能熬的撒！反正现在工地都是先通临电的，大白灯把晚上照得跟白天一样亮敞，工地附近又没住人，黑夜打桩也莫得投诉，额平常睡八个小时，赶桩的这段时间，额最多睡四个小时撒，总之冇得妨碍打桩的，保证能准时把这工地的桩管给敲进地里去。

额老板跟额说，你要定了哩，额就跟业主签合同了撒，要不按合同时间完成，额就得每天赔好几万元撒！

额跟老板说，不要紧，额一个人搞不完，就把额家里人都叫来帮忙撒，额把额娃、额外甥都叫来撒，额肯定不让你赔钱撒！额老板说，额不是不信你，可丑话说前面哩，要是延误了工期，罚款都算你头上的撒！

额说行的，这个理儿，额是认的，做人做事得讲信用是么？额答应了的事，不能按时完工，就是额的问题，额哪能不认账呢？你说是么撒？活儿接下来了撒，额赶紧找师傅拾掇拾掇桩机子，还没有拾掇完成，这里的工地就催着进场了撒。

是的撒，蔡工，额还没能拾掇完桩机子，就被催着搬进场了撒！

但这不怪工地撒，是额怕丢了这工程，工地一催，额就啥也没想，直接把桩机子装进场了撒。

额才盘下机子，就揽到活儿了，心里甭提多高兴撒，额给娃打电话，跟他说这工地的桩管全打下来，额们能赚大几万呢！额娃也高兴，在电话里叫喊额阿妈，说他和表哥一起过来帮额撒。额那个激动啊！额娃在社会上吃了苦，也晓得额的不容易，他终于愿意和额亲了撒。额熬了二十一年，盼了二十一年，额不敢找人不敢结婚再生娃，额就等着娃长大，额就熬出头了撒。现在娃肯来帮额，额们有了自己的桩机子了撒，额的苦日子终于熬出了甜味儿，盼出奔头了撒。额挂了电话后，止不住地哭，可额心里却高兴坏了撒。

娃是真心诚意想跟额学打桩的，额给电话他后，当晚他就拉了行李箱，和他表哥一起过来了撒。额求项目部给额们专门一个板房，额住里头，娃住外头，每天打完桩都是深夜了撒，额们在板房里随便弄点吃的，然后躺床上，一觉能睡到鸡打鸣。

额是在工地上做了二十年的人撒，额对工地上的事情最了解不过了撒，额见过工地上好多工种死人撒，刘六子是从架子上掉下来的；陈十是搞电时没戴手套，给电死的；王二一在坑里扎钢筋，被突然坍塌下来的泥土给埋住了撒！……额看着，工地上哪都出过事故，除了额们桩机班组，没有哪个班组能齐齐全全的，只有额们桩机班是齐齐全全的！……

毛大雪说话的声音越来越小，到了后面，几乎是哽咽着，只剩下抽噎。我闭着眼睛，泪水已经把我胸前的衣服湿透了，我太了解毛大雪的心理了，作为一个母亲，她自然是舍不得让孩子从事较为危险的工作的，桩机工在工地相对安全，极少出现死亡事故，毛大雪让毛旭日跟她学打桩，是出于保护的本能，可谁曾想到呢？

我紧紧搂着她，却真不知道该怎样安抚她，除了陪她流泪。天空逐渐暗了下来，广东的五六月，存在着许多不可估计的变数，这边还艳阳高照，那边就可能雷声隆隆了。尽管只有一只眼睛可视，但我也感受到了越来越沉重的气压。

要下雨了，我抹干脸上的泪水，拍拍毛大雪，告诉她要下雨了，让她先回项目部。毛大雪缓缓地抬起头，一双血红的眼睛狠狠地瞪着我，我吓了一跳，心里发寒，不由自主地往后退了一步，但还是来不及了，毛大雪突然跳起来，双手扯着我的衣领子，用力地摇着我叫："二十年了撒，额这个班组都没有死过人的哩，额娃他招谁惹谁了撒？他才来工地两个月撒！他还有两个月才满二十一岁撒！为么偏偏是额娃撒！你不知道，额娃多懂事多能吃苦，天天跟额后面，不怕晒不怕淋，一心一意地学本领的。额娃招谁惹谁了撒？额就这么个娃，老天爷它为么事偏偏就看上额娃呢？额娃才二十岁啊！你说是不是？是不是？是不是？"

她像疯了样，把我摇得头晕脑胀的，右眼更痛得撕裂，我努力把着她的手，让她冷静。在附近的专家和项目负责人见状，马上跑过来将我们分开，我被专家们抢了出来，稍缓一口气，便看到几个项目负责人将毛大雪控制了。几个高大的男人像对待犯人一般，用膝盖顶着她的背部，往地上压，毛大雪本来就不高大壮实的身体又像个句号般被镶在地上。我大叫不要这样对她。

身边的专家轻声说："她这些天都这样发疯的，出事那天听说还抓伤咬伤了好几个人，疯狗一样。"

我回头看一眼说话的专家，严肃地说："任谁一个妈妈，遇到这样的事情都会疯的。"

专家们都不吭声了，但是抓着我的手仍然不肯放开。来之前，他们都就这个事故做过各方的问询调查，对毛大雪这段时间的情绪表现有一定的了解。我是专家组的领队，我理解他们阻拦我是出于对我的保护，但是，我也是一个女人，一个母亲，从女人的角度，我见不得一个女人被几个高大的男人压制着；作为一个母亲，我更见不得一个母亲被这样按在地上。

我甩开几个专家，走上前让几个项目负责人放开毛大雪，几个项目负责人面面相觑，我再叫了一句放开，上前去扳他们的手，那个项目经理急起来："蔡工，您要在额们工地给弄伤了撒，额们可负责不起的哩！"

我的犟脾气也来了："把毛大雪弄伤了，你们就负责得起了么？"

"蔡工，额们可是保护您撒！"

"放开！"

我又一声断喝，项目部的管理人员们无奈地放开了毛大雪。我慢慢蹲下来，毛大雪的脸贴地面，一动不动地蜷曲着，如一只蜗牛。我慢慢地，缓缓地捧起她的脸，给她擦拭脸上的泥土。

我的鼻子酸酸的，毛大雪啊毛大雪，在这个事故里，她真是个悲惨可怜极致的人，但无可否认，她也是这宗事故的纵容者之一。作为一个专家，我不能忽略她在整个事件中所该承担的责任。也正因为毛大雪本身意识到了自己的责任，才会在这些天不停地反复疯癫，无法接受这个事实的吧！我猜。

轰隆一声，南国初夏的雷雨说来便来，雨点随着雷声炸开，我用力去拽毛大雪，可她双手紧紧趴在地上不肯起来，我推她，她也死死地蜷曲着，随推力歪倒一边，任由雨水打在她的身上脸上。她就这么蜷曲着，如同盘在子宫里的胚胎，我分不清她脸上的是雨水还是泪水，一张灰白的脸，似哭似笑地望着我，眼里一点光亮也没有，表情异常诡异。

我心里莫名地冒寒意，几个专家过来劝我，先回项目部避雨吧，另外几个项目管理人员也上前去扶毛大雪，雨越来越大，这样耗着也不是办法。

我看着几个男人合力把毛大雪抬起来，稍微松了口气，抹一把脸上的雨水，转身和几名专家回去。还没走几步，便听到几个项目管理人员的惊呼，巨大的雷声在附近炸起，大地动了动。

我回头，看到毛大雪整个人都趴在那个还横着断桩的深坑里，四周的雨水正快速地往深坑灌流而来，毛大雪的身体一动不动地趴在黄泥浆水里，雨水很快就能将她掩盖的。这瞬间，我明白了她刚才那个没有任何光亮的眼神和诡异的表情，她没了生的欲望，她想死，她想和她儿子死一起。

我浑身发抖，立刻往回跑，几个项目管理人员站在深坑的边缘，大声地叫毛大雪上来，可毛大雪愣是死了般静止着，我直接往下一跳，抱起她的身体，把她的脸朝上扳，毛大雪死死拧着脖子，跟我较着劲，雨大泥水滑，一时半会我拿她没办法，我"哇"的一声哭了出来。

几个项目管理人员也跟着跳了下来，大家再次合力把毛大雪举上坑，几个专家在坑顶拉，可毛大雪根本就不配合，拼命地挣扎着，几次差点又掉回坑里去了。眼看着坑里的泥水越来越深，坑里数我的身材最矮，几个项目管理人员都要放弃毛大雪，商量着要先把我托上去。

我急起来，大声问毛大雪："我知道你想和毛旭日一起死，可你凭什么死？你死了还有一具完整的尸体，可旭日呢？你死了，谁给他把身体归完整呢？谁啊？"

最后一声质问，让毛大雪身体一震，所有的挣扎都静止了，几个项目管理人员趁机将她托了上去，专家们和其他赶过来帮忙的人员，合力把她拉了上去，然后抬回工人宿舍。

我也被拖上了土坑，上面的人找来了绳索，将坑里的人一个个往上拉。所有人都安全上坑了，我站在坑边，耳朵里已经听不到任何的雷声和雨水，全是黏糊糊的泥浆。

我指着这个又深又窄的坑问他们，管桩倒下来时，毛旭日该往哪里逃？

几个项目管理人员如默哀一般，站在深坑边上。

回到项目部，有好心的女工给我送来热水和毛巾，我一边将背包里的物品和污水倒出来，一边问毛大雪的情况，一个女工回答说，送回宿舍了。我说看紧她。女工说好几个人守着她宿舍门口的，她这回很配合，任由其他女工给她擦身体换衣服。

我回头看了一眼这个回答我的女工，她的身上也是湿漉漉的，想必是刚才为了给我端热水没能打伞，我把热毛巾拧干递给她，她羞涩而惶恐地摆手说："使不得哩使不得，领导，额们做工地的，这点雨，不算啥！"

是的，在工地上的工人，哪个不是面朝钢筋背朝混凝土的？哪个不是经常遭受日晒雨淋的？身上的衣服，只要上了工地，就整天汗透着的，这点儿雨淋，对于眼前这个脸蛋被晒得黑红的女工来说，真算不了什么。

我默默地将伸出去的毛巾收回来，女工跟着关心说："领导，你赶紧擦干净，你好白撒，肯定没晒过太阳淋过雨的，这么娇贵，好容易得感冒的！"

我擦干净身上的污水，女工又很麻利地给我换了一盆热水，让我把鞋子脱了，鞋子里面全是泥浆，黏糊糊的，的确难受。我拧起已经看不到原来颜色的球鞋，纠结着还把脚穿回去吗？女工很贴心，又给我送来一双拖鞋，还强调说，这是她自己的，刚才特地用热水烫过，她笑着说："额晓得你们广东人讲究，吃啥用啥都要烫一下哩。"

我表示感谢后，把脚伸进拖鞋里，一股暖气从鞋胶里透了出来，我的心情稍稍平复了点。

几个专家和项目管理人员也稍微擦拭了一下，陆续回到项目部，我跟几个专家商量了一下，还是想更详细地了解事发当天的过程，几个管理人员抢着上前来配合，我让他们都到项目经理办公室坐一会，我只想单独跟眼前这个女工聊一聊。女工马上拘谨起来，吓得连连摆手说："领导，要不得撒，额没在现场，额啥也不知道撒！"

我安慰她，我并不是要知道事发的实时现场，我只是想知道毛大雪母子平常的生活。项目管理人员听到后马上舒了一口气，和专家们都走了出去。但女工仍非常惶恐，怯怯地看着我，不停地重复说："额真什么都不知道撒！额是看你衣服湿了，送点热水过来的！"

我理解她的惶恐，换我是她，我也会惶恐。从她黑红的圆脸、干净的眼睛和端来热水这一举动，我断定了她很善良，很淳朴。我递给她一瓶矿泉水说："大姐，我们只是聊聊天。"

"额不晓得聊天的！"

"您跟毛大雪熟么？"

"额们是一个村子滴！"

"我就晓得嘞，都是姐们撒！"我学着她们讲话，尽量让她感受到亲近，她果然松懈了一点。

"额比大雪长几岁，她小时候老追额屁股后面叫额中秋姐撒。"

"中秋姐，您也是桩机工么？"

"莫得莫得，额莫得哩个本事，搞不动这么大的机子，额男人是的，额在这里给他们煮饭干杂活的。"

"您男人是领班吧？"

工地上，多是班组长的女人给工人煮饭的。这个叫中秋的女工一屁股坐在凳子上，我断定，她肯定就是卖桩机给毛大雪的桩机老板的老婆了。

"额、额男人，额男人，也不晓得，那桩管子会突然倒下来的，额、额们也是瞧着小旭日长大的撒，额们本想帮帮大雪的，哪晓得……"

中秋抽噎起来，我把纸巾递给她，说："你男人呢？我知道你们也是好心，但你家男人做了那么久的桩机，不可能不知道这台桩机的隐患那么多吧？它是达不到施工的标准的。"

"领导哩！哪有那么多标准撒！种根桩管子而已，额们种了几十年撒，从柴油锤击桩到液压桩，额们都是用这样的机子这样的操作，都没有出过事撒！领导，这工地空空落落的，就一片荒草，就这么种根桩子进去地里面能出个啥事撒！额们真不晓得，小旭日命那么短的！那么倒霉撒！多好多俊的娃儿撒！"

我无力地靠着办公台坐着，浑身上下都是无力的感觉。一条鲜活的生命没了，淳朴如这个叫毛中秋的女工，在她和她们的意识里，都认为，这不是违规使用过期的重组的装桩机施工的问题，这不是大锤击小桩的问题，这不是在有限空间里（非平地）违规操作的问题，这更不是项目管理存在的问题，都不是的，归根到底，都是毛旭日的命短，注定的，他倒霉他活该！

十四年来与工地打交道，我太清楚，很多看似规则合理的道理，根本用不到工地这个领域里。

我叹了口气，翻开之前警察和职能部门的笔录，大概便了解了事故经过的前后。眼前这个女工叫毛中秋，是毛大雪的堂姐姐，二十多年前，毛中秋嫁了个打桩的男人，随这个男人辗转在各个工地上，吃了不少苦，后来夫妻俩攒了一点钱，有了第一台自己的桩机，然后就是第二台、第三台……毛大雪生完毛旭日后，为了让儿子过上好日子，便跟着堂姐和堂姐夫打桩。事发的当天，毛旭日是和表哥尚新城一起跟着毛大雪学桩机操作的。

事情起因是项目设计过来工地验桩，发现事发基础承台坑内的10B-664号桩管不合格，要求项目补桩。考虑到补桩的操作复杂，考验操作手的经验，毛大雪不放心让两个经验不足的小伙子操作，便让他们负责测量和记录锤落距数据。毛旭日负责测量，尚新城负责记录。因为基础承台坑已经挖开，工地没有补桩回填承台坑。毛旭日要测量锤落距数据，必须要跳到坑下，坑的面积太小，桩锤直径比桩管要大很多，所以，测量时，毛旭日的身体都是在桩锤下面的，桩管突然断裂倒下时，毛旭日便避无可避。

毛大雪发现桩管往下倒时，第一反应是立刻拉手刹，但是因为这台桩机的组合绞车制动只设置了锁钩制动，绞车制动盘又已经有多处磨损，挂钩联锁很不牢固，而且，桩机没有安装电力液压鼓式制动器，二次安全保护装置完全缺失的，在这样的情况下，毛大雪再有经验，也阻止不了大锤的惯性锤落。毛旭日发现桩管倒下时，第一反应也是往外跑的，奈何身处深坑里、大锤底下，之前又下过大雨，坑里湿滑，避无可避，就这样葬身锤下。

毛大雪听到尚新城的哭声，跑下操作室，看到坑底下的一摊血和毛旭日还抠着泥土想往上爬的双手，顿时疯了。

外人是无法体会得到毛大雪的疼痛和悲伤的，现实残忍地将毛大雪撕裂、掼于地上、狠狠碾压。

我失神地望着案宗，却一个字也看不进眼，右眼流着眼泪，却丝毫感受不到疼痛。我晓得，这世界上，有无数的父母都在不得不接受白发人送黑发人的命运，这样的悲痛，终将被活下去所替代，被新生命所替代。可毛大雪不一样，她是一个以儿子为天的母亲，二十年来，生活的核心只有毛旭日，她为了他，拒绝了爱情和婚姻，辗转在各个荒芜的工地上，忍受了二十年的孤寂和煎熬。她或许也最终能接受儿子的猝然离去，但她这辈子，终不能接受儿子葬身于自己操作的重锤之下的事实，血淋淋的事实终将像恶魔般在今后的岁月里纠缠着她，撕扯着她，切碎着她，让她痛不欲生，永不原谅自己。

我浑身冰冷，鸡皮疙瘩布满身体，浑身的酸麻感，让我不自觉地站起来，看向工地员工临时宿舍。

毛中秋赶紧又递上一条热毛巾，说："领导，您刚才受凉了哩，瞧这冷汗！"

我惊醒过来，伸手往脖子上一抹，湿漉漉的，是冰冷的汗水。我颤抖一下，往员工宿舍的方向走去，就在这恍然的瞬间，我竟然质疑自己，刚才不顾一切地将毛大雪从水坑里拉上来是错了。我只顾及着救人，却没顾及毛大雪的活比死更难更苦。

我慢慢走出项目部，外面的雨稍小了一点，广东的雨季就这样，骤然的暴雨来得快也去得快，下雨的时间虽然不长，但雨量足以将整个工地灌得满满当当。

我从门角抄起一把破旧的雨伞，毛中秋怯怯地跟上来，小声说："领导，外面都给雨水堵了哩，您走不过去撒！"

我低头看看她的鞋子，她穿了一双蓝色的水鞋，上面沾满了黄色的泥浆，刚才就是这双鞋这两条穿鞋的腿蹚过雨水和泥泞给我端热水的，这些长年驻扎在工地上的女工们，日晒雨淋是常态，身体机能上的劳苦和精神上的孤苦对于她们来说也是常态，甚至伤害，甚至死亡，都是常态。她们行走在工地上，劳作于每一个角落，平凡细小如蚂蚁，却能在不声不吭间将万丈高楼拔地而起，将一片荒芜种上万家灯火，种得霓虹璀璨。

我还是坚持冒雨走到员工宿舍。工地还处于做基础的阶段，员工宿舍是临时的，地面还没有做硬化，雨水浸泡之下，宿舍处处都是泥浆水，我一脚踏进毛大雪的住处，泥浆马上没过我的脚面。临时简易棚不至于漏水，但是，没有硬化的地面一经浸泡便会软化，雨水夹裹着泥泞冲进宿舍，宿舍的地面也是一汪的水。泥黄色的水面上，漂着一双崭新的白色的 AJ 球鞋，我盯着这鞋子看了好一会。

单位去年给我配了个司机，是个小伙子，一米八六的个子，壮实帅气，二十三岁，年轻得浑身都是阳光的味道。小伙子来上班的第一天，我让他开车送我去工地，去到工地，我站在钢筋堆放场里回头叫他过来时，才发现小伙子脚上穿了一双白色的 AJ 球鞋，他小心翼翼地迈着步子，生怕工地的废钉或钢筋把鞋子给扎破了。我当时还挺不满意的，走工地，还怕废鞋子啊？我都不知道给扎坏多少双鞋子了。后来，我才从同事那里得知，小伙子这双 AJ 球鞋要两千多块，这可能是他攒了几个月的零花钱买的。

年轻人对品牌的追求，对运动的热爱，正是生机的展现，也是蓬勃的生命和张扬的活力最真实的诠释。

"旭日过来工地的那一天，额带他去城里买的，老贵撒，两千三百七十二块，额这辈子不舍得给自己买超过三百块的衣服，可额娃喜欢，再贵，额也给他买的。"

毛大雪靠着被子躺在床上，身上的脏衣服已经给换下来了，身上的脏污也擦拭干净了。两个女工本坐在床边的，看到我进来，都拘谨地站了起来。我蹚水过去，在另一张空床上拿起一只袋子，把鞋子从水里捞起来装进去。

毛大雪挣了挣身子，喊了一声"领导"，声音哽咽。

我让两个女工和跟来的毛中秋都走出去，关上房门。

毛大雪静静地看着我，我在那张空床上翻找，毛大雪突然说："不用找了撒，领导，他们把娃的东西都藏起来撒！"

我停下来，毛大雪其实是个灵活的女人，我什么也没说，她都能猜到我想干什么。我直起身体看着她，毛中秋他们都是好心，害怕毛大雪睹物思人。但是，与生俱来的血肉相连，母与子的天生亲密，物件照片收拾得再干净，也阻止不了母亲对儿子撕心裂肺的思念与愧疚。

我面对毛大雪坐下来，此时我才认真看清她的脸，五官还挺端正的，爱美的她还文了眉，是那种廉价的文眉，散漫的蓝灰色，在眉梢处扩散，让她的整张脸都漫漫烟烟的。

这二十年来她肯定也谈过恋爱，有过心爱的男人吧？她应该也幻想过梦想过天真烂漫过吧？我忍不住伸手去抚那散漫的眉毛。

建筑的第一步便是种管桩，做桩基础。这长长短短的规整的管桩，在一声声"咚咚"的锤击下，被击进无法预测的大地深处。在种下管桩之前，城市还没有概念，规划用地的红线内外都是一片荒芜，是这些管桩，如同硬给文上的眉毛般，散漫地扩张开来，支撑起一栋栋建筑，连接起一座座城市，成就起一片湾区。

专业上称这一步为建筑基础。

我跟大雪说，"你知道我想干什么了吧？"

毛大雪从容地低头，解开衣服，从内衣的罩子里掏出一张大一寸的彩色照片递给我。我接过这带着体温的照片，这是一个跟她非常相似的小伙子，阳光，帅气，生机勃勃，眼睛闪着星光。

他多高？多重？

一米八三左右高，一百五十多斤吧。

我默默地把照片拍在手机上，又把相关信息记录下来，一起给做尸体美容师的朋友发了过去。

我说："要是复制的完整度较高，得花很多钱。"

毛大雪轻轻地说："他们赔了一百六十万，够么？"

我站起来冲出房间，右眼已痛得无法张开，只能用左眼张望天地。

雨已经停了，太阳又灿烂无比地挂在天空，若不低头看地面，谁看得出，只在十分钟之前，这里还是大雨滂沱？

十五天后，这宗桩机事故调查报告正式出文，事故定性为：安全生产事故。

生命的尊严面前，没有什么意外。

我将调查报告合上，封存。

明天上午十点，毛旭日的"尸体"就要火化了。尸体美容师朋友发信息给我说，毛大雪对用仿真硅胶复制的"毛旭日"非常满意，她还买了一个很漂亮的女硅胶人偶，说要跟"毛旭日"一起火化，让他们在下面，成双成对的。

我的右眼又开始抽着疼痛了。

我放下手机，案宗里登记毛大雪与我都是同龄人，我出生在阳春三月的广东，而她，却出生在一九七九年十二月八日，四十二年前的这天，节气上是大雪，而她出生的地方，正下着纷飞的雪。

我想，我的右眼，真的要彻底地做一下手术了。

管井与王晓霜

我还记得两年前那天的雨很大，我和专家们被逼停留在项目部。造价达二点六亿的管廊项目，在渺城算是很少见的，项目部布置得像模像样，五脏俱全，比起一般的市政项目的项目部很豪华了，且管理人员基本到位。

雨哗啦啦地下，一时半会不会休止，我们不想将时间浪费，负责审查资料的专家已经向项目资料员要了工人进场的相关安全教育资料和事发管井的进度表和设计图纸。

176

我负责复核事故调查报告的，此时，项目经理、技术员、安全员都围着我，等待我的笔录。可我最需要见的第一目击者却迟迟未见人。我一再追问项目经理，事发时，除死者外现场还有一个工人的，现在哪里去了？

项目经理很为难，说那小子已经给警察和职能部门的人查问过了，警察做完笔录后，他就不见人了撒。

我说案子未结案，你们敢让他跑人？

项目经理说："蔡工，现在项目已经停工调查了嘞，项目上没得事情干，工人出去耍耍，额们也不能拴着人家不让走撒？"

我说"得得，别岔开，别的工人走可以，他是第一目击证人，哪能走"？

项目经理说："也不能不让他出去耍撒！现在项目全都停工了撒，没得事儿干，况且，警察都认为他没得问题，我们拦了他，就是禁锢他人人身自由了嘞。"

我去，这一个小小的工人，竟然还晓得人身自由权呢！我看这工人很不简单嘛！我话音一落，几个项目的管理人员立刻回应，对对对，这小子可不简单嘞！

我看看门外的雨。盛夏，广东的雨下得挺恼人的，雷声伴着雨，哗哗隆隆的，没有停止过。我让几个管理人员坐下来，都一个个慢慢地给我说。

项目经理说："其实撒！这个项目是额自己跟的嘞，从中标到施工到出事前，额几乎天天都在项目上的，项目上的管理和施工，额们都是按十足去做的。"

我翻翻眼："别把我们当傻子，管廊开挖的方案，有在我们那里做过论证的，我把方案调出来看过，设计方案显示，四号管井的深度是五点六米，但警方调查的结果显示，死者是在七点八米深的管井内溺亡的。"

"蔡工，这不得怪额们，这四号管井，六月十八日当天下午六点多才完成管廊施工，还没来得及铺截面板，铺了截面板，就是五点六米了。"

我翻翻设计图，的确，图纸上是有标截面板的，问题是，这深埋底下的管井有几个下面铺了截面板的？都是深埋地下的东西，极不容易检测出来，即使明知这些施工单位很少会按设计图纸，在地下六七米深的管井里铺上截面板，但一般检查验收都很少深究，毕竟从面上看，意义不大。

譬如本次发生的事故，死者掉下七点八米深的管井内是溺亡，那么，掉到五点六米深的管井截面板上，也可能是溺亡或坠亡。警方出具的调查报告明确写着，死者的头是插进水里的，七窍有淤泥，双手有伤痕，应是在下坠的过程中企图抓挠过管井边上的上下梯。就是说，死者是一头栽进管井里面的，头部先着地，无论下面是七点八米深的水面还是五点六米处的截面板，都必死无疑。

警方记录接到报警电话是在六月十八日零时三十二分，出警时间是零时三十五分，片区辅警于零时四十分就到达事故现场，当时辅警向井下呼唤，已没有任何回应，而消防和救护车是零时四十七分就到达了，到达后立刻进行救援。就是说警方一接到报警电话后就立马行动，在十五分钟左右，已经集合一切救援力量到达现场。可死者给打捞上来后，无论医务人员做任何的抢救，都已是无力回天。

可以断定，事故发生在六月十八日零时三十分左右，这个时间段为非正式上班时间，死者为什么会莫名其妙地出现在四号管井的施工现场？项目管理人员众口一词说，绝对没有任何人在六月十七日十八点三十分到零时三十分这个时间段给过死者电话，要求他到现场查看。我相信项目经理他们说的是真话，现在科技那么发达，要查电话或微信再轻易不过了，傻子才会撒谎。

没人指示，为什么他要摸黑去看四号管井呢？按道理，就算四号管井未完全完工，但它位置处在本区域的中心道路上，工人在下班时，肯定会做好必要的围蔽和警示的，这个管廊项目，算是比较大的，建设方对施工安全管理的要求肯定不会很随意的。

没有人会三更半夜莫名其妙地去一个正在施工的管井看风景的，死者的动机是什么？我问项目经理，死者在事发前，有什么异常的举动没有？

项目经理说："也没啥异常的，额刚好在项目部，甄利回来时，还洗了个澡才过来饭堂吃饭，额见今天四号管井完成布管施工，还专门叫阿姨加了三个菜，等甄利洗完澡才一起吃，他吃了两碗饭，好多红烧肉哩。甄利就是额们这个管廊项目的班组长，他跟额们××市政做了很多项目了撒，挺踏实本分的一个人，平常和大家的关系相处得也不错，乡下很多弟兄长年跟着他做事，都没咋听说他跟人红脸的。"

还是个班组长，小包工头呢，爱吃红烧肉。我拿起赔偿协议书的复印件，项目经理马上说："蔡工，前天额们连夜里，就包车去请家属过来谈好了赔偿的事儿，额们一共赔了一百九十八万撒！"

我看了看，死者甄利，顶管组的组长，三十三岁，正壮年，听项目经理这样介绍，死者的人缘应该不错，又是个跟开顶管项目的，他若活着，应很快就能赚到他生命价值的等同额。

我叹了口气，在总包单位的眼里，这一百九十八万当然是赔冤了的，一个成年人，也算是个项目管理人员，入场施工前的三级教育安全交底一样都没落下的人，却在非正式上班时间，莫名其妙地去看什么管井啊？我能听出项目经理强调这一百九十八万赔偿款时的心有不甘，要不是为了项目能顺利继续施工，要不是害怕家属闹事，要不是建设方和相关部门施压，谁愿意吞这冤枉气？

　　一个爱吃红烧肉的人，肯定是热爱生命的，到底是什么，让甄利半夜也要去看管井呢？有人跟我强调，说吃过晚饭后，甄利还跟他未婚妻视频聊了很久，后来还跟她吵起来。吵架的内容，项目上的人说不清，他们总强调说这未婚妻怀孕了，什么也不干，天天在老家打麻将，几乎是一周向甄利要五千块。现在项目正在施工阶段，甄利垫支了不少，压力也很大，禁不住未婚妻隔三岔五地要钱，所以争吵了起来，未婚妻说拿不到钱就分手。甄利很紧张这个未婚妻，他是个大龄青年，好不容易才谈上个媳妇，给他怀了个娃，都跟亲朋好友发了喜糖，九月就回去成亲了，所以他不愿意分手。那人跟我再次强调，所以，吵架后，当晚甄利都是精神状态不集中的，有点恍惚。

　　可这也不可能成为甄利自杀的理由。我知道这个时候给强调精神状态，总包方是有意往自杀方面引的。我再翻开警察的笔录，上面也没有任何关于甄利精神状态有问题的证据。不可能自杀，马上要结婚当爹的人，就算媳妇闹点钱，也不至于以死对抗吧？

　　见我盯着调解协议书不吭声，几个管理人员又七嘴八舌地说起来，说的无非是甄利的未婚妻非常不地道，好吃懒做的，除了打麻将要钱外，还老是搞是非，大家都挺不喜欢她的，甄利本来好好的一个小伙子，对人和蔼，为人义气，整天笑呵呵的，跟这个女人交往后，像换了个人样，整天垂头丧气，愁眉苦脸的，本来个子就不高，垮下肩后，人更矮了。

　　我轻咳几声，制止这些人越来越放肆地中伤一个在千里之外的孕妇，感情是很私人的，好与坏，甄利与他未婚妻才清楚，旁人的旁观，大多数带着个人的感观去判断，极不可信。作为女人，我清楚，若不是有感情，女人怎会愿意为一个男人生孩子？

　　至于这个未婚妻老是找甄利要钱，也很好理解。听大家的口述，未婚妻本来也是跟着甄利的项目工作的，是个材料管理员，后来怀孕了，孕吐很厉害，甄利一个大男人不晓得照顾，他心疼未婚妻，便送她回乡下待产，待这个项目二期完工后，收部分工程款就回去完婚。试想一个女人怀着孩子孤身到了夫家，人生地不熟，没什么事情干，打打麻将排解一下，也是可以理解的。都说女人在怀孕期特别多疑，情绪比较波动，加上甄利怎么说也是个有些"钱"途的包工头，未婚妻担心他耐不住寂寞，把赚了的钱都花别的女人身上，所以隔三岔五就找借口问甄利要钱，这都是明摆着是紧张甄利，再正常不过的表现。可工地上的糙男人没那么细腻，在他们的眼里，不就怀个孕生个娃么？他们的母亲妻子哪个不是像拉屎一样拉完一个又一个的？凭啥甄利的女人就这么矫情娇贵？

　　我心里是怜悯和理解甄利未婚妻的。项目经理说，因为害怕这个女人知道甄利的死讯后会发疯，他们当时只联系了甄利的父母叔伯等人，赔偿方案也是甄利父母签的字。我问，那未婚妻肯定会打电话给甄利的，找不到他人，她也会起疑心的，最终还是会闹，你们怎么处理？

　　项目经理说，甄利的父母叔伯都已经承诺会处理好未婚妻的事情的，写了保证书，不让这个女人过来工地闹的撒。

　　那未出生的孩子呢？尽管不属于我的范畴，但我还是忍不住问。

　　有人插嘴说，甄利的父母就是要瞒着王晓霜，省得她知道甄利死了后，跑去把娃娃给打掉哩！

　　我脑袋嗡一响。如果他们还没有登记结婚，这一百九十八万赔偿款，未婚妻是一分都没权得到的。至于未出生的孩子，本是这个被蒙在鼓里的、满心欢喜地、等待着披上婚纱做新娘的女子最幸福的期盼，现在呢？一个晓得每周都想办法在丈夫身上要钱的女子，我估摸不出一周，她就能猜出甄利出事了，何况她毕竟是在工地上干过活的人，知晓工地的危险性，而且她在工地上肯定还有几个知心点的朋友的，甄利的事包不了多久。孩子还是她的期盼吗？她会把孩子留下来吗？

我拿着赔偿协议书靠在椅子上，看着外面像箭一般扫射下来的雨线，耳朵里全是雨水打在铝塑板房顶的喳喳声。

在甄利父母的心里，甄利已经没了，甄利的一点骨血，他们肯定想留下的，所以他们想尽一切办法隐瞒。协议书上，每一笔赔偿都列得清清楚楚，有父母的赡养费，有小孩的抚养费，唯独没有的是给未婚妻的赔偿，甚至连一分怀孕生子的营养费都没有。

已经进入二十一世纪二十一年了，工人和家属的维权意识都已经很强，很多工地发生伤亡事故后，家属都是拉着团队带着律师过来谈判的，谈判的人不可能不知道，未婚妻虽然法律上还不是甄利的妻子，但她怀有甄利的孩子，也应有相对应的补偿，总包方也不会那么笨，赔了那么多，剩下那个可能闹得最厉害又最不好处理的不赔。我再细细分析刚才几个人七嘴八舌透漏的信息，一百九十八万已包含了未婚妻的赔偿，可甄利的父母不愿意在赔偿协议显示出来，一定要把这笔赔偿并进甄利父母的赡养费里，总包不答应，他们就不签和解协议书，总包迫于压力，唯有按他们的意思写，但也要求甄利父母他们出一份保证书，保证签完和解协议书赔偿到位后，甄利家属和其未婚妻都不得到工地来闹事。

甄利父母的确签了保证书，但，他们有权利代替未婚妻做保证吗？而且，为了他们的香火后续有人而隐瞒未婚妻，这样的做法，已经干预到了未婚妻的生育自由权了。

我心里颤颤的，从事建筑行业十五年，见识了无数建筑工人的命运，特别是建筑女工的命运。从甄利家属的步步计算看，除非未婚妻答应顺利生下孩子，否则她一分钱都拿不到，即使她顺利产下孩子，在漫长的养育过程中，想讨要孩子的养育费也不会轻松。不晓得甄利未婚妻性情如何？她与甄利的感情到底有多深？但从项目部各方人员的描述里可以猜测，应该不算是个柔弱的女子，我认为她极有可能会不要孩子，选择重新开始生活。

同是女人的角度考虑，我是希望她能打掉孩子重新生活的，毕竟未婚先孕又丧夫，往后她要一个人带着孩子的日子实在太难了，甚至可能她的一生都被埋压在这个未出生的孩子的人生里。理智点说吧，一个人的命运不应该被另一个人的命运绑架，尽管这是个无辜的还在孕肚里的孩子，可未婚妻又何尝不无辜？只不过，她的重新开始，恐怕也是工地吧？

我跟项目经理说，再权威的保证书也保证不了怀孕的女人过来闹事的。

的确，她要闹，谁敢拦？谁拦得了？

项目经理摊开手说，那有么办法哩？这边施压要额们尽快解决赔偿的事，那边又必须要按他们的意思写协议才肯签。

雨稍稍小了点，赔偿协议已经有了，所谓存在的不确定因素，极有可能是我的多疑。我明白此时此刻，我不能表现过度关心。为了不再在这问题上纠结，我拿起安全帽，扣在头上。

见我站起来，两个专家也放下手中的资料，拿起安全帽。我说雨小了，我们还是出去看看现场吧。

镇是工业重镇，交通非常发达，事发现场处于镇工业园区中的主要交通道路上，在主干道交接的十字位置。我们下车，站在路边，来往工业园区的大车不时呼啸而过。项目经理指着路中央红绿灯下的三个围蔽点说，就是那里。

我们看过去，十字位置上，蓝色的围档围蔽着三个施工点，近主道红绿灯下呈"L"形分布，红绿灯上，有视频监控，但监控摄像头都向外对着马路对面，左右两个围蔽着的施工点都在监控摄像头的监控下面，唯独后侧围蔽着的施工点不在监控范围内，职业的敏感性，让我脱口而出："不会出事在视频监控外的这个施工点上吧？"

"您真猜对了撒，蔡工。"

项目经理几乎是哭丧着脸："额们真是冤大头撒！"

真他爷爷的巧合啊！从写小说的角度，这怎么也能虚构一个他杀出来了啊！

我心里骂了句靠他奶奶的，然后率先走进事发点，项目经理马上让安全员开了围蔽门的锁。我问："这锁在事发当天也有的吗？"

项目经理说："肯定有撒，额们也怕附近工厂的人过来偷东西撒，甄利那小子自己揣一把。"

现场的确是按标准，做好了围蔽和必要的警示标识，警示灯在淅沥的细雨中闪烁着，拖着瓷砖的拖车隆隆地开过，围蔽墙抖了抖，闪烁的警示灯也抖了抖。我们所处的工业园区主要生产陶瓷，物流往来非常频密，就算到了晚上，也经常有重型车辆拖着陶瓷或物料经过，若这是一宗他杀事件，那这个杀人者，胆子也够大的了。

我胡思乱想着，走进项目经理打开的小门，脚下是一个四平方米左右的管井口，井口垫着几根木方，木方上铺了两块夹板。我弯腰掀了下夹板，很重，我一个人掀不动，要是力气大的男人，应该能搬得动的。几个专家照完外围的照片，也走进来了。我指着脚下的管井口说，只有几根木方和两块夹板，没有固定处理和装兜底网。专家马上照上照片。

项目经理有点儿着急，雨水已经把他安全帽下露出来的头发淋湿了，贴在额上，配合着急的表情，样子挺可乐的。他不停地强调说，四号管井还在施工，未完全完工，所以，架在井口的木方和夹板还没有来得及固定，都是刚施工完下班从井下爬上来的，外面的门又锁着，谁想到甄利那小子三更半夜自己跑过来呢？安全网更来不及装啊，都还想着第二天早上还要下井的，挂了安全网，工人还怎样下井施工呢？

道理我们都懂，可我们是安全生产专家啊！施工洞口必须人离挂网，并进行固定化处理，这是死规定，尽管在实际操作过程当中，几乎没有施工单位能按规定来做。这次我们来是对甄利的死亡进行技术调查的，我们必须要从技术上找出甄利死亡的原因，事实是，若正在施工的四号管井在施工人员全部撤离后，按规定在井口挂上安全网，并将铺在井口的木方和夹板都钉死了的话，这宗事故就不可能发生了。可现在事故已经发生，已成为事实，我们不把这一点提出来的话，那我们还叫什么安全生产专家啊？

我们继续给现场的每一个点都拍了照片，做好对应记录，整个过程，雨水仍淅沥沥地下着，虽然打了伞，但我们的衣服和鞋子都湿了，时不时，有货车从旁边呼啸而过，围档瑟瑟发抖。

回到项目部，我们擦干净身上的雨水，准备写报告，忽然从雨帘外闯进来了一个人，气喘吁吁地跟项目经理说："废柴标回来了撒。"

原来那个和甄利一起消夜一起到事发现场的工人，外号"废柴标"。项目经理叫那人赶紧把废柴标叫过来，那人又转身跑进雨幕里。在等废柴标过来的十来分钟里，项目的人跟我简单说了一下这个废柴标。描述里，废柴标应该是这样的：约三十五岁，未婚，早期当过兵，后来因为吸毒犯过事，坐过几年牢。

我皱眉头，有吸毒史和坐牢史的人你们工地还敢收？项目经理解释说："都是跟着班组进来项目的临时工，没签劳动合同的。领导，您知道现在工地请人多难么？能请到个年轻力壮的，比登天还难，额们哪里还敢挑三拣四撒！"

现在工地请人难，请年轻力壮的更难，很多项目临时缺人，都会在社会上请些散工，这些散工多半不会被调查身份，只要身体健康便行。有些散工是班组长临时招的，跟班组过项目，班组长又是一直跟开工地的，所以项目管理人员更不会去调查他们的身份，毕竟都是一直跟着做的"老人"了，手艺过得去，又本分，不在工地上闹事就行。这样就难保有部分犯过事、在别的行业无法找到工作的人，会到工地上谋生。

事实上，也不能因为吸过毒犯过事，社会就拒绝给这些人的谋生机会对不？得给浪子回头的机会嘛！

还在思考着，忽然眼前红光一闪，一头鲜红的头发像火一样，烧着顶了进来。我拿下眼镜，揉揉眼睛，鲜红的头发烧到我前面，啪的一声，坐下，一团火在我面前扑腾扑腾地烧着。我还没有反应过来，又啪的一声，打火机开了，一缕蓝烟在鲜红的火焰前袅袅升起。我厌恶地扇扇手，谁知这不知死活的鲜红头发抖了抖，还递过来一根香烟，说："嗯，专家，来一根撒。"

我生气地一挥手，香烟给打掉在地上。

"哟，样子不错，脾气可不小撒！"

我瞪眼，眼前这个废柴标活脱脱一个二流子，发型像九十年代街霸游戏里的猫王，头发染得鲜红，如散尾葵散开垂下的叶子般，红火火地坠在右眼睑上，样子也跟猫王有几分像，窄窄的额头，尖尖的鼻子，狡黠的眼睛，薄薄的嘴唇，略显黄白的皮肤，整个人阴郁里带着痞里痞气，第一回合就把我拉回到少女时代玩街霸游戏的场景里，恨不得变身春丽一记勾拳打过去。

一看就不是个好人。

我在心里狠狠地骂了一句，"三字经"不停地在心里冒。

"额就是黄标，大家叫额废柴标，额就是个废柴撒，找额干啥哩？专家！"废柴标叼着香烟，干脆连脚也跷起来。我戴好眼镜，拿起本子和笔，问："哪里人？"

"专家，你不是已经看了警察的笔录了撒，上面记录得清清楚楚的，还用得着额再说一次么哩？"

这个废柴标还真不废柴。我竖着笔看着他，不吭声。项目经理看不过眼，踢一下他的椅子骂："屌毛，配合专家，赶紧的！"

"额哪里不配合了撒？你们一叫，额就屁颠屁颠地过来了撒！"

甄利死了，现在顶管班组群龙无首，废柴标根本不把项目经理放在眼里。

我轻咳一下："那麻烦你给我详细说一下您和甄利是如何认识的，你又是怎样进这个项目的？为什么要进项目做？事发前，你和甄利在干什么？尽量详细地跟我说。"

"漂亮的专家姐姐，你问得比警察还详细撒！"废柴标狠狠抽一口烟，吐出一个烟圈，眯着眼睛问，"这些和案件有关系么？"

"当然有关系，我了解到你是有吸毒和坐牢史的，那你进入工地的目的，非常重要！"

"你是说，额吸过毒，坐过牢，额就是杀人犯了撒？"鲜红的头发一抖，猩红的火星一划，废柴标一甩香烟跳了起来，阴郁的眼睛瞪着我。我缓缓坐正身体："你的前科必须是考虑因素之一，但我从没说过你杀人了，请你冷静点。"

几个项目管理人员马上上来按住他，骂："屌毛，没做过的事，你激动个鸡巴？"

废柴标挣了几下被按着的肩，回骂道："你班屌毛，放开老子嘞，老子从来不跟女人动手，放心撒！"

几个管理人员应该比较熟悉他的一贯风格，都放了手，废柴标又摸出一根香烟，低下他那头艳红的头发去点烟，我一手夺下他的香烟，往雨水里一扔，然后冷冷看着他。废柴标抬起烈焰般的脑袋，眯着细长的眼睛，与我对视了一会，忽地一笑，举举手中的火机，说："得嘞，个子不大脾性不小，有意思，额好男不跟女人斗，额录完再抽行么？"

"额二〇〇五年当的兵，当了三年兵。专家姐姐，额从当兵开始讲，你没有意见撒？得得得，额继续讲，额不就是怕你贵人忙撒，浪费你宝贵时间了嘞！行行行，额讲，额继续讲。

"额当兵出来后，回额镇上给额镇领导开车子，工资不高，可额福利好，每天跟领导出入镇里最好的酒店和夜场，吃喝拉撒全不用额掏钱，镇上所有人都哄着老子，比额大一轮的叔见着额都喊额标哥。额的日子过得滋润撒！

"唉！额那时候年轻，有吃有喝有耍子乐就行，从没想过突然有一天，额的领导会给搞下去了的，额的好日子说没得就没得了，额一下子给打蒙了撒。领导给抓走时，没来得及告诉额，该去找谁要门道，额也太得意了撒，平常也没关注到哪些人是领导的铁哥们，反正领导出事后，额去找平常和领导吃喝的同事都关上门，不鸟老子的。额要面子，不得排解，就去 K 去夜总会撒，天天喝酒天天换妞，额也是那时稀里糊涂地就吸上粉的。

"额为么事坐牢的？穷呀！专家姐姐，额吸上粉后，开支也大了类，额那点儿家底哪经得起折腾？额当兵那几年，除了练了身皮肉外，没啥子本领，额又拉不得面子来当保安，那额咋能搞到钱哩？嗯嗯，专家姐姐，脾气大归脾气大，脑瓜儿就是精灵啊！额找不到赚钱的门道，只好去卖粉嘞，卖粉来钱快，额越卖越收不住，最后，给警察掀了窝，额就蹲大牢了撒。

"专家姐姐，额也晓得额是活该，你骂额，额不会生气，额接受的，谁叫额那时年轻？年轻人么，犯错误是正常的，上帝也会原谅额的撒！何况，额在里面，都乖乖地接受了政府对额的改造，政府本来是要关额八年的，最后也只需要额坐了六年，这证明额是真心要改好的撒！

"是的撒！专家姐姐，你以为额不想好好地工作好好地做人么？额出来后，真的想过普通人的日子了嘞！额都三十几岁的人了撒，想找个好工作，然后找个女人跟额结婚生孩子。可额吸过毒贩过毒坐过牢，哪个敢请额做事？以前额觉得当保安低人一级，不愿意做，现在额低声下气地求人，人家也不同意额当，害怕额给惹事。娶老婆？想也不敢想嘞！现在的女人哪能跟以前的女人一样？现在的女人都贼精贵，没得钱没得权还坐过牢吸过毒，哪个女人肯跟额撒？二婚三婚滴都没人瞧得上额。

"对的对的，专家姐姐，你说得都对，莫瞧得上额才正常，逐渐额也不再强求娶老婆生娃儿了嘞！可额得活下去撒，额得离开额住的镇子，去一个莫得人认识的地方混口饭吃撒！

"今年过年，额听说北头村那里有个在工地做下水道承包的小兄弟，在四处招人，只要年轻有力气，肯卖力气又懂水性的就行，额就去了撒。没错，这个小兄弟就是甄利。

"甄利这小子贼会做人的，额过去面试，额跟他说额吸过毒坐过牢，不过额当过兵，身体素质好，水性也不错，有点儿砼工基础。甄利跟额说，愿意来跟他出去闯天下滴，都是自己兄弟，过去的都一把抹掉了撒，只要额愿意屈尊跟他闯，莫再吸毒惹事，他都感恩。

"啧啧，专家姐姐，你也觉得甄利这小子行么？能交朋友跟得过撒，对么？第一次打交道，额就从心里服这小子，有前途，跟这小子混饭吃，准不错了嘞！

　　"对呀，所以呀！额就跟甄利来到这工地了撒！专家姐姐，额这种人，能有个工地啥的愿意给额工作，额还不得赶紧的。莫瞧额人瘦头小皮肤白，额工作可上心了嘞，额到这里来，三两个月额就成甄利的左膀右臂了撒，甄利这小子不知道多相信额，啥事情都跟额商量，额毕竟是跟过好几年领导的，对于领导管理上的那一套多少还是记得的，额现学现卖给甄利管理，这不，兄弟们都乖乖当当的，莫一个惹事的！

　　"哟！专家姐姐，你可真聪明了嘞！这样也给你猜出来了撒！甄利老婆的确是额建议他送回老家滴，一个女人，本就不该在工地滴，还怀着个娃娃，干不得活还碍手碍脚的。王晓霜这婆娘厉害，将甄利管得死死的，她在工地时，甄利啥事都要她管着的，想抽根烟都要跟她汇报，你说，这哪行呀！雄赳赳的男人也给她弩软塌塌了撒！甄利还是个工头嘞，要办大事的，这样下去可不行嘞，额们都劝他，得狠心把王晓霜给送回去。对的，就这样，甄利把王晓霜送回去了撒！反正这个项目，估摸九月份能完工的，这个时间段莫得啥事，甄利休假回去跟王晓霜结婚生娃娃，刚刚好撒！

　　"打住，专家姐姐，额也是莫想到，甄利的运气那么差的，这小子白白胖胖的，样子可福气撒！王晓霜管得严归管得严，长得还不赖，听说还是个大专生，有点儿本事的，是个能管家的主，甄利这小子是捡到宝了，他自己也晓得，所以疼到心尖尖上了嘞，额是瞧他们结婚生娃后日子会不赖的！额们劝甄利这小子把他婆娘送回乡下，绝对是为他们家好撒，额知道专家姐姐您在家里肯定是个主心骨嘞，不要男人您也能在社会上走得亮堂堂的。但额们出来走社会的，都晓得社会是个么样，普遍还是男主外女主内撒，王晓霜可莫得跟专家姐姐您比的撒，既然肚子涨嘞，就乖乖回去生呗，老话不是说，夫唱妇随，家和万事兴么？

"专家姐姐，额讲的都是真心话嘞！额从来都不认为王晓霜不好的嘞，只是，女人嘛，还是莫把男人管得太死了撒！额也莫想到，甄利这小子这么福薄的嘞。

"哎呀，额的好姐姐嘞，额在警察叔叔面前，在你们住建局领导面前，不知说过多少次嘞，额哪晓得那天晚上甄利是咋回事了哦，额跟他是一同爬上井口的，上来前，额们都把下面检查得细细滴，额们在下面埋的每一支管子，都是按着图纸来埋的撒，绝对不得偷工减料，这个您是专家，可以下去瞧瞧的。

"专家姐姐，您不要翻白眼了，额讲的是实话儿撒，额们上梯子后，确认了下面没得兄弟了，才合力把木方架在井口上，把木板给盖上的，额们离开井口时，甄利还把防护门给锁上了撒，他跟额嘀咕，一定得把门锁上，就怕哪个不长眼的，以为木板下面架着的是钢筋或钢管，趁夜里过来偷，不小心一头扎井里头就完蛋了撒！额当时还笑话他，傻子才半夜过来偷东西嘞，这地方，大路中心，车来车往的，钢筋没搬出来，人就给抓了撒！他还说，小心驶得万年船，万一真有个傻子扎下去了，这个项目就白干了撒！额想他这样小心是对的，好不容易出来接一个工程，天天提心吊胆的，就怕它出事撒！对于额们这些小包工头来说，一出事，就是白干了嘞！

"专家姐姐，额也不晓得咋回事了撒，额们回到项目上，公司杨经理他们已经在饭堂里等额们了撒！今天四号管井刚布好管，杨经理还专门给额们加了菜，有红烧肉，甄利这小子最爱吃红烧肉了撒，冲完澡，坐下来扒拉几下，一盘红烧肉就给他干掉了撒！额还骂他前世是猴变的，没吃过肉嘞？不晓得给额留两块。甄利笑着抹下巴的油，说你光吃不长肉，留给你浪费了那么好的红烧肉撒！说完就拿手机跟王晓霜视频了，刚开始视频时，那小子还霜儿前霜儿后的，叫得忒肉麻了撒，一把把狗粮把额这多年单身狗给喂得碜。不过，聊着聊着，王晓霜好像又问他要家用了撒，额听甄利说，不是上周才转五千给你了撒？王晓霜不知道在视频里是怎么回的，总之，甄利怒气冲冲地拿着手机往宿舍走，额跟在他后面回宿舍，听他说，额跟你说多少回撒！你回去养胎就养胎，赌么钱撒！留村里的都是游手好闲的懒虫，整天没得事干，就知道琢磨着骗钱搞钱，你一个大肚子的女人，怎么赌得赢他们？说着说着，甄利就回到宿舍，砰地关上门了撒，之后他再跟王晓霜说了些啥，额就不晓得了嘞！

"后来？额在宿舍里玩手机游戏，大概晚上九点半，甄利过来敲额的门，让额陪他出去吃夜宵，额还骂他，晚饭吃那么多红烧肉还吃夜宵，小心胖得下不得管井了撒！他说他心里烦，想出去走走，坐坐，喝点啤酒。额见他脸色不好，就答应了撒，当时额还叫上同宿舍的蹿猴，蹿猴是谁？蹿猴就是刘石坚撒，刚才冒雨跑来叫额，说专家姐姐你要跟额聊聊天撒！蹿猴跟额们是一个地儿出来的，平常玩一块儿的，但蹿猴吃坏了肚子，屁股跟坑黏一起了撒，就没一起了。

"额跟甄利到镇上的沙煲大排档，是甄利开的车。额们叫了个炒牛河，叫了个炒螺丝，叫了个青菜，然后叫了两瓶啤酒。专家姐姐，额可没喝几口，你莫用这样的眼神盯着额看哟，额给你盯得碜了嘞！额不是酒后驾驶撒，那晚额根本没喝，额只吃了几口牛河几个螺丝几根青菜，全程都看甄利这小子吃吃喝喝的。这小子肯定是给王晓霜那个婆娘伤得深了撒，平常极少摸酒杯的人，那晚是一杯接一杯地喝。他跟额讲了些啥？

"详细的，额也记不清楚，大概讲的就是他如何如何不容易，才跟上现在的公司做了个小包工头，早些年没钱没地位没时间，根本不敢谈女人，现在条件稍微好点了撒，年纪又大了，好不容易谈上个老婆，孩子也怀上了，本是高高兴兴的，可这老婆疑神疑鬼的，隔三岔五变着法子问要钱，项目还在做，要垫钱的地方多了去，他哪里还有钱给她撒！可没钱给，王晓霜又跟他闹，拿肚子来威胁，甄利一点办法也没有，愁得皱纹能夹死蚊子。额也没啥可以劝他滴，钱额没，女人额也没，额倒希望有个女人大着肚子来烦额嘞！

"行行行，额不往没关系的扯，那额也没啥好讲的嘞！对啊！专家姐姐，额们吃完夜宵，对镇上又不熟悉，不就是回项目部撒。回去是额开的车，甄利喝了几瓶啤酒，走路都歪着脚的。车子经过白天施工的四号管井路口，甄利突然叫额停下来，额刚把车子停路边，那小子就开车门下车了，额一边熄火一边问他干啥子嘞？他说看看今天施工时，工人有没有钻到边上的燃气管。额还骂他，看个锤子嘞，现在乌灯麻黑的，额们上井前不是仔细检查过了么？啥事也没有。甄利说不行，他得瞧瞧去，他心里慌慌的，像有啥不好的事情要发生撒！额没法子，只好跟着下车。

"额下车时，甄利已经走前面四五米的样子，额跟他喊，等等额啊！他说没事，额瞧瞧就回车上，你车上等额。额骂他犟驴子，他也不理额，一直往四号管井的围挡走去。额刚好手机有信息进，就打开手机，是蹲猴给额信息，让额给他带点吃的，说拉空肚子了撒！额回他滚犊子的，额们吃完都变屎尿了撒，你才叫打包！还没回完信息，就听见扑通一声，甄利啊的一声大叫。额马上跑过去，防护棚子开了的，井口上的板子掀开了一半，甄利不见了人。额心想，完犊子了撒，下面七八米深，全是水和淤泥，这漆乌麻黑的夜里，一头栽下去，还不得死翘翘？额大声喊甄利的名字，喊好久，也不见他回应额，额立马就报110了撒！

"专家姐姐，额说的每一句都比珍珠还真嘞！不信，你看看我在警察那里和镇城建办那里的口供，绝对前后对得上的！还有，四号管井边上就有摄像头撒，您打开听听，额叫得多急啊！专家姐姐，额这几天去哪了撒？额心里堵难受了撒！甄利是额的好兄弟，就这样死在额面前，额却救莫到他，每次想起来，额就想扇自己。要是额当时不顾着玩手机，跟他一起进去四号管井，一起搬开木板，他就不会掉下去了撒！又或者，额不听他的，他喝了酒，发疯，没有安全意识，额不把车子停嘞，他就不得下车，回宿舍睡一觉，就啥事也没了撒！额越想越难受，就出去走走，散散闷气儿呗！"

我拧起眉毛盯着黄标，这人从外观到举止甚至描述都是流里流气的，无论他讲的情节多么合情合理，毫无破绽，但我仍是无法说服自己相信这么个人。

那具雀跃着的火焰又烧到我的眼前，摆动几下："专家姐姐，额该讲的都讲完了哩，您老人家记下多少了撒？要不要额签名哩？"

我只好把笔录本往前一推，废柴标装模作样地看了看，又呲巴着嘴说："没瞧出来撒，专家姐姐娇滴滴的样子，字却写得这么有力撒！"

"签完走吧！"

我收起笔录本，像这种比油瓶还滑的二流子，我自认对付不了，连警察也盘不出什么的人，我所谓的问话，也不过是走个形式而已。看到我们戴上安全帽要走，废柴标比项目经理还积极，一蹿步抢到项目部门口，弯腰摆手，十足认真又十足流气的送客姿势，我和专家们对望一眼，哭笑不得，最怕就是遇到这种软皮蛇一样的二流子，根本拿他没法子。

走出项目部，上车后，我问几个专家有什么想法，专家们都非常谨慎，尽管大家都觉得黄标的形象和描述都有点不可靠，但实质的证据，大家也找不到。从项目提供的资料看，项目组对四号管井的各项安全措施做得还算到位的，对应的安全生产资料及相关安全教育量化都是做足了的，现场的围蔽等各方面都算做得比较好，唯一能说是纰漏的地方就是没有在井口覆盖板下挂兜底网。但四号管井还处于施工状态，这个时候没挂网，也是说得通的。

我们在警察的调查记录里看到，在事发前，就是晚上六点到十一点左右，甄利没有收到过任何管理人员的指示，要到四号管井查看。就是说，甄利半夜去四号管井，掀开管井盖看施工结果，完全是自发的行为，属于临时起意。作为项目上的包工头，也算是个管理人员，本应具备相关安全知识，清楚在非上班时间内，在没有做任何安全措施的准备下，就到施工现场擅自掀起管井盖的危险性。

专家们特意提醒我，甄利是在非上班时间自己到了已经围蔽好的施工现场，并擅自违规操作。就是说，发生这样的事故，甄利才是主因。

我静静地靠在座椅上思考，或许是习惯的思维方式，在遇到人身伤亡事故时，都习惯了第一时间去找外因，而忽略了受害者本身的责任，四号管井这起溺亡事故，若排除他杀的话，那么，事故制造者恰好就是事故受害者本身，论起责任，甄利才是第一责任人。怪不得从调查事故开始，该项目的项目经理就不停地跟我强调他们的委屈，明明他们已经按要求去进行安全生产管理，尽了最大的能力去规避隐患，但做得再好，也防不住非要违规操作的人啊！

综合专家们的意见，我回到办公室，很快就出了技术调查报告。最后局里根据各方的调查报告，作出了事故的定性，为一般事故。

这三年的时间过得特别快，转瞬又到了雷雨季节。尽管一年到头都很忙，但又不知道到底忙了些什么？这几年，私人投资建厂建楼盘的少了很多，但政府投资的公建项目却是不少的，政府为了刺激萧条的经济，解决社会就业，还是做了不少努力的。不过大环境如此，激励机制真正能起多少作用？也是不得而知的。反正，工地还是在开工，安全生产事故仍然时有发生，我仍然要带专家协助职能部门进行事故技术调查。

这是个阳光灿烂的中午，我刚叫了外卖，忽然电话响了。我拿起电话，是老冯的来电，老冯的公司是渺城建协的副会长单位，主营建筑监理。接通电话，老冯有点着急地说："阿燕，你说我们是不是很背啊？之前一直没有接市政项目来做，都好好的，这两年没什么房屋建筑项目做，就想着小一点的市政项目也接来做做，没想到接手第一个市政项目就出事了。真他妈的背！"

我愣了一下，正常情况，项目发生了安全生产事故，都是住建部门通知我组织专家进行事故技术调查的，这还是第一次，是企业先于主管部门告知我发生事故了。

我马上取消外卖，蹬上公共自行车往事故现场赶去。

事故现场是在一个城郊公园里，我恰好离这公园不远。我到达时，老冯和总监已经在了，负责这个项目的项目负责人也急急地赶来了。这是一个污水管网修护工程，公园内的行人道上，有几个下水道的沙井盖打开了，五六个戴着安全帽穿着反光衣的工人抖抖索索地蹲在一个沙井盖旁边，一个手里还拽着一根断了的安全绳，捂着脸在哭。

我来得太急，没戴专家帽没戴工作证，也没来得及通知专家组和其他工作人员，已经先我到达的民警和消防人员立马拦住我。老冯看到我被拦住了，马上上来解释说，这是我们专家组的技术人员，民警才半信半疑地放我进入围蔽带。我问怎么样了？老冯说扣在附近树上的安全带都给冲断了，应该被冲走了，那么久，凶多吉少，消防已经通知专业的蛙人过来打捞了。

我上前去，那个还拽着一节安全带在哭的工人，慌忙举起粗大的手，抖着声音说："领、领导，额、额没放过手撒！"

我点点头，感觉他的脸相挺熟悉的，拍拍他的手，示意他不用害怕，再回头轻声问老冯和总监："安全带的破损口，有部分是旧的了，他们下水时，你们没现场监理和安全员在么？都没发现安全带有破损么？"

总监都快哭了，说："项目才刚批了施工许可下来，质安站刚刚过来开交底例会，项目的所有管理人员都被要求去开会了。"

正说着，一辆车子在公园外停了，下来几个人，是质安站的几个同事，总监没有撒谎，他们都是几乎同时收到信息，马上赶过来了。我拍拍总监的肩，让他和项目负责人赶紧安排人手，将其他掀开的沙井盖围护起来，再请民警帮忙将危险范围都隔离起来，防止其他不知情的群众过来围观时，发生二次伤害的危险。

一切安排好后，蛙人、专家组和局里分管水利的领导都到了。消防大队和专家组沟通好搜救方案后，蛙人也穿戴好潜水装备，带着搜救设备，在足够安全措施的保障下，两名蛙人一前一后从下水道口爬下挂梯，潜进了下水道。

搜救的等待，是紧张的，现场已聚集了各方相关人员，但此时，喧哗说闹的人一个没有，也没人着急询问事故发生的前因后果，大家似乎都默契着，期望着，奇迹的发生。

然而，奇迹并没有发生，蛙人带下水的生命索很快就抖动了，跟着，在消防救援人员和蛙人的合力下，一具穿着潜水服的僵直了的身体被拉了上来，120救护人员立刻上前。

潜水服被褪下，我看到了，一头鲜红的头发，如被浇灭了般，耷拉在一张憋得了无生气的脸上，尽管眼睛是闭上的，但这标志性的头发……一股莫名的巨大气体噎地堵在我的气门，我感到胸闷痛，呼吸困难。怎么会是他？黄标。两年前的那个管廊项目完工后，黄标他没回老家？还继续留在渺城？我记得他说过，他当过兵，水性好。水性好！这就是他自恃的贸然下水的资本么？既然跟过大型的管廊项目，也目睹过同行兄弟瞬间被管井吞食，他应该知道，不是专业人员，贸然下久缺修理的下水道有多危险的。

两个月前，我们才通报过外区的一宗安全生产事故，事故是两名工人在没做足安全措施的情况下，贸然下了一个废置多时的管井，结果沼气中毒，死于井内。平常，我们只留意拔地而起的高楼大厦，很少注意到隐埋于地下的一切，在城市之下还纵横交错着无数污垢齐纳、功能各异的管网，它们既输送也吸纳，是承载也是毁灭。

从事建筑行业十五年，经历过无数的生命消逝，这是我第一次失控在事故现场，我哭了，捂着脸。老冯以为我是被尸体吓着了，急忙上前安抚，此时，120派过来的医生向大家证实，死者已遇溺多时，没有了生命体征。至于死者是溺亡还是中毒死亡，还要进行下一步的尸检。

我看着工作人员徐徐将白布覆盖在黄标的身上，然后抬上了车子。

民警和住建部门的负责人也把现场工人带回去做询问了，总监和项目负责人、安全员也跟了一起过去，现场只剩下专家组和我、老冯几个。老冯看我情绪不稳定，很内疚，反复强调说，不应该那么早让我过来的。我摆摆手说没关系，各种事故死亡我都见过了。只是之前的都是不认识的，这次这个，我还算认识，所以才情绪有点失控。

尽管黄标的尸体已被搬走了，但他那憋得僵直的如被浇灭了的样子，一直萦绕在我脑海里。他的眼睛竟然是闭着的，我犹记得小时候，见过溺亡被打捞起来的尸体，眼睛都是睁着的呀！我不知道黄标在遭遇死亡的前一刻，是怎样的心理活动，但他紧闭的眼睛总让我感觉怪怪的，他心甘了么？从目前可知的情况看，黄标戴着防毒面具，穿了潜水服下水的，他水性不错，按理是不那么轻易溺亡的。

我平复一下心情，走上前，再去查看现场留下的所有物件，专家告诉我，死者是这个管网修复项目的一个劳务班组组长，到项目组来也就半个月左右，上午八点三十分至九点左右，黄标带着劳务班组的六七个人，巡查城郊公园段的管网气囊封堵情况，发现本应在 w44 井位的气囊消失，随即开始向下游方向进行巡查，巡查至 w46 井，发现气囊卡在 w46 井上游管口处。上午九点二十分左右，在未报告项目相关管理单位的任何管理人员的情况下，黄标穿着好防护装备进入 w46 井查看气囊情况，并尝试将气囊拉出。

九点二十五分左右，黄标曾头部伸出作业井稍作休整，还对几个助手招了招手，但助手们都不敢下水，因此，黄标再次潜下水去，再次尝试拉出气囊。

九点三十分左右，岸上的助手刘石坚通过无线对讲机联系黄标，但黄标没有回复。刘石坚等人意识到不对劲，壮着胆子下管道查看，发现气囊已上浮并完全堵塞 w46 井，黄标不知所向，w44 井的水已将 w46 井灌满，刘石坚他们立刻从工具包里取出小刀，试图用刀割破气囊，未果。同时在场工友马上通知项目部并拨打 119、120 求助。而这个时候，项目部正在召开质安站监督交底会议，项目部收到消息后马上启动应急救援预案。接下来的过程我也有一起见证了，蛙人在搜救设备的辅助下，在 w46 井内深处，发现了已经没有了生命体征的黄标。

老冯收到电话后，立刻电话打给我，老冯嘀咕着，这几年私人厂房也没多少新建的，他的监理公司越来越艰难，但又有那么多员工要养，所以才把业务开展到市政项目上来，本想着市政项目工程量不大，工期短，技术含量低，安全风险也低很多，没想到才做的第一个市政项目，还没有完全开工呢，就出事了，怎么会这么倒霉呢？

我回头看看老冯，这三年来，他顶上的头发明显少了很多，额上的皱纹却多了很多，他的监理公司养着一百多人，经济下行，楼市不景气，大多数建筑企业在这三年内垫资做了的项目都收不到工程款，日子越过越艰难。之前老冯就跟我说过，这段时间他都有回河南老家接点小项目做的打算，可是，在大湾区都那么艰难，回去会不会更难呢？我心里有疑惑，但也没有说出来，毕竟我对老冯河南老家不是很了解。

老冯的困难也是绝大多数建筑企业此刻面临的困难，今年上半年，光广东就有五十多家建筑企业倒闭了，还在坚持着的，哪个不是用之前攒的家底在硬撑？

我也不清楚老冯对建筑行业发生的安全生产事故做过调查没有？如果他有所了解的话，应该知道，建筑施工是动态生产的，不确定性非常大。市政项目没有房屋建筑那么高大耀眼，引人注意，因此，施工过程的安全问题往往容易被见到。市政项目多以城市的辅助建设为主，属于政府公共设施项目，如污水管网、城市道路、学校医院体育馆、公园、市政绿化等等。这些项目除了学校医院体育馆外，其他类别的项目，都很少涉及高处作业和大型起重机械等，发生危大的群死群伤的事件的几率相对来说也会变少。

市政项目管理者、施工单位包括施工的工人在施工过程中自然而然地形成一种心理暗示，认为一般市政项目事故发生率低，安全意识就不重视。

在我从事建筑行业安全生产检查那么多年，处理的市政项目安全生产事故并不少，有很多事故，是根本没料到它会发生的，但它偏偏就发生了。除了最近发生的废弃井口中毒事故外，更早前，下面一个镇街的一段市政道路，四个工人在挖基础藏水管，本想着开挖深度不到两米，没什么危险性，开挖同时的防护没跟上，结果开挖路段边坡突然坍塌，将四个工人埋在地下，常理来说，边坡坍塌也没塌下多少泥，工人被埋了也很快能自己挖开表层的泥土爬起来的，可是有两个工人趴下时，刚好胸口抵在地面突起的石头上，直接就闷过去了，待另外两个工人挖开泥土把他们救出来时，他们已经失去生命体征了。

又例如刚刚被运走的黄标，还有他以前的班组长甄利，他们都是专门承接市政项目（以污水管网类为主）的小包工头，从业的时间也不短，具备了一定的专业技能和安全管理知识的，但是，也不能幸免于看似波澜不惊、平庸隐秘但却幽暗危险的管道暗涌里。

很快，黄标所带的班组成员刘石坚等人，在警察那里做完笔录回来了。刘石坚告诉我，当天在 W46 井看到 W44 井的气囊时，黄标是安排他和刘长水下水的，但刘石坚和刘长水的水性都不是很好，也害怕情况不明的污水管道，都不愿意下水，黄标骂了他们一顿废柴后，自己套上潜水服便下去了，过了五分钟左右，黄标曾浮上水面来到井口，伸身体出来叫人下去帮忙，说他一个人拉不动气囊。但刘石坚他们都不敢下水，黄标见他们都不动，骂了句"屌人"后，又戴上面罩潜下水去了。然后，便没有了然后。

刘石坚他们居然没有喊黄标做废柴标，我有点意外，看来这两年他当这小包工头还是有点威信，能得人心的。我翻看完笔录，事故定性没有什么悬念，安全生产管理不到位，工人安全意识薄弱而导致的安全生产事故。

老冯坐在我对面问，大概会停多久工？我说，按惯例，起码一个月。现在我们要做的，是耐心等待黄标的家属过来。听项目经理说，黄标的老婆已经在过来的路上了。

我又愣了下，这两年黄标的变化可不小，不仅从一个工人成为包工头，还结婚了，听说还有个儿子。本来，他这小家会光明一片，幸福无比的，可奈何，中途出了意外，黄标走了，剩下孤儿寡母的。我心里叹息，工地上的女人不容易，做建筑工人的女人也不容易啊！

女人抱着孩子出现在项目部门口，适中的身材，蓝色衬衣灰色牛仔裤，头发挽在脑后，很利索的样子，五官端庄，神态谨慎而悲戚。刘石坚和刘长水跟在女人的后面，轻声示意："领导都等你好半天了嘞，莫怕，现在工地的领导都不凶滴，不会为难额们滴，你想要多少就多少，进去好好讲撒！"

我的心动了动，走出去，女人往后退了一步，她抱着的孩子应该两岁左右，抬起胖乎乎的小脸，软乎乎地叫了一声"阿姨"，把我的心都叫化了，孩子跟女人长得挺像的，很好看很讨喜。我伸手摸摸孩子的脑袋，轻声说："进里面坐吧，孩子真乖。"

女人嘴巴瘪了瘪，强忍着泪水，走进项目部。我尝试着让黄标的手下帮忙将小孩带开，接下来每一刻都可能引起撕心裂肺的哀号，孩子太小，我不想这样的人间悲剧过早刻入孩子的记忆里。女人依依不舍地将孩子往刘石坚的怀里送，孩子似乎很依赖母亲，哭着抗拒，刘石坚和几个工友变着法子逗孩子，拿出棒棒糖才把小孩哄住了。

孩子被带走后，眼泪便滴答地从女人的眼睛里涌出来。她抽着鼻子说："娃出生后，都是额带着滴，没离开过额。"

我点点头，但心里也诧异，记得两年前处理四号管井事故的时候，黄标告诉我，他是单身的，没有女人愿意跟他，可才两年过去，怎么突然出来个两岁的儿子了呢？不过他的遗孀文文静静的，看上去不像临时拉过来充当死者家属的人。我也向其他工人了解过，黄标的确还有一个妻子一个儿子。我习惯性地问："您贵姓？跟黄标是什么时候结的婚？他的其他亲属，可知道这事？"

女人说："额叫王晓霜，额们是 2021 年 5 月扯的证。额男人的父母都不在了，他只有一个阿姐，可额跟他扯证后，他都没带额回去过，他说娃儿小，就别跑来跑去，原地过年，所以，额没得阿姐的电话，联系不上撒！"

我愣了一下："你们才结婚一年？"

王晓霜低头抹着眼泪说："额是带着娃娃跟他结婚滴！"

我又愣了一下，脑海里迅速搜索有关黄标和王晓霜的资料，女人倒是直率，说："蔡工，您不用惊讶，额第一个男人叫甄利，他的案子也是您处理的，娃是额跟甄利的。"

我一下跌坐在椅子上，老冯马上问干什么了？我努力平伏心情，原来她就是甄利的妻子，那个每个星期都要问甄利要五千块的爱赌博的女人。我还以为她满脸横肉，面目狰狞的，谁知……我犹豫一下，还是忍不住问："您怎么会把小孩留下来了呢？"

像王晓霜当时的情形，我判断她不会留住甄利的小孩的，毕竟她还有很长的人生要走。王晓霜抬头看着我，抽噎着反问："额好不容易才要上的娃娃儿，额干啥子不要呢？"

我一时间被反问蒙了，对呀，自己想要的孩子，再难也要养啊！我倒是轻看了工地女人的刚韧，我对王晓霜又敬又怜，不由问："那……甄利的赔偿款，您能要到吗？"

王晓霜嘴唇紧抿了一会儿，深呼吸一口气说："开始要不着，后来是额男人带着额跟娃娃儿去要回来了一百三十万撒。"才说几句，泪水又止不住地流下来了。我等她平静一下，从她的表现看，黄标应该对母子俩都很不错的，而她对黄标的感情也很深。她抽抽鼻子，继续跟我说了她和黄标的事情。

王晓霜是在第三天才知道甄利溺亡了，她挺着肚子去找甄利的父母，可甄利父母拿到甄利死亡的一百九十八万赔偿款后，害怕王晓霜找他们闹分钱，躲去亲戚家了。王晓霜刚怀孕时，已跟甄利登记了，只是还没举办婚礼而已，在法律上，甄利的赔偿款，王晓霜母子都是第一合法受偿人。王晓霜找了一个多月，都找不到甄利父母，因过度伤心焦虑，加上气急，动了胎气，孩子也早产了，还好已经八个月多，孩子虽然早产，但还是很健康的，只在温箱里待了二十天左右。

王晓霜说得轻描淡写的，但我却听到了惊涛汹涌。我也是个当妈的，当初生孩子时，虽然母亲和孩子的父亲都在身边，孩子也足月，但还是觉得弱小无助，疼痛无比。我不知道王晓霜在丧夫、早产、身边无亲人的情况下是怎么熬过来的？但我清楚，她承受了一般人不能承受的剧痛、灾难与屈辱。感同身受，此刻我肃然起敬。

王晓霜说，出月子后，她必须要回渺城来找工作了，尽管甄利在生前是给了点钱她，但钱不经花，存银行里的几万块钱因为早产坐月子，一下子就花没剩多少了，孩子以后的奶粉钱、纸尿裤、营养费还有再以后的读书，都需要花钱啊！

王晓霜本来想找甄利父母好好谈谈的，她出去工作，但也要有人帮她带孩子，孩子那么小，离不开妈妈，起码带到孩子断了奶，读上幼儿园啊！她想着，要是甄利父母能跟一起帮忙带孩子，是最好的，但要是他们不想帮忙带也行，起码得将赔偿款还给她。

甄利父母认为，王晓霜是来抢他们儿子用命换回来的钱，在他们的意识里，没做酒席的都算不上是夫妻，王晓霜没权要他们儿子的钱，直接把电话都换了。

王晓霜找不到甄利父母，没有办法，唯有抱着孩子回到甄利之前的工地。项目已经进入收尾阶段，工人都遣散得七七八八了，怎会再聘用王晓霜呢？王晓霜抱着嗷嗷待哺的儿子，茫然四顾。正在王晓霜走投无路时，她遇到了刚带着工人下班回来的黄标。

甄利出事故以后，项目负责人见黄标在工人当中还有点领导能力，就提他上来当班组长，没想到黄标还真有两把刷子，把工人都管理得服服帖帖的，工程进度也顺风顺水。黄标带的班组，是唯一一个还留在项目上负责竣工收尾的班组。也是王晓霜跟黄标的缘分。黄标看到抱着孩子在项目部门口徘徊的王晓霜，很意外，马上安排人给王晓霜母子在工人宿舍里清理了一间单间出来。

安顿好王晓霜母子后，黄标才从王晓霜那里了解到，甄利的父母一分钱也没给王晓霜，还藏了起来。而王晓霜并没有如他们预料那般到工地来闹，王晓霜说没啥子可闹的，甄利是自个去四号管井的，那天他喝酒与她也脱不了干系，要怪就怪甄利命薄。工地已经赔足够的钱了撒，只是两个老人没想通而已。

黄标很生气，他对当时甄利父母跟项目的谈判还是很了解的，当时甄利父母还写了保证书，只要孩子出生，甄利父母就要给一半赔偿款王晓霜的。当时甄利父母一再隐瞒，说甄利跟王晓霜还没有登记，法律上，王晓霜没有赔偿款的支配权，甄利平常很少跟人说他的私事，所以他事实上与王晓霜有没有登记，大家都不太清楚，项目部当时急于赶紧结案，对甄利父母所言没有质疑，在收到保证书后，直接把赔偿款打到甄利父亲的账上了。

剧情转变得太快，在甄利出事之前，黄标和其他老乡多少对王晓霜有点意见的，认为她过于控制甄利，整天经济管控着甄利，让甄利没点男人气概，甚至还怀疑过，甄利的死，与王晓霜的作脱不了干系。所以在甄利出事后，甄利父母过来谈判时，大家都一边倒地支持甄利父母，把赔偿款全部占有，没人考虑到当时王晓霜即将临盆，更没人想过，王晓霜是甄利的合法妻子。

但当王晓霜抱着刚满月的孩子薄弱无助地站在面前时，黄标和老乡们的同情之心马上被烧起了，大家愤愤不平，甄利父母再怎样，也不能把养孙子的钱也吞了啊！大家七嘴八舌地为王晓霜出谋划策，可现在关键还是要找到甄利的父母。

王晓霜在来往人口不多的宿舍住下来，生活有了班组上几个男人的额外照顾，之前因丧夫早产无依无助的忐忑稍微平顺了些，用她的话说，还是回到工地，额的心里才踏实，不慌了撒！

黄标毕竟是个混过社会的人，在他们老家，有一定的社会关系，在他的努力下，终于查到了甄利父母藏匿的地方。

黄标从渺城请了律师，带着王晓霜母子直接开车回老家。甄利的父母原来藏在县城的干女儿家里。王晓霜跟甄利在工地认识的，怀孕五个月的时候，才被甄利送回老家。回到老家，甄利就跟王晓霜去登记了，毕竟肚子那么大了，来不及办喜酒，也要先登记了，王晓霜才能顺利去做孕检。

甄利父母是知道甄利和王晓霜已登记了的，他们瞧着王晓霜天天跟几个在家带娃的女人打麻将，还隔三岔五跟甄利要钱，认为这个女人在消耗自己儿子，心里很不满意。又认为就算把钱分给王晓霜了，王晓霜肯定也是守不住的，到时候把肚子里的娃娃打掉，把钱卷走了，那老两口就什么也没有了。所以在去谈判赔偿的路上，他们便商量好，得把甄利用命换回来的钱拽紧，反正他们没办喜酒，项目的人不知道他们已经登记了，都以为王晓霜是甄利的未婚妻，能瞒过去。

甄利送王晓霜回老家没两天就赶回工地了，王晓霜在之前，跟甄利的父母很少接触，就算住在一起，互相都很少交流，对甄利家的亲戚关系不是很清楚，根本就不知道甄利父母还有一个干女儿，所以知道甄利出事故后，她一个人挺着大肚子，一家一家地把所有认识的甄利亲戚家都找遍了，都找不着。

甄利父母做梦也没想到，王晓霜居然找上门来了，还带着律师抱着孩子。老人家毕竟是心虚的，一看到律师腿都软了，又看见嫩滋滋的奶娃子，长期沉浸在丧子之痛的老两口，一下子就憋不住了，抱着孙子捶着胸口哭得死去活来。

谈判的阻力并不大，甄利父母之所以藏起来，就是怕王晓霜拿到赔偿款后转头把孩子给打掉了，现在孩子都生出来了，顾虑没有了。律师根据王晓霜和小孩的合法继承权，做了一份分配协议，按照法律规定，王晓霜应得赔偿款的百分之五十，小孩应得余下百分之五十的百分之三十，因此，王晓霜在黄标的陪同下，要回了属于她和孩子的一百三十万，跟黄标回到了渺城。王晓霜答应甄利父母，每年春节都带孩子回去给他们见。

这样一来二往地，黄标和王晓霜也处出了感情，王晓霜见黄标待自己细心体贴，待孩子也疼爱有加，于是便接受了黄标的追求，两人登记结婚，还合资在渺城买了套房子，算是把家给安定下来了。

说起过往与伤痛，王晓霜说，不重要的，能过下去就行了撒！

在工地上的男人和女人，都不会回头看已经过去了的日子的，什么哀伤与痛苦更不值一提，这些都是闲人才会在意的事，他们更在乎的是今天能不能拼命活下去？明天能不能挣口饭吃？所以他们算计着每一个工时，掂量着腰包里获得的钞票，挥发着身体里日渐薄弱的血汗。那些所谓的过往，就如四号管井一样，从外围就重重包围着，密封着，地下深至七米、八米或者九米，都不重要，暗黑幽深神秘无比的地下管廊，照样裹挟着无数不可确定的无法解说的涌流，将整个城市的地下世界吞噬，都不会引起汹涌澎湃，根本无须在意。

我问王晓霜，你想得到多少赔偿款呢？

王晓霜抬头，很认真地看着我说："额娃娃还小嘞，额要带他不能上班赚钱滴，额希望能多一点撒！"

她的直接让我防不胜防，以往跟踪的伤亡案例，很多遗孀在这个阶段都是哭到死去活来的，问她们要多少补偿，大多数会撕心裂肺地跟我吼，她们什么都不要，只要她们的丈夫。

我不得不说："黄太太，您的确很实际，但我们赔偿的额度，不可能超过甄利的。"

甄利事故赔偿金额，是渺城建筑事故历史以来最高的，这与他的实际身份有关系，当时他是四号管井项目的实际包工头，赔偿金里包含了他之前在项目上该获得的利润。王晓霜很聪明，在工地上工作的时间也不短，心里的账明灯似的，亮堂明晰。她嗫嚅着嘴说："那你们出个数呗，要是不离谱，额还是能接受的！"

我紧紧地盯着她，怎样才算不离谱呢？我想在她脸上看出什么？她停顿片刻，挺起胸膛，幽幽地说："您别这样瞧着额，额只是想为额的男人做一次主。"

我恍然大悟，她在抗争，她在争夺，她不肯退让半步，她要把在四号管井丢掉的权利重新挽回来，她要证明她是妻子，这是她为人妻的权利，也是她勇敢的支撑。我忽然明白了，面对黄标之死，她为什么能这么坚强、清醒和直接。如果当初，是她来谈判甄利事故的赔偿款，她肯定也会哭成泪人，撕心裂肺地跟我吼，额啥子都不要，额只要额男人！

可这次死者叫黄标，此王晓霜已非彼王晓霜，相信在她与黄标的婚姻关系中，她没有再想尽办法去问黄标要钱，而是互相尊重信任，互相懂得珍惜爱护，黄标之于王晓霜，不可能是甄利的复制。他们是真正的夫妻。

一阵悲凉的感觉划过我的心坎，人间的悲伤各不相同，此刻我也希望王晓霜能多拿点赔偿款，尽管我知道，无论怎样也换不回，那个头顶着火焰一样的鲜艳的雀跃头发的废柴标。

在王晓霜到来之前，建设方和总包还有监理已经商量过赔偿的金额，尽管是黄标自身的安全意识不够强，才导致这个事故的发生，但黄标事故毕竟事发在正常的上班时间内，属于正常生产范畴，定性为安全生产事故。近几年渺城的一般安全生产事故赔偿金额，在一百二十万到一百七十万左右（甄利除外）。黄标年富力强，正是生产力最旺盛的阶段，但他没有父母要赡养，只有一妻一儿，妻子为健康的一般人，有正常的劳动力，综上种种，项目方得出的赔偿金额在一百四十五万到一百五十五万之间，我们在这个区间跟王晓霜展开了一场持久而艰难的谈判，王晓霜的理想赔偿金额是一百六十五万，最终，双方都作出了一点让步，谈判止于一百五十八万。

善后赔偿协议签订后，赔偿款很快就打到王晓霜的账户上，她看到手机信息后，站起来向我们鞠了一躬，低声说了句"谢谢"。

我看着她转身离开，在项目部门口接过刘石坚抱着的孩子，紧紧搂着孩子，头也不回地往前走。我好想追上去问她，往后有什么打算？等孩子上幼儿园后，还会回来工地吗？但我还是控制住自己，把身体控制在项目部里，手里那份善后赔偿协议虽然只有区区两页纸，却异常沉重，页末那个娟秀的签名和鲜红的指印，不停地刺痛着我的眼睛和心脏，我泪流满脸。

这个渐行渐远的女人，这一次终于可以为自己的男人做一回主，亮亮堂堂地拿回属于她的东西，可是，这代价又何其沉重！

往后她还会再觅良人吗？

刘大伟万没想到，蔡姐这些年跟踪工地的安全生产，竟经历了如此多的悲欢离合。他震撼地叫了声蔡姐，蔡姐说，其实，我一直有在记录的，杜甫写，安得广厦千万间。如今，广厦何止千万间，有谁住在广厦？有谁会想到这些生活在高处的建筑女工呢？如果不是因为工作，我也不会了解她们。

不，是我们。

我是她们中的一员。我的笔，无法写尽她们的故事。我只是想记录下这些坚硬地活在建筑工地上的姐妹们，为她们的存在做证。

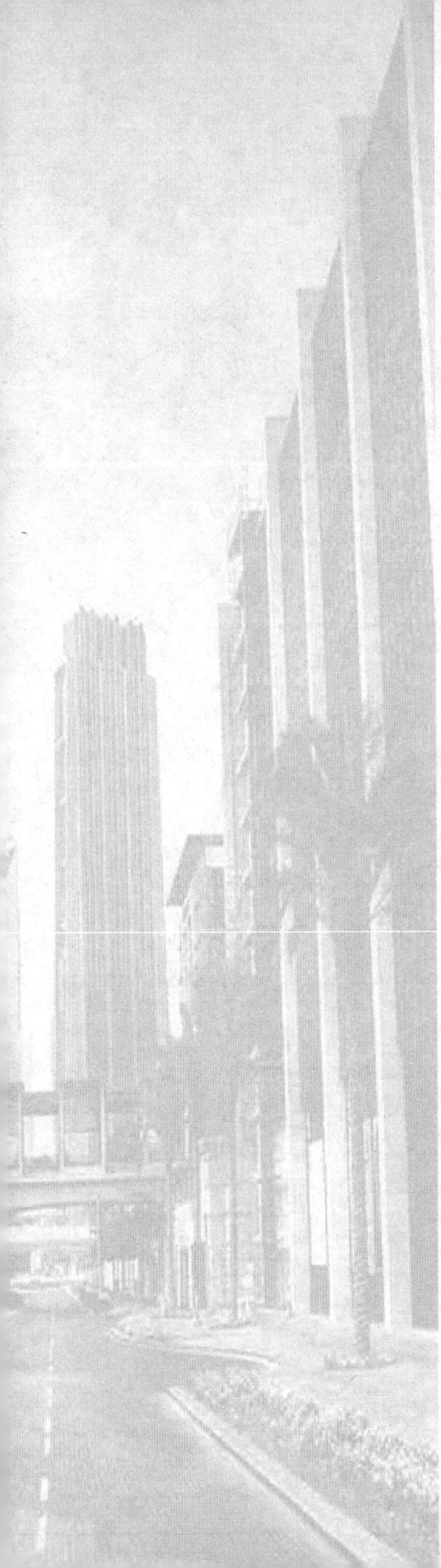

新城建设

建设规划

　　尹双杰打开会议桌上的图纸，图纸上细细地描画着渺城城区向北一带的地貌，山峦沟壑，树木林密，环绕着一个巨大的水湖。渺城因三江汇流而得名为渺，除了全城被三条重要水道围绕而过外，城外还有一个巨大的海湖，此海湖数千顷，史上曾为出海湖泊，鱼虾丰富，渺城多数土著居民都为渔民，靠此海湖为生。后因天气和地理变化，海湖大片变为基塘或良田，渔民亦转身为农民，但海湖仍有部分深处在山峦绿林之中，生态优良，环境优美，且海湖地理位置优越，东联广州，北接清远，西通四会，交通便利，渺城城市化要扩展，从海湖片区着手，意义重大。

　　海湖街道办是在二〇〇八年正式挂牌的，挂牌时，区府把这里列为渺城中心城区的重要功能片区，是渺城新城的主要构成。

　　尹双杰做梦也没有想到，海湖新区扩建才启动，自己就被调派过来负责海湖新区的整体规划，这关乎到渺城未来的发展，实在太重要了。接到调任通知时，尹双杰完全是懵的，好久都未能回过神来，尽管已是出来工作二十几年的老规划了，任职前，统战部门的领导也找他谈过话，有了心理准备，但当任职文件放在面前时，尹双杰才真切地感受到"任重道远"四个字的分量。

区府指导思想是非常明确的，在不破坏海湖原有的生态环境下，创造一个渺城新城区，十年内人口要与中心城区齐肩。

尹双杰紧皱着眉头，规划布局好了，才能招商引资，有了商业吸引，才会有人口红利的产生，一环扣着一环，环环都非常重要。但眼前的海湖，只有连绵的山峦和密集的鱼塘，还有分布在其中的二十多个小村，基本没有可以筑巢引凤的亮点。

海湖海湖。尹双杰轻喃着海湖的名字，在会议室内来回踱步，电话在这个时候响了，尹双杰接通电话，凌书记。

电话是海湖街道办书记凌云志打来的。要将荒芜变城郭，可不是喊喊口号就行的，凌书记决定召集海湖建设的关键部门负责人，徒步走一遍海湖新区。

挂断电话，尹双杰盯着脚上双鞋看了半晌，光在办公室内看地图，的确看不出任何门道，要想做实事，还得要实地去走。

第二天清早，尹双杰来到凌书记昨天指定的位置，凌书记已经穿一身运动服在等了，他身边还站着几个同样穿着运动服运动鞋的人，都是各相关部门的主要负责人，尹双杰低头看一眼自己的身上的穿着，好在今早也穿着运动服出门了，否则成异类了！

"我们的大才子来了。"分管城建的李东方笑着说，尹双杰忙敬回去："整个渺城，谁人不知东方公子才冠东方啊！"

"好啦好啦！你俩一见面不互怼一下，都没话说了？照我看，你们都是才子，都是我们海湖的栋梁之材！"凌书记终止了规划和城建两才子的互怼，笑着说，"一早约大家过来，因为我们海湖是新划分的区域，大家都是从区各关键部门调派过来的得力干将，能力都不容置疑的，我考虑到大家对海湖的地貌还不是很熟悉，所以今天，就带大家徒步走走海湖，我看大家今天的准备都很充分，海湖多为山丘、水田和水塘，一会儿徒步时，大家都注意，洼地较多，小心弄湿鞋子。"

徒步开始，李东方用肘子碰了碰尹双杰，低声问："尹大才子，这么大片锦绣河山就在眼前，准备怎样规划？"

尹双杰回了一肘子，低声回敬道，对啊："这么大片锦绣河山就在眼前，东方大才子准备怎么建设？"

李东方眼睛转了转，说其实我前两天已经开车在云山公园一带转了好几回。

"哟，这么看来，东方大才子肯定已经有好点子了吧！"尹双杰快步跟上去，笑道，"东方大才子，是怎样的好想法，分享分享，让我也开开眼界。"

"一会儿一会儿，还不成熟呢！"李东方眨眨眼睛，大步跟上队伍。

"又装神秘。"尹双杰心里嘀咕一句。李东方与他同毕业于西北理工大学，李东方比尹双杰低了一届，学的是土木工程专业，虽是理科男，可脑袋灵活得很。尹双杰学的是城市规划，在学校时，就喜欢四处穷游，国内的大城市基本都走遍了，因此阅历较广，平常在渺城工作的西大师兄弟聚一起时，尹双杰总是最能侃的，他能将走过的天南地北侃成海阔天空，因此被李东方他们几个封了个"大才子"的称号。尹双杰非常清楚，在他们几师兄弟里，头脑最灵活的还是李东方。你看，都是同时调过来海湖的，尹双杰还在办公室里盯着地图苦苦冥思时，李东方已经把海湖的每一个旮旯走遍了，尹双杰相信他的脑海里，肯定堆满点子了。

"装，你就装。"尹双杰追上大队，跟在李东方后面，凌书记带着大家走在田埂上，尹双杰就在田埂上撺着李东方问，既然李东方说有想法了，就算还不成熟，但足以把尹双杰的好奇心勾起来了。

渺城的情况大家都清楚，尽管临近港澳，毗邻广州，但仍是个三线城市，经济并不是那么宽裕，要从一片荒芜里建立起一座新城，实属不易。如何将无变有？这些天，海湖上下都在绞尽脑汁，希望能找个突破口，从而刺激资金介入。

凌书记带着大家站在鱼塘基，尹双杰便靠在李东方的肩膀间，李东方抿着嘴笑，对于尹双杰的追问，一概不予答复。尹双杰本是个慢性子，也被他吊得急了，这一大片子水田水塘，能用什么方法才能吸引资金进来建设呢？尹双杰拧一下李东方的手臂，这小子嘴巴守得可真严密啊！

走上云山公园的小山丘，凌书记指着前面的山湖和远处的水田水塘，云入山湖，倒影入林，风水宝地海湖也。尹双杰还是往李东方身边挤："说说呗，说说呗，东方才子，你都吊了我一上午胃口了啊！"

李东方回眸瞥了尹双杰一眼，笑道："尹大才子走南闯北几十年，什么样的城市没见过？规划一片空地，还不是随手拈来啊？

"少酸我啊！不就是少你一顿饭么？快说快说。"

尹双杰攀着李东方的手，谄媚着说，李东方哼哼鼻子，是两顿。两顿就两顿。

尹双杰心想，请两顿饭而已，到时你们几个还不得听我侃？侃到你们烦。

我一路留意你们两个了，一路嘀嘀咕咕的，商量些什么呢？

凌书记走了过来，尹双杰立刻站直腰说："报告书记，李东方说他有想法了。"

李东方伸手过来捂尹双杰的嘴已经来不及，只好说："书记，我是逗逗双杰玩的，你知道我们是师兄弟，平常爱开玩笑。"

"东方啊！既然有想法，就说出来大家分享分享啊！"

凌书记拍拍李东方的肩，李东方搓搓手说："以水为财，海湖蓄水丰富，做好水文化，未必不是一个亮点。"

水文化？凌书记抬头环绕着山丘，看了四周一遍，云山公园里星罗分布着几个山湖，前面和远处全是水塘和水田，再远处是之前打造的一个景点芙蕖世界，刚打造这个景点时，的确吸引了不少附近城市的人过来观赏荷花的，但这几年，芙蕖世界的热度也降下去了，数百亩荷花孤独地泥泽中盛放着，游客却寥寥，后来又有商家在芙蕖世界里，增设了机动游乐园和水上游乐园，但也因规模不够，特色不足，而人气稀落。凌云志上任后，费了不少心思，请了不少运营团队过来策划过，但效果甚微。

李东方笑着说："书记，我的想法应该是不完美的，说出来，供各位同僚商议商议吧。"

"赶紧说说，掖着不累么？"凌云志笑着打趣。

"这不是不成熟么！"李东方说，"我的想法是，在我们脚下的这片山往外挖湖，一直连通到芙蕖世界那边，挖一道中心水轴线出来，把云山公园内的山湖亦打通，与外湖连通，即一外湖一内湖，海湖新城政府中心就在外湖与内湖的中间，我们海湖新城规划的中心也围绕着水轴进行规划，至于如何规划，还要尹大才子的团队来谋划了。"

卡在死胡同里，往往就差那灵光一现。听李东方这样一说，尹双杰的脑海里马上就浮现出一幅规划图了，他蹲下来，拿起地上的一根树枝，很快就将海湖新城的大概轮廓勾画出来，其他同仁也跟着俯下身来，尹双杰用树枝，在一个点上圈一个圈，说："渺城区政府原计划在陈家村和西寮村的中间位置定为生物港U谷基地，将引进三十多家企业，这边一旦发展起来，高端人才必然涌入，我们必须要在陈家村和西寮村附近规划相应的生活配套。"

说着，他又在陈家村和西寮村附近位置画了一下，凌云志说，陈家村前面是水田和水塘，后面是山坡，环境较西寮村优越，可以考虑生活配套。

李东方指着前面大约是陈家村的方向，道："书记，我前几天在陈家村附近走了几趟，发现陈家村的人都把村前的水田用来种冬瓜了，现在冬瓜的销路并不好，村里人的生活水平不算富裕，很多村民都产生了不再种冬瓜进城区工作的想法，而陈家村的水田地理位置比较低，实际水位跟前面芙蕖世界的湖水水平差不多，可以考虑将这片水田征收了，从陈家村推田填塘挖湖，一直连通至芙蕖世界那边。"

凌云志点头说："双杰，从陈家村一直挖通到芙蕖世界，估计我们这个海湖海多大？"

尹双杰拧着眉头说："起码两个西湖那么大了。"

凌云志点头："推塘挖湖的确可以考虑，国内大多数城市的经济中心都是围水而生的。如果湖挖成了，对陈家村的地质影响如何？"

李东方说："这个我会找监测公司过来评估一下的。"

"好，那倒可以给陈家村生出个绝佳的风景区来的。"

凌云志笑着说："双杰，你们团队要再深入研究，征收工作我们来做，你们画红线时，可要给陈家村留点空间，让村民能借海湖海富裕起来。"

尹双杰点头说："一定的，区政府未来发展的重心是我们海湖，我们又处于大湾区的中心地段，得天时地利，这人和必须要紧抓的。书记，陈家村这边风景好，适合生活，您说给陈家村留一片山和田地出来做新农村建设，打造一个网红村，另外，在村东边这片山丘，置换成商住用地，可以引进房产，建立一系列别墅群，我们渺城城区内，高楼林立的，但成型的别墅群并不多，只有南岸那边的秀江南别墅群比较成熟，我们海湖新城在陈家村附近也划定一片别墅群区，刚好与秀江南呼应。"

凌云志思考了一会说："省财大、渺城中学和海湖行政中心离陈家村都不远，未尝不可，但对应的生活配套要跟上，特别是交通。"

尹双杰快速在地图上纵横画了十几条线，说："我们团队之前都研究过了，计划先打通海湖新城原有的几条道路，然后在这些地方新开通几条道路出来。"

李东方将手指指在外湖与内湖中间道，轻轨要从海湖这边通过，渺城北站进出口定了在这里，我们是否可以考虑把渺城汽车站也迁到这边来？这样高铁城巴公汽一站通，大大方便市民的出行。

东方你这点子非常好，轻轨出口两边，可以考虑建设大型综合体和人才优惠房。

凌云志认同了李东方的观点，李东方笑着说："海湖缺的东西可多啦，譬如地标性建筑、品牌折扣商场、星级医院、学校、图书馆、电商园、体育馆等等！"

这个慢慢来，只要方向对了，规划好后，自然能引资进来建设的。芙蕖世界那边保利地产已经进驻了，区政府打算在边上开发一个大型游乐园，渺城中心图书馆也将定在那边，我们把海湖海延伸到那边去，图书馆就和游乐园就在湖上，相得益彰啊。

凌云志站起来，已有工作人员将海湖地图和望远镜送了上来，凌云志接过望远镜，四周仔细地观察了一遍，点头说："海湖真是个好地方啊！绿植丰富，依山傍水的。东方你造湖的想法非常好，我们必须要紧抓着这个湖，展开规划发展，我们回去再好好地捋一捋，请专家团队过来实地研究，仔细谋划。"

李东方蹲下来，手指戳了戳还盯着地面在画来画去的尹双杰，打趣道："大才子，入魔怔了吗？"

尹双杰手中的树枝继续画了几圈，突然站起来说："大家看，这样连起来，海湖像不像一只飞着的凤凰？"

大家凑上前一看，地面上尹双杰所画的海湖新城的地图，已经密密麻麻地布满了建筑物，道路如血脉贯穿，陈家村和西廖村如张开的两翼，长湖贯穿，真如展翅腾飞的凤凰。

"大才子就是大才子，这图早就在你脑子里了吧，你就差一个大湖，对么？"

李东方敲了敲尹双杰的脑子，尹双杰抓抓脑门上乱糟糟的头发，不好意思地说："就是少不了你嘛！东方大才子。"

海湖新城工地上的工人们

砌筑工胡贱生的技能比赛

渺城住建和水利局将在海湖新城办一场建筑技能比赛，第一项要比的就是砌筑。

朱五毛在海湖新城新太阳酒店工地的入口处拦着砌筑工胡贱生，也不躲避来来往往的混凝土车，在尘土弥漫的路旁边站着，大口蛤蟆般张着，灰黄的尘土吸进蛤蟆嘴后，嘴唇后面的烟灰牙便参差地布了一圈黄灰。

朱五毛平日爱讲究，穿衬衣着西裤，腰间捆一条花哨的皮带，将头顶仅存的几根头毛梳得油光滑亮，背着双手在工地上晃转，摆一副懂行规的样子，拿腔作势地胡诌一番，说这里没砌平，那里没扎牢。工人们都懒得理他。

朱五毛理论特多，隔三岔五在工人吃饭时讲理论。一天干活下来，工人们又饿又累，恨不得吃完饭就立刻回宿舍倒头大睡。朱五毛闲得慌，别人都埋头扒饭，他敲敲汤桶，咳嗽两声，开始理论，说什么搞建筑可马虎不得，安全最重要，让老百姓住上牢固平稳的房子，是建筑工人的职责云云。

工人们吃完饭，走到汤桶前，拿起大汤勺，舀一勺猪油汤，头一昂，脖子一挺，把汤灌进肚子，然后一抹油腻腻的下巴，瞪一眼还在喷唾沫的朱五毛，甩下汤勺走人。鬼才听他的狗屁理论。做建筑工的，俗称泥水佬，在渺城又叫三巷佬，整日跟沙粒水泥钢筋混凝土打交道，背朝日头面朝水泥板，攀高爬低，丢那妈，又热又燥又累，生命见不得有什么保障，谁还管他妈的狗屁职责？

胡贱生虽名叫贱生，但脑袋一点也不贱生。每次听朱五毛灌输完理论后，胡贱生回到宿舍，都忍不住同王老哥、铁耙手他们牢骚几句："什么安全最重要？泥水佬的命就不重要了么？什么老百姓？丢那妈，我们就不是老百姓？我们盖那么多楼房，可有过一片瓦是我们住的么？"王老哥和铁耙手都点头认同："就是，屌他朱五毛的狗屁职责！"

现在，朱五毛竟不讲究，站在路边，吸着尘灰叽里呱啦地讲了一大堆。胡贱生捂着鼻孔和嘴巴，往路边的一棵蔫耷耷的矮树走过去。矮树虽是树，但早就没了树的样子，全身被黄土水泥灰末覆盖，灰黄灰黄的，只见到枝叶的形状却见不到枝叶的颜色。

朱五毛划拉着手追过来"哎！哎！哎！贱生，贱生，你听我说。"胡贱生回头翻一下白眼，站在混凝土滚筒车来来往往的工地出口，说屌啊！这个平时爱讲究爱装逼的朱五毛之所以那么紧张，也不怕水泥粒子吸进肺里，将他的肺孔儿给封实了，无非是希望他答应去参加技能比赛么？

胡贱生伸脚，将鞋跟儿往树干上蹭了蹭，鞋跟的污泥给蹭了下来，但树干却毫不客气地在他的鞋上画了深深的一道。去他妈！胡贱生骂了句，心想，这三巷佬的活儿真不是人做的，再他妈辛苦几年，等子女都满十八岁，就不干了，随便去哪儿找个看门的工作，也比在工地上吸灰食尘过得自在。

三巷佬在渺城白话里泛指那些从事砌筑、搓水泥、抹灰、担砖、扎钢筋等粗重活儿的建筑工人。很早以前，渺城有三条巷非常出名，分别叫菜籽巷、筷子巷和酱油巷，它们穿插在人民路、新华路、东风路一带。这三条街巷不但商铺林立，热闹非凡，还是以搞建筑为营生，出售劳动力的建筑工聚集地。每天清早，那些靠手艺或劳力在工地上谋生的建筑工，就会袖着双手蹲在三巷的某一个角落，等待雇主的到来。

朱五毛追上来，拉着胡贱生的袖子，说："贱生，我们工地上，砌筑有谁比得过你？"

胡贱生不吃那一套，甩下他的手，一辆转着滚筒的混凝土车呼啸着驶了过来，扬起的灰尘沙暴一样扑了过来，朱五毛用手捂着脸，巴结地说："我屌，尘真大，走，哥请你出去饮下午茶！"

胡贱生翻翻眼，黄鼠狼给鸡拜年么！当初进工地时，胡贱生就给朱五毛提议，要在工地的出入口挖一个冲洗池，这样车辆出入工地，就不会带起太多的尘土。按胡贱生的想法，最好在工地主道和四周围墙都装上喷头，太阳晒得厉害时，就喷一喷水，降降路面气温，也压压尘土。

胡贱生做了二十多年的砌筑工，从村子里帮人盖房子到在城市的各个工地盖高楼建大厦，见识还是有的。他曾经在深圳东莞等大城市跟过一些双优工地，人家工地就是这样管理的，把工地打理得似花园般，工人在里面施工，舒心，工作效率自然也提高了。

朱五毛哪舍得花水钱？听完胡贱生的提议，瞪瞪眼睛，蛤蟆嘴鼓鼓，说："等甲方第一笔拨款到了，再弄吧！"

胡贱生挖一眼那鼓鼓的蛤蟆嘴，指望这张破嘴能吐些实在的？

还是别做梦了，活该他被环保部门罚款的。

想到技能比赛，胡贱生就来气。上次朱五毛让他示范表演砌砖，说好有三百元补贴的。为了三百元补贴，他屁颠屁颠地干。结果在四十多度的日头下晒得眼冒金星，却一个镚子也见不着。找朱五毛要，推三阻四地，一会儿说经费紧张，一会儿说这样补贴不好办，说不过去，其他工人也有帮忙搓灰和泥，总不能只补贴你胡贱生一个吧。

朱五毛晓得胡贱生记恨那三百块补贴的事儿，赔着笑说："贱生，上次是哥不对，但你亦得体谅哥的难处啊！那时工地刚开工，哥手头紧张，实在难，现在哥给你补上。"

说着就掏钱包。胡贱生瞪瞪眼睛："老子不缺这三百块！"

朱五毛将三百元往他手里塞，说："哥晓得你不缺，像你这么高超的手艺，到哪个工地混，一天就差不多赚回来了！"

这句话说得还算靠谱，胡贱生停下来，将浸着手汗的三百元放进口袋，本该是自己的，不拿白不拿。

朱五毛笑着说："贱生，你回去准备准备，过几日，我们先在工地练习练习。"胡贱生说："我还没答应呢！"朱五毛紧张了，蛤蟆嘴张着。胡贱生问："参加比赛，有补贴么？"

"有，有。"朱五毛松了口气："要是能拿第一，不仅工地发补贴，区局还有奖金发呢，据说区技能学校还想在其中找合适的人做专业技术指导老师，到时，奖金不仅都归你，说不定你还能碰个狗屎运呢！"

胡贱生眼光闪了闪，看朱五毛的样子不像说假话，这可是个摆脱三巷佬生涯的绝好机会啊！回到宿舍，碰见王五哥刚抹灰回来，浑身上下都是泥沙粒子，提着的灰桶也没敲干净，还积着厚厚的沙浆，灰抹子上裹满了水泥砂浆。胡贱生脱下汗衫，拿毛巾抹一把脸，伸脚踢踢王五哥的灰桶，说："拿出去敲干净啊！砂浆硬了就敲不下来了！"

王五哥怪眼翻翻："丢！浆硬了灰桶，回头再去领个新的。"

"丢那妈，不用你的钱买！"胡贱生骂着，用脚将灰桶踢到门口，蹲下来，细细地将灰桶里的水泥砂浆都刮干净，铺在门前的落脚处，抹得匀匀的。

王五哥脱掉粘满砂浆的迷彩服，扔到一边，赤膊坐在条凳上搓身上的泥垢，腮帮绷得紧紧的。胡贱生回头望了望，他晓得王五哥生气了。

工地上很多人都不喜欢胡贱生的仔细，名字明明叫贱生，可人却不贱生，做事仔细得怕人。且不说他的床褥叠整得干净整齐，光是他做起活儿来那认真劲就让人受不了。不就是砌块砖头垒堵墙么？水泥砂浆往砖面上一抹，把手一压一敲不就结实稳妥了么？可他却不胡来贱作，总是那么仔细地将砖面上的砂浆抹平整匀称，然后将砖块压下，用韧力，轻轻按一按，再用砖刀在砖背上敲敲，反手砖刀一刮，一提，压出来的砂浆就刮起来，抹在砖背上。砌好后还歪脖子两边瞧瞧，确认两块砖的砖缝成一直线儿了，才砌下一块，绝不马虎含糊。

铁耙手取笑他，又不是相亲看媳妇，瞧着大概差不多是个女人就得了，还要看看人家奶子大不大，屁股够不够圆么？

砌得再仔细，房子亦不是他们住的。胡贱生理解大家的挖苦，他也想过将习惯改过来，毕竟工夫做太细了，很耗时间。现在做工地可不能跟往时比，现在什么都讲工时、讲进度、讲结果，谁还会在乎你砌的砖好看不好看？但习惯就是习惯，没出娘胎就落下来的手势，想改掉真不容易。

胡贱生记得，少年时期，只要不用上学读书，他就得挽两个灰桶跟在父亲身后，穿街过巷到处修庙补寺。父亲要求严，说这些古庙古寺都是老祖宗留下来的，攒着一代代砌筑工的手艺和心血，既然要恢复原样，就得仔细地恢复，可不能轻慢了老祖宗们的心血。他要求胡贱生每砌一块青砖，都得用墙线仔细地拉一拉，确保每一块青砖都码在同一水平线上，且砖缝儿也得一样细密。

父亲还说，石灰和泥沙虽然都是地里挖出来的，看似不值钱，但用到地面上就是房子庙宇，能遮风挡雨，能寄托心愿，能安居乐业，就是金贵的，不能浪费。他要求胡贱生在砌砖时，一刀泥灰也浪费不得，拌料用料时，心里都要掐算好，收工前，灰桶都得刮干干净净的，每一刀泥灰都要用到砖墙上。

胡贱生的手艺和习惯就是在那时练的。即使现在砌的都是轻质砖，轻质砖块大、空心、没分量，但要是砌得不平整或走的纹路不够直，胡贱生的心都似被什么挠着，痒得很，非得敲了重新再砌。若见有工人没用完砂浆就赶着下班，甩下半桶砂浆跑了，他的心里也会难受，非要过去把余下的砂浆用完。即使在黑夜加班，也要将剩余的砂浆用完，才半眯着一双熬红了的眼睛，慢腾腾地摸回宿舍。他这样的行为，很快便招来同行的不满，在同一个工种里，你总是干得比别人干净利索，都把别人的缺点突显出来，那是很不讨人喜欢的。

胡贱生也下了不少次决心改。可改得了手上的习惯却改不了心里的习惯。明明已收工回宿舍，心里仍惦挂着收工前丢下的那半桶砂浆，躺在床上翻煎饼，就是睡不安稳。没法子，唯有蹑手蹑脚爬起来，悄悄摸出宿舍，跑到工场，将剩下的半桶半硬不硬的砂浆搅软和，全部用完了，才心满意足地返回宿舍。

打开宿舍门，王五哥和铁耙手在黑夜里闪着两双晶亮的眼睛，胡贱生不好意思地搓搓手上的沙灰说："没法子，习惯了！"

王五哥和铁耙手对望一眼，王五哥冷笑了一下，倒在床上，用薄被盖着脑袋，一会儿就鼾声如雷。铁耙手起床，给他打来一盆温水洗手，说："有些习惯，现在留着见不得就是好，但往后见不得就是不好。"

胡贱生听了，心里暖了暖。之后，王五哥和铁耙手就再也没劝过胡贱生改习惯了。

胡贱生让王五哥每天下班，都带一灰桶水泥砂浆回来。王五哥瞪瞪怪眼，问要来干什么用？不是嫌硬了灰桶么？胡贱生解释说，已经答应了朱五毛，代表新太阳项目部参加技能比赛，既然是比赛就马虎不得，现在用的全是轻质砖，都好久没抛红砖了，练练手势么。王五哥鼻子哼哼："一个破比赛，走走形式而已，用得着这么紧张？"

胡贱生笑道："朱五毛那厮人说有奖金哩，据说奖金还不少。"

王五哥脸色阴了阴，胡贱生怂恿说："听说八大工种都在比赛的范围内哩，你要认真点儿抹，不定也能拿个大奖。"

王五哥不屑地说："切！才不稀罕，能有几多奖金？哄孙子的！"说着就提了灰桶往工场那边走去。

胡贱生望着他被肮脏的迷彩裤裹着的屁股一翘一翘地走远，心想，这么好看的屁股，长在这个脾气臭绷绷的男人身上，可惜了。

钢筋工铁耙手的女人

钢筋工铁耙手本名叫什么，连他自己也忘记了。

工地上领工资从不讲究，大名小名真名假名乳名花名，只要在工地上叫顺口叫习惯了的，就都往工资本上登记。什么飞机砼、泥水七、沙尘扬，全都是工地上互相起的花名，大家都叫习惯了，如叫本名，都觉得别扭。

新太阳项目财务部新来了个小妞，规规整整地将工资表贴在公示栏上。午饭时间，工人们捧着饭盒堆着脑袋往公示栏前拱，有识字的念："木工班柳大个，出勤二十二天，应发工资三千三百元，扣伙食住宿费三百八十元，实发工资二千九百二十元；电焊班李尖顶三千六百元；防水班牛应发三千二百；钢筋班刘小山，刘小山，刘小山是谁哇？丢那吗，出勤三十天，加班四十八工时，不要命啦！"虽是叫嚷着不要命，随即叫嚷便变成啧啧的惊呼声了："哇靠，六千六百元哇！丢那吗，一月抵老子两月工资了。谁是刘小山，谁是刘小山，什么鸟人？钢筋班有无这号人啊？"

　　大家嚷嚷地叫着，饭盒敲得砰砰响，有人还用新学的网络语言喊："刘小山有木有？六千六有木有？发达哥有木有？"

　　铁耙手和王五哥刚出工棚。瘦猴一弹一弹地跳过来，对他们挤眉弄眼，铁耙手推他一把："屌，你走路不可以不跳么？"

　　瘦猴伸伸舌头说："老子钱包轻，精力旺，跳下都无得啊！"铁耙手推他，往人群里挤了挤，说："三巷佬，有几个不是穷得只剩蛋蛋里的精液旺的？"

　　瘦猴又滴溜溜地跳回来，绽着一脸皱巴巴的皮，说："不知哪里冒出个叫刘小山的，丢那吗，一下子拿六千六，三巷佬就得他是腰包鼓，蛋蛋里物产丰富，他阿爷啊！发达啦！"

　　铁耙手回身一捞，大手牢牢箍着瘦猴竹枝般的瘦臂，咧嘴笑："丢你个瘦猴，你又怎知人家刘小山的蛋蛋物产丰富？屁股被人开过？"

　　瘦猴装模作样地在他树丫一般的大手下挣扎，呱呱叫："老子两瓣尖屁股，瘦得就剩骨和皮啦！人家想开，老子也要夹得住才行哇！放开老子哇，丢你老母！"

　　哟，这猴儿还敢骂老母了，铁耙手看他模样滑稽，还想将他再提高一点，恐吓他一下。王五哥从人群里挤出来，扯扯铁耙手的衣服，冷脸一点表情也没有，眼神却是复杂的，说："走，领工资去。"

铁耙手放开瘦猴，瘦猴骂骂咧咧地再次钻进人群。

铁耙手追上王五哥，问："怎么啦？"王五哥瞪瞪怪眼："这个月你拿的工资最高，还站在那里跟那个瘦猴玩那么起劲，不怕招人眼红么？"铁耙手挠挠脑门："不是那个叫刘小山的拿了六千六么？"王五哥再瞪瞪怪眼："看看自己的身份证！"说完，翘臀一扭，钻进了财务部。

铁耙手又挠挠脑门，从皮夹里掏出身份证，顿时眼都直了，身份证上那个浓眉大眼、五大三粗的大男人，名字就叫刘小山。哎呦呦，已被人唤了几十年铁耙手，都忘记本名了。铁耙手想起刚才王五哥睥睨的表情，黑厚的脸皮热了热。之前的财务发工资时，工资表上都写"铁耙手"的，这回恐怕是财务部新来的小妞不晓得，就用了本名。铁耙手是底层工人不太清楚建筑工地的新政策，现在所有建筑工人都进行工资实名制管理，出入工地都刷脸打卡，工人工资根据打卡天数确定，直接输送上工人工资管理平台。所以，工地再也不会用花名来发工资了。

铁耙手将身份证在手里拍了拍，塞回皮夹，心里奇怪，连自己都记不起来的名字，怎么王五哥却晓得？还思想着，王五哥从财务部探头出来，冷冰冰地说："站卵啊？进来领工资哇！"

进了财务部，新来的小妞将工资本扔过来，说："刘小山么？签名！"铁耙手反应不过来，愣了愣，小妞一捋额前染金黄的头发，说："签名啊！刘小山！盖指模！"

王五哥用力在铁耙手的臂上一掐，勉强掐住了他铁硬的肩肉，使劲地扭，铁耙手回头问："做么事呢？"

王五哥嘴唇呶呶工资本，铁耙手醒悟过来："屌，都不记得自己大名叫刘小山了，还以为哪里冒出来的屌毛来抢饭碗呢！签哪里？"

小妞伸笔尖在刘小山的名字上敲了敲，铁耙手歪歪斜斜但力透千钧地在上面签下"刘小山"三个字，再按一个鲜红的指模。小妞将铁耙手的身份信息和银行卡信息核对了一番，将身份证和银行卡还给铁耙手，铁耙手接了往裤袋一揣，笑着说："阿妹，下回，还是写铁耙手好。"小妞将工资本收回柜子里，瞥一眼两个人说："从今天起，所有工资都必须实名制发放了，都要统一银行卡过账，你工资高就要交税，必须签本名了。"

铁耙手还想争几句，但王五哥已经扯着他往门外拉了。铁耙手摇着葵扇般的大手，这么标志性的一双大手，除了他，谁还能叫铁耙手？莫名其妙地，搞什么实名制呢？别人都只认识铁耙手，谁还认识刘小山？

王五哥一把把他扯回宿舍，关上门才骂："有钱拿，你管她叫你刘小山还是刘大山？"铁耙手伸手摸摸口袋里的银行卡，签完名，很快工资到账的信息就会响了，也是的，有钱拿，管她叫什么呢？

王五哥又睥睨地刮他一眼，说："签名时也不自己核对一下加班时间，吃亏了也是哑巴亏。"铁耙手抓抓脑门，刚才急着签名，倒是忘了拿加班本出来核对，这可都是血汗钱，每晚熬通宵加班攒回来的。

铁耙手追悔莫及地掏出加班记录本，打开手机慢慢地将加班时间加起来，寻思着要是财务部的小姑娘算少了，一会儿得过去找她核对一下，要是算多了，就什么都不提了，反正没人发现。这是铁耙手的小智慧，外表糊涂内里清晰。

王五哥推门进来，怀里抱了两个饭盒，热乎乎的，冒着热气，将他烫得裂嘴歪眼。铁耙手接过饭盒，王五哥盯着他那双招牌式的大手，嘴巴鼓鼓，却不说话。刚从锅里盛出来的热饭，滚烫滚烫的，一下子就渗透了铁皮，王五哥用衣服捂着抱了，一路小跑回来，也觉得心窝发烫，双手刺痛，铁耙手却似无事一般，徒手拿着，好像他的手是铁皮做的。

铁耙手将王五哥的饭盒搁他床上，捧着自己的饭盒，盘膝坐在床上，掀起饭盒，一股烧焦的肉油香味扑了出来，好香啊！铁耙手深深吸了一口，肚子咕咕响了。饭面上铺满了肥肉和黄芽白菜，油乎乎的，肯定是王五哥又趁厨房里的几个女人不注意，偷溜进去舀了一勺子新熬的猪油。铁耙手一手端着饭盒，另一只手反手伸进被窝里翻找。

王五哥也坐到床上，扒着饭说："咸榨菜食多了，净想喝水。"

铁耙手再伸进一点儿，手指碰到了一袋湿湿滑滑的东西，一笑，拽出来，是一大袋没开封的榨菜。他撕开袋口，抓出一小袋，丢给王五哥，说："我就好这一口，食了那么多年，少食一餐，都没办法食饭了。"

王五哥很生气地将榨菜扔回来，说："也不晓得是不是在粪池边腌的。""还用臭脚丫踩的呢！"铁耙手哈哈大笑，前段时间，有段工人用脚直接踩踏腌制酸菜的视频很火，还说某大品牌的老坛酸菜牛肉面的酸菜也是从这家腌制作坊拿的，王五哥专门给铁耙手看了这段视频，铁耙手根本没放心上，自个牛般壮，还怕几包脚踩的酸菜有细菌？他撕开榨菜包，将榨菜都倒在饭面上，呼呼地大口吃起来。

做了几十年钢筋工，每天都在工地上锯钢筋、扭钢筋、扎钢筋，一天工作十小时，十小时都在使力气。通常扎完一天钢筋回来，累得连吃饭的欲望都没了。特别是夏天，广东的夏天能热出人命，在烈日下连续扭几个小时钢筋，体内的汗水都快被蒸干了，回到宿舍时，眼冒金星，耳朵嗡嗡叫，倒在床上，动也不想动，别说吃饭，连嘴都懒张，舌苔干得像抹了一层水泥浆，再香的饭菜端到面前，也吃不下。

可不吃不行，三巷佬，特别是三巷佬中的钢筋工，使的就是力气活，要不这双大手，怎练得跟铁耙般呢？吃不下饭，身体便软了，其他钢筋工，都硬灌几口凉水，拿一瓶子腌指天椒，就着饭吃，三两个指天椒下肚子，胃口就开了。

铁耙手也尝试过吃腌指天椒，可一口嚼下去，先是一阵怪异的酸味，紧接着就是麻舌头，刺鼻的辣味儿似烈火般，烘烘地扑向食道深处，呛得铁耙手口水鼻涕眼泪全出来了，还打破了一钵子好米饭。

铁耙手是广东人，吃不惯辣味儿。吃不了辣的，就吃咸的，咸也能开胃，不过要多备一壶水，咸吃多了，舌头就淡，得喝水。榨菜是咸的，带点儿辣味，嘣脆，能下饭。铁耙手吃开了，就上瘾了，顿顿离不了榨菜。即使工地上过节加菜了，要是没有榨菜，铁耙手也是吃不香，总觉得肚子饱不了，身体发软，比小手指还细的钢筋也扭不成弯。

王五哥扒了几口饭，不吃了，伸手将铁耙手准备拆开的榨菜夺了过去，一本正经地问："你晓得胡贱生这些天都在做么事吗？"

铁耙手盯着他手中的榨菜，想了半天，脑海里全都是榨菜状的条条儿，说："我管他做屌事，榨菜给我。"

王五哥将榨菜藏到背后，说："他要参加技能比赛，朱五毛让他秘密练习了。"

"屌技能比赛，老子得闲摸摸蛋蛋，还能爽一把！"

王五哥脸色都变了，狠狠地将榨菜砸回去，说："我是为你好，听说要是能拿一等奖，奖金一万元呢！"

铁耙手撕开袋子倒榨菜，说："一百万亦跟我没关系啦！"

王五哥很生气地将饭盒放下："怎么没关系了？八大工种都比赛呢！每个工种都比前三名出来，谁扎钢筋还比得过你？要是手势好，技术到家，被技能培训学校看上，说不定以后都不用在工地上扎钢筋了！笨！"

铁耙手倒榨菜的手停了下来，斜睒着王五哥，王五哥说："不过要项目部报名才可以，我看钢筋班那边还没动静，应该人选还没定的，你找朱五毛，塞他条芙蓉王，没准就能参赛啦！"

铁耙手嚼着脆咸脆咸的榨菜，看着王五哥，看了半天，仍是满目榨菜状的条条儿，丢那妈，钢筋班还有班组长呢，技能比赛又不是比谁力气大，比的是谁手巧，谁技术更到家。铁耙手晃晃一双大手，大手全是榨菜咸咸的味道。

虽然在王五哥面前说得挺牛逼挺漠不关心的，但夜里加班时，铁耙手裁一组钢筋就看一下自己的大手。要说不想参加技能比赛是假的，真金白银一万元啊！谁不喜欢？不过是人都喜欢装逼而已。铁耙手也弄不明白，自己怎么总爱在王五哥面前逞能，两个都往五十奔去的老男人了，还较什么劲？装什么男人气概？

想不明白，铁耙手甩甩脑袋，大手如铁耙般往下一抓，将一捆拇指般粗细的钢筋提上来，重重地放在切割机上，扳开关闸，切割机就哧哧地叫了起来，火星四溅。也许是太大捆，钢筋太多，切割齿轮卡在钢筋上，响了半天也割不下去，火星越溅越大，如在黑的夜里爆出火红的巨大的菊花。

好不容易割断几根。丢那妈。铁耙手弯腰捡起断下来的钢筋段，往手掌上拍拍。雪白的照明灯下，这双蒲扇大的铁硬铁硬的耙子般的大手，灰黑而厚实，不仅手背是黑的，手板也是黑的，手背手板伤疤交错，黑黑的手掌上，还结着一层厚得用刀子削也削不下来的茧。鼓起的五指上结的茧特厚，却不黑，是白的，泛着灰黄的白，似是透的，却透得深不见底。这样巨大黑实的手很吓人，要是恼起来，失了轻重，一巴掌扇人脸上，非把脸打歪不可。

年轻时去相亲，再傲慢的姑娘看见这双大手也吓得噤了声，只见一次面，第二面就很难再约。铁耙手很纳闷，按道理，自己样子不丢人，挺伟岸的，工作虽然是靠力气的，但赚的钱也不少么，养家糊口没问题。对方姑娘不是天仙般的人物，也没有家财万贯，普通女子而已，没道理只见一面就不再见的啊！于是使媒人去问。媒人去了，很快就回了答复，说姑娘对他的手不满意。

铁耙手将双手晃了又晃，自觉这么厚实巨大的手，才是男人的手，大而有力量，安全呗！可媒人不这么认为的，撇撇嘴说："这么粗的手，除了粗活，还能干些么事哦？"

铁耙手说："那日后粗活我做，细活她搞，不是恰好过日子么？"

媒人"哧"地喷一下鼻子："要是夫妻闹个什么意见，争吵起来，你这蒲扇般的大手扇过去，人家姑娘岂不给扇到如来佛祖的五指山脚下？"

亲事就这样给黄了。

好不容易谈成了一个。对方倒不嫌弃铁耙手的手大，说手大能干，力气足是身体好。铁耙手很高兴地去相亲了，见面才晓得，女子是个瘸子，见面第一句就问："听说你住六楼呢，我爬不上去怎么办？"

铁耙手蹬蹬地走过去，像抱小羊羔般把瘸子抱在怀里，气也没换一口，就将瘸子从一楼抱上六楼。

于是，婚事便成了。

虽说娶的是瘸子，模样却周正得很，浑身细皮嫩肉。铁耙手抱在怀里，似抱着一团温热糯软的面粉，大手揉几下，面粉就软得跟煮开的面条差不多。铁耙手怜惜喜爱得不得了，含在嘴里怕溶，抱在怀里抱化，天天将瘸子供在家里，自己则四处跑工地揽活儿做。

瘸子身上的皮肉越来越嫩，铁耙手手上的茧越来越厚。每晚上床钻进被窝里，铁耙手的大手刚碰触到瘸子，瘸子就禁不住颤抖。问她怎么了？她说痛，戳得痛。铁耙手掀起被子一看，不得了，瘸子一身细白的嫩肉都布满了红红的血丝儿，网一般。铁耙手看得心痛，想搂在怀里疼爱一番，但一伸手，瘸子就拖着坏了的腿往被窝的另一边爬去，拥着被子泪眼汪汪地望着他。

铁耙手长叹一声，张开的大手无奈地垂了下来。不让搂不让抱不让抚摸，这样的夫妻生活还能有么味儿呢？瘸子给他生了一儿一女后，就几乎不让他近身了。儿女长大一点儿后，瘸子干脆在儿女的帮忙下，在房间里再放一张床，和他分床而睡。

这些年，瘸子的身体一天不如一天，周正丰润的脸瘦了下去。中药煲开始占据了家中的灶台，家里整日都飘着一股中药味。儿女刚出来工作，却赚不到什么钱，都还要他帮贴。家里的开支越来越大，为了攒更多的钱，也为了让瘸子过得舒心些，铁耙手干脆住到工地上了。

每次想起瘸子，铁耙手就心痛，痛得钻心的。他怜她弱小，怜她薄脆，怜她残疾。爱她温顺，爱她善良，爱她贤惠。感激她给他女人的温暖，感激她为他生了一对儿女。为了她，即使让他去赴汤蹈火，他也是愿意的。

这些年来，多少次扎钢筋时，尖硬的钢筋扎进手里，扎得血肉模糊，痛得冷汗直冒，但只要想到她，他就觉得翻起的伤口不过是瘸子柔软的唇印；扭钢筋柱堵墙梁时，顺着方向扭，手来不及收回来，跟着拐进了钢筋柱里，扭得手腕骨头咯咯响，要用切割机将钢筋切开才能把手抽出来，手腕被钢筋勒得血痕一道道，似春天被犁开的土地，痛得浑身发冷，但只要想到她，他就觉得这些血痕不过是瘸子温暖的小手在上面轻轻地拍打过。

谁也不晓得，这个终日和钢筋扭来曲去地打交道的浑身铁锈味的粗汉子，心里却有这么柔软的一块。

或许王五哥是知道的。

铁耙手将割好的钢筋码在一起，捆了，放在斗车上，推着往在建楼送去。王五哥提着两个饭盒迎面走过来。铁耙手将斗车停下来，抹一把汗，问："给我送么好吃的？"

王五哥举举手中的饭盒，说："榨菜肉丝炒河粉，猪杂粥！"

铁耙手竖起大拇指："都是我中意食的！谢啦！"

王五哥眨眨眼睛说："快将料送过去后，回来吃。"

铁耙手点了点头，推了车子往前跑，王五哥追在后面问："白天给你说的事情考虑成怎样？"

铁耙手停了停，想了想说："瘸子的坏腿又痛厉害了。"

王五哥愣了一下，铁耙手推着车子飞快地往在建楼跑去，在建楼层一片灯火通明，人声喧哗，钢筋班正在加班扎用来灌楼板的钢筋。

王五哥望着铁耙手高大的身影闪入被灯光照得通透的高楼里，跺一下脚叫："我买了两条芙蓉王呢，让一条给你！"

混凝土工沙尘扬的鼻子

沙尘扬不过是他的花名，他的样子长得一点儿也不沙尘。只要打一盆清水，用肥皂洗去头发和脸上的水泥粉末，就能露出宽宽的额头，一字的浓眉和清亮的眼睛。之所以叫他沙尘扬，因为他是一名混凝土工。

沙尘扬每天都待在混凝土搅拌机前，将沙子、石灰、石子、水泥等物料一并倒入混凝土搅拌机内，注进水，然后一起搅拌。倒入沙子水泥等物料时，肯定会扬起浓密的灰尘，碰上吹大风的日子，灰尘就毫不客气地顺着风的方向扩散，附近施工的工人被呛得捂着鼻咳嗽，只露出一双泪汪汪的眼睛大声地咒骂。

　　沙尘扬这个花名就是从咒骂声中骂出来的。

　　沙尘扬最喜欢做的动作就是抠鼻孔。只要有空闲，他就会将小指伸进鼻孔里抠。他两只手的小指都留了长长的指甲，也不晓得他是怎样护理的，每天被水泥石灰等高碱性的物料腐蚀着，但指甲却不断，真神奇！沙尘扬的鼻孔特别大，每次抠完鼻孔后，黑黢黢的鼻孔露出肉红红的颜色，朝天开着，在阳光下有点透薄的感觉。

　　有一段时间，沙尘扬的鼻子莫名其妙地流鼻涕鼻水，开始他没注意，以为得了感冒。但吃了感冒药后都不见好，鼻水流得更欢了，鼻根痛得难受，呼吸一下就痛一下，还有暗红的液体流出来。

　　沙尘扬害怕了，请假到渺城人民医院找耳鼻喉科专家看病。耳鼻喉科的专家戴上小眼镜一看，放下棉签就说，得慢性鼻炎了。沙灰扬急了，问慢性鼻炎能医好么？专家说很难，除非以后都不做建筑工，远离水泥粉末和灰尘飞扬的工地。

　　沙尘扬好不容易才混到高级混凝土工的级别。他人精脑袋活，又年轻，舍得卖力气干，眼见当混凝土班组长是指日可待的事情了，怎么愿意放弃？即使当不成班组长，现在高级混凝土工每月能拿五六千的薪水，他也舍不得放弃啊！

　　不能离开工地，专家建议沙尘扬每天上班时都戴着口罩。沙尘扬不乐意，在广东即使是十月天，也很热，戴个口罩，那不是受罪？专家瞪着眼睛说："不想戴口罩，那就等着鼻炎变鼻咽癌吧！"

　　一个"癌"字，把沙尘扬吓怕了。从人民医院回来后，沙尘扬就开始戴口罩上班了，工友都笑他，再晒也不会阳了。

搅拌机前总是尘土飞扬的，尘幕将沙尘扬隐在里面，只听得机器轰隆隆的响声，沙尘扬的身影在尘灰中时隐时现。当混凝土工不仅要力气足，能吃苦，还得要具有一定调控能力，手指、手臂更要灵活，混凝土需要不停地搅拌，才不容易凝固。沙尘扬经常要爬上搅拌车观察混凝土的出浆情况。

开施工升降机的冯珠珠很关心沙尘扬，每次沙尘扬把盛满混凝土的斗车推进升降机时，冯珠珠的小眼睛就会闪烁起来，黑脸透红，问："鼻炎好些了么？"

沙尘扬点点头。冯珠珠说："那你还得看医生，要把它治彻底了。"沙尘扬笑了笑。待升降梯开动，人和斗车都晃了晃，跟着，身体就凌空了。沙尘扬望着脚下越来越小的建筑物，心里想，这楼房盖得真高啊！还要搅多少混凝土，才能将这些高楼盖得完？

才从升降梯下来，胡贱生又来要水泥了，沙尘扬往灰桶里倒着水泥，问："都下班了，还拿水泥做么用呢？"胡贱生神秘兮兮地眨眨眼睛，提起灰桶，说谢谢。一溜小跑走了。

装么神秘呢？沙尘扬嘀咕一声，嘴巴被口罩捂着，汗都粘在嘴皮子上，嘴皮子被捂出一溜红泡，痒得难受。他摘下口罩吸了口新鲜空气，小指习惯性地伸进了鼻孔。正舒服着，有人从身后拍了拍他的肩，说："他是朱五毛钦定了去参加技能比赛的，朱五毛指望着他为工地拿个一等奖返来呢！肯定是拿水泥回去搓砂浆练手势练技术了。"

沙尘扬回头，说话的原来是同班组的大只。沙尘扬不喜欢大只，嫌他是株墙头草，爱见风使舵，平日围着班组长转，但只要班组长不在视线范围内，第一个说班组长坏话的人肯定是他。

沙尘扬没安好气地问："么事？"大只举着一灰桶，大嘴咧开，笑得有些谄媚。"你也要沙子水泥？"沙尘扬真纳闷了，大只又不晓得砌墙，要水泥沙子来干什么？大只摇摇头说："No，No。是班组长叫我来向你拜师的。"

沙尘扬捡了块干爽的地面坐下来，说："丢你妈！你做搅拌比我长好几个年头呢，还要跟我学个屁啊？"

大只把灰桶放一边，也蹲下来，递一支香烟给沙尘扬，沙尘扬摆摆手，鼻炎不能抽烟。大只说："班组长给朱五毛送了礼，朱五毛将混凝土工比赛的名额给了班组长，班组长让我来问问你，一方混凝土，水泥、沙和石子等的配比数量是几多呢？"

"丢那妈，他连这个都不晓得，怎么混上班组长的？"沙尘扬不相信，问："平日你们配的混凝土是用屌来做骨料配的？"大只说："沙、石子、水泥这些骨料我们当然晓得下，约莫个数量，差不多就停当了，反正掺和在一起，能胶结起来就行了。但这次是技能比赛，那些评委都是有理论有实践经验足的专家，下少一调羹水泥，也躲不过他们的金睛火眼哇！"

沙尘扬站起来，拍拍屁股上的泥土，又戴上口罩说："我不晓得！"大只急了，跟着站起来说："你不晓得，那还有谁晓得啊？我们班组，就你配的混凝土最达标准的。"见沙尘扬不理会，大只急得追上来拉着他衣袖说："普通混凝土还好搞些，要是加黏度的混凝土又怎么搞呢？"沙尘扬回头瞪瞪眼："问我也没用，回去问百度吧！"

"百度？"

"屌，连百度搜索都不晓得？Out 啦！"

大只愣了半天，忽地拍了下脑袋，拖着大灰桶，往回跑了。沙尘扬站在隆隆转动着的搅拌机前面，看着大只跑远，觉得鼻子痒痒的，伸小指想抠，鼻孔却被厚厚的口罩捂住了，无奈地放下手。

每个牌子每个型号的水泥，性能和用法都千差万别，每一车运进来的沙粒的大小、形状和表面特征都不一样，不经过千次百次的亲手调配，哪晓得用料搭配的分量？百度搜索里，能搜索得到的是普遍答案，而不是标准答案。

混凝土的配制，没有标准答案。

上蹿下跳的架子工瘦猴

架子工瘦猴蹲在工棚门口的矮墙上喊铁耙手，他的声音又尖又锐，刺得人耳朵难受。王五哥从宿舍里探头出来，怪眼往上一翻，瘦猴嬉皮笑脸地问："五哥，铁耙手呢？"

王五哥冷冰冰地说："冲凉！"

瘦猴笑得色眯眯的："冲凉？好哇！洗干净好做事！"

王五哥脸色突然一暗，瘦猴招呼道："五哥，成日都窝在屋里面，有屌意思啊？辛苦了一个月，出去放松放松？"

王五哥的头缩了回去，瘦猴嘿嘿笑着，袖起双手，王五哥爱装逼，平时装一本正经的样子，像正人君子般，瞧瞧，这边才说放松，他就等不及了。还想着，王五哥就推门出来了，瘦猴从矮墙上跳下来，拍拍手，刚想笑话几句，却看见王五哥手里比小孩胳膊还粗的圆钢管，妈妈呀！这个怪人又发病了。瘦猴吓得转身就跑，一路大呼小叫。王五哥举着钢管追了几步，停下来，指着瘦猴的背影骂："我丢你老母！"

瘦猴一路狂奔，朱五毛听到叫声，从项目部走出来，冷不防被瘦猴骨撞上。瘦猴抹一把鼻涕，往身后一揩，朱五毛脸色发白，抖着手指说："你、你看你！瘦猴，你有点人样行么？"

瘦猴猛地一吸鼻子，说："丢那妈，老子比你要接近人类一点

240

好不？"

朱五毛摇头叹气："一点也不讲究！"

"讲究个屌！"瘦猴呸一下口水，朱五毛问："干么鬼叫，满工地乱跑哇？"

"那个挨屌的王五哥，又发癫啦！"

朱五毛瞪瞪眼睛："你又去惹是生非了吧？"

"切！"瘦猴又抹一把鼻涕，"老子找的是铁耙手，又不是他，他发么鸠癫啊？"

朱五毛左右看看，不怀好意地笑笑，压低声音说："你又找铁耙手出去红灯那边了吧？"说着，神秘兮兮地指指工地外往海湖新城发廊街的方向，又说，"你小子有钱也不存起来，净晓得扔那边去买舒服，日后有你哭的！"

瘦猴不屑地说："切，钱赚来是买快活的，屌毛才哭！"

说完又要跑，朱五毛拉着他，问："还要去哪？"

"找铁耙手哇！"瘦猴摸摸裆下，嬉皮笑脸地说，"瘸子一身都是病，经不起铁耙手压，铁耙手的蛋蛋再不松松，就要生锈啦！"

"你小子说话能不能讲究些？"朱五毛被瘦猴弄得哭笑不得，瘦猴甩开他的手，三两步就跳远了。朱五毛追在后面说："我劝你还是不要找铁耙手啦！王五哥对他可上心，刚才还来找我求情，想我给名额让铁耙手参加技能比赛呢！"

瘦猴停下来，眼珠骨碌碌地转了转，突然返身冲进朱五毛的办公室，朱五毛愣了半天才反应过来，抢步冲进去。瘦猴嗖地从办公室里蹿了出来，怀里抱着一团金光，办公室里立刻传来朱五毛如杀猪般的惨嚎声："瘦猴，我丢你老母！"

瘦猴高兴得双手乱挥，两条金灿灿的芙蓉王在夕阳的余晖下，特别闪耀。

朱五毛站在办公室门前骂着娘，无奈地望着瘦猴远去的背影，能拿这个瘦猴什么办法呢？瘦猴是他带回来的，瘦猴对他有救命之恩。

　　朱五毛不是忘恩负义之人，承接工程的城市换来换去，身边的工人换了一批又一批，但他都将瘦猴带在身边，无论瘦猴多不让人省心，骂归骂，罚归罚，骂完罚完还是让瘦猴留在工地上。有人不明白，私下问朱五毛，这个瘦猴除了惹祸泡发廊有能耐，别的本事都没有了，凭什么还让他在工地上混？朱五毛都发飙，说："凭老子的命。"

　　当初分瘦猴到架子工班，班组长张结实将钢管一扔，白一眼朱五毛说："他来？这个组长还是你来做吧！"

　　朱五毛好说歹说，说瘦猴是从杂技团出来的攀高爬低的本事大着呢！张结实还是不肯要，说白添一只添乱不干事的，不仅分薄了大家的工钱，还会带坏架子工班的纪律。朱五毛拉着张结实，既哀求又拍胸口保证，说只要张结实肯要瘦猴，以后架子工班能优先结算工程款。

　　张结实顿时两眼一亮，像他这样的带着工人分包搭架工程的小包工，最头疼的就是收工程款了，本来资金薄，能垫支的工程款不多，要是甲方拖一下工程进度款，那就惨了。这边供货商催，那边工人们讨，谁都不能怠慢，谁也不能得罪，把欠款都结了吧？可身上拿不出钱啊！怎么办？去问挂靠单位，挂靠单位说甲方还没拨款呢！去求甲方，甲方干脆不见，在电话里冷冰冰地说，他们是跟总承包商做的交易，只跟总承包商谈判。没法子，小包工们只能左瞒右骗，求爷爷告奶奶四处借钱筹款。运气好的，总算把工钱给凑齐了，等待完工结算，万事大吉；运气不好的，背一身债不说，说不定还会惹来官司。优先结算，这可是天大的利好消息，别说一个瘦猴，就算再多来几个，张结实也咕噜一声，要了。

朱五毛对瘦猴格外关照，是有缘由的。

十年前，朱五毛独自承包工程，结了第一笔工程款，用报纸包了，系在塑料袋里，心肝宝贝般抱在怀里，一步三回头，唯恐有人跟踪暗算。这是他的血汗钱，更是工人们的血汗钱，同村子里出来的兄弟，无怨无悔地跟着他，在工地上挨了一年，都指望他把工程款讨回来，大家开开心心地回家过年。

越是担心越是紧张，事故就越容易来，朱五毛只顾着一步三回头赶路，却没留意到脚下有一道水管突了出来，一不留神，在水管上绊了一脚，摔了个狗吃屎。装着钞票的塑料袋骨碌碌地掉了出来，朱五毛顾不得浑身上下的剧痛，爬起来向塑料袋扑过去。但还是迟了，一条黑影嗖地从他边上飞过，捡起塑料袋往前狂奔。

朱五毛绝望地狂叫："抢钱啦！"

爬起来，甩开受伤的双腿，死死追在黑影后面。虽然路上很多行人，但这年头，见义勇为者都成神经病了。无论朱五毛怎么喊怎么叫，都没人愿意停下来，帮他拦一把，朱五毛心里想，这回完了。

就在朱五毛追得接不上气再也喊不出话准备放弃的时候，抢钱的黑影突然也往前一扑，跌了个狗吃屎。朱五毛立刻精神一振，冲上去，把塑料袋捡起来。回头一看，只见一个蓬头垢脸小乞丐，扬着头，笑嘻嘻地看着他。小乞丐的屁股下面，还趴着一个正挣扎着想爬起来的瘦男人。

朱五毛不由感慨，一路追过来，那些衣冠楚楚的人们都没一个愿意出手帮忙，反而是这个蹲在路边讨饭的小乞丐路见不平。小乞丐见朱五毛还愣着，咧嘴一笑，说："丢那妈，愣个屌毛啊？报警啊！"

说完，压着瘦男人的膝盖一用劲，瘦男人痛得直叫，小乞丐麻利地扳起他的双手，反在背后，骂："叫屌毛啊？在老子地头上抢劫？问过老子没有？嫌命长啊你！"

别看小乞丐人瘦个子小，但手脚麻利，动作狠辣，绝对是个干架的高手，这小乞丐就是瘦猴。朱五毛觉得瘦猴是他的福星，从派出所里出来后，就拉着他不让他再回去当乞丐了，还承诺给瘦猴过上酒足饭饱的好日子。从此以后，瘦猴就一直跟着朱五毛跑工地。

朱五毛知道瘦猴这人虽然坏，但都是小坏，真正坏的心眼是没有的，而且，瘦猴这人讲义气，也正气，该他拿的钱，他一分不少地拿，不该他拿的，就算是金山银山在他面前，他也不为所动。瘦猴不仅不爱使歪心眼，手脚还灵活，他小时候在杂技团待过，练得一身好身手，爬上爬下，东躲西跳的，一般两三个人都抓不住他。所以，工地每一期结算工钱，朱五毛都会让瘦猴陪财务去银行提钱，瘦猴都将任务完成得安安稳稳，妥妥当当的。有瘦猴在，朱五毛放心。

瘦猴拿着朱五毛的两条芙蓉王，又悄悄转回铁耙手住的宿舍。胡贱生刚提了两桶砂浆回来，弯了腰继续砌他的砖墙，拿起砖刀和砖块，胡贱生专注得像只企鹅，瘦猴在他前面跳过去了，他都没发现。瘦猴偷偷溜到宿舍后面，踮了脚往窗户的缝隙里看。铁耙手刚洗澡回来，浑身上下还冒着腾腾的水汽，水珠顺着发尖流着，滴到膀子肉上，膀子上的肌肉黑黑实实地鼓起来，铁耙手只穿了一条三角内裤，阳物满满地胀在内裤里，真是个壮实的汉子啊！这东西要是勃起来，洗头房的女人们都要叫救命的，怪不得瘌子受不了他。

瘦猴正想着，就看见王五哥拿着一条干毛巾过来，非常温柔地给铁耙手擦后背。王五哥背对着瘦猴，轻轻地给铁耙手擦背后的水珠，翘起的屁股一撅一撅的，甭提的性感，扎眼看去，不晓得的，还以为是一个剪了短头发的女人在给丈夫擦身子呢。

瘦猴吓了一跳，脑子嗡地一声响。他擦擦眼睛，再看，王五哥好像感觉到背后有人，突然一回头，眼光像刀子一样，刷地劈在瘦猴的脸上。瘦猴觉得脸部一麻，忙将脑袋缩了回去。瘦猴将芙蓉王抱得紧紧的，人却像神游一样，每一步都是飘着的。

张结实正领着一批架子工装脚手架，低头看见瘦猴缩头缩脑地站在下面，心里便来气，一班组的人都在赶工程，只有他瘦猴仗了朱五毛的势，目无纪律，行为懒散，总不出工。要不是朱五毛答应了优先结算，张结实想，肯定第一个把瘦猴炒鱿鱼。

"丢那妈，瘦猴，都在赶工呢，还不上来帮忙？站下面作死么？"张结实向着瘦猴喊。要在平时，瘦猴定嬉皮笑脸，整蛊作怪一翻，揩一把鼻涕在架子管上，就屁事不理，溜之大吉。没想这次，瘦猴竟应声而上，攀着架子往上蹬。张结实见他没戴安全帽没穿防滑鞋，手里还抱着两条金灿灿的香烟，急了，大喊："瘦猴，你这屌毛的，安全帽呢？下去戴好了再上来。"

张结实做了几十年排栅管，本来生意做得挺大的，渺城搞建筑的没谁不晓得他，都晓得他诚实守信，做事稳重谨慎，所以，搭排栅架的工程，大家都愿意分包给他做。

但百密一疏，几年前，张结实让他的弟弟张结力负责渺城腾龙阁工地的脚手架工程，没想张结力为贪几个买排栅架的钱，竟然用报废排栅来冒充，结果整栋排栅架坍塌了，出了人命，张结力也为此废了命根子，招来了牢狱之灾，张结实因此赔得几乎倾家荡产。好不容易熬了几年，元气稍稍恢复了一点，张结实又重新将以前散去的架子工人们集结起来，重新在工地上接揽活儿。

渺城的老建筑们都晓得，腾龙阁事故真正的祸主不是张结实，对张结实的为人还是信任的，有些老建筑便将一些小工程放给张结实干。小打小闹，虽是大不如前，但亦慢慢站稳了根基。

新太阳酒店这个项目是张结实近年来接得最大的工程，湾区建设，的确给了张结实等诚心做事的建筑人一些机会，所以张结实对这个工程格外重视，凡事亲力亲为，紧跟工程，每天最早爬上排栅架的是他，最晚爬下排栅架的也是他。他整天背着工具袋，在搭好的排栅架上来来回回地检查，有松了的螺丝，拧紧；有装歪的钢管，重装；有锈化的铁管，换掉。工头这么认真，工人们自然不敢松懈，都是跟了张结实多年的老架子工，不但对张结实的为人熟悉，更同情他的遭遇，架子工们都自觉加班，自觉将每一个搭架的工序做到最细致。

唯有瘦猴是例外的。瘦猴是半路杀出来的生手，除了爬上爬下有点能耐外，别的本领一毛钱也谈不上。架子工们都晓得，这只猴儿是朱五毛硬塞过来的，张结实也是不得已为之，所以，瘦猴出不出工，搭不搭架，拿多少工资，吃多少米饭，架子工们全都懒得理会，每次瘦猴也戴个歪歪斜斜的安全帽，跟着大家爬脚手架时，大家都心照不宣，权当看耍猴。

瘦猴也晓得大家的心思，可他脸皮厚，才不管别人的白眼。心情好时跟着爬架子，拧俩螺丝。心情不好时，摸去厨房，和厨房里几个煮饭的阿姨打情骂俏，调侃几句黄黄酸酸的下流话，眼睛却四处瞟，看到锅里有好吃的，煮好了，也顾不得烫，冷不丁蹿过去，伸出猴爪子往锅里一抓，抓满手的肉菜，往嘴里塞着逃跑。煮饭的阿姨举着锅铲追出厨房，厉声尖叫："丢死你个瘦猴啊！下次再敢来厨房，老娘揪下你小鸡鸡，油炸了下酒！"

工地的生活，像开水一样，虽然是火热火烫，但尝到嘴里却是无闻无味的。厨房阿姨们一天到晚除了买菜做饭，就没事可干。几个娘们聚一起，开始还有些话儿，但时间长了便觉寡淡，希望有个异性来调剂一下。瘦猴偶尔来蹦跶一下，的确能给厨房带来不少的趣味和色彩，所以，待到瘦猴再次蹦蹦跳跳地来厨房，阿姨们都忘了之前发过的狠话，又溺爱地喊："你这个小猴精，这些天都跑哪里混去了？红灯房那边的荤菜比我们这里的油重么？"

瘦猴得意扬扬地咧着嘴巴，享受着阿姨们肥厚的肉身辐射过来的暖腻腻的热情，阿姨们都嘴恶心善，他在厨房再怎么作恶，小鸡鸡都能安然无恙地挂在裆下。

张结实高高在上，看见瘦猴摇摇晃晃地往上爬，爬得越高，心里越虚，手汗湿湿地黏着手心，握着钢管的手好像随时都握不住了，总是松滑。丢那妈，他瘦猴以为晓得耍杂技就可以不要命了么？张结实想起早些年前突然倒塌下来的脚手架，和埋在脚手架下那些血淋淋的尸体，吓得尖叫人："瘦猴，我丢你老母，抱着东西就不用往上爬啊！你死得起老子担不起啊！"

他叫得尖厉，瘦猴似乎惊了一下，身子摇了摇，抬头望呆呆地望着张结实，半天才反应过来，手背在鼻子下抹一把，抽着鼻子说："无事的，老子有力没地使。"

说完，将两条芙蓉王别在裤腰后，又手脚并用地往上爬。他爬得很快，似猴儿般灵活，张结实还在骂骂咧咧，他三下两下，已经爬到张结实的身边，又用一贯的嬉皮笑脸应付张结实的怒骂。张结实实在拿他没法，解下腰间的安全带，啪地一声甩到瘦猴跟前，说："丢那妈，有人货梯你不坐，非得要爬的？勒上！"

瘦猴双脚踏在操作平台上，人又来了精神，捡起安全带，舞得呼呼作响，道："老子是猴的祖宗，哪有不爬坐人货梯的道理？"

还得意着，张结实一眼瞥见他别在背后的芙蓉王，冷不丁伸手过去，将烟抽了过来，瘦猴呼的一声扑过来，抢香烟，骂："我丢你老母啊！"

张结实将芙蓉王高举着，问："哪里来的？"

瘦猴急红了脸，说："朱五毛给老子抽的。"

张结实不信，朱五毛那千年也难丢一根毛的铁公鸡，会有那么大方？瘦猴见张结实不信，急了，跳着，伸手抢着，说："老子不骗你，最近工地里，好多人为了拿技能比赛的名额，都给朱五毛那屌毛送烟送酒。"

"丢死他！这么好的烟哇！"张结实看着香烟，吞吞口水，已经几年没敢抽这牌子的香烟了，那甘甘香香的烟草味道，淡淡地钻进鼻子，喉咙开始痒痒干干的，丢那妈，不就是一个技能比赛么？也值得全工地的技工们都赶着来巴结他？瘦猴趁张结实不备，将芙蓉王夺回来，抱在怀里，抹着鼻涕说："听说这次技能比赛的奖金好高呢，要是运气好，拿个一等奖，说不定以后就不用在工地食尘啦！那个什么中心还要从中挑选专业技能培训老师呢！"

张结实一愣，这事他是听过一点儿风声，但由于心思都用在赶工程上了，都没将这事放心上。这么多人送礼给朱五毛，看来这次技能比赛机会难得得很，奖金倒是其次，专业技能培训老师这个名词却吸引得很呢！可以选择的话，谁还愿意在这吸尘食土的工地上干啊？

瘦猴猛地放了一个响屁，咯咯笑着跑开了，安全带在他手中似蛇一样挥舞。忽然有人喊了声："王五哥又提着个灰桶出来了，偷偷摸摸地，干什么呢？"

瘦猴吓得一愣，安全带"啪"的一声，打在脑门上，痛得他咧嘴歪脸，忍着泪水往下望，果然见王五哥提了个灰桶，东张西望着，急匆匆地走进建楼。瘦猴想，他不会把铁耙手的后背当作墙来抹吧？他们三个在一间宿舍里，每天都干么事的呢？

翘臀的抹灰工王五哥

王五哥拿着平头木抹子，在墙面上仔细地抹，满圆抹、半弧抹、侧抹、斜抹、先抹底层、再抹中层、最后抹面层，添嵌密实补眼磨平，他的身体往前半倾，一手擎着托灰板，一手举着平头木抹子，腰身挺着，脚肚的肌肉绷紧了，跨马字步，屁股翘得高高的，每抹一下砂浆，腰伸一伸，屁股跟着提一提。他将每一抹子都做得细致匀称，好似涂抹着的并不是一堵冷冰冰的墙，而是在清洗一个刚出娘胎的柔软娇嫩得似刚蒸好的豆腐般的娃娃儿。王五哥抹平一堵墙面，挺了挺腰，又俯身上前，仔细地查看，还时不时地用手指抹抹逐渐干爽的墙面，发现有不平整的，用抹子再平一平。

瘦猴半拉身子挂在脚手架上，吊眼睛看王五哥，怎样看都觉得别扭。自从上次无意看见王五哥给铁耙手擦身体后，瘦猴每次碰见王五哥，都会有种怪异的感觉，总觉有股油腻腻的东西堵着喉咙，却吐不出来。为什么会这样？瘦猴也说不清楚，反正就是一种感觉嘛！这种感觉牵引着瘦猴，不自觉地关注王五哥的一举一动。

挂在十六层的脚手架上已一个多小时了，屁股都坐出条条杆，但瘦猴还目不错珠地盯着对面正在抹灰的王五哥。从基层处理浇水到做灰饼到冲筋再到抹底灰、中层灰到最后抹面层灰，平头抹子、阴角抹子、方尺、挂线板、圆头抹子、大小鸭嘴、剁斧、托灰板、刮尺和压板等工具，在王五哥手中似蝴蝶般，交来换去翻飞着。王五哥抹着的明明是一堵凹凸不平的墙面，但瘦猴看着看着，王五哥手中拿着的就不是平头木抹子了，竟然是一块柔软的擦布，涂抹的不是轻质砖砌成的墙壁，而是一个黝黑、结实、充满男性刚阳气质的后背。瘦猴莫名地打了个寒战，身子一歪，差点从脚手架上掉下去，还好他反应快，伸手灵活，一把抓住了脚手架上的三角辅管。

牛应发提着两桶防水涂料刚走出施工升降梯，抬头看见挂在脚手架上的瘦猴，忍不住大声骂："丢死你个瘦猴，想死亦走远些，不要祸害大家！"

瘦猴一个漂亮的翻转，利利索索地坐回辅道，双脚吊下来，对牛应发挤眉弄眼做鬼脸，牛应发哼了哼鼻子，都是朱五毛惯出来的，懒人多作怪！

王五哥听到声响，停下手中的活儿，慢慢地抬起头，薄凉的眼光在瘦猴的身上扫了扫。瘦猴又一激灵，赔笑着说："五哥，好手艺哇！"王五哥怪眼一瞪，吓得瘦猴跳起来，一蹦，一转身，溜没了踪影。

王五哥拧起一袋水泥，往搅拌池里倒，搅拌池顿时冒出一幕浓雾，王五哥走远点儿，躲过尘雾，再给搅拌池里注水，开始做灰饼了。抹灰讲究的是先室外后室内，先上面后下面，先顶棚后墙脚。抹室外时，朱五毛一直都盯着，不停地嘱咐："不需用太多砂浆啊！底层抹一下过去就得了，无须回抹，隔热保温，不用太多砂浆的。"丢他老母，本来用的水泥砂浆就没按标准去配制的了，只抹一层薄薄的砂浆在墙面上，能防个卵潮，隔个屁热？虽然现在生产成本高了很多，生意难做，但你他妈的朱五毛，也不能这样黑心肺的。

王五哥在心里骂归骂，但外墙的抹灰工作，还是按朱五毛的要求去做。管他的，少抹一层灰，省一趟力气活，工钱又不得少，何乐而不为呢？更何况，抹那么认真干吗呢？像胡贱生那样，绣花一样地砌砖，那又怎么样？砌得再紧致结实，都是那些有钱人住的，有哪个三巷佬能在这城市里买得起房子的？

外墙抹灰，抹得越高层，王五哥就抹得越潦草，随便抹几下，过得去就算了，检查质量么？都是只抽查墙脚位置的，回头抹墙脚时，多抹一趟就行了呗！

抹室内时，王五哥就不是这般做法了。这些天，他把抹灰上浆的活儿越做越细，其他抹灰工都呼啦啦地将工程进度赶上去了，他仍似摊薄饼般，慢慢地在一堵堵墙面上摊着。

平日都是应付式处理的，突然精工细作起来，难免会引起其他抹灰工的好奇。班组长陈大抹子挥着他专用的巨大的圆头木抹子，问："五哥，难道这间房子是相好的买了？抹得这么认真！"

王五哥白他一眼，面无表情地提起两桶砂浆，扭身就转到另一个单元去。陈大抹子抬头见到对面的脚手架上，瘦猴扒开防护网，挤头挤脑的，恼了，骂："瘦猴，你这几天都发什么神经？老是鬼鬼祟祟的。"

瘦猴指指王五哥的后背，竖起手指，小声说："不要让他听见啊！他会将我的脑袋拧下来的！"

陈大抹子骂道："老子会将你的小头拧下来的！"

瘦猴咧嘴一笑，说："我话你知，王五哥这家伙背着你，偷偷给朱五毛塞了香烟，要朱五毛给他去参加技能比赛的资格呢！"

陈大抹子刚想答话，突然身后一团绿光闪动，身披着迷彩服的王五哥像特种兵般，敏捷地抢过来，满满的一抹子砂浆，嗖的一声，炮弹一样，冲着瘦猴呼啸而去。瘦猴来不及将脑袋缩回去，砂浆啪的一声，结结实实地打在他的脸上，糊成一块，嘀嘀嗒嗒地往下掉。瘦猴叽里呱啦地叫嚷着，折腾了一会儿，才将脑袋缩回防护网内。陈大抹子忙拉着王五哥说："跟这猴儿斗什么气呢？掉下去就麻烦了。"

王五哥气道："丢那妈！老子最见不得这猴人嘴碎。"

陈大抹子笑着说："后生仔不都这样。"

王五哥哼哼两声，提着抹子走回去。

陈大抹子看着王五哥的背影，其实，王五哥想去参加技能比赛的事情，朱五毛已经跟他说过了，朱五毛还不无得意地举着别人送的香烟，蛤蟆嘴笑得只剩下黄牙，说："原来我还想着这伙屌人对这种技能比赛没兴趣的，没想到消息一出去，都挤破了头想参加。"他亲一下手中的香烟，得意扬扬地说："他们挤吧争吧！老子坐着白拿烟酒，爽。"

对王五哥的抹灰技能，陈大抹子再清楚不过了。虽然王五哥已经是熟手抹灰工，已经掌握了一定的抹灰技能，但他平时抹灰，都是潦草了事，从没用心精工细作过，对抹灰工作只能说是熟手而已，并没通晓掌握抹灰的技能技巧，可以这样说，从抹灰班中随便找个老抹灰工，都比王五哥抹得好。

陈大抹子已经留意王五哥好几天了，这些天王五哥抹得的确比过往要认真细致了很多，但抹灰是个技术活，砂浆用量的掌握，手腕、手臂甚至腰身力道的掌握，都是讲究的，更不用说手势了，这些技巧都不是三两天细心做一做，就能琢磨出来的，非得长年累月的经验积累和千万次反复尝试才能练出来的。

王五哥原本并不是跟陈大抹子做抹灰的。

海湖新城的政府中心后面曾经是一个温泉度假村，王五哥是温泉度假村项目部的一名抹灰工。后来，温泉度假村的资金链断了，项目部也跟着停了工。工人们没有工开，就都拾掇包袱，各回各处了。

人去楼空的温泉度假村里，王五哥提着抹子和挂线，来来回回地走着。这个整天穿着迷彩服的抹灰工，阴冷、怪异、非常内向，终日不哼一声，干活就干活，吃饭就吃饭，睡觉就睡觉，上嘴唇和下嘴唇难得见磕一磕，撖一撖。原本好好地抹灰，会突然停下来，眼睛往上一翻，翻出黄白的眼珠子，掺着紫红的丝，可怕极了。工人都不愿意和他一组做事，整天不吱声，不得闷死人么？还有那双往上翻着的金鱼眼，和暴死的人的眼珠儿差不离，看一眼都觉着死尸味，瘆人。大家都莫名地害怕这双眼睛，更不敢欺负他。不被欺负，但也没有朋友。

王五哥坐在一栋已经贴了外墙瓷片的别墅门前，用抹子敲打着别墅前的阶基，"咔嚓咔嚓"的，声音寂寥、空旷、无奈。

到底去哪儿呢？王五哥一片迷茫，女人早在几年前死了。鼻咽癌。医生说女人在鼻子和咽喉的位置长了癌，癌细胞已经扩散了，是晚期，没得救了。女人也不愿治，说，整天在工地里倒水泥拌砂浆，哪是人过的日子？癌症就癌症呗，早死早超生，再怎样死也比在工地上活受罪要舒坦。

　　王五哥日老爷子屄老婆子地骂人，他觉得，长在女人鼻子和咽喉位置的，哪是什么癌细胞啊？明明就是一扑腾一扑腾的水泥石灰粉末子儿，这些粉末子儿遇了水，凝结成石头疙瘩，堵住了女人的呼吸道。呼吸道给堵住了，人还能吸气吗？人还不得死啊？不就是水泥石灰结成的石头疙瘩么？化下来就没事儿了。

　　为了救女人，王五哥自学了一套酸碱溶解办法。水泥石灰不都是含钙物质么？钙易溶于酸。王五哥就自行调制稀醋酸、稀盐酸和稀硝酸，一股脑儿往女人的鼻子里灌，呛得女人口水鼻涕眼泪全流出来了，但没见有什么石头疙瘩溶出来，女人的鼻子和嘴唇却都被溶得稀烂，只剩下两个鼻孔和一张没有嘴唇的嘴巴，臭不可闻。女人实在受不了了，骂王五哥，是阎王派上来折磨她的黑心无常，生时要她受罪，到死了也不让她安乐。骂完就一头撞在墙壁上，硬是将悬在喉咙里的最后一口气也撞散了。

　　还在读大学的儿子闻讯赶回来，见母亲死得如此惨烈，哭叫着向他父亲要说法。王五哥说："干三巷的，哪有好死的？不是水泥蒙了心肺就是钢筋穿了肚肠，叫你阿妈来世投胎，千万别做人，做人不要做女人，做女人不要嫁做三巷的。"

　　儿子气得一头栽在地上，晕了过去。大家七手八脚把儿子弄醒，儿子醒后，瞪一眼他父亲，向着母亲的遗体磕了九个响头，然后直挺挺的，头也不回地走了。

　　王五哥跟了两步，喊了一声"儿子"！儿子的眼红得像流着红色的液体，他不敢再喊了，也直挺挺地看着儿子走远。儿子这一走，就再也没有回来，连个问候的电话也没有。

女人没了，儿子走了，家就散了。王五哥生活无所寄托，就更加沉默寡言了。温泉度假村散了，人都散了，本来，他也应走的。但他却不想走，也不知往哪里走。

王五哥就是在这时遇到铁耙手的。

铁耙手听说温泉度假村要拆了，海湖新城要重新搞大发展，以水为题，重新规划新城区建设，原来温泉度假村改造成世界品牌折扣中心，心里便发痒。拆下来的水泥砂砖里面，裹着不少废钢筋呢！还有那些门窗！哎哟，这些都是宝啊！十斤钢筋就能给瘸子换一包药，这样的诱惑让铁耙手不得不心动。

黑夜里，铁耙手拿着锤子，摸进一间别墅，举起锤子，刚想动手，没想在黑暗里有人沉沉地喝了声："谁！"吓得铁耙手手中的锤子差点掉了下来。王五哥从黑暗中走出来。铁耙手愣了一会儿，才借着一点点天光，看清了四周。别墅里面堆放着一张破席子和两只破旧的行李箱，离行李不远处，用砖头架了个炉灶，锅碗瓢盆都齐了，还有一把青菜和一个酒瓶，看来是撞进了流浪汉的窝里了。

不是保安，铁耙手的心也定了，转身对王五哥和善地笑着。王五哥看清铁耙手，不由愣了愣，好高大好威猛的男人啊！似铁架般在黑暗中立着，有股钝钝的铁锈味儿。他吸了吸鼻子，浑厚的男人气息随着呼吸钻进他的味蕾，王五哥不由有点神情恍惚起来。

铁耙手也吸吸鼻子，他嗅到的却是一股水泥石灰混合物的气味，于是笑着问："兄弟，你也是做工地的吧？"

王五哥望着他，铁耙手晃晃一双葵扇般的大手，说："我也是做工地的，钢筋工，兄弟，做我们这行，搵餐饭吃不容易啊！"

两个人就这样一拍即合，他们趁着夜色，偷偷拆了不少门窗出去卖。后来，海湖新城新太阳酒店开工了，铁耙手所在的劳务公司承接了新太阳酒店的工程，他又将王五哥带到了陈大抹子的前面。

王五哥又抹了一堵墙，可几个转角位置，怎样反复抹压，都平整不了，他又换了圆头抹子，拉了挂线，来回抹刮了几回，效果仍不见佳，纳闷极了。

陈大抹子调着砂浆，看了王五哥一会儿，他不明白王五哥为什么要去参加技能比赛，连平常伶俐聪明的沙尘扬据说也去找朱五毛了。通常这些技能比赛都是形式上的比赛，实质意义是不大的。虽然，朱五毛强调过，渺城技能培训中心准备从参加技能的人选中选几个优秀的人才出来，当专业技能培训的老师。但是，整个渺城做三巷的人那么多，经验技术比王五哥高的人多了去，王五哥再出汗出力地练，也毕竟只剩下几天时间了。几天时间就能练出一手好的抹灰技术么？

陈大抹子叹了口气，整个工地各个技工班的人都在争，为了小小的一个参赛名额而斗得头破血流。大只因为被沙尘扬挤了名额，恼得在饭堂里和沙尘扬干了一架，现在鼻子还歪着。值得么？

陈大抹子看看手中的特大号圆头抹子，做泥水的就是做泥水的，拿灰抹子的就是拿灰抹子的，陈大抹子从不相信，一个人不拿灰抹子了，转手拿个锅铲，就能当上厨师。参加一次技能比赛，改变不了三巷佬的命运。

王五哥也注意到陈大抹子在看自己，陈大抹子的眼光似镶了铅，怪沉的。王五哥抹着墙的手渐渐慢了下来，他瞥一眼陈大抹子抹过的墙体，那一个平整，真的像镜子般，匀称、平整而细密。这才是抹灰高级技工的手艺啊！王五哥再望望自己手下抹过的墙体，拿着抹子的手更沉了。

陈大抹子咳嗽了一声，说："想不到你做起细活来，功夫还不错，得了，莫为这瘦猴子生气了，好好练你的手艺，我们抹灰班都支持你！"

说完，挖起一抹子砂浆，抹在圆头抹子上，往墙上一拍，腰一使劲，一拉，展出一个漂亮的半弧，水泥砂浆都平整紧致地拍在墙体上。王五哥注意看墙脚，墙脚处竟然连一滴水泥砂浆也没有。多快的手势多到家的手艺啊！王五哥惊得嘴张成"O"形。

陈大抹子回头对他一笑，说："好好学，定能成的。"

说完，端着大抹子，一下一下地展示给王五哥看。王五哥望着陈大抹子动作了一会儿，忽然提起抹子，回身往楼下走去，挺翘的臀部一顿一顿地，格外性感。

防水工牛应发的苦恼

牛应发扛着一袋防水复合材料，抢着走进施工升降梯，防水材料很重，牛应发的体重更重，人冲进来，升降梯剧烈地晃了晃，梯内一个运混凝土的杂工吓得连忙把稳盛满混凝土的斗车。冯珠珠吐一口瓜子壳儿，说："牛应发，你能不能减减肚子里的肥油啊？"

牛应发将袋子搁下，擦擦额头的汗，拿眼角瞥了瞥冯珠珠滚圆的腰身，半斤笑话八两，同轻同重而已。他想还击两句，但转念一想，算了，毕竟是个姑娘，拿女人的体重说事，缺德！而且，以后防水材料的运送，还得靠这姑奶奶的升降机呢！想到这里，牛应发将差点蹦出来的恶话吞进肚里，换张笑脸，说："珠姐姐，莫笑话啊！我们这种肥人，喝白开水也长肉，这不，天天扛材料流汗，亦不见肉减。"

冯珠珠瞪了瞪牛应发鼓胀得像十月怀胎的肚子，哼了哼："这升降机就是靠两条轴线来回转运输的，你这样跳进来，那两根细细的轴线，哪承受得住啊？"

牛应发赔笑着说："珠姐姐开玩笑了，我再肥，也重不过这满

256

车子的混凝土哟！"

冯珠珠说："混凝土怎么能和你一样呢？能比么？我这升降机，就是用来运混凝土的，没见过胖成这样的老板，还整天跑工地扛粉沙的。"

没来由地被冯珠珠抢白一翻，牛应发尴尬地搓着手，立在升降梯的最外边。才站边上，发现推混凝土的杂工和冯珠珠都瞪着自己，杂工还紧张地将身体摞到升降梯的中间。牛应发脸颊发热，双脚轻轻地往中间的位置摞了摞，讨好地对两人笑了笑。冯珠珠不理会他，回头问杂工："沙尘扬又去医院看鼻子啦？"

杂工答："不晓得，这几天他都往工地外面跑，搞回来各种各样的沙子，晚上下了班，就和胡贱生蹲在沙子前面，无知研究些什么？"

牛应发忍不住插口说："搅了一天的水泥泥沙还不够啊？下班了还搅？"

冯珠珠恶狠狠地瞪他一眼，骂："你晓得个屁。"

然后又关切地问杂工："他的鼻子可好些了？还流鼻血么？"

杂工摇摇头说："不晓得，他现在都戴口罩做事的。"

牛应发又忍不住说："戴口罩不热么？同一个工地么！想关心人家，不晓得自己去看望一下么？"

冯珠珠气得两眼一瞪，黑脸变紫，右手突然一按，升降梯猛地摇晃一下，便停住了。牛应发吓得扶着梯身，往两边看看，妈呀，身体凌在半空，四周不着边，还没到楼顶呢，这姑奶奶又发雌威了。他忙跟冯珠珠打躬作揖，道歉："珠姐姐，是我老牛不好，嘴笨嘴碎，我发誓，定管好这张破嘴，一个字儿也不说。"说着还装模作样地扇自己嘴巴。

冯珠珠黑着脸，又启动了升降机。感受着升降机平稳舒缓地往上升去，牛应发在心里骂了自己千百回，真是嘴臭，这是工地，不是家里，宁得罪小人也不得罪女人，在施工升降机上，更不要得罪像冯珠珠这种女人。

上到顶层，牛应发将袋子拖出升降机，还不忘跟冯珠珠说声谢谢。没法子，冯珠珠是得罪不得的，整个工地上立着的施工升降梯，都是她父亲冯祖国的，惹了这小祖宗，可不得了。

几个工人过来，帮忙将沉重的袋子抬起来，牛应发跟在后面，抹着汗说："都轻点，可不要弄破了。"几个工人拖着拖把在前面拖扫着楼面，大弧度地扫着调好的防水水泥浆，牛应发急道："哎呀，扫密一点，用力匀称些，哎呀，这、这，薄了薄了，扫太薄了，顶不住梅雨天浸几日，就漏透天花顶了。"

又见那边拿扫把的工人将扫把浸入防水水泥浆内，提出来淋漓洒了一地，在楼面扫两下就算了，他跑过去将扫把抢过来，示范给工人看："这，就这样扫，刷匀称点，还得验收的呢！""哎哎！那边怎么刷那么厚呢？大哥，现在材料成本贵，工程承包价又低，你们的工资都是靠这一点点的水泥浆省出来的啊！"

牛应发忙个不亦乐乎，好不容易吩咐好了，直着腰，抹着满脸的肥油，回身却见几个工人正蹲着调水泥，把灰白色的添加剂倒进和了水的水泥，腾起一阵灰雾，滋滋地发出声响。

牛应发忍不住又跑过去，叫："怎么都不戴口罩啊？安全帽呢？安全帽呢？你们啊！你们！总是说，都不注意。"工人们吐着舌头，四处寻找安全帽和口罩。有人不满地嘀咕："三伏天，又是在天台顶上做事，蒸锅般呢！戴个口罩，还不得把人捂熟啊？"

牛应发何尝不是汗流浃背，气喘吁吁的？他满脸的肥肉都抖动起来了，说："叫你们戴安全帽是为你们好，虽然这里是天台，没什么坠落物，但天气那么热，太阳毒啊！戴个安全帽，好歹也遮个大太阳。"又指着满地灰白色的添加剂说，"这些东西，都是化学合成物，用在建筑上是防水涂料，吸进鼻子里了，就是致癌物质，捂熟了也比得癌强吧？你们都该向沙尘扬学学，人家不也天天戴着口罩上班？"

防水工人一边戴帽一边说："切！他那是作，怕晒怕得癌，就不做三巷佬啰！"

牛应发愣了一下，什么时候开始，他也成三巷佬了？牛应发本来是一化工厂的老板，专做防水添加剂和防水用的复合化学物，生意也不错，很早便加入了富人行列。但好景不长，这几年楼市不景气，牛应发的生意一落千丈，为了节省中间成本，牛应发只好去掉中间销售商，自己跑工地接生意。

牛应发接了新太阳酒店的表层防水工程，虽然他不需要直接动手做，但为了节省成本，送货、现场指挥、落料和工人分配等工作，他都亲力亲为地跟。龙游浅水遭虾戏，像他这种分包小工种来做的小老板，到了工地，就不是什么老板了，也活脱脱是个建筑工人。担的挑的抬的扛的，脏的臭的累的苦的，一般工人是怎么做，他就得怎么做。现在随便一个防水工都拿三四千一个月，自己动手做一工人的事，就省一工人的钱了。

做点事，累是累，毕竟钱还是放进自己兜里的。要说比工人更苦的是，包工头受气了还得笑。那些管安监和质监时不时来工地找茬，不能得罪他们，得小心翼翼地赔着笑脸，若发现一点儿小问题，还得请饭请酒送人情礼；工程开发商也不是善主子，整天换着材料标准来刁难；施工方和监理更不好应付，他们天天蹲在工地上，稍微疏忽一下，他们就会蹦出来，这里扣分那里重新做，把你累死。

最让人头疼的还是对工人的管理，那可不是有道理有学问就能解决的，现在的工人，心里都有自己的小九九，一分一厘都怠慢不得，要是有丁点不合他们心意，不管有理没理，他们就敢写血书拉横幅,走到区政府或信访门前去闹。这些都是祖宗,惹不起也躲不得。

就连这个开升降梯的女司机冯珠珠,今天本是无事的,不就无意说中了她的心事么?可她脸一黑,牛应发就不敢再吱一声,控制键在人家的手指尖下按着,还不得乌龟王八般将脑袋缩起来?

反正,难!就是难啊!

但再难,工厂都要运作,工人都得吃饭,工程怎样都要做下去,这是牛应发唯一的出路。牛应发不止一次跟朱五毛叨唠,等新太阳完工了,就不干了,回去把厂房拆了,盖套商住楼,专门做出租,舒舒服服地当个包租公算了。

朱五毛摸着滑得能滴油的头发说:"拿了砖刀你还想摆脱三巷的命运啊?这行当是个深沼泽,进来了,就甭想出去。"

当初听朱五毛说这番话时,牛应发没放在心上,但到了后来,项目一而再地拖欠进度款,进退两难,他才知道朱五毛说的,句句是真理。

木工与油漆工的纠结

柳大个推着刨子,在粗大的木材上推着,刨起的刨花雪花般四处飘落,不少木屑飞起来,溅到他的头发和眉毛上,时间一长,就覆盖得密密匝匝,远远看去,像一个白发苍苍的老头坐在刨木机前。

柳大个虽然叫柳大个,但他一点儿也不高大。在新太阳酒店项目部,瘦猴是公认的小个子第一,轮下来便是柳大个。

柳大个经常恼怒他的父母,姓柳的什么名字不好起?偏偏叫什么"大个"。虽说天地合,万物生,但万物都是逆着生的,名字叫大个了,个子怎能长呢?农村里那些叫狗欢黑蛋的娃仔,就比叫习儒学文的娃仔易养活。人嘛,活一辈子,都脱离不了一个名字,所以,最怕起错了名字。柳大个认为，大个、习儒和学文都不是好名字，得要为自己起个阔气的名字。

柳大个刨木头时，手推着电刨子，脑瓜儿却溜溜地转，狗剩、泥牛、二蛋……能想到的名字，都在他的脑海里似刨花般，刷地刨了一遍又一遍。

在对面给刨好的木材刷油漆的诗人挺瞧不起柳大个的，他认为柳大个是没有志气的，想出来的名字也是土不拉叽，俗不可耐。他告诉柳大个，古往今来，姓柳的因起了个好名字而有出息，千古流芳的可多着呢！如柳永、柳宗元、柳如是、柳下惠，等等。诗人说，他列举出来的几乎都是古时候能吟诗作对、通晓诗词歌赋的能人儿，好多诗到现在还流传着呢！譬如多情自古伤别离，杨柳岸晓风残月。譬如千山鸟飞绝，万径人踪灭。

柳大个对柳永柳宗元等诗人没兴趣，他只晓得拿着弓形锯羊角锤开电机床，那些晓风残月鸟儿飞绝关他屁事！

诗人又说，最出名的还是那个叫柳下惠的，他可是美女抱在怀里一夜，也不动歪主意的。柳大个丢下刨机跳起来，不干了，瞪着小眼睛说："屌，这个柳下惠分明是阳痿了啊！拿这事儿来出名？真丢我们柳姓先人的脸面啊！"

诗人气得直翻白眼，都说三巷佬没素质，看看，都低劣成什么样子了？柳大个还恬不知耻地挠两下裆下，下流地问："哪个女的，肯定是丑得让我的先人下不了手吧？"

诗人完全崩溃，举起油漆刷子，一刷子就甩在柳大个的脸上，实在是无可救药。柳大个被刷了满脸油污，气得从地上操起一条粗粗的木棍，举起来，向着诗人打下去。棍子下到半空，又停下来，转念一想，丢他妈的，要是一棍子打下去，这只四眼田鸡肯定得哭半天鼻子，他那么小气，说不定还三天不说话，那就没得柳下惠的故事听了，光锯木头，没人陪讲陪说，可闷呢。想到这里，柳大个把棍子一扔，一抹脸上的油漆，啐了诗人一口，吐一个字："屌。"

诗人也觉得自己过分了，把眼睛往鼻梁上托了托，红着脸说："柳下惠是个君子，坐怀不乱，古今传颂。"

"鸡巴都立不起来的货，传颂个屌！"柳大个呸了一口，拿汗布擦脸上的油漆。诗人上的是光油，用来防脏防燥的，涂在柳大个的脸上，似涂了一层猪油，滑腻腻，亮堂堂的，柳大个一张瘦黑的脸，突然亮堂丰润起来。诗人看他越擦越亮的脸，忍不住扑哧一笑，说："光油的美容效果比迪奥还好使，改天让冯珠珠也试一试。"

柳大个又啐了一口："丢，她那黑脸，还能涂白么？我想，王五哥给她抹一层石灰，也抹不白她。"

诗人忍不住哈哈大笑起来："柳大个，不带这么损人的。"

一笑，将刚才剑拔弩张的气氛缓和了，柳大个又搭着诗人肩，亲密得一对儿般。

木工房里四周都堆满了木材和涂漆，虽然大厦的主体还在建，但下层的内部装修已经紧锣密鼓地进行了，据说这酒店要成为海湖新区的地标，得抢时间建起来。

新太阳酒店的内部装修全都仿古设计，那些雕了祥云和龙凤的仿古木门套、窗套，漆上褐红的油漆，再漆上光油后，便古色古香地呈现出来了。用来做隔墙和大厅背景墙的大板木材，被柳大个锯成大小合适的板件，拖到工地外面晾晒，木工房外东一块、西一块搁着的板材，就像痛风病人贴着的膏药片，凌乱，拥挤，怪味冲天。若收到检查通知，柳大个又赶紧将板材收回一楼，叠放起来。

诗人每天提着油漆桶走过来，经过时，都忍不住捂着鼻子，骂柳大个是屌养的，白金五星的大酒店，竟敢用发霉的板材，也不怕天打雷劈。柳大个缩缩肩，遭天打雷劈的是老板，关他屌事，他不

262

过是个打工的。

　　诗人拿柳大个没办法，拎着油漆桶，倒提着大刷子，推推眼镜，抬头眯眯眼睛望着这栋要建三十六层高的大厦，真高啊！真雄伟啊！这栋全用钢筋水泥沙土浇筑起来的大厦，仅仅用了一年的时间，就差不多完成主体工程了，果然快啊！比得上深圳速度了。

　　可是，快，就是好的吗？

　　沙尘扬跟诗人说过，混凝土浇灌后，需要经过一段时间的凝结，待终凝完毕后，还必须要做起码十四天的护养，才能继续往上施工的。工期只有一年的三十六层的大厦，光挖基础都弄了三个月，若往上每层楼面都经过十四天的护养，还能按时完工么？

　　诗人读过不少书，也常上网看新闻，网上经常曝光一些塌桥塌路的新闻，但问责起来，相关部门都拿着一沓厚厚的验收证明出来，言辞凿凿地说，都是经过验收，工程质量是没有问题的。

　　诗人和沙尘扬谈起这些事故，沙尘扬就不屑地挖着鼻孔，眼睛往上斜瞟着，说："验收的结论是没有问题，但验收的过程就难说了。一伙屌人负责验收，连水泥和沙都分不清，还指望他们能验收个屁啊？"说着踢着脚下的砂石，哼哼吱吱地对诗人说，"这些灌楼面主体的混凝土，按要求是要用白石子的，你看，这些全都是红石子，哪够硬度？最屌的是这沙子，你晓得这是什么沙吗？"

　　诗人推推眼镜，凑近那堆沙子，一股咸腥的味道冲了上来，冲得诗人往后退了几步，诗人捂着鼻子，指着沙堆说："这河沙掺了死鱼么？"

　　"屌，连这是什么沙子都分不清，你还做个卵工地啊？"

　　沙尘扬用手捧起一捧沙子，沙子唰唰啦啦地从他的手指缝里流了下来，待手中的沙子漏完了，才拍拍手，说："这些黑心肠的，用的都是海沙，而且都是刚抽上来的海沙，都没经过处理，直接就运进来了，能不臭么？"

诗人吓得脸都白了，只要有一点点常识的都晓得，海沙含有大量盐酸，极容易腐蚀钢筋，海沙是绝对不能用来调配浇灌主体楼层的混凝土的。

沙尘扬见诗人吓得半傻的样子，笑笑说："红石，海沙，粉煤灰调的混凝土，里面混着的是铁耙手轻轻一扭就能扭断的钢筋条儿，恐怖小说也不敢这么写的。哈哈，诗人，在工地混长了，你就晓得了，为什么现在的工程，都能这么低价投标，又为什么工程的进度越缩越短了。"诗人看着沙尘扬大笑而去的背影，呆了半天，也缓不过来。

诗人高考没考上理想的大学，读野鸡大学觉得浪费钱，于是便出来找工作了。像他这样只会之乎者也空有理想却连螺丝刀都倒着拿的毕业生，要在人才市场上找一份过得去的工作比登天还难。

有一天，诗人经过海湖新城，突然一台混凝土滚筒车飙了出来，扬起一幕滚滚黄尘，诗人捂着鼻子往工地大门躲去。黄尘散去后，他扇扇鼻子，抬头望见工地大门上贴着的一张黄黄旧旧的招聘告示，上面说，要招一批油漆工人。条件只需年满十八，身体健康，能吃苦。于是，诗人正了正衣冠走进工地。朱五毛歪着脑袋看诗人半天，突然伸手将架在诗人鼻梁上的眼镜摘下来，问："能看见么？"

诗人眼前一片模糊，像晕开了很多白花。诗人老实地摇摇头，近视还不能当油漆工么？朱五毛翁翁鼻子说："看不见就好，你往后刷油漆时，最好不要戴眼镜。"

怪不得朱五毛让他不要戴眼镜上班了，工地上的事情，还是看模糊一点儿好。

诗人走进木工房，柳大个和几个木工在机床前面锯木条，木屑纷飞。诗人从牛仔裤口袋里掏出一个口罩，罩在脸上，柳大个嬉笑着说："你也学沙尘扬当超人么？"诗人才懒得理他，沙尘扬说过，不仅水泥粉末能将肺浆起来，木屑儿也能将心肺堵起来的，特别是被腐蚀过的木料，有毒。

柳大个见他不理自己，耐不住了，抛下木材，走过来说："诗人，还是帮我再想个出彩点儿的名字吧，柳建军这个名字也不好。"

诗人笑道："怎么不好了？你不是湾区建设大军中的一员么？"

柳大个"噗"地吐了一口说："建个卵设，老子早怕了做这个建设大军啦。"

"柳建军"已是诗人给柳大个想的第一百零八个名字了，柳大个就这点儿志向。诗人无奈地仰面朝天，却看不见天，只有几个星铁撑着的简易棚顶，星铁的交接间，挂了几个灯泡和中横交错的电线，这个柳大个又一插多用，真的漠视施工安全。

诗人自认是个有抱负的人，他觉得，暂在工地上当一名油漆工，不过是"天将降大任于斯人也"，当苦完心志，练罢筋骨，便能羽化成翼，冲天一飞。因了这样的想法，诗人便觉得，即使每天都只是机械地挥动刷子，和这些弥漫着甲醛味的油漆木头没完没了地打交道，也不委屈。

每天下班后，诗人不屑和其他工友去抢饭菜，也不会拧着水桶吃喝着，横冲直撞地往冲凉房跑去。像他这种有志之士，有更重要的事情要做呢。他偷偷开了冯珠珠的施工升降梯，上到最高层，坐在刚浇灌完，还没完全凝固的水泥地板上，双手盘着膝盖，望着脚下遥远的远方。由衷地发出一声长叹，这才是城市啊！

到处都在搞建设的海湖新城，据说比渺城城区还要做得宏大、气派、科学、成熟、时尚。诗人很难想象，这会是一个怎样的新城？渺城用了三十年，才变成今天这样子，但已足以让世人赞叹。

而今的海湖新城，从正式规划立项到备案建设，才用了两年时间。敢情负责规划建设的都是能偷天换日、无所不能的专家？

所以才不需要用时间来考核论证？要不，哪能规划方案一出，便能马上用于工程之上？旧城是在原有的基础上加盖建设的，但也用了三十年。新城是推山填水，平地而起，从无到有，才用了两年的时间，整个新城区已具规模，一栋栋高楼大厦，新颖、挺拔，时代感极强地林立起来，有住宅楼，有商业大厦，有星级酒店，有购物广场，有公共社区，有小学中学大学，有医院有办公大楼，功能齐全得让人咋舌。

　　每次坐在高楼上俯瞰这座城市，诗人都觉得心潮澎湃，诗意大发。他站起来，张开双手，大声朗诵：

　　"脚手架高过云天，这是你演绎人生的舞台，黝黑的肌肤被烈焰切割，粗糙的大手，在城市上空舞个不停……明天，当太阳升起，你又立在了，高高的脚手架上。"

　　这首《建筑工人之歌》是诗人成为一名建筑工人之后，专门在网上搜的，现在，他已经倒背如流。他背诗时，被其他工人发现了。大家端着饭盒，嚼着猪油炒出来的菜肴，仰头看着高层上那个还戴着安全帽、正忘我投入地朗诵着的人，觉得真不可思议，工地上还有这种宁愿饿肚子也要朗诵诗歌的傻子？真是奇葩啊！有人讥讽说："看这傻逼的样子，还以为自己真的是诗人不成？"

　　于是，诗人便成了他在工地上的代号，工人们看到他，都笑嘻嘻地叫他诗人，他也不反对这个称呼，他觉得这是将他和其他工人区别开来的一个标识，所以，乐滋滋地接受。

　　柳大个不停地缠着诗人，诗人又勉为其难地给他起了几个名字，但柳大个还是不满意。诗人开始懊恼，当初为什么那么傻？告诉这个呆子，说人的名字至关重要呢？这呆子还真上心了，没完没了地缠着。推不掉缠人的柳大个，诗人就转身专心对木材上漆。

　　柳大个可不放过他，一把扯下他脸上的口罩，笑嘻嘻地说："再起一个，再起一个，我就满意了。"诗人直摇头，柳大个靠上来，死皮赖脸的，诗人烦了："你到底是来做事的还是来起名字的？"柳大个嬉皮笑脸地说："工作起名两不误。"

柳大个就是这样的人，说他死脑筋谈不上，做事时，他很懂得推重避轻，说他不是死脑筋么？他却会因为一个名字，磨上半个月。

诗人都给烦得快吐血了，恰好这时，瘦猴喘着气跳了进来。诗人像找到了救兵一样，大声喊："瘦猴，你又来找大个陪你去樱桃妹妹那里吧？"

樱桃妹妹是瘦猴新近认识的一个发廊姑娘，虽然个子小小的，但生得眉目清秀，小巧玲珑，头顶一头樱桃红的头发，瘦猴和柳大个一下子便被这个樱桃妹妹迷住了，隔三岔五就相约去樱桃妹妹的发廊洗头按摩。

柳大个听到"樱桃妹妹"四个字，眼睛一亮，一按开关键，电锯床"嗞嗞嗞"地叫唤了一下子，就停了下来。瘦猴却摆着手说："屌，关机床做什事啊？我又不是来找你的。诗人，昨晚你在上面写诗时，有见过王五哥么？"

不是来找他的，柳大个又快快地启动了机床。诗人想了想，昨晚他上最高层时，天已经暗得几乎看不到脚下的建筑物了，天空上布满脏台布般的云絮，四周静得一丝声响也没有，打鸣的虫儿也没一个，更别说人了。

瘦猴没有耐性听他回忆细节，急火火地问："有没有见过王五哥？"诗人摇头说："没啊！"瘦猴骂一声："丢那妈！"诗人问："你凶个卵啊？"瘦猴急得抓腮，说："铁耙手突然胃痛，痛得倒在切割机前面了。"

诗人大惊，铁耙手似铁塔般的人物，得多厉害的疼痛他才扛不住啊？诗人进工地的第一个月，身上一个子儿也没有，铁耙手看他可怜，掏了两百块给他。平常铁耙手话不多，只闷头做事，瘦猴他们总爱拿他来打趣作乐，但诗人却将他当父亲般敬着。

诗人丢下刷子往外跑，边跑边叫："你还找王五哥干屌啊？快找朱五毛啊！"瘦猴追出来，急吼："铁耙手的身份证银行卡全都在王五哥那个屌菊花那里啊！"

诗人一愣，突然记起，昨晚他从高层下来，刚走出升降梯时，看见有个修长的身影在大门前一闪而过，诗人一拍大腿，工地上还有谁有这么修长婀娜的身材啊！王五哥！

瘦猴跳过来，一把提着他的衣领。这猴儿，急起来就用起以前混江湖的套路，诗人急红了脸，说："王五哥出工地了，昨晚出的工地，手里好像还挎了个包的。"

"屌！"瘦猴眼里曝出寒森森的光。痛得蜷缩在地上的铁耙手，还挣扎着告诉瘦猴，明天就要参加技能比赛了，王五哥可能还在某一层楼上练抹灰呢！练个卵灰，这个屌菊花的，平日对铁耙手好得……比瘸子还上心，嘘寒问暖，照顾得无微不至。瘦猴还一度以为他有"基"的倾向，没想他竟是演戏的，把戏演得天衣无缝，骗过了工地所有人，更骗了憨厚老实的铁耙手，连银行卡身份证都给了他。

瘦猴推一把傻呆了的诗人，说："你去帮朱五毛送铁耙手去医院，瘸子照顾不了铁耙手，消息告诉她，她只会干着急，你留在医院照顾铁耙手吧。老子挖地三尺，也要把王五哥这屌菊花的找出来。"

诗人点点头，撒腿就跑。瘦猴三跳两跳，就出了工地。

混江湖的就是混江湖的，关键时刻，就是拿主意的主儿，怪不得朱五毛一定要将瘦猴留在工地。

诗人边跑边想，还没到工棚，就听见朱五毛的怪叫了："铁耙手，

铁耙手，你给老子挺住啊！急救车马上就来了哇！"

　　一向讲究的朱五毛，此时已是手足无措，乱了方阵。朱五毛失态也是正常的，现在工地最见不得的就是工人出事故，要是工地上莫名其妙地死了个工人，特别是像铁耙手这种，有人缘又能干，且一直身体壮健得像头牛般的工人，要是突然死亡了，工地肯定马上谣言四起，猜测纷纷的，搞不好记者明天就来工地找碴了。

　　朱五毛宁愿痛得满地打滚的是自己。救护车很快到来，接走了铁耙手。

　　就在大家为铁耙手的病情惶惶不安的夜里，新太阳酒店项目部的木工房突然起火了。南方初秋的天气，又热又燥，火苗从木工房冒了出来，一下子就舔着了附近还晾晒着的大板材，火焰从一小堆舔着另一小堆，慢慢便蔓延成一个大的火海。工人们从惊魂不定的睡梦中醒来，打开消防栓，接上水管，慌乱地往木工房冲去；也有工人提着水桶往木工房跑。大家大呼小叫，哭爹叫娘。起火的可是木工房啊！堆满了木材、油漆和机具的地方。

　　因了铁耙手的事情，朱五毛让所有工人夜里都不要加班，他本意是想让工人们都好好休息一下。这几个月，趁了晴天，工人们都没日没夜地加班赶进度，累得连铁耙手这铁打般的汉子也倒下了，朱五毛怕有更大的事故。但是，怕什么就来什么。

　　工地难得不用打亮刺眼的夜明灯，开着刺耳的机器加班，大家难得这么安静地休息一晚，没想到，宁静的背后却是灾祸的恐慌。要不是饭堂里的梅姨半夜憋尿起来，看到木工房那边熊熊的火光烧红了半边天，要不是她及时地发出一声尖厉而巨大的惊叫，工人们在睡梦中，恐怕来不及醒来，就被烤成烧猪了。

　　朱五毛仍守在医院的抢救室前，急促的电话铃声将他吓得一下从椅子里跳起来，他接通电话刚想骂人，但立刻就脸色发白，一下子瘫痪在地上。

诗人跑过去扶他，问："朱经理，发生什么事了？"

电话还接通着，里面响着各种声响，有噼里啪啦的火焰燃烧的声音，有哗啦啦地浇水的声音，有杂乱无章的人来人往的叫喊声，胡贱生在电话里面大声喊："朱五毛，我都叫你在工地上多装几个消防栓和喷淋的啦！现在火势根本控制不住啊！"

诗人也呆了，万没想到工地此时是这般情况，朱五毛一把抓着他的手，哭着说："快，帮我打119。"

经过一夜的抢救，铁耙手终于暂时脱离了危险，被推出了急救室，转至住院部。医生一脸严肃地告诉诗人，铁耙手患了贲门癌，已是晚期，癌细胞已经扩散，即使做手术化疗，最多可以活半年。医生说，铁耙手得的这病，与他平常的饮食很有关系。

诗人抖着手望着长长的化验报告，他怎样也不相信，像铁耙手这般健壮的汉子，竟然会得癌症，这小小的一个癌细胞，竟然能将一具铁塔般的身体击垮。诗人拽着化验报告单，抱头蹲在病房门口嗷嗷地哭起来，朱五毛回去处理火灾的事情了，也不知道在木工房的柳大个现在怎样了？瘦猴去了找王五哥，诗人身上没有现金，手机微信里也只有几百元，下一步该怎么做，诗人一点主意也没有。

在哭声中，隐隐地传来一轻一重、一高一低的脚步声，诗人抬起头，一个瘸腿的女人歪歪斜斜地走了过来。诗人觉得，这瘸腿女人的脸，白得像十五挂在中天的月亮。

女人说："辛苦了，交给我吧！"声音柔得能抚平一切惊恐。

诗人拖着沉重的步伐往回走，他混混沌沌地从日出走到日落，不知道在海湖新城转了多少个圈，才回到工地。

大火早已扑灭了，但工地仍糊踏踏一片。废铁焦木和泥浆凌乱地占据了大半个工地，还有几个断了桶柄或被挤裂了的水桶随地扔着，不知道是谁的拖鞋，东一只西一只地插在泥泞内，数不清的凌乱的脚印，诉说着昨夜的恐慌。空气里仍弥漫着阵阵焦味，呛得人心烦。

沙尘扬昨夜已经给电话诗人，告诉他事故的经过。在诗人和瘦猴离开木工房后，柳大个没关机床没打扫场地，就偷偷溜出去找樱桃妹妹了。也不晓得他用什么方法将樱桃妹妹勾引回来的。两个人趁着工人都休息了，夜深人静，偷偷摸进木工房。或许是太兴奋，太激动，太投入了，竟然没注意到用来开木料的机床仍一直在运作。也许樱桃妹妹发现了，但柳大个一把堵住了她要说话的小嘴。机床运转了一天一夜，机体发热，部件热得烫人。粘在轮轴上的刨花和木屑，随着轮轴的飞速转动，慢慢便冒出烟，舔出火舌。在木工房里，躺在满地的刨花上，正忘我投入的两个人，并没注意到危险的逼近，当他们从欲仙欲死中满足地分开时，大火已经将他们团团围住了。

清早，火葬场的人已将两具烧得焦黑的尸体运走了。

诗人再也看不见那个整日围着他让他给起名字的柳大个了。诗人鼻子酸酸，早知道就多给他想几个名字选择了。工地里，人人都是垂头丧气的。朱五毛已经被警察带走调查了。

诗人推开工棚的门走进去，身后的一抹余晖也跟着他走进工棚。胡贱生、沙尘扬、张结实等人都在。大家坐在床上，一声不哼的。因了昨晚的一场大火，他们都没有参加今日在渺城建设技术培训中心举办的技能比赛。

诗人扫一眼这几个人，他们都是新太阳项目几大技能工中的佼佼者，完全有实力获得比赛的桂冠的。他们脸色沉重地低着头，也不晓得他们的心里想的是什么？诗人好想大哭一场，为了这场技能比赛，他们天天都利用一点点工作之余的时间，拼命地练习，他们都做好了充分的准备，本以为，借助这次技能比赛，能抓住一个改变命运的机会的。但上天却这般捉弄人，偏偏在比赛前夜，掉下一个火球，燃起了这么一场大火，将他们心中蹿起来的希望，都烧得灰飞烟灭。

或许，这就是命运。

陈大抹子说过："做泥水的就是做泥水的，拿灰抹子的就是拿灰抹子的，并不是一个人不拿灰抹子了，转手拿个锅铲，他就能当上厨师的。参加一次技能比赛，改变不了建筑工人的命运。"

陈大抹子的话应验了。

诗人缩回自己的床上，盯着天花板。大家就这样沉默着，直到瘦猴蹭的一下，踢开工棚的大门，跳了进来。胡贱生舔舔嘴唇问："人呢？找到了吗？"瘦猴点了点头，说："他去医院了。"众人望着瘦猴，瘦猴说："王五哥没跑人，他想找培训中心的负责人，赛前塞个红包，让那人到时候给铁耙手高分。"

胡贱生的嘴唇撅了撅，却没说话。沙尘扬又挖鼻孔了。

诗人觉得鼻子酸酸的，有什么东西在眼眶里热起来，模糊了。瘦猴一拳打在桌子上，骂道："丢那妈。怎会这样？"

是呀，怎会这样呢？

诗人偷偷擦了擦眼泪，眼前的几个人又逐渐清楚了，他们表情一样，神态漠然，就好像什么事情都没发生过，像铁耙手没得癌症，像昨夜没发生过火灾，柳大个仍在喋喋不休地讨起名字，更像从来都没有什么技能比赛一样。

一张白得像十五悬挂在中天的月亮般的脸出现在诗人的眼前，似有脚步声，一高一低地传来。诗人忽然记起一首诗，那是昨晚在抢救室外等待时，他用手机微信看到的。

只看了一眼，诗人便记住了其中的几句：一些人除了年轻，一无所有；一些人除了老迈，一无所有；一些人居于两者之间，只是居于两者之间……所有留下的一切，如你所见。冷酷。无情。

建设管理人员

质检员陈家兴的爱情

陈家兴在做质检员之前是做测量的。

当测量员很苦，终日扛着又重又硬的测量仪，在荒无人烟的孤山僻地里爬高走低的，累不说，还受罪，这罪不仅是铁器压在肩头上的疼痛，更多的是寂寞。

一个人，一支测量仪，孤零零地站在旷野之中，即使一个开朗活泼的人，此情此景，亦难免孤独。每次陈家兴扛着测量仪，戴着白色安全帽走在荒山中时，他都会觉得特别干渴，早上出发时特地带的两瓶一点五升的矿泉水，都灌进嘴里了，但喉咙仍冒烟。太渴，舌头发苦，苦得似含着黄连。

陈家兴极不耐烦地将测量仪架在山的最高处，水平镜上的十字架，总能准确地卡在一处开阔秀美的好位置上。陈家兴低低地骂："丢那妈！"这是一句白话粗口，和"去你妈"意思相近，都是专讨拳头的脏话。

做了几年测量，陈家兴自认通晓了房地产商们做的都是什么把戏。就如脚下踩着的这片山冈，原本是陈家村村民所有的土地，但海湖新城政府的领导们对外称，要将这片荒芜的山冈建成全国最大的品牌折扣商场，造福一方百姓，招商引资的牌子打得当当响的。

陈家村的村民，被大幅大幅红得震撼的广告横幅煽得激动振奋，毫不犹豫地举起了赞成的牌子。也难怪，一辈子对着苍天黑土的农民，哪晓得什么品牌折扣？反正，政府都是为人民服务、造福人民的政府，政府说得都对，都得支持。横幅上的广告语说得多好——

"不用耕田种瓜，不用养猪喂鸡，仅卖鱼干就能发家住洋楼！"

"每人补三万，全家十几万，十年用不完！"

"一个品牌折扣店，一场芭蕾雨，子孙齐富裕！"

这样的宣传广告，能不激动人心么？亲爱的陈家村村民们都乐呵呵地陷入了一个醇香甜美的梦境里，但愿长梦不愿醒。

"啊呸！"陈家兴狠狠地往山顶上一处茂密的草丛吐了一口痰，陈家兴自觉比任何人都懂得这种招商引资的伎俩。环顾四周，好一片青翠的山林，好一块开阔的农田！很快，这山林将被砍伐，这农田就得填平，山林变为别墅群，农田变为高档住宅楼，仅近村的那一块小地方，会变成广告里打着的所谓品牌折扣店。瞒天过海，偷梁换柱，挂羊头卖狗肉。这是开发商们的拿手好戏，农民哪懂这些？

陈家兴干脆席地坐下，望着山下的农田和河流，这一带的风景他再熟悉不过了，他的童年就在这片山冈上跑过的，他在这山头上打过山鸡，摘过山捻，也被山鼠咬过。

陈家兴最舍不得的还是那漫山遍野的坟墓，陈家村哪家的祖先葬在哪处山坟里，他都晓得，位置都摸清透的。他从小就不怕山上的坟墓，特爱跑到山上来，把一家一家的坟墓做对比，他甚至觉得这些埋在地下的比走在地面上的人要亲切,很多天真烂漫的想法,他能对着地下的人说,却不敢对地上的人说。现在开发商要挖这些山冈,无疑是挖去他的童年,挖去他对陈家村祖先们的念想。

开发商在征收山冈时,给每户每人都补偿了三万元。陈家兴咕噜嫌钱少了,他妈脱下拖鞋,照着他的屁股狠狠地扇了几下,骂:"唔生性的死仔(意思是骂不懂事的臭小子)!"

陈家兴摸着屁股逃出屋,他妈举着拖鞋气势汹汹地继续骂,如果不是招商引资搞开发,陈家村恐怕还在原始社会末期停留着,过的都是看天吃饭的日子,能混个温饱已经很不错了。现在才说征收,就给每人补三万元了,据说日后还有分红,这可是红彤彤直刮刮的人民币啊!

陈家兴无以反驳,三万元是他妈种三年冬瓜也赚不来的票子啊!他妈很激动,拖鞋扇得风响,不就开发几个破落山冈么?不就划走几亩水田么?这些破冈瘦田还能比钱更值钱?还嫌钱不够?还说政府不好国家不好招商引资不好?不好哪来的钱啊?你个死仔哪来钱去买房子娶老婆啊?

陈家兴灰溜溜地夹起尾巴,躲远远的。他妈骂够了,穿上拖鞋扛了铁锹,又去地里种她的冬瓜了。反正挖土机还没开进村,卖出去的土地仍算是村民的土地,村里很多人和陈家兴他妈一样,争分夺秒地翻土,争取种最后一趟冬瓜。据说政府收了陈家村这片区的土地,要将山推平,要将水田水塘挖深,要在村前造一个比西湖还要大的大海湖,以后海湖的经济中心,都围绕着大海湖而展开,陈家村的旅游业肯定会兴旺的。陈家兴父母都计划好了,到时他们煮牛杂和臭屁醋卖,渺城人最爱吃这两样了,怎么也比种冬瓜强。

陈家兴趁他妈不在家,贼般溜回家,熟门熟路地从冰箱顶摸出钥匙,打开了房门,房间里衣服杂物杂乱无章地堆放着,但无论他妈将那个补偿款的存折藏得多隐蔽，陈家兴还是从他妈陪嫁的旧木笼里把它翻了出来。拿着存折，陈家兴莫名地兴奋起来，钱真是个好东西啊！还没拿到手，光看看折子上面的圆圈，就能让人如此激动。

陈家兴想，不能拿多，他只需要拿一万元，就一万元，从属于他的部分取出三分之一。他将存折塞在裤袋里，大摇大摆地锁上房门，蹬一辆破自行车去银行。陈家兴太清楚他妈了，对他再凶，心里亦是最爱他的，她存折的密码永远都是儿子的生日，所以他轻而易举地拿了一万元，然后又偷偷将存折放回旧木笼里。

陈家兴以为，钱真像他妈说的那么值钱的，但这钱真他妈的不经花，他不过和叶婷逛了几次街，吃了几次饭，给叶婷买了几套衣服，将七度空间的那个银手镯买了下来，又顺便去旅馆开过两次房，存入微信的一万元又变成可怜的三位数了。陈家兴从此坚决不相信他妈说钱很值钱的鬼话，更不相信满村子挂着的红色横幅上惨白白地画着的广告语，什么"全家十几万，十年用不完"，什么"一次芭蕾雨，子孙齐富裕"。

忽悠吧！继续忽悠吧！现在钱跟牛一样，都是经不起吹的，一吹就没了，一吹就破了，都不知道是哪个龟孙子发明的数字货币，叮叮叮刷几下，钱就没了，一点都不实在。还是脚下踩着的泥土实在，怎么挖也是挖不空的，只要你肯出汗，它都能给你种出庄稼，填饱你的肚子。

陈家兴把头枕在老同学陈建设他家爷爷的坟头上，这老头生时，常给他和陈建设讲鬼故事，将他们吓得小脸发白了，又变魔术般摸出两块花生糖哄他们。花生糖的甜与香，渗透了陈家兴的童年，陈家兴打心眼喜欢这老头子，老头子死时，他哭得比陈建设还凄惨，恨得他妈发狠地拧他的大腿，骂他，你爷爷还没死呢！

往事不堪回首啊！陈家兴闭了眼睛想，这样的测量真没劲，就像建什么品牌折扣店一样，屁意思也没有。不就是圈地吗？不就是推了山挖了湖吗？然后围着湖盖房子建别墅吗？不就是将土地的所有权从大众变为小众吗？何必多费周折装腔作势糊弄人？广东人最务实的了，"食嚼就是嚼"（干了就干了的意思），想盖高楼大厦，不就盖吗？弄那么多噱头出来干吗？就像他一样，老是将测量仪架来架去，在日头下都晒得两眼冒金星，就真的能测出一劳永逸的最佳位置吗？忽悠孙子的。

　　陈家兴不信，测得再准，死人塌楼照样会发生，谁信谁是孙子。

　　陈家兴现在最想的是叶婷，叶婷白白的丰腴的身体才叫现实，能搂着这样的女人睡觉，那才是现实中的现实。想到叶婷，体内雄性激素猛地上升了不少，陈家兴一跃起来，扛起测量仪，一路快跑下山，不管了，不测了，反正都不想干了，他只想干叶婷。

　　可叶婷却不愿意和他上床，嘟着红艳艳的小嘴说，看中了玫琳凯的一套防晒系列的化妆品，陈家兴嚼着香口胶的嘴巴软了下来，牙齿发酸，化妆品这东西最不靠谱，不就是用点铅拌点粉兑点水磨出来的一小瓶粉油吗？动不动就上百上千。人说女人钱容易骗，那绝对是真理。那些商家骗钱，还真他妈的舍得下重本，请个妖精般漂亮的影星，拿着小瓶子扭两下屁股，那钱就好像长了脚般赶着来了。

　　陈家兴坐下来搂叶婷，说："等我辞职了，就去做化妆品，到时你想用多少都可以。"叶婷厌恶地推开他，骂他胳肢窝的味道臭，陈家兴举起手，嗅了嗅腋下，才从烈日下走回来，汗味重点是难免的，男人有点汗味，不是更有男人味吗？他嬉笑着，又向叶婷挪了挪身体，叶婷捂着鼻子跳起来，尖叫："走开走开！"

　　刚激发出来的雄性激素，嗖嗖地下降了，看来叶婷今日要是得不到"玫琳凯"，就不肯脱掉她那条超低胸的连衣裙了，他胳肢窝下的汗味就散不去了。

陈家兴狠狠地盯着超低胸连衣裙勾出来的"事业线"，丢那妈，买这条裙子花了他一千元，原以为，这高价买回来的超低胸是仅供自己欣赏的，一千元就一千元，能独享这超低胸下面的无限风光，值啊！结果，花了一千元，只换得了一次使用权。陈家兴又恶狠狠地盯着那道深深的"事业线"，用力地吞了吞口水。叶婷细长的眼睛一挑，脸色一变，双手捂胸，尖叫："你想干什么？"

还想干什么呢？陈家兴恨不得揍她一顿，她前天还娇滴滴地说："人家以后就是你的人了！"还没过四十八小时呢，这"人家"就真的是人家了。

陈家兴忍了忍，说："下月发工资，我就立刻给你买。"叶婷嘟着嘴说："不嘛！人家现在就想要！"陈家兴想，人家现在也想要嘛！叶婷问："你不是说，每人补了三万吗？"陈家兴觉得牙床也酸软了："亲爱的婷婷，那钱虽然不长脚，但它跑得比长脚的还快。我已经花一万了！"叶婷不屑地说："切，说来说去，你还是不舍得在我身上花钱，不爱我！"

这是什么歪理嘛！现在的女孩子真现实，花钱稍微迟疑点，就是不爱了？陈家兴盯着叶婷看了半天，这姑娘原来是单眼皮的，眼睛挺小的，脸上还一疙瘩一疙瘩的青春痘，嘴巴也见不得有多可爱，红唇下面，是一排龅齿。

什么欲望也没有了，陈家兴回身扛起测量仪往门外走去，叶婷叫着他："哎！就这样走啦？"陈家兴回头望着她，又不给上床，又不让走人，她想干嘛呢？叶婷有点腼腆地低下头问："你不是说过，品牌折扣商场实际是要盖别墅的吗？"陈家兴点点头，品牌折扣商场前面的新太阳酒店都建得如火如荼了，还有假吗？原别墅群重新规划图早就出来了，别墅群的名字也起好了，叫"盘龙山庄"，多气派的名字啊！盘踞在商业繁华的品牌折扣商场后面的王者，霸气吧？

叶婷问："你真不做测量了？转做质检员？"陈家兴又点点头，他已经和桩机佬张耀球打好招呼了，张耀球是渺城建筑界的红人，在渺城，搞建筑的都愿意卖面子给他，他也答应给陈家兴张罗这件事，只要盘龙山庄开桩了，陈家兴就能到盘龙山庄工地上班。不过，张耀球再三跟陈家兴强调，必须有证才行，现在质检员也查得很严的。

陈家兴拍着胸膛说没问题，他没跟张耀球说，他已经买了个质量检测员证，至于这个质检员怎么做，做些什么？他想，百度一下，不就 OK 啦！

叶婷一对长眼闪着亮光，上前拉着他的手说："先别走嘛！"陈家兴从她闪闪发亮的眼里面又看到了一线希望，他迟疑地放下测量仪，犹豫着伸手向那"事业线"摸去。

叶婷挺了挺胸，无限娇羞地说："坏蛋，人家也想在盘龙山庄找份工作嘛！"陈家兴伸出去的手收了回来："你能干什么？"叶婷说："听说做资料员不是很辛苦的，打打文件和做做图纸就可以了，做熟后还可以接单子赚外快。"

看见陈家兴迟疑，叶婷拿起他的手，往超低胸裙子里面探去。一碰触到那深不可测的事业线，陈家兴的脑袋嗡的一下，白了，糨糊了，叶婷要怎样就怎样吧！大不了再花两千元给她买个资料员证。买就买吧，除了补偿的三万，陈家兴知道他妈陪嫁来的旧木笼里，还有个十几万的存折。这十几万是他父母几十年的积蓄，管不了那么多了，反正这十几万迟早都是他的，豁出去了。

质检员主要负责专业检测，随时掌握各作业区内分项作业的质量情况，并对分项工程质量做出评定，建立质量档案，定期向项目总工和上级质量管理部门上报质量情况等。

陈家兴拿着尺子走进盘龙山庄的首栋别墅，这是他第一次进行实地检测，多少有些兴奋。这是一栋三层的别墅，砌筑工早就将弧形的楼梯砌好了，抹灰工人正拿着粉碎淋灰机在梯面上喷水泥灰粒，另一个抹灰工从砂浆搅拌机里倒下一桶水泥砂浆，提着，蹭蹭地走上楼去。

陈家兴躲开飞溅的水泥灰粒，跟着走上去，那个抹灰工已经蹲在三楼的梯级上抹灰了，他拿着抹子，刷地一下，将水泥砂浆往抹子上一抹，又麻利地将抹子倒扣，往楼梯级一抹，抹子顺着手势抹开，一层薄薄的水泥砂浆便涂在梯级的表层了。

陈家兴跑上前，蹲在抹灰工的上面，瞪眼睛看着他抹灰，抹灰工，四五十岁的样子，穿一套不知从哪里淘回来的，布满灰迹的迷彩服，皮肤挺黑的。建筑工地上的工人都不白。迷彩服耷拉着眼皮，专心致志地抹着灰，陈家兴跳到他的上面，都盯他半天了，他仍头也不抬，一点儿表情也没有。

陈家兴拉直卷尺，量了一下刚抹过的楼梯，才七毫米，他跳下一级，再量了量刚抹完灰的梯级，这次更薄，六点八毫米。迷彩服终于翻起白眼，瞥了一下陈家兴手中的尺子，又一声不吭地继续往下抹去，他抹灰的速度很快，陈家兴还没量完一个梯级，他已经抹完一梯级，又往下抹去。

这速度也太快了吧？难道不回头重抹一趟的吗？陈家兴想着，将尺子扣在梯级上，扬手叫："哎，哎，大哥，你是不是少抹了一遍呀？"迷彩服冷冷地望了他一眼，低头顺手势抹了一层灰，又反手回来平抹了一下，说："抹两遍，不少了。"陈家兴眼睛都几乎瞪出来了："哎哎！这就算抹两遍了么？你明明就抹了一趟灰啊！

哎哎！你看，才六点八毫米，太薄了，离标准还远呢，再抹一层就差不多！"

迷彩服冷冷望了陈家兴一眼，又低头继续抹他的灰了，理也不理陈家兴。岂有此理！陈家兴跳起来，自己怎么说也算个管理人员，连个基层工人都不买账，面子往哪搁？陈家兴直起腰，四壁的墙体都粗糙地抹了水泥砂浆，凹凹凸凸的，看起来异常怪异。陈家兴又拿尺子量了量，好家伙，凹下去的地方和凸起来的地方，差距最大的竟达到两厘米。这也叫抹灰啊？陈家兴想，他亲自动手也没抹得那么差劲。他气急败坏地按下对讲机，呼叫陈建设过来。

陈建设和陈家兴都是陈家村人，不过他比陈家兴有出息，考上了大学，读了土木工程专业，有助理工程师证，才毕业回来，就被渺城第一建筑公司相中，成了渺城一建的正式员工。陈建设来驻工地，不过是到工地体验生活，从基层做起，实践工作，积累经验。

陈家兴挺喜欢群体生活的，很快已习惯了工地上的生活，但他羡慕陈建设正式员工的身份，要知道正式员工的工资待遇和临时合同工的工资待遇是有天壤之别的。陈家兴他妈骂儿子："你看人家建设，一读完书出来，就是正式工人了，你呢？在工地上都跑四年了，都跑不出个样子来，整日东家待待西家混混的，羞不羞啊你？丢人不丢人啊你？"

陈家兴觉得挺委屈的，他也想有份不累收入又高又稳定的工作，不是没文凭吗？像他这样，读完高中出来就做测量员，现在又当了质检员，已经是很多人都赶不上的了，陈家兴认为他妈真不知足，要想儿子也像陈建设那样，毕业出来就有份正式工，就应该在当初生他的时候，遗传点高智商给他，他要是学什么懂什么，不也是个大学生么？总之，是种子有问题，不怪他。

戴着黑框眼镜、穿着白衬衫黑西裤黑皮鞋的陈建设双手反背在后面，慢条斯理地走了进来。这家伙真白，皮肤还细嫩，嫩得似兑了水进去，一掐就能掐出水来一样。陈家兴跳下梯级，指着刚抹过的楼梯，气急败坏地说："哥，你看，才抹一层灰，就算了。"

迷彩服蹲在梯级前面，抹梯级的竖面，刷地横着一抹，梯级面就平平整整的了，接着他又去抹第二个梯级。

陈家兴急了，拉着陈建设的手袖子，指着刚抹过的梯级说："你看，你看，就这样的，一抹，就一下，算了！"陈建设走过去，蹲下摸了摸仍潮湿的水泥砂浆，抬头问："有什么不对吗？"陈家兴都快急出汗了："哎呀！太薄了。图纸，施工图纸你看过没？"陈建设拍拍手，站起来说："当然看过了。"陈家兴舒了口气，将尺子往梯级上一扣，说："你看过就好，图纸上明明标着，梯级表层包裹的水泥砂浆是十五毫米厚的，现在你看，才六点八毫米，差太远了吧？"陈建设托托眼镜，仔细地看了看扣在梯级上的尺子，喃喃说："差距是有点大。"陈家兴得到了认同，也激动了："你也觉得差距大了吧？"他指着仍在抹灰的迷彩服说："我叫他多抹一层，他根本就不听。你说，我这检测报告该怎样写啊？"

陈建设回头对迷彩服说："王老哥，过来将这些梯级重抹一次吧，陈工要做检测报告呢！"迷彩服抬头瞪了陈家兴一眼，没安好气地提着灰桶，走上来，刷刷刷地，将刚才抹过的梯级又重抹了一遍。

陈家兴拿起尺子，又量了量，第二次返抹，这个迷彩服均得更薄了，两层加起来，也才九点八毫米左右，他看见迷彩服提着灰桶走开了，急得直叫："哎哎，你这人怎么这样？才九点八毫米啊！离标准还远呢！"

迷彩服回头瞪了陈家兴一眼，干脆将抹子和灰桶一丢，说句："抹标准？你自己来，老子工钱是按平方米计的，懒得跟你们瞎折腾。"然后就下楼去了。

"哎，哎！"陈家兴望着还在地面上滚着的灰桶，不知所措地看着陈建设，"这，这，这工人也太有个性了吧？你看看这些墙面。"他指着墙壁说，"一面是山地，一面是低谷，他们是怎样扇灰的啊？"陈建设拍拍他的肩，笑着说："这都是承包给抹灰工班组做的，我也管不了他们，兄弟，习惯就好！"

陈家兴不解地望着陈建设，你是项目施工员，所有施工人员都是你管理的，你管不了还谁管得了？陈建设说："这些工人都是按工程量计算工资的，他们做完这个工地，就要赶下一个工地，所以他们都求速度了。"

"但有速度亦要讲质量啊！我怎样做检测报告啊？写九点八毫米？那还不是要返工？"陈家兴急死了，他竟然忘记了，自己以前做测量的时候，也是随便测测就算了，大概方位往表格上填填，任务就完成了。

陈建设从裤袋里掏出纸巾，摘下眼镜擦了擦，再戴回去，才揽着陈家兴的肩膀下楼，说："施工图纸上写几毫米的，你就写几毫米啊！我叫他们抹样板楼的时候注意一点就是了。"

陈家兴惊得嘴巴大张，陈建设又用力捏了捏他的肩。真痛。但所有的所有，他都明白了。假如都按施工图纸来做，那得花多少钢筋水泥和人工啊？反正，上面来做检查时，一般都只检查样板楼的。陈家兴狠狠地抽一下嘴巴，真笨，难怪陈建设一出校门就能当正式工的。

施工员陈建设的秘密

施工员陈建设戴了安全帽走出简易工棚。简易工棚搭在山冈上，走出来，眼前就是一片开阔的海湖，湖中心有一个心形的绿岛，不少白鹭盘旋在绿岛上空。

从农村里走出去的孩子，会对村子里的一山一土、一水一木怀有异常浓烈的情感，陈建设也不例外，毕业后，抱着满腔热忱和理想回到渺城。

陈建设相信自己是幸运的，他才在渺城人才市场登记资料，马上就得到渺城本土几家建筑公司的青睐，纷纷向他发出了聘请函。陈建设最终选择了老字号渺城一建。进入渺城一建，陈建设才知道，此时的渺城建筑界正处于临界阶段，上世纪末，泥水佬（即建筑工人）是一个被人看不起的职业，他们处于社会底层，给人们的感觉就是肮脏高危的苦力工，即使是中上层的管理和技术人员，也让人们产生一种错觉：切，不也是泥水佬么？不管是管理者还是技术员，只要戴上安全帽，他的身份和地位就被定格了，所以，别说官二代富二代，就连农民工二代，也不愿意重蹈父辈的命运，坚决拒绝成为建筑工人。

随着老一代建筑工人的老去甚至消逝，新一代的建筑工人又严重缺乏，渺城建筑界的人才资源已如洪流下的断堤，缺口越来越大。尽管各建筑公司都用高薪、厚福利来吸引人才，毕竟专业学土木工程建筑类的大学生不多，因此，陈建设一回到渺城，就成了抢手的香饽饽。

陈建设才进渺城一建，就被安排在质安科做科长助理。又过了几年，科长李国强见他不仅有学历，脑袋还灵敏，与一般的书呆子不一样，有意栽培他。盘龙山庄中标后，李国强就对陈建设说："建设啊！光读四年专业课是不够的，实践才是最重要的。实践够后，你再考个一级建造师，自己负责个项目才能成长的。"

陈建设是聪明人，领导的安排，一定有他的目的，实践就实践吧，反正盘龙山庄就在他的村子对面，回家吃母亲煮的饭，方便。于是，陈建设一口答应了，李国强高兴地拍着陈建设的肩，说："现在好似你这样的后生，很少有了，后生仔，挨一挨，日后前途无量。"

挨一挨就挨一挨吧，陈建设拖着从大学带回来的行李箱回家了。陈建设的阿爸阿妈欢天喜地地迎接儿子的回家。在陈建设的父母眼里，儿子的才华和能力比在电视里老是晃眼的大领导差不多少。

也难怪陈建设父母会这样认为，电视里常播新闻，说应届大学毕业生就业困难，那些高校名校的高才生们高举着求职表，一脸焦累地在人才市场内挤，往往挤上半天也没结果。记者采访求职的毕业生们，问他们可找到合适的工作？被挤得满脸憔悴的大学生哭丧着脸摇头，不是专业不合就是没有经验，更多的是嫌工资太低了，连个普通的建筑杂工都不如。物价那么高，这么低的工资怎样干？不仅电视里能看到，村子里也有很多活生生的例子，如隔湖那边陈黎民家的女儿，读了四年大学，学的是公文秘书的专业，在家待了半年，仍找不到工作。还有陈百姓家的儿子，情况也差不多。

隔湖那边远了，挑远的说也没什么意思，就拿隔壁的陈家兴来说吧，早些年考不上大学，早早出来混了，前几年在渺城的一家测绘公司混了份测量员的工作，每月能拿三千来块。儿子仅高中毕业，就有份三千多元工资的工作，陈家兴他阿妈牛逼得很，只要碰见陈建设的阿妈，就张开满嘴发黄的大板牙，唾沫四溅地说："兴仔就是醒目，都不读大学，亦找到份好工做了，又不使动脑，又不辛苦，托把架子，去地里摆摆，三千元就来了，现在好多大学生毕业出来的，都找不到工作呢！"

那时陈建设还未毕业，前途未卜，陈建设的阿妈不好驳斥陈家兴他妈，只好赔个笑脸，弯腰埋头锄地。陈家兴他妈还不休止，仍大声地总结着读书无用论，那个用陈家兴第一个月拿回家的工资烫的爆炸头，像乌鸦窝一样，在她又粗又短的脖子上摇来摇去的，张狂啊！

这回，陈建设以渺城一建正式员工的身份回家来，他父母顿觉腰板直了，可以扬眉吐气了。陈建设的阿爸为了安全起见，还特地到渺城实地考察了一番，回来滔滔不绝地说起渺城一建的威风，那是一栋十六层高带电梯上下的深蓝色玻璃镶着外墙的大厦，高得插入云了，太阳照过去，深蓝色玻璃闪得人张不开眼睛。陈家兴的阿爸深呼吸着，他阿妈也兴奋了，迫不及待地大声问："那建设仔拿几钱一个月？"

陈建设的阿爸扬着手掌，像示威般在老婆的面前扬着，陈建设的阿妈像受了惊吓般尖叫起来。隔壁的陈家兴他妈听见了，拿着菜刀冲过来，紧张地问："出么事啦？"

陈建设的阿妈扑上前，摇着陈家兴的阿妈握着菜刀的手，激动地说："建设仔份工，工资高得怕人，光试用期都有五千块，五千呢！一个月等于我们种一年冬瓜啦！"陈家兴他妈顿时像被打了镇定一般，呆若木鸡。三千在五千面前，不仅是数量多少的差距，简直就是质的区别。这还只是试用期。

陈建设的阿爸还不解气，继续示威般扬着手说："渺城一建还给建设仔买医保社保，有车费油费和伙食费补贴，听说年底还有分红呢，我私下问过一个老员工，年底分红到底有几多，老员工很淡定地讲，不多，要看公司的盈利情况，好的时候十万八万，差点儿的也就三五万。我的天哇！"陈建设的阿爸阿妈兴奋得几乎抽搐，而陈家兴他妈却觉得天旋地转，满眼金星，她努力撑着晃得厉害的身躯，紧握菜刀，转身离开。

原来从天堂到地狱，真的只需要一个转身，命运就不一样了。

虽说只是一个小小的施工员，但李国强基本将工地的工作都放手让陈建设负责，陈建设的工作量几乎和项目经理差不多，他不仅要负责工地的所有生产安全的运营，还得和各方下派下来的官员领导周旋，才到工地两个月，原本滴酒不沾的陈建设，已经成为建筑界内鼎鼎有名的酒仙了。喝酒陈建设是不惧怕的，管理工人他也不惧怕，人嘛，总会有弱点的，只要拿捏恰当，判断公平，事情便好处理。他最惧怕的就是身后这一栋栋林立的别墅。从他踏入盘龙山庄工地后，目睹了整栋别墅的盖建过程，陈建设这个土木工程专业毕业出来的高才生就倒吸了一口寒气。

施工员是基层的技术组织管理人员。一般施工员需要深入施工现场，协助搞好施工监理，与施工队一起复核工程量，提供施工现场所需材料规格、型号和到场日期，做好现场材料的验收签证和管理，及时对隐蔽工程进行验收和工程量签证，协助项目经理做好工程的资料收集、保管和归档，对现场施工的进度和成本负有重要责任。

陈建设深知施工员的职责和本分，但从盘龙山庄动工的第一天开始，他就知道，他所深知的职责和本分，只能是职责和本分而已，在实际工作中，根本起不了任何作用。按理，盘龙山庄依山而建，每一栋别墅对地势的要求都非常严格。

但基础打桩时，陈建设就发现问题了，地基才挖了一米左右，就开始主体施工了，墙体用的全是砂质的空心砖，连一条主体立柱也没有。陈建设立刻将情况报告给李国强，李国强听完报告后，只丢给他一个诡异的微笑，说："知道了。"就驾车离开了工地。陈建设每次想起李国强的微笑，心里就寒飕飕的。陈建设思路灵活，绝对不是书呆子，李国强"知道了"三个字蕴含了什么，他很快就揣摩出来了，重大局而轻小节。

别墅一层楼顶做钢筋，准备浇灌混凝土时，陈建设特地爬上楼顶，楼顶疏松地扎着钢筋，按 $30kg/m^2$ 计算，浇灌一百平方米的楼顶，应用三千公斤的钢筋，陈建设目测脚下疏松的钢筋网，能有一千五百公斤钢筋已经很不错了，他脚尖用力地按了按，锈迹斑斑的钢筋网就在脚下呀呀吱吱地摇晃起来，钢筋网下的木板也跟着嘭嘭地呻吟。

陈建设觉得心脏被扭起来，揉成了团。他记得小时候村里盖房子，都是村里人相互帮助盖，那时陈家村大多数人都只盖一层的房子，能盖一层半的，都是村中牛逼得冒泡的人家，譬如村长，譬如华侨家属。那时都是人工挖的地基，到底挖多深？陈建设还小，没什么概念，他只记得，他和陈家兴跳进挖得像迷宫一样的地基下面跑，跑累了，却爬不上来，只能在地基下面跳着，叫喊，陈家兴他妈听见了，骂着"死衰仔"，跑过来，将他俩拉了上来，每人屁股上赏一拖鞋。以前一层的房子，挖的地基都不止一米，这三四层高的别墅，不应该挖得更深吗？

陈建设怏怏地从楼顶爬下来，不远处，滚动着巨大的滚筒的混凝土搅拌车正呼啸着，艰难地爬着山坡，向盘龙山庄这边运送混凝土，不用停车检查，陈建设也知道大滚筒里面搅拌着的，都是些稀得不能再稀的混凝土。

李国强从简易工棚里钻出来，招呼他到镇上的渺江渔家吃午饭。这些天，差不多到午饭时间，他们总能接到一些质检或安检部门管理人员的电话，电话的内容无非是马上要到盘龙山庄来检查工程进度了，说是打声招呼，让工地负责人事先做好准备。开始陈建设还真以为来检查了，连忙招呼安全员、资料员和各班组工头都各就各位，严阵以待。

谁知道，检查组的人才到工地门口看了几眼，李国强的车子便颠颠地抢来到工地门口，把后到的领导们都接进车子，车子屁股扭一股黑烟，绝尘而去，让陈建设他们这些忙碌了一早上的人目瞪口呆。

这样的事情多了，陈建设便明白了，通常这些未到工地就先来电话的所谓领导，都是一些级别比较低的管理人员，他们一般会选择在午饭或晚饭前来电话，目的很明显，打秋风，蹭饭吃嘛！蹭饭吃也不是什么大不了的事情，不就一顿饭吗？一般工地都能接受，但要命的是，这群人好赌，每次饭后，借着酒意，就闹着开台，所谓开台就是打麻将，和这些爷们打麻将还得要有技巧，输钱了公司是不给报销的，输多了自己的钱包也不乐意，但也不能光赢，赢狠了，这些芝麻小官们眼红了，就来挑工地的毛病，反正左右不是人。

陈建设还发现，李国强的大部分时间，都耗在了陪这些小官们的麻将台上，他就有这个本事，将麻将打到恰到好处。

李国强问："大热太阳的，你爬楼顶看什么？"说着打开车门，启动了车子，天气太热，车子内的气温更高，需要启动一会儿冷气，人才能钻进车厢里面。

陈建设踱步到车边，一手扶着车门，回头望着才盖了一层的别墅。李国强点燃一根香烟，笑笑说："我知你心里想什么。现在的工程都这样，习惯了，你就不觉得有什么的。"

陈建设回头望着李国强，李国强吐一口烟，说："我刚做建筑的时候，工程都是按质按量的。市场化后，慢慢就变了。开始时我更不适应，以为自己负责质检，就一定要把好质量关，结果，不仅得罪了同事，连领导也得罪了，差点就混不下去。后来，有人提醒我，市场不是一个人的市场，而是所有人的市场，你只代表你自己，你决定不了、主宰不了所有人，你只能够改变自己去适应所有人，这才能在市场上获得生存，想通了这些，我他妈的就明白了。"说完，他钻进车子里，招呼说，"上车吧，那几个混蛋都到了渺江渔家，去迟了，又他妈的来找碴。"

陈建设坐进车内，又忍不住从车窗里探头出来，望了望秃头秃脑的在建别墅群，李国强一笑说："不用看了，看也白看，现在的造价那么低，真按要求来做，公司两年就亏得撑不下去了。"

陈建设摇上车窗，冷气扑头扑脸地吹了过来，他打了个寒战，说："要是到时业主发现问题，追究起来就麻烦了！"李国强冷笑一声："什么狗屁业主？你以为到这荒山野岭来买别墅的会是什么正经人家啊？不是炒楼的暴富的就是当官的，房子买了就买了，真的会一家大小来住吗？这些别墅，我敢肯定，能买的人都不会住，住也不常住，最多就是带个小三过来休闲度假，谁会在意质量不质量的？"

陈建设恍然大悟地"哦"了一声，的确，能买得起这些别墅的人，绝对不止这一套房产，即使是有心住，也不见得能经常轮到这边，这些质量问题，等到他们发现时，恐怕都过了保修期了。

李国强继续说："退一万步说，小三小四的来住了，真发现有问题，他们也不敢吱声的，最多去质检投诉一下，然后，我们派人过来刷两刷子就搞定了。上报纸搞舆论？这些人都是不敢的，在当下，最怕曝光的是他们，不是我们。你放心吧，只要不死人，就算房子塌了，也算不了事！"

陈建设浑身一抖，透心的冰凉，手心也冷汗津津的，他掩饰着，摘下眼镜，掏出纸巾，低头认真地擦拭着玻璃镜片，眼镜片越擦越花了，得换一副新的了。

从渺江渔家回来，陈建设喝得有点醺醺的，几座依山而建的别墅，灰溜溜的，在眼里晃动，打转，陈建设揉揉眼睛，眼前的景物稍微清晰了一些，别墅虽然只建了个外壳，但仍稳稳当当地立在山地上。陈建设打了个饱嗝，走着S路线，向别墅群而去。陈家兴从简易工棚里面追出来，叫着："哥，哥！"

陈建设来到一栋刚拆了模板的别墅前面，回头瞪眼睛望着陈家兴："做、做么、么事？"陈家兴揩着额上的汗，一把将陈建设拉进别墅里，别墅才拆模板，地上堆满了钉满钉子的模板，地下只抹了一层粗糙的砂浆，到处都是积水，几乎没有地方落脚。

陈家兴小心翼翼地拉着陈建设走到一块模板上面，抬头指着头顶说："哥，你看，这里还有两块模板未拆卜来的，要是抽检时，查出问题就不好办了！"陈建设刚和相关部门的几个小兵吃完饭，酒劲还没过呢，翻着白眼说："屁，已经被抽查过几次了，你见过哪次抽出问题？"

陈家兴努力地回忆，的确，好像再差的材料拿去检测，拿回来的报告书上，都印着鲜红的"检验合格"四个大字，即使局安排专家组下来检查，专家们也是晃两晃，指指点点一会儿就揣着工地发的红包跑人，还真是从未出现过不合格的现象。

陈家兴还是转不过脑筋，指着别墅洗手间的位置说："你看，下水道都堵了，水都积满了，叫几个散工过来清理一下，他们说是下水道的问题，他们只管地面的杂物，不管地下的，气死我了。"

陈建设拍拍陈家兴的肩，爬上另一块模板，踮起脚伸脖子看洗手间的位置，显然是拆模板时掉下来的泥灰碎石堵了下水道，水淹上来，将洗手间浸了几公分，洗手间的墙壁一片湿漉漉的水迹，陈家兴跟着跳过来说："丢那妈，随便抹点聚合物水泥基就算做了防水了，这破别墅，都没有我家的猪圈盖得结实！"

陈建设觉得陈家兴用的比喻挺有意思的，借着酒意拍拍他说："你说得对，这些别墅就是用来圈猪用的。哈哈！"

哥俩相互搭着肩，掺扶着走出别墅，陈家兴小心翼翼地将酒醉的陈建设扶回工棚宿舍，尽管离家很近，但为了尽早融入工地生活，陈建设在工地工棚上拿了间单间，时不时会在工地过夜。陈建设烂醉如泥地躺在床上，仍不忘吩咐陈家兴明天找人清理一下下水道，将模板拆下来。

待陈家兴走出工棚，陈建设闭着的眼睛突然一睁，一个鲤鱼打挺翻身起来，刚才的酒意全没有了，他迅速从枕头下抽出笔记本电脑，虽然已经让陈家兴做了一份工程质量复核资料送到质监站了，但他仍要再做一份质检报告，他相信，上帝定会眷顾有两手准备的人的。

陈家兴走出工棚，望着一溜灰秃秃的别墅就犯愁了，工地里，谁都知道他没后台没技术也没文凭，大工小工都不听他的，在盘龙山庄这半年，他都是夹起尾巴左右巴结着来做人的，但仍是吃力不讨好。

陈家兴找处阴凉的地方坐下，拿起一块石头扔简易工棚前面拴着的黄狗，黄狗恶狠狠地对他汪汪了几声，狗眼瞪得老圆，一点示弱的意思也没有，真是狗眼看人低！陈家兴又抓起一块石头扔狗，这回石头刚好扔在狗腿上，狗汪汪地吠得又凶又凄厉，乱蹦乱跳的，如果不是狗绳栓得还结实，黄狗肯定将陈家兴撕得稀巴烂。

陈家兴对着狗，得意扬扬地做了个鬼脸，忽然觉得这气急败坏的黄狗很像高潮时的叶婷，虽然凶狠，但刺激极了！于是拍拍手站起来，往叶婷住的宿舍溜去。

陈建设走出宿舍，望着陈家兴离开的背影，默默地将手提电脑合上，转身往家的方向走去。

资料员辛雄伟的痛

看见名字时，你肯定会以为，辛雄伟是一个身材高大、长相威猛、声如洪钟、步若闪电的彪形大汉。那你错了。辛雄伟其实一点也不雄伟，他身高只有一米五，七十年代出生的男人，仍长出这样的身高，确实罕见。但矮人多智者，拿破仑能够统领欧洲，事实证明了，矮人也可以气势磅礴。

辛雄伟曾经一度为身高懊恼过。那时他十五六岁，刚懵懵懂懂得男女情爱，偷偷给坐前面的那个和他一样又黑又矮的女同学递求爱信，恭维她有一双扑闪闪的眼睛和一口笑起来很洁白的牙齿，但女同学却毫不客气地拒绝了他，拒绝得实在太果断了，将求爱信揉成一团，照着辛雄伟的脸扔过来，纸团扑打在辛雄伟的鼻梁上，眼泪不争气地飙出来。

又黑又矮的女同学尖着声音骂："死矮子！"随即便是"咔哒"一声，吐痰的声音。辛雄伟一辈子也忘不了这声音，他考虑这女同学是以为大家是同类人，即使被拒绝也不会太难堪，哪知连同类人都羞辱他。

因为身高的问题，辛雄伟还暗恨过父母，父母在他的记忆里，一点模糊的影子也没有。他是吃百家饭长大的，只记得小时候，短小精悍的身上穿着破烂肮脏的衣服，挂着两条清鼻涕，钻进东家偷个包子捂在怀里，摸入西家顺把炒面塞在嘴里，然后拔腿逃命般奔跑。

也有些美好的记忆，如村尾的王寡妇和她隔壁的朱三娘，都是衣服整洁、发油芬香的美丽女人。她们像观音菩萨般慈祥地笑着，见辛雄伟跑过，总会拉他入屋，盛一碗白米饭，夹几块肥厚油亮的肉放上面，看他吃得滋味，就伸手摸他的脑袋，叹息说："就是矮个了点儿，要不就收作自家的仔了！"

辛雄伟知道她们只不过是母爱泛滥，发表一下感慨而已，但心里仍暖洋洋的，毕竟自己还算是个仔，比起王寡妇和朱三娘这些苦命的女人，他的委屈算不了什么。

王寡妇的老公还未来得及播种，就两脚一伸见阎王去了。村里人都说王寡妇克夫，男人们怕死，都不愿意娶她，所以，王寡妇的肚子就没机会鼓起来了。朱三娘是有老公的，但为什么她也没儿子？这是童年时代的辛雄伟理解不了的问题，反正，村里人都说朱三是瘟三，没用处的。尽管这样，她们还是不愿意收矮个孤儿辛雄伟做儿子。

朱三娘曾摸着辛雄伟的脑袋，试探着问朱三："多机灵的仔啊！收了吧？"朱三一瞪三角眼，粗着脖子说："三等残废的料，日后定娶不到老婆的，不能传宗接代，收了也白收！"朱三娘就叹息说："真可惜，他的父母长得多高大啊！怎么就……"朱三娘忍着没在辛雄伟面前将话说完，辛雄伟也不奢望这声叹息能给命运带来改变。他转身跑出朱三家，心想，朱三是瘟三，一样也不能传宗接代，朱三娘收了也是白收。

辛雄伟恨父母，既然村里人都说他们高大俊秀，怎么却将他生得这样矮小猥琐呢？他们的体内得有多么扭曲的遗传因子，才能生出他这个样子啊！辛雄伟思前想后，最终给自己一个很恶毒的解释，肯定是他们在他出生后就将他抛弃了，双双到极乐世界去了，他没有人奶喝，是喝母野狗的奶长大的，是狗娘养的，所以，也长得一副人模狗样！

辛雄伟很清楚，自己很难找一份体面工作，读再多的书也没有用，所以，高中毕业后，他就放弃了高考。这决定让村委会的成员们都松了口气，终于不用负责这个没指望的矮个子的衣食和学费了，这些年来，他都是村委会的累赘。

辛雄伟在社会上左右游荡了几年，都没找到稳定的工作，其间他是有机会像一般年轻人那样，进入一些集体或大型企业当普通职工的，但他却与众不同地瞄准了工地。

二十世纪九十年代初，房产业仍处在低迷阶段，地方政府招商引资的旗号摇得也不激烈，虽然房子也在一栋栋地建，但建的也不算高楼大厦，全是七八层的适用商品楼，房价也不高，一千元一平方米的房子，已经是天价了。房产商在这个时候，仍不牛逼，他们比不过建筑商。建筑商被人们叫"包工头"。国企改制后，这些包工头迅速从国企分离出来，纷纷成立自己的建筑公司，迅速占领了渺城的建筑领域，包揽了渺城大大小小的建筑工程。

在这个时期，包工头的事业都发展到了巅峰状态，只要拿砖刀的，都肥得流油。辛雄伟曾经跟一个包工头去省城，包工头要请省城的领导吃饭，到了饭店，包工头让辛雄伟到车后厢拿提包，辛雄伟打开车后厢，吓了一跳，车后厢竟然乱七八糟地堆满一捆捆人民币。包工头从身后拍拍辛雄伟的肩，很牛逼地说："细佬，别看我无文化，这社会，有钱的才是老大！"

满车后厢的钞票刺激了辛雄伟，改制后，一片混乱的建筑市场到底有多少漏洞可钻啊？他狠狠咬了一下嘴唇，眼前包工头这样的蠢货都能混到钱，凭什么我不能？他认定了建筑这行业，就往这行业里寻机会，很快，他就应聘到渺城一建做资料员。那时，资料员在工地上是一个不那么重要的工种，很多工地都由文员兼管的，但辛雄伟却隐隐觉得，这份工作能给他打开另一片天地。

资料员的工作是一项集工程建设管理、档案管理知识于一体的复合专业工作，必须具备一定的建筑专业知识、档案专业知识及操作计算机建筑应用软件的能力。

那时，工地还没像现在那么完善，很少工地有电脑，就算有，也最多是一台386，网络更没有了，电脑放在工地里，只能充当一台打字机来用。但辛雄伟脑袋灵，学东西易上手。李国强将那台哎哎吱吱地响着的破电脑搁在工地的旧办公桌上，丢给他一本打着卷的《计算机应用基础教程》，说："以后所有的资料，都得输入这家伙的肚子里了。"然后就拍拍屁股走人。

辛雄伟翻了一晚教程，第二天就瞪着一双红红的眼睛在电脑前面练五笔了，大家见他十个粗短的手指，艰难地在黑色的键盘上摸索着，嘴里念念有词，什么"王旁青头兼五一，土士二干十寸雨"等等，模样古古怪怪的，都取笑他说，比考状元还用功了。辛雄伟不理会，凝神看着电脑屏幕，屁股粘在凳子上，挪也不挪一下。过了几天，李国强又来工地检查，发现辛雄伟已经相当熟练地用 word 来录入文件，用 excel 来制表了。

辛雄伟很快就掌握了新工地上的所有资料，将李国强交给他的工作处理得井井有条，李国强不由对他另眼相看，拍着他的肩，不叫矮子了，叫小雄，说："小雄，好好干，前途无量啊！"

此时正是渺城一建转股份制后生意最鼎盛的时期，工程多得接也接不过来，资料员严重缺乏，李国强将辛雄伟的情况向公司一提，公司立刻和辛雄伟签了正式聘用的合同，辛雄伟成了渺城一建的正式员工。

前些年，管理部门对工地的要求不是那么严格，特别是资料员，辛雄伟一下子就成了渺城一建的金牌资料员，渺城一建承接的大部分工地的资料都由他来负责。那时辛雄伟没有对象，也没什么花花心肠，一门心思都扑在做资料上，他没日没夜地加班加点，再多的资料堆在他的面前，他都能及时处理好。因此，在渺城城市建设初期，渺城的大部分出名的实体建筑，都是辛雄伟整理的资料。用辛雄伟的话来概括——"虽然我的脚很短，但渺城的每一个角落，都掉有我的脚毛。"

做资料久了，名气也跟着大起来，不少承建商在承接工程时，懒得请一个专职的资料员，慕名来找辛雄伟，让辛雄伟私下帮他们做资料，做资料的价钱从五角升至一元两元三元。

聪明的辛雄伟从中看到了商机，他毅然从渺城一建辞职出来，在渺城一街租了一处小小的店门，请了几个懂计算机的小姑娘回来，他便四处承接资料业务回来做。虽然他的公司没有招牌没有注册，但渺城的高楼大厦都给辛矮子撑起了招牌，辛矮子的名气响当当的。辛雄伟又是个八面玲珑、善于抓机会的人，这些年来，他跟渺城建设管理部门的领导们关系处得特别好，渺城的建筑商也特别愿意相信他，到了最后，竟发展到所有渺城大的建筑工程，都得经他整理过资料后，才能顺利通过验收，因此，辛雄伟在渺城做资料的地位无人能及。

辛雄伟公司的生意红红火火，连渺城一建也不敢小视他，大多数大的施工项目，仍找他来负责资料。

就这样，辛雄伟发财了。辛雄伟发财后，很拉风地买了一辆宝马X5，整日在渺城大街上招摇过市。

辛雄伟的身高是不足以考车牌的，但他花大钱，买通了驾校的考官，顺顺当当地拿了驾驶证上路。他人矮小，坐在高头大马的X5里面，外面的人不垫高脚趾看不见车内的驾驶员，眼神不太好的还以为这车通神了，无人驾驶也能行驶如飞。假如某天你在渺城大街上，看见一台黑色的宝马X5开过，而你又见不到车内的驾驶人员，你不用大惊失色，那是辛矮子的车，辛矮子就在车子里面，他的车技非常好，绝对不会突然失控将车冲上人行道，你完全可以放心地走在人行道上。

辛雄伟开上了宝马X5后，他的身边就不缺美女了。曾有一段时间，辛雄伟换女朋友像换拖鞋一样，着得干脆，甩得也干脆。

辛雄伟曾经问过一个使他有结婚冲动的美女，为什么愿意跟他？不介意他的身高吗？美女弯下一米七五的腰身，眼睛眯得像初七的月亮，说："男人的伟岸不仅体现在身高上，更重要的是内心的强大。"美女还跟辛雄伟讲了个《封神榜》里的故事，她说："《封神榜》里的土行孙不也娶了个大美女邓蝉玉做老婆么？所以，男人只看技高，不看身高的！"美女的一番话，说得辛雄伟心潮澎湃，激动万分，一把搂着美女细细长长的脖子，"叭"一声，湿湿地吻了上去。

可是辛雄伟却高兴不了很久，那天他又驾着 X5 在渺城大街上飙着，不巧看见美女和一俊男异常亲密地进了一间咖啡厅。辛雄伟立刻将 X5 停路边，随即跟进咖啡厅，美女和俊男坐在卡座里，辛雄伟大摇大摆地坐到他们前面的卡座，他不用躲闪，他的脑袋高不过卡座的挡板，美女并没发现他。

接下来，很戏剧性的了，辛雄伟听到一堆如电视肥皂剧里面的台词，最后让辛雄伟忍无可忍的是，美女在埋汰完他的身高和鸡巴后，竟然咔哒一声，很响亮的吐痰声。辛雄伟非常愤怒地跳上椅子，瞪着卡座对面的美女，怪眼鼓得只剩下白色。美女正很优雅地用纸巾包着痰液，辛雄伟惨白的眼珠吓得她手指一抖，包着痰液的纸巾跌落地上。

西餐厅喜欢摆放一些圆肚状的用来算运程的圆球，圆肚上开十二个小口，小口边上显示着星座图案和日期，只要按所需求的星座，从星座下的小口塞一块钱硬币进去，就会从圆肚里吐一张卷着的小纸条出来，摊开纸条，上面千篇一律地写着所属星座的运程。辛雄伟从卡座上抓起一个圆球，狠狠地向美女砸过去，运程卡纸咕噜噜地吐了一地，辛雄伟头也不回地走出西餐厅。美女的尖叫声像利刀一般，将西餐厅的宁静划破了，X5 配合着扭出一股蓝白的烟，跑了。

后来，美女以伤害罪起诉了辛雄伟，要求辛雄伟赔医药费和精神损失费，但辛雄伟也不含糊，请了渺城最有名的律师，反起诉美女骗财骗婚，不仅要求美女赔偿所有从他身上骗走的财物，还索赔精神损失费。

官司一打就是一年多，最终美女耗不过财大气粗的辛矮子，漂亮的大眼含着汪汪的眼泪，将辛雄伟送给她的名车名表名包全部归还，还赔偿了辛雄伟一元的精神损失费，这官司才算终结。这场与美女起诉与反起诉的官司，虽使辛雄伟赢得了更多的名气，但他也从此失去了美女缘，美女们都不敢再招惹这个辛矮子了。辛雄伟又剩下孤身一人，很拉风地驾着他的宝马X5在渺城大街上蹿着，他把X5的音响开得震天响，音响里，林志炫在伤心地唱着《单身情歌》。

陈家兴领着叶婷，点头哈腰地走进辛雄伟堆满资料的办公室。辛雄伟斜着眼睛瞟一眼，就知道这个嬉皮笑脸的男人罩不住他带进来的女人。虽然这女人长得不怎样，皮肤很白，能给人一种细嫩柔弱的感觉，但她的一双细长的单眼皮的小眼睛一翻，精光冷冷的，肯定是个厉害角色。

辛雄伟最喜欢和厉害角色打交道，他认为，一捏就出水的软柿子毫无挑战性，耍起来没意思。像叶婷这样精明的女子，怎么会甘心做陈家兴这种平庸男人的女朋友？辛雄伟以一种研究的姿态，绕着叶婷走了一圈，然后嗅了嗅鼻子。

陈家兴赔着笑脸说："雄哥，你看，我女朋友能行么？电脑她都晓得用的，还有资料员证。"说着，将一个蓝色的本本摊开，放在办公桌上，辛雄伟瞥了一眼，回到办公桌后面坐下来，问："有过做资料的经验吗？"陈家兴搓着手，馋着脸说："这个，这个，雄哥！"

辛雄伟不理会他，眼光绕向叶婷，叶婷抿了抿艳红的嘴唇，说：

"辛总，你不也是从没经验做到现在的吗？"

辛雄伟将短小的身体靠在椅背上，仰视着叶婷，望了很久，办公室内的气氛一下子凝固了，陈家兴急了，责备叶婷说："怎么和雄哥说话的？雄哥是什么人啊？你能跟雄哥比吗？"叶婷不满地翘起嘴巴，细长的眼睛却挑衅般盯着辛雄伟，辛雄伟哈哈大笑："留下吧！"叶婷不相信地指着自己的鼻子问："我？"辛雄伟说："就是你了！"

辛雄伟非常大胆地将叶婷安排在盘龙山庄项目部，让她全盘负责整个品牌折扣店项目的资料。让一个新人负责这么大的项目，很冒险。李国强对此有些异议，但辛雄伟不是这样想的，他认为，越大的项目就越该由那些欲望大的人来负责，因为欲望能驱使人去完成一些看似不可能完成的挑战，所以，他顶着李国强的反对，依然任用叶婷。辛雄伟很清楚，像叶婷这样的女人必须要有重压，才能激发她的潜能。

辛雄伟这招用得很绝，叶婷第一天到盘龙山庄，面对着乱糟糟的资料文件，简直无从下手。待她好不容易理顺了一点，打开电脑一看，她又几乎崩溃了。原来，盘龙山庄虽然是属于品牌折扣店项目里面的一个衍生项目，但实际上两者是分别立项做资料的，而之前负责这两个项目的资料员，因为一人负责两项目的资料，觉得付出与所得不合理，向渺城一建提出加薪，被拒，一气之下，竟将所有资料都删除，然后辞职走了。

渺城一建没有办法，唯有请辛雄伟帮忙，辛雄伟又将这么个烂摊子摊给从来没有做资料经验的叶婷。叶婷望着空空如也的资料库，急得趴在电脑前面哭。站在一旁的陈家兴虽然很想帮女友，但却有心无力，急得抓耳挠腮，上前扶着叶婷的肩劝："光对着电脑耗时间也没用的，明天再想办法吧！"

他还想着立了功，赶紧和叶婷回去亲热亲热。叶婷回头瞪着红红的眼睛吼："滚！"陈家兴吓得缩了手，踮手踮脚地走出工棚。

辛雄伟摸准了叶婷肯定会找他的，他开着宝马X5，哼着不着调的《单身情歌》，在盘龙山庄下面来回兜转。已是半夜，山冈上的简易工棚里，仍有一盏灯是亮着的。

辛雄伟停下宝马X5，注视着黑暗里的这抹亮光，多么熟悉的灯光啊！二十年前，他也曾经在这样的灯光陪伴下，度过了无数个工地上的孤寂黑夜。这个叫叶婷的女人，和当年的他是多么地相像，都有超强的欲望，都有股不服输的劲头，更有为了达到目的而不惜一切手段的狠劲。

辛雄伟点了一根烟，眯着眼睛吸了一口。平常他既不喝酒也不抽烟，香烟摆在车上，不过装装样子，若恰好碰到有领导坐顺风车，又烟瘾犯了，就拿来应付一下。之前有人提醒他，既然已经将做资料当作终身的事业来做了，为什么不将这项事业规范化？干脆成立一家正式的公司，建立渺城首家资料库，不但赚钱，而且意义重大。

组建渺城建筑领域的资料库，是辛雄伟这些年来的梦想，当人有钱了以后，他所考虑的问题，就不仅仅停留在赚钱的表层了。曾经也有安监站的领导私下找他谈过这件事，表示愿意和辛雄伟合作。这领导面临着退休，想在退休前，给自己内退后找个落脚点。辛雄伟很婉转地拒绝了这位领导，他认为，时机还未到，和一个临退休的干部合作做生意，只会有几年生意可做，辛雄伟要做的是长远的生意。辛雄伟仍要等待最好的时机，而好时机到来之前，人才的储备是关键，商人打商战，比军人打仗更讲究未雨绸缪。

叶婷是辛雄伟锁定了的人选，他相信，在盘龙山庄磨炼两年后，叶婷肯定能山鸡变凤凰。看着这通宵明亮着的灯光，辛雄伟更坚信自己的判断，叶婷的能力，绝不仅仅限于做资料上，所以，他决定在叶婷成为凤凰之前，将一根绳绑在她的脚上。一定要将这个女人控制着，辛雄伟认为，只有他这样的男人才有本事将绳圈套在叶婷的脚上，陈家兴只是个瘪三。

果然，辛雄伟的手机响了，他摁灭了香烟，自信满满地接通了电话，叶婷的声音在寂静的夜里异常沙哑，她说："辛总，我找不着头绪。"辛雄伟一笑："下来，我在山下等你。"山上的灯光，无声地熄了，辛雄伟打亮了宝马 X5 的车头灯，将下山的路照得白亮。

材料员赵开放的日志

大拖车停在工地入口处，车上堆满了钢筋。赵开放戴着擦得亮晶晶的黄色安全帽，拿着材料进场登记本，站在工地门前，眼愣愣地望着山下面。陈建设走过来，从后面拍一下他的肩问："干嘛呢？发傻呆了！"

赵开放回头看一眼陈建设，指着山下说："建设，你看山下那个被人追打的人，是家兴么？"

陈建设扶了扶眼镜，眯眼睛望山下，只见陈家兴像只丧家犬般没命地往山上跑，身后是一个身形健硕、气势汹汹的老女人。老女人举着一支扁担，边追边叫，扁担舞得虎虎生风，气势如虹。

陈建设赶紧往赵开放的背后一缩，道："陈家兴他妈在我们村里是出了名的母老虎，凶得很，陈家兴不知又犯了什么弥天大错，惹恼了他妈，我还是赶紧躲，他妈见到我，家兴就没命了。"

的确，若让陈家兴他妈见到陈建设，立刻就能想到三千和五千的差距，落在陈家兴身上的扁担，不加三千斤力度就奇怪了。

陈家兴怪叫着救命，气喘吁吁地跑进工地，招呼赵开放："快过来帮忙关门。"

赵开放忙用力推动工地的大门，铁门给关上了，陈家兴又跑进门卫室，夺下钥匙，啪地将挂在铁门上的大锁锁上。陈家兴他妈随后赶到，一条粗黑的扁担狠狠地甩在铁门上，铁门哐的一声，剧烈地摇晃了一下，吓得赵开放跳了起来，笔在登记本上直直地画了一道。陈家兴他妈继续砸打着铁门，尖叫着骂："你个死衰仔，钱搵无到返来，竟敢学人偷啦？"陈家兴丢下大锁，转身就跑，但仍被他妈从大门外扔进来的扁担狠狠地敲了一下屁股，痛得摸着屁股直嘘气。

　　赵开放拉着陈家兴，躲到刚开进工地送钢材的大拖车后面，低声问："家兴，你阿妈吗？什么情况？"

　　陈家兴用力揉了揉屁股，咧着嘴说："五十几岁的老女人了，还这么有火气，跑得比老虎还快！"

　　"你个死衰仔，你赶紧将吞了我的钱吐出来，如果不吐出来我打断你双腿！"陈家兴他妈像头暴怒的狮子，操起一块砖头拍着铁门大叫。工地里不少工人都停下手中的活儿，跑过来看热闹，迷彩服还得意扬扬地双手盘胸前，踮着脚尖，斜眼睛看热闹。

　　陈家兴又恼又羞，伸脖子出来，尖着声音叫："我不过是将属于我那份拿走了么！又没拿你们的！"

　　"你个衰仔，还敢嘴硬，偷钱还有理啦？你给我出来，我打死你个衰仔！"陈家兴他妈将铁门砸得砰砰响，恼火起来，还用脚去踹，围观的工人忍不住喔喔叫着，起哄。迷彩服不屑地呸了一口浓痰，走到水喉管前，拧开水喉捧一口水喝了，又甩着湿漉漉的头发，回身看热闹。

　　赵开放扯扯陈家兴："这样下去，会影响工地的正常施工的，你将钱交出去，让你阿妈返去啊！"陈家兴嘴一瘪："三万元呢，我哪儿拿得出来！"赵开放吸了一口寒气，这么多钱，他一个小小的材料员，想帮也帮不上忙。还是陈建设机灵，马上给李国强打电话。

陈家兴他妈闹了一会儿，李国强就赶到了，他拉开锲而不舍地破坏着大铁门的陈家兴他妈，只说了一句话就将这只咆哮的母老虎给镇住了，他说："大婶，你不用闹了，我马上辞了陈家兴，赶他出工地，到时你想怎样打他都可以了！"

陈家兴他妈立马软了下来，拉着李国强的手，哀求道："无要辞我家家兴仔啊！领导，我返去就是了。"李国强打开工地铁门，将扁担还给陈家兴他妈，挥挥手，陈家兴他妈垂头丧气地拖着扁担下山去了。

赵开放忙站起来，将陈家兴推出来，李国强瞪一眼丧家犬般的陈家兴，鼻子一哼走了过去。工人们马上四散开去，站在大拖车上的工人又往下搬送钢材。

赵开放拿起材料本，继续清点进场的钢筋，一拖车的钢筋都清点核对好后，待吊机又把钢筋吊到物料场放好后，又写了通行条放拖车出工地。

赵开放回身看见陈家兴蹲在门卫室的墙角掩面垂泪，觉得他也怪可怜的，上前蹲下来问："到底发生什么事了？"陈家兴眼泪流得更欢了，连着鼻涕一起流，他吸着鼻涕哽咽着说："叶婷那贱女人，和辛矮子好上了！"

赵开放同情地拍拍陈家兴的肩，安慰说："看开些吧！现在的女孩子，个个都这么现实的了。"陈家兴痛哭失声："我在她身上花了三万元啊！三万啊！才几个月的时间，出去找鸡，都没这么贵啊！"

赵开放无语，站起来，瞪一眼陈家兴，恨不得一脚踢他屁股上，他妈打得好，妈的，窝囊废！是男人的，就别蹲在这里干号，找辛矮子决斗去啊！怪不得叶婷甩他甩得像擤鼻涕般轻松。

工地上的材料员必须熟悉施工工艺编制材料计划，按计划组织材料进场，对进场材料质量负责，并做好跟踪服务工作。材料员不仅要掌握材料的使用情况对进入现场材料应分门别类堆放，还要根据材料性质采取有效防腐、防潮、防变型（质）措施，对需复检的材料应及时送检，并与进场材料相对应。一个合格的材料员还应对现场材料损耗情况及时统计上报，保证零库存，对积压材料合理应用，建立材料分析档案，如价格、货源等，并及时反馈给决策层。

　　赵开放是个细心的人，他非常清楚盘龙山庄项目现时进场材料所存在的问题，空心砖的不达标、钢筋锈蚀超标、砂浆混凝土过稀、防水涂料不及标准等。赵开放的私人登记册上，非常详细地登记了诸如此类的问题产品，它们是何时进场的，质量上存在着何种问题，来料厂方、负责人甚至每栋别墅分别用了些什么材料，各用了多少材料，他都一一记录清楚。

　　在不加班的情况下，工地五点半下班，赵开放每天离开工地前，都不忘带上一天的工作日志回家。赵开放的女友是渺城中医院的一名小护士，每天赵开放驱车赶回渺城，到中医院去接上小护士，然后一起买菜回家做饭，小日子过得甜甜蜜蜜的。

　　小护士是本地姑娘，皮肤偏黑，样子尚算端庄。赵开放在吃饭的时候，喜欢盯着小护士圆圆的大眼睛看，小护士被看得不好意思了，就用筷子敲他的饭碗，催他快吃。赵开放觉得大眼睛的姑娘真好，简单直率，容易满足，没有太强的欲望，不像细长眼睛的叶婷，复杂，心机重，让人难以摸透。

　　小护士不明白，赵开放为什么总是将厚厚的工作日志带回家，每晚都要在灯下翻查日志，伏案登记，通常忙到很晚才上床睡觉。赵开放整理出来的登记册，都已经有十多本了，厚厚的一摞，锁在家里的保险箱里。赵开放特地买了一个二十四寸的保险箱回家，保险箱内除了一张房产证外，锁着的全是他的登记册。

有次，小护士好奇问赵开放，这些册子有什么用？赵开放锁好保险箱，又将钥匙藏好，上床抱着浑身喷香的小护士道："像我们这样的人，是最容易把握机会的，只要比平常人多个心眼，愿意多付出一点，总有一天，我们就能变身成人上人了！"

"什么人上人？就这些册子？"小护士还是不明白，赵开放将手插进她的睡衣内，急急地说："等我们以后不用为孩子吃什么奶粉的问题操心时，你就什么都明白了！"说着一翻身，将小护士压倒在贴着大头娃娃图案的大床上。

陈家兴首先看见的是赵开放干净得在阳光下闪着晶亮的安全帽，然后就看见赵开放拿着手机，蹲在仓库里面，咔嚓咔嚓地拍照。

陈家兴放轻脚步走过去，见赵开放正对着一批刚送进来的水泥照相，他不明白赵开放还照什么相呢？水泥运进工地的时候，不是已经做了材料进入登记的吗？这个赵开放神神秘秘的，经常在仓库里面折腾半天也不出来，仓库里不过是些水泥石灰、钢筋瓷片罢了，又不值钱也不好看。

陈家兴忽然在赵开放身后拍了一下，啊地叫了一声，赵开放吓得手一抖，手机掉地上。陈家兴嘿嘿笑道："不会惊成这样吧？拍这些水泥来做么事？"

赵开放回头看见是陈家兴，脸色稍稍好看了点，弯腰捡起手机说："刚才水泥进场时，送货来的师傅催得比较急，无来得及细看就签收了，现在照几张相回去，对一对规格。"

陈家兴撇撇嘴："盘龙山庄就是个狗屎山庄，什么垃圾材料都能够入来的，你对也白对，你几时见过不合格的材料会退回去的？"

赵开放的心跳了跳，陈家兴是个缺脑袋的，讲话不分场合，和这样的人最好少说为妙，他笑笑，搭着陈家兴的肩往外走，问："今日心情好似不错呢，和叶婷和好啦！"陈家兴嘴巴往下一弯："她都不理我了。"赵开放说："你以前不是说她不好的吗？脾气不好，又贪钱，这样的女人留恋什么呢？"陈家兴嘴巴更弯了，说："以前无辛矮子同我争时，我一点也不觉得她好，但很奇怪，这段时间我怎么看她就怎么好，想她想得我心口痛死了！"

赵开放呆了呆，放开陈家兴，望着山脚下正建得如火如荼的折扣商场。女人真是奇怪的东西，需要通过男人的争夺来体现价值，荒诞！这个陈家兴，真丢那妈。

陈家兴不知道赵开放暗里骂他，接连打了两个喷嚏，仍没心没肺地和赵开放开了几个不咸不淡的玩笑，赵开放越来越觉得他烦厌，望望天色也不早了，将安全帽拿下来，吹吹上面的尘灰，敷衍说："时间不早，我回去了。"陈家兴说："工地又不是无地方住，你日日开一个钟的车回去，不麻烦么？"赵开放懒得理他，拉开二手吉利的车门，车子开出工地，顺着山路驶下去。

陈家兴哪里晓得赵开放的心思呢？赵开放辗转在各个工地上做材料做了快十年，他最害怕待在工地上，害怕待在工地上的时间长了，就会模糊了工地和家的界线，从此分不清何处是工地何处是家。

工地上很多工人的确如此。十年来，赵开放看着他们，在工地上结婚，在工地上生子，在工地衰老直至在工地上死去，他们吃的是用地沟油和猪膏油炒出来的菜，喝的是水喉里直接放出来的冷水，住的是脏兮兮的垃圾满堆臭水横流的简易工棚，老鼠蟑螂日日同床共食，病了不敢去医院治疗，躺床上哼两天，第三天咬着牙爬起来，继续在暴晒的日头下烧焊或轧钢筋。这些人一辈子都和工地上的尘土沙灰纠缠不清，到死时，也是浑身灰扑扑的，连肺部都封满了泥灰，他们替别人盖了一辈子的房子，但至死，这个日益繁华、高楼林立的城市，却连一平米属于他们的居所也没有。

赵开放不愿意自己的人生也是这样，因此，在认识小护士之后，他咬着牙，在渺城供了一套房子，无论工作到多晚，无论刮风还是下雨，每天都坚持回家。赵开放很清楚，在工地上行走，不过是他的工作，不是他的人生。

　　陈家兴留不住赵开放，回身就去找陈建设。陈建设刚和女友骆红冰通完电话，满脸通红、怒气冲冲的样子，陈家兴自持和陈建设从小一起长大，是铁哥儿们，凑脸过来说："哥，问问李工今晚有么节目？我都快闷疯了。"陈建设将话筒一扔，吼："哪里凉快往哪里去！别烦我！"

　　陈家兴吓住了，陈建设平常都一副斯斯文文的样子，是那种锤子砸脚趾上也不生气的人，今天是怎么回事了？吃火药了么？陈家兴不敢再碰火药桶了，缩了缩脖子，往办公室外面退去。

　　陈建设定了定神，抓起办公桌上的一沓资料看了看，又甩下来，抬头望见陈家兴已经退到门口，向他招招手说："你将这份资料送过去给赵开放，这些材料都是怎样做的？同预算差得太远了。"

　　陈家兴小心翼翼地走上前，伸手拿过资料，回身走了两步，才记起赵开放已经下班回家了，于是说："赵开放下班了。"陈建设翻一下眼睛，说："又想偷懒了？"陈家兴摆手说："无是，我刚才还在仓库碰见他在照相，照完相他就回去了。要不我给他打个电话？"陈建设眼中一闪："照相？他在仓库照什么相？"陈家兴摊摊手："哪知道他？他这人神秘得很，明明材料入场的时候都做好登记的了，他每天还将日志带回家去做的，有时还拍些照片，不知干吗用。"

　　陈建设伸手拿回资料，翻开看了一会儿，眉毛拧紧紧的，陈家兴试探地问："刚才和谁通电话那么生气？"陈建设放下资料，骂："丢那妈，骆红冰那个贱人！"

　　陈家兴不解地望着陈建设，在渺城一建，谁不知道陈建设和骆红冰是金童玉女天生一对啊？怎么就闹起矛盾了？陈建设拿下眼镜，仔细地擦拭着，陈家兴晓得他这个习惯，思考时，总喜欢将眼镜拿下来擦拭，随便拿到什么就擦，有时是餐巾纸，有时是衣服，有时甚至是抹布，所以他的眼镜片总被擦得花花的，戴不到半年就得淘汰。

半晌后，陈建设擦好了，抬头见陈家兴仍哈着腰站着，戴上眼镜，拍拍陈家兴的肩说："赵开放日后要多留神点儿！"陈家兴不明白："为么事呢？""别问这么多，你做就是了。走，我们去找李工借车，今晚哥请你去金碧辉煌夜总会，high个够！"

当赵开放像耍魔术一样，将一枚闪着七彩光芒的钻戒戴到小护士的手上时，小护士惊得嘴巴张着合不上，她不相信地抚摸着钻戒，连问了几次，是真钻石么？锆石的吧？赵开放心里难过极了，难道他赵开放只有买锆石的本事么？小护士见他不高兴，偎过来，软着声音问："你哪来那么多钱的啊？"

赵开放抱着她，说："这你就无问那么多了，反正不偷不抢，钱的来路干净得很！"

小护士嘟起嘴巴，又撒了一会儿娇，但赵开放始终不肯揭开谜底，小护士生气了，要将戴在手上的钻戒撸下来，还给赵开放，赵开放没办法，按着她的手，说："这都是那天中午无意听到的。"

那天午睡，赵开放迷迷糊糊地做了一个梦，梦见自己忽然间有很多很多钱，然后买了闪灿灿的钻戒，向小护士求婚，忽然，梦境的画面转变了，小护士可爱的脸被什么东西撕开了，鲜血淋漓的，她尖叫着往天外飞去，赵开放伸手去拉，却拉不着，手上却有鲜红的血液流了下来。

赵开放吓了一跳，从睡梦中跳了起来，梦境在脑海里尤其清晰，脑袋痛得很，他觉得唇干舌燥的，站起来走出休息室去倒点水喝，无意听到办公室那边有人说话，甲说："姓何的真的什么也敢签啊！肯定收了供货商不少油水了！"乙说："声音低点，被人听到了，你就麻烦了。"甲压低声音说："当官就不同，有权了，想要么都得！"乙说："切！当官有么好？搞不好哪天被人举报了，下场就是牢子了！"甲说："举报也要证据么，无证据也咬他不入么，对了，听讲现在搞反贪，凡举报的都有奖励，奖金还很高呢。"乙说："好了，做事吧，管他呢，他贪他的，我做我的。"

接下来又是一片寂静，赵开放蹑手蹑脚走回休息室，躺回床上，却再也睡不着了。他翻来覆去，眼前全是小护士活泼可爱的样子，小护士跟他那么长时间，是该给她一个交代了，但现在，结婚都讲礼金，讲酒席，讲婚纱照，讲婚礼排场，他做材料员这点工资，供了房子后，剩下的仅够生活，根本就挤不出钱来结婚啊！赵开放摸摸枕头下面，那本材料入场的登记日志硬邦邦的，他的心也硬邦邦的。

小护士吓了一跳，从赵开放的怀里蹦起来，颤着声音问："你，你去……"赵开放伸手指在唇边，嘘了一声说："不用害怕，反贪部门的人说了，一定会保密举报人资料的。"小护士捂着胸口，苍白着脸望着赵开放，赵开放得意扬扬地说："我们很快就能成为人上人的了！"小护士张了张口，还想说什么，赵开放堵住她的嘴说："不用害怕，我又不是干什么伤天害理的事，那些人是罪有应得的。"

小护士将脑袋埋在男友的怀里，却感觉不到安全感，一股不安的情绪，紧紧追随着她。

安全员骆红冰的追求

骆红冰的安全员证虽然挂在渺城一建，但骆红冰本人却在建信造价公司上班。渺城一建将骆红冰的安全员证挂在盘龙山庄工地，全因为陈建设的关系。陈建设在渺城一建立稳后，就开始为女友骆红冰张罗工作了。

读土木工程专业的女孩子不多，特别像骆红冰这样的美女，在理工学校异常稀缺。大一那年，骆红冰拖着行李箱出现在学校门口，顿时引起全校的轰动，那些被憋了好几年的学长们，都奋勇上前向骆红冰献殷勤，有帮忙拉箱的，有打伞的，有递水的，有引路的，将陈建设这些刚进校园的新兵们嫉妒得眼睛发红，却又无可奈何。

校花骆红冰身边从不缺乏追求者，陈建设目睹着她和一届届的校草师兄们恋爱，又目睹着她因为校草师兄们的毕业而不得不失恋，他默默地守候，不失时机地送上关怀和安慰，终于，在大四那年，功夫不负有心人，其貌不扬的陈建设打动了美丽的骆红冰，成功上位成为校花的男友。

毕业后回到渺城发展，陈建设仍不愿意放弃来之不易的女友，他一次次地给骆红冰写邮件发微信打电话，鼓动骆红冰到渺城来工作，他誓言旦旦地向骆红冰保证，肯定能给骆红冰找一份前途无量的工作的。骆红冰相信了陈建设，翩然降临渺城。这样漂亮的女大学生来到渺城，渺城建筑界顿时活色生香起来，这样难得的人才，谁不想得到？渺城一建首先向骆红冰敞开了欢迎之门，给骆红冰提供一份办公室管理文员的工作，但骆红冰却拒绝了渺城一建的盛情，自己应聘到建信造价公司做专职造价员。

陈建设拂了渺城一建的人情，面子挂不下去，在骆红冰面前难免有些埋怨，骆红冰一提吊梢眼，用眼梢末的一点余光瞥着陈建设，反讽，当初骗她来渺城时，誓言旦旦说一定能给她找份前途无量的好工作，她信任他，所以来了，到了渺城后才知道，原来陈建设也不过是一个小小的施工员，充其量不过是渺城一建的

311

一个基层员工，自身的前途都难以保证。骆红冰吊着眼睛说："文员是那些没有追求，安于现状的小女生们所热衷追捧的工作，我骆红冰有更高更远的追求！"

陈建设被女友噎得一句话也说不出来，快快地，心情郁闷地擦了好几天眼镜片。几天之后，他终于想通了，当初之所以对骆红冰为之倾倒，还不是因了她的美丽、高傲和不甘于众嘛！骆红冰要是甘于当一名文员，那骆红冰就不是骆红冰了。

想通之后，陈建设就不觉得面子挂不下去，相反，倒觉得亏欠了骆红冰。为了补偿骆红冰，他花钱给骆红冰买了一个安全员证，又央求李国强帮忙，将证挂在渺城一建，盘龙山庄工地一动工，他就将骆红冰的安全员证挂上去了。盘龙山庄起码要建三年，也就是说，骆红冰在这三年内，每月都能拿到一笔可观的挂靠费。

陈建设的用心良苦，骆红冰很快就给予温柔的回报了，她拿到第一个月的挂靠费后，专门到工地来找陈建设，并在陈建设的单身宿舍里和陈建设缠绵了一夜才依依离去。陈家兴馋着嘴看着骆红冰婀娜多姿的背影，口水都流出来了，有了对比才知道，叶婷根本就不是什么香饽饽，不过是一个馊馒头而已。这样的女人才是女人啊！陈家兴对陈建设的崇拜，又噌噌往上长了一大截，男人就该活成这样的。

陈建设和骆红冰的感情发生逆转，应该是从那场麻将开始的。陈建设非常后悔那天让骆红冰出现在品源茶庄的棋牌室里。那天他和李国强陪质安站的正副站长打麻将，骆红冰打电话来撒娇，要去看《你好，李焕英》。因为春节放假，骆红冰亦不能回乡下过年，怕回去了就回不来上班，渺城政府也呼吁本地务工人员留在渺城过年。骆红冰实在闷，刚好电影院可以戴口罩入内看电影了，于是便找陈建设陪她去看。

陈建设忙着和牌，哪有心思去看这些文艺片子？但骆红冰在电话里娇声滴滴的，弄得陈建设心绪不定，摸得一张好牌都打出去了，唯有让骆红冰过来品源茶庄等一会，打完四圈后就陪她。骆红冰不乐意，陈建设压低声音哄，说赢了的钱都归你了。骆红冰才没有意见，过了一会儿，就袅袅婷婷地来到品源茶庄。

骆红冰的出现，让闹哄哄的品源茶庄马上安静下来，男人们嘴里都叼着一根香烟，从棋牌室里探头出来，品源茶庄乌烟瘴气，骆红冰进来坐下后，大家都很自觉地把烟灭了。

质安站的何站长歪着眼睛瞟一眼陈建设，问："建设，你女朋友吗？怎么不介绍一下？"陈建设正沉浸在虚荣的幸福感里，洋洋得意地说："是呀！冰冰，过来认识一下我们质监站的何站长和陆站长。"骆红冰落落大方地站起来，微笑着和两个站长打了招呼，何站长抬起头，仔细地看了骆红冰一会，甩出一只四万道："你小子艳福不浅嘛！冰冰靓女无似本地人么？"陈建设碰了四万，说："我们是大学同学，毕业后她和我一起回渺城来，她在这里人生路不熟的，还请两位站长多关照关照！"

一局麻将打完了，何站长赢了牌，将麻将都推到自动麻将机的入口，说："一定一定的。"说着，从堆在桌面上的钞票堆里抽出一张百元大钞，递给骆红冰，骆红冰不敢接，尴尬地站起来说先一个人出去逛逛。

何站长不高兴了，说："你男朋友坐在这里，你去哪里逛呢？收起啊！茶庄的姑娘收得，你亦一样收得，有什么不好意思的？"

骆红冰抬起眼梢望陈建设。陈建设也觉得何站长说得有理，平常打麻将，他们也经常"抽水"给女服务员或来凑热闹的女伴，打麻将既然是一种消遣，以玩开心为目的，大家一起开心才是开心，散点小费，不算什么，骆红冰不收，反而显得有点拘谨做作了。于是就劝骆红冰将钱收下。骆红冰红着脸，低头接过钱，心不在焉地在一旁玩手机。

也不知道是不是情场得意赌场失意，骆红冰来了后，陈建设的运气就没有那么好了，几圈下来，输得多，赢得少，原本赢的几千块一下子就输得倒贴了。何站长却时来运转，成了桌面上的大赢家，他赢一次就抽一张百元大钞给骆红冰，还开玩笑说骆红冰是他的财神，旺他来了。骆红冰开始还不好意思收，慢慢也兴奋起来，探着脖子看麻将圈内的战况，吊梢眼一闪一闪的。

陈建设输光了身上的钱走出品源茶庄，在麻将桌前坐了一天，一点精神气也没了，垂头丧气的，连去看《你好，李焕英》的兴趣也没有了。但骆红冰却兴致很高，她才坐了两三个小时，包里就多了几千块，抵得上一个月的工资啊！能不兴奋吗？她拉着陈建设，嚷着要去逛街买东西。

陈建设口袋里只剩下几张毛币了，哪还敢跟她去逛啊？就说累很了，要回去睡一会。骆红冰觉得委屈极了，等了半天白等了，红着眼睛，跑了。陈建设情绪低落，也懒得去追。

何站长从里面走出来，点了根香烟，吸了一口问："怎么了？闹情绪了？"陈建设说："女人发脾气的时候，从不讲道理的，我都累成这样了，还缠着去逛街看电影，一不顺她就又哭又闹，烦死了！"何站长眯着眼睛，吐了个烟圈，拍拍陈建设的肩说："后生仔，你还是太年轻了。"

说完，丢了香烟，开车走了。

事后，陈建设回想起骆红冰的变化，大概就是从这天开始的。那天他没回家，直接回到工地，埋头睡了一觉，醒来有点冷，广东的冬天冷得不明显，慢慢入骨。他用薄棉被裹着身体给骆红冰打电话，但她没接，电话一响，就被她按灭了，陈建设打了几次，都遭到如此待遇，于是就给她的微信发了几条道歉的信息，骆红冰仍是不回，再打过去，就关机了。

陈建设心想，她或许是气未消，耍耍小姐脾气，他怎样也没想到，这时候，他的大学同学、交往了好几年的女友正和他一直讨好着的何站长在渺城广场逛街看电影呢。

直到几个月后，骆红冰忽然跟他说分手，他才恍惚感觉到有点儿不对劲。他追问骆红冰分手的理由，骆红冰说她要专心考公务员，不想被儿女私情扰乱了心思。陈建设苦苦哀求，并发誓保证，在骆红冰考公务员期间，绝对不打扰她，只要不分手，就算是做牛做马他都愿意。但骆红冰却不需要他做牛做马，她坚决地和陈建设 see good bye。望着交往了那么多年的女友绝情而去，陈建设心痛失落得几乎想自行了断，想不到自己的爱情，竟轻易地断送在一场公务员考试上。

陈建设恨得猛抽自己耳光，要不是贪打麻将，陪她去看《你好，李焕英》了，她会态度转变得那么决绝吗？除了爱打几手麻将外，自己也没什么毛病啊！她怎么可以说分手就分手呢？女人绝情起来，比冰刀还冰冷锋利和无情。

骆红冰和何永发的恋情，是在骆红冰成功考进渺城建设局后才公开的。陈建设几乎是最后一个知道。陈建设气得浑身发抖，黑框眼镜丢到一边，拍着桌子骂何永发是个阴险小人，不得好死。骂够后，又忍不住打电话骂骆红冰。

骆红冰此时已经是建设局行政科的一个科员了，说话也话圆腔正的，她说："陈工，请你注意一下措辞，我和永发男未婚，女未嫁，是自由恋爱，并没伤害任何人，更没触犯哪条法律法规。"

"永发永发，叫得够亲热的。"陈建设气得一拳捶在桌子上，"这臭婊子，还说没有伤害任何人？老子不就是受害者了吗？难道我陈建设就不是人了？"骆红冰不理会他的咆哮，慢条斯理地说："我是先跟你分手，再和永发发展感情的，如果你仍觉得受到伤害，那么，我表示抱歉！"

陈建设气得挂了电话，丢那妈，这死女人，变脸变得够快的，一上枝头就当自己是凤凰了。但他也奈何不了他们，骆红冰未嫁，何永发也在几年前离婚了，至今未娶，两个人虽然在年龄上差距有点儿大，但却也是合情合理地在法律允许的范围内开展感情的，要怪，只真怪自己太年轻了，当了一回爱情的傻子，将鲜嫩美貌的女朋友拱手让给了一个阴险的老男人。

陈建设恨极了，此仇不报，哪对得住这些年来自己的痴情付出啊？他拉着陈家兴到金碧辉煌夜总会狂欢了一夜，他对着麦克风大声地唱《相信自己》，唱得全身痉挛，将心里积压的所有郁闷气都吼了出来，然后对同样兴奋得不知所以的陈家兴说："我要报仇！"

安全员的职责是保证在施工中不出安全问题，严格按施工规范施工，随时监督。定时或不定时在工地做好安全检查、与施工班主做好安全技术交底、做好安全记录和安全资料。骆红冰虽然是盘龙山庄工地的安全员，但仗着有陈建设在，很少来工地，除非省或市有专家组或审查团下来检查工地，安全员必须要在现场，她才露一露脸。陈建设都为她准备好了安全生产日志、旁站记录等资料，她到现场拿身份证出来给检查，然后常规化回答一下询问，就将事情忽悠过去了。

这次骆红冰突然出现在盘龙山庄工地，而且来势汹汹的，眼神锋利得像刮刀，看架势不像有突击检查，是来工地走走过场的。

陈家兴正蹲在简易工棚门口，拿一块肉骨头调戏被拴着的黄狗，黄狗伸着粉红色的舌头，滴着唾液，又蹦又跳，气得汪汪怒号。

骆红冰穿着彩色的衣裙，像支彩色的闪电，嗖地擦过陈家兴和黄狗，冲进了陈建设的办公室，随后办公室的板门砰地一声被关上。立刻，里面传来骆红冰尖厉而愤怒的号叫。

起初黄狗被骆红冰的怒骂刺激了，对着办公室门一阵汪汪，奈何骆红冰的怒号实在太猛烈了，黄狗的叫声很快被镇了下去，它蔫着脑袋垂下尾巴，似惭愧不已地往狗窝子里缩了缩，鼻子这里嗅嗅那里闻闻的。陈家兴笑了，说："你也有自愧不如的时候啊？"

陈家兴把肉骨头扔到狗腿子下面，黄狗立马伸爪子将骨头盘到面前，呜呜地啃起来，完全不去理会办公室里面的叫骂声了。陈家兴直起身，油乎乎的手往身上揩揩，走到窗边。天气虽然还不是那么热，但工地的电不用花个人的钱，在办公室上班的人早习惯一回到办公室就关窗开空调。陈家兴将脑袋贴在窗边。

临近午睡时间，办公室的其他工作人员回家的回家，午睡的午睡去了，只剩下陈建设一个人仍在玩电脑。

失恋后，陈建设迷上了抖音，终日活跃在抖音上，将一些愤世嫉俗的帖子或说一些激进刺激的说话，特别是对一些贪官污吏的相关信息编成段子，狠鞭痛斥。像他这样对社会倍感不公、愤世嫉俗、痛恨贪官的人实在太多了，但像他这样敢言敢语的却不多，他很快就成为抖音红人，才几个月时间，他的抖音账号粉丝已经超过十万。

和十万志同道合的粉丝相互共鸣，还经常收到粉丝的打赏，这是一件多么令人振奋激动的事情啊！热闹的抖音让陈建设幸福感倍增，他几乎离不开这崭新的玩儿了，除了必需的工作和应酬，闲暇的时间，都钻研怎么经营抖音，午睡也舍不得下线。

骆红冰冲进办公室时，陈建设正兴致勃勃地和抖音的粉丝讨论着一条贪官包养情妇的新闻，陈建设激动地对着屏幕，调侃贪官都是一些无用自大、龌龊无耻的窝囊废。

骆红冰冲进来，吊梢眼圆瞪，咆哮："陈建设，你阴险、无耻，卑鄙，小人！"

抖音里的粉丝顿时呼叫起来："建设哥，你身后的美女很正点啊？你开美颜和滤镜了吗？"陈建设吓了一跳，立刻说，哥得离开一会儿，一会再聊。然后关了视频，抖音上立刻有粉丝乱七八糟地叫："是女朋友吗？看样子是过夜数未结吧？那美女怒气冲冲的。或是未满足呢？要继续作战呢！建设哥，录下战斗过程，我们要看哥和美女肉搏的全过程！期待！Yes，建设哥，雄起！奋战！为民争光！"抖音里乱七八糟的，陈建设来不及理会。

陈建设拉下显示窗口，耐心等骆红冰骂够了，才笑眯眯地站起来，问："骆干事大驾光临，有何指示？"骆红冰被他气得粉脸涨紫，高高的胸脯在彩色连衣裙下一鼓一鼓的，看来这女人被爱情滋润得不错，比以前更靓丽了。陈建设心里叹息了一声，只可惜，再美丽也不属于自己的了。

骆红冰好不容易才稍稍平复了气愤，撑着办公桌，喘着气问："是不是你举报他的？"陈建设手一摊，一副很无辜的样子："谁被举报了？"骆红冰咬牙道："装什么糊涂？你会不知道？"陈建设说："我有必要装吗？"他顿了顿说，"真的不是我，你可以去查。"

骆红冰撑着办公桌的手抖动了一会儿，再也支持不住，坐了下来，她用手撑着额头，长发垂了下来，遮住了她的脸，陈建设看不到她的脸部表情，只看见她插在发间的尖尖手指纤细、苍白、无力。他的心不由一抖，骆红冰和他恋爱的时候，都处于强势的位置，他从来没见过她这么柔弱的。

陈建设心痛不已，将眼镜摘下来，低头拿纸巾擦拭，似对着眼镜低声地问："何永发那老男人真值得你为他这样吗？"

骆红冰猛地从发间抬起苍白的脸，这张苍白的脸上，新旧泪痕深深浅浅地交错着，昔日精光闪闪的吊梢眼也被泪水浸得没了神气。何永发因项目质量问题被举报了，他被带走那天，整个渺城都传开了，据说拔出萝卜带出泥，事情还不小。陈建设用手指抹着镜片，何永发东窗事发后，骆红冰为他操了多少心，流了多少泪？假如出事的是自己，她也会这样痛心吗？陈建设心酸极了，喃喃道："看来你真的爱上他了。我真不明白，他一个二婚男，有什么好的？"

骆红冰抬起吊梢眼，盯着陈建设看了很久，才一字一句地说："撇开关怀、体贴、细心、包容和成熟大方不说，他比你有一处好，他从不空许承诺，我骆红冰要的就是这样的男人。"

"扑通"一声，陈建设跌坐在椅子上，眼镜"啪"地摔在地上。电脑里被拉下的对话框，正闪动着橘红色的提示信息，抖音里此时一定热闹非凡，但他的心却像死了般，硬硬的，一点打开看看的欲望也没有。

骆红冰站起来，说："是你将我带来这里的，从大学到现在，我们认识七年了，但你仍不知道我到底需要什么？陈建设，这不是爱情！"

陈建设叫："冰冰！……"骆红冰打断他说："别这样叫我，你让我觉得恶心！"

说完，人已经走到门口了，在离开办公室之前，她回头又用吊梢眼瞥了陈建设一眼，坚定地说："别以为我是靠何永发才上去的，没有他，我骆红冰也一样能靠自己活出一条道来。"说完，拉开办公室的板门，扬长而去。

眼镜仍孤零零地躺在地上，看来又摔出几道划痕了。陈建设整个人陷在椅子里，越坐，身体陷得越深，腰部都快滑到椅板上了，空调呜呜地送着冷风，白蒙蒙的冷气从扇叶里面送出来，真冷啊！冷得他浑身抖颤。

陈家兴踮着脚悄悄离开窗口，虽然外面阳光普照的，但他亦觉得很冷，啃完肉骨头的黄狗又抬起头，不满地对他汪汪地吠了几声，吓得他拔腿往山下跑去。

陈建设忽然觉得什么抖音什么网红都没有意思了，其实在工地上待着也没有意思了，陈建设跟的这个项目，已有几个月发不出工人工资了，陈建设亏得是渺城一建的正式工，才勉强拿着工资。诸事不顺，陈建设突然很想回家，想喝他妈煲的汤，听他妈叫他建设仔。

因受全球大环境的影响，品牌折扣商场的开发商资金链断了，无法支付承建商和材料商的欠款，被迫停止了项目。闹得轰轰烈烈的品牌折扣商场建得初具规模了，红的墙，蓝的瓦，煞是好看，不远处的盘龙山庄更是壮观，一栋栋别墅，色彩鲜艳，形态各异地隐在青山绿树里，远看就像一个世外桃源。

只是这世外桃源，未来如何，无人得知。

不过在盘龙山庄不远处，海湖新城规划出一片工业用地，新闻上说，已经招商引资，计划投资五十多个亿，建设一个生物港，渺城政府为生物港专门成立了管委会，如若生物港建设起来，这里将会产生一批高端技术人才，盘龙山庄或会遇生机吧。陈建设想着，慢慢往外走，这段时间经历的事情太多了，休息一段时间也是好的。

渺城一建已经召回所有在盘龙山庄的工人，正紧锣密鼓地张罗追讨开发商欠款的方案，一场持久的官司战眼看就要开始了。

陈建设是最后一个离开盘龙山庄的。他家就在盘龙山庄的山脚下，但自从骆红冰和他分手后，他就很少回去了，他挺厌烦阿妈问骆红冰的情况。每次问起，都会问他们什么时候结婚？好像他们谈恋爱，就只有结婚这一条归路一样。但无论陈建设怎样躲，最终，仍无法在盘龙山庄上躲一辈子。陈建生拖着行李箱，走到家门前。

陈建设他妈看见他，从里面走出来，看了他一眼，接过他的行李箱，转身走进屋里，陈建设默默地跟在他妈的后面，他妈轻声说："以后见到家兴他妈，你避着点儿！"

陈建设问："为什么啊？"他妈叹了口气说："前两日子，家兴在KTV里唱歌，可能喝多了，开摩托车回来的路上摔了一跤，把一条腿给摔断了，还好及时被人发现了，现在还在医院里呢！他妈总是认为他老睡他爷爷的坟头，惹了鬼神，被他爷爷那恶鬼附上了，见着人就说她的猜想，末了就哭闹，说他爷爷死了也不放过她家兴仔，没完没了的，但毕竟她是伤透了心的，能体谅就体谅，能担待就担待！"

陈建设回到房间，一头倒在床上，拉被子蒙过头，但仍听见隔壁陈家兴他妈在尖声地叫骂："无阴功啊！我家兴从来都孝顺听话，你个死恶鬼还不放过他，他怎样也是你个亲孙子啊！你记恨我，有本事来找我啊！我诅咒你死了也下十八层地狱……"陈建设将被子严严地捂着脑袋，呜呜地哽咽起来，为什么会是这样的？他本以为，能和陈家兴在工地混上一段日子，就能凭借自己的学识和才干，另闯一片天地的，然而他的才干没有得到发挥，甚至连女友都丢了，好友又断了腿，建筑工地跟他想象的完全不一样啊！

生物港很快就完成招商引资，管委会迅速地督促动工，项目的推进一刻都不能迟缓，海湖新城将海湖辖区内的所有总承包企业联合起来，成立了一个建筑同盟，希望能通过内循环，将税源留在海湖新城。渺城一建恰好在这一年将公司从渺城城区中心迁至海湖新城，因其资格、资质、资金和资历，又理所当然地成了海湖新城建筑同盟的会长单位。陈建设又被李国强叫回公司，这次陈建设的职责是配合李国强投标生物港的项目。听了李国强对生物港的介绍，沉沦了一段时间的陈建设，感觉身上的血液又沸腾起来，陈家兴的腿已经没事了，陈建设还看见过他在海湖新城湿地公园散步。

叶婷走进辛雄伟的办公室，问辛雄伟还准备接生物港的资料来做不？辛雄伟正翻阅着一本黄旧的登记册，他的办公桌前面还摆着很多本这样的册子，他饶有兴趣地抬起头，看着叶婷笑，说："接，当然接，为什么不接呢？"叶婷问："那，是我负责生物港项目的资料吗？"辛雄伟摇摇头说："NO！你已经不再是一个资料员了！"

叶婷望着辛雄伟，虽然跟这个矮子好几年了，但他却从未说过要娶她，他现在说这句话是什么意思呢？辛雄伟似乎将叶婷都读懂了，瞪着怪眼似笑非笑地说："要不，我们去登记？"叶婷细长的眼睛一亮："真的？"辛雄伟说："当然，不过……"他顿了顿，清清喉咙说："不搞婚宴，不摆喜酒，不拍婚纱。"

"为什么？"叶婷长眼变成圆眼，哪个女人不渴望有一个隆重的婚礼的？何况辛矮子是渺城赫赫有名的人物啊！辛雄伟耸耸肩，挺沮丧地说："你说，要是举行婚礼，新郎官要穿多高的内增高鞋，才能到新娘的肩膀呢？"叶婷忍不住扑哧一声，笑了，辛矮子啊辛矮子，能让人不喜欢吗？

辛雄伟暗自伤神了一会，突然问："你知道我们不同于其他人的地方在哪里吗？"叶婷摇摇头，她认为自己和辛雄伟很普通，没什么特别的。辛雄伟却说："我们不像普通建筑工，只需要安分守己地出苦力，甘于认命就能过一生。我们也不像马云那样的大富大贵，继续做好生意，享受人生就可以了。"

叶婷忍不住问："那我们是什么？"辛雄伟哈哈大笑道："我们就是那种不甘于现状，永远相信有改变命运可能的中间人啰！"叶婷似乎明白了，又似乎不明白，辛雄伟将桌面上的登记册收拾起来，说："你帮我约骆站长今晚一起晚饭，我想和她谈谈组建劳资资料库和纠纷平台的事情。"

322

何永发被抓进去后，骆红冰把握着各种机会，不惧危险，冲在一线，她的果决能干，得到了发挥，她将渺城内的建筑工地管理得井井有条，所负责的工地从未出过不良事件。骆红冰也因此三年连续完成了三级跳，此时已经是质安站的站长了。前几天，骆红冰跟辛雄伟谈过一下，她认为一直以来，渺城的建筑劳务市场过于混乱，管理无序，又因这几年经济下行，工地烂尾较多，建筑工人欠薪事情层出不穷。所以，为了更有效地遏制工地闹工荒，打击恶意讨薪，维护社会稳定，骆红冰想组建一个劳资资料库和一个农民工工资纠纷调解平台。

辛雄伟对骆红冰刮目相看，看来漂亮的女人能成功，真不是单靠脸蛋的，还有脑袋，和这样的人合作，将会非常愉快的。

新城，当然要建设的，建设，意味着发展，意味着未来，意味着希望。

大湾，就是希望。